蘇える金狼

完結篇

大藪春彦

角川文庫
21513

蘇える金狼　完結篇

目次

蘇える金狼　野望篇　目次

42　人形

朝倉は素早く体勢をたて直しながら、ほとんど自動銃の遊底回転速度にも劣らぬ素早さでボルト・アクション小銃の槓杆《こうかん》を操作した。空薬莢《からやっきょう》がはじき出され、弾倉上端の実包が薬室に移る。

学生服の門衛が一人、詰所から跳びだして、玉砂利の道を母屋《おもや》の玄関のほうに駆けるのが、青白い常夜灯の光のなかに見えた。朝倉はその門衛を望遠照準鏡《ライフル・スコープ》のなかに捕え、足許を狙《ねら》って続けざまに四発速射した。

門衛の足許の玉砂利が火花と石煙をあげて飛び散る。門衛は弾を避けようと気違いじみたダンスを踊ったが、腰が抜けたらしくその場に尻餅《しりもち》をついた。這《は》いながら植込みの蔭に隠れようとする。

これだけ嚇《おど》かしておけば、磯川の考えは変わるであろう。朝倉は、速射したために手が触れられぬほど熱くなった銃身を左手で掴《つか》み、右手で出したドライヴァーで銃床の下側の二本のネジを外した。そうして、鉄部と木部に分解したFNモーゼル小銃をゴルフ・バッグに仕舞った。

磯川の屋敷は、建物から灯が消えて静まり返っている。なかに住んでいる者は、息を殺しているらしい。朝倉はゴルフ・バッグを左肩から吊《つる》すと、素早く杉の樹から滑り降りた。

まだパトカーのサイレンは聞こえなかった。朝倉は公園の樹々のあいだをくぐり抜け、石柵《せきさく》を跳び越えると、公園の横に駐《と》めてある盗品のパブリカに走った。エンジンを掛けてスタートさせる。横須賀街道に出て右折し、汐留《しおどめ》駅のほうに車首を向けようとしたとき、赤いスポット・ライトを点滅させ、サイレンを咆哮《ほうこう》させて野牛のように突進してくる二台のパトカーとすれ違った。

パブリカが坂本坂を登り、児童公園にさしかかった時には、背後遠くの横須賀街道はサイレンの悲鳴に満ちていた。この様子では、主要街道に非常線が張られるであろう。

だが、非常線が張られても、それは朝倉の予想のうちに入っている。朝倉は、坂を越えて池山町のほうに入ってゆく。人家がまばらになってきた。右手に火葬場の煙突が黒く見えるあたりで左に折れ、細い道を入っていく。行く手に雑木林が見えてきた。道の左右に畠と家が続く。

朝倉は、広い屋敷の塀《へい》に寄せてパブリカを駐めた。分解したライフルを入れたゴルフ・バッグを提《さ》げて雑木林に歩んだ。

雑木林に入ると、夜露が靴を濡《ぬ》らした。雑木林の奥に黒く波立つ池が見える。朝倉は、池のほとりに立つ東屋《あずまや》と売店の小屋に目をつけた。

公園とか池のほとりの売店に、夜も人が住みこんでいるわけはない。店を仕舞うと、商品と共に帰っていくのだ。それだけでなく、今は冬だから休業中だろう。

売店の小屋のまわりにチューインガムの包装紙やジュースの栓などが散ってないことからも、売店が休業中であることが確められた。

小屋の鍵《かぎ》は、先端を潰《つぶ》した針金で十秒とかからずに開いた。なかに入った朝倉は、万年筆型の懐中電灯をつけてみる。節目のあいた三畳ほどの広さの小屋のなかには、土埃《つちぼこり》が溜っていた。粗末なベンチや穴だらけのキャンバスが置かれている。

朝倉はドアの鍵を内側から閉じ、ベンチに横になってズックのキャンバスをかぶった。ゴルフ・バッグを枕《まくら》にして、夜が明けるのを待つことにする。吹きこんでくる隙間《すきま》風《かぜ》の冷たさにも慣れた。朝倉は睡魔の顎《あご》にくわえられた。

近づいてくる重い足音で目が覚めた時には、鈍い灰色の光が小屋の板壁の隙間から差しこんでいた。朝倉は、反射的に内ポケットのアメリカン・ルーガー自動拳銃の銃把《じゅうは》に右手を走らせた。

足音は、小屋のドアの前で止まった。朝倉は、歪《ゆが》んだ微笑を浮かべて銃把を握りしめた。足音の主はドアをガタガタ鳴らした。しかし、鍵がかかっていることを知ると、踵《きびす》を返して去っていく。朝倉はそっとベンチから滑り降り、板の隙間に片眼を当てた。

四十五口径S・Wの大きな輪胴式拳銃をいかにも重そうに腰に吊った小柄なパトロール巡査の後姿が、白い息を吐きながら遠ざかっていくところであった。うだつの上がらぬらしい四十過ぎの平巡査だ。彼がドアを開けたとすると、その家族は、たちまち路頭に迷うことになるところであった。

朝倉は腕時計を覗《のぞ》いてみる。夜光塗料を塗った針は、淡いグリーンの光を放って午前六時を示している。タバコを吸いたかったが、煙が小屋の外に漏れるのを警戒して、朝倉は再びベンチに横たわった。七時になるのを待って小屋を出る。

池にはカイツブリのアベックが褐色《かっしょく》の毬《まり》のように浮いていた。朝倉の姿を認めて小さな波紋を残して潜《もぐ》り、遠く離れたところから小馬鹿にしたように顔を出す。

朝倉は入って来たのと逆の方向から雑木林を抜けた。タバコを横ぐわえにして、衣笠《きぬがさ》駅に向けて歩いていく。広い通りに出ると、出勤途上のサラリーマンや工員たちが足を早めていた。

三百メーターも歩かぬうちに、バス停にぶつかった。まだ眠り足らぬ顔付きの勤め人たちが、背を丸めて行列をつくっている。朝倉は、京浜横須賀中央駅行きバスの行列にもぐりこんだ。

バスで中央駅に出た。駅売りの新聞を二、三紙買い求め、電車のなかで目を通した。

磯川の屋敷に五発の小銃弾が射ちこまれた記事は、社会面のトップに出ていた。

朝倉の威嚇《いかく》射撃の腕は正確で、二階の寝室にいた磯川がガラスの破片で軽傷を負ったのと門衛の一人が足首を挫《くじ》いただけで、あとは誰にも怪我《けが》は無かったが、朝倉の狙いを知るよしのない新聞は、狙撃の失敗を報じている。

第一弾が放たれてから十五分後に、市の出入口に当たる主要道路に非常線が張られたが、ついに犯人は捕まらなかったから、犯人は市内に潜《ひそ》んでいるのではないか、とも報じられている。

記事には、磯川の談話も載っていた。

「私は公明正大だ。誰にも恨まれる覚えはない。きっと、今度の事件は政敵の悪質な妨害行為に違いない。私は市のため自由のために、命を的にして戦い抜く積りだ……」

と、磯川は大見得を切っていた、そして、警官の護衛の必要は感じていない、と言っている。

記事はさらに、市の金で埋立てた堀之内海岸の工場用地が、磯川のトンネル会社に不当な安値で払いさげられたことで儲《もう》けそこなった連中が殺し屋を傭ったのではないか、という推理を遠慮がちに匂《にお》わせていた。

朝刊を読み終った朝倉は、苦笑いした。横浜で電車を降り、タクシーを拾って伊勢佐木町の入口に戻る。

ドブ川沿いに駐めておいたホンダの単車は盗まれていなかった。朝倉は、その単車を飛ばして東京に戻っていく。第二京浜は、もう車の奔流になっているから非常線は張られていない。そんなことをすれば、東京から横浜まで車がつながってしまう。

午前九時、朝倉は小田急線参宮橋近くの喫茶店に入った。一度、上目黒のアパートに戻って荷物を置き、服を着替えておいたので背広姿だ。

モーニング・サービスのトースト付きコーヒーをウエイトレスに注文しておき、朝倉はカウンターの電話を借りた。参宮マンションの京子の部屋にダイアルを廻す。

朝倉が合図の言葉を言う前に、京子の眠そうな声が受話器を通じて聞こえた。

「あなたなの？」

「僕だよ。パパさん帰った？」

朝倉は尋ねた。

「いま帰ったとこよ」

「じゃあ、参宮橋の駅のそばの〝ショパン〟という喫茶店まで出てこれる?」

「ええ。でも京子、とっても疲れてるの。ほとんど眠ってないの。お化粧したりするのが面倒だから、あなたがこっちに来てくださらない? その間に部屋を片付けておくわ」

「分かった。すぐ行く」

朝倉は答えた。ブースに戻ると、熱いコーヒーを半分ほど一気に飲み、勘定を払って店を出た。

丘の上にある十階建ての参宮マンションは、まだ気怠《けだる》い眠りから覚めていないようであった。建物の窓々はそのほとんどがブラインドを閉ざし、パーキング・ロットに並んで駐車している車は霜をかぶったままだ。

マンションのロビーに人影は無かった。朝倉は自動エレベーターを使って七階に昇り、草色のカーペットを踏んで七Gの玄関口に歩む。

インターホーンのスウィッチを押した。

「鍵はかかってないわ」

と言う京子の声が、ヴォリュームをさげたインターホーンから聞こえた。

朝倉はドアを開いた。玄関の奥の十二畳の広さの洋室のソファの上で京子は待っていた。疲労の翳《かげ》が濃い。

「奴が眠らせなかったのかい？」

朝倉は京子と並んでソファに腰を降ろし、優しくその手をとった。

「ううん……反対よ。あなたに言いつけられたことを尋《き》きだそうとして、京子のほうがパパを眠らせなかったのよ」

京子は朝倉の分厚い胸に頭を預けた。今まで小泉に抱かれていた京子だと思うと、朝倉は生理的な嫌悪感を覚えたが、そんな感情は微塵《みじん》も見せずに京子の髪を愛撫し、

「パパさんは……小泉はしゃべった？」

と、京子の頰《ほお》に自分の鼻をこすりつける。

「はじめは、なかなかだったわ。どうしてわたしがそんなことを知りたがるか、って言って……

…」

京子は物憂気に答えた。

「…………」

「でも、あの薬の入ったタバコをパパに吸わせてからは違ったわ。効いたわね、あの薬。パパは久しぶりに陽気になって、おしゃべりになったわ」

「…………」

「パパの部下の経理次長の金子という人が、西銀座のバー〝ルナ〟のマダムに熱を上げたの。それはいいんですけど、鼻毛まで抜かれてしまったのね。マダムのヒモに二人の情事の証拠写真とテープをとられてしまったのよ。おまけに、会社から横領《くす》ねたお金のメモ帳も写真に撮ら

れたそうよ」

「なるほど」

朝倉は、はじめて知ったかのように驚いて見せた。

「その ヒモが一筋縄《ひとすじなわ》の男でなかったの。鈴本とか言う有名な乗っ取り屋の子分ですって――」

京子は淡々と言い、突然、朝倉に視線を据えて、

「あなたは、その仲間じゃないでしょうね？」

と、強い口調で詰問した。

「馬鹿なことを言うな！　僕を怒らす気か」

「御免なさい。京子、疲れてしまって神経がおかしいの。頭が混乱してるんだわ……」

「怒って悪かった。あとを続けてくれ」

「そのヒモは久保とか言う男だそうですけど、経理次長を脅迫して、口止め料に一千万以上のお金を要求したんですって。そこで困った次長が、部長のパパさんに泣きついたわけなの」

「それで？」

「パパは、自分には直接の関係が無いようなものの、考えて見れば監督不行届きの責任があるので、社長と相談して重役会議を開いて、次長が要求されているお金を会社から出してやることにしたんですって……会社のスキャンダルが外部に漏れるよりは、お金で解決したほうが傷が浅くて済むからだそうよ」

「なるほど……」

朝倉は薄ら笑った。小泉は、自分が次長と共謀して次長の何十倍もの金を自分の懐に捩《ね》じこんでいることは京子には黙っている。京子に弱味を見せたくないらしい。監督不行届きとはうまいセリフだ。


「それで――」

京子は語り続け、

「会社の使いの人が、内金として五百万を久保って男に渡したんですって。それなのに、久保は受け取ったことは受け取ったけれども、自分のアパートに戻った途端に気絶させられてその金を奪われてしまった。その誰かは会社が傭った者に違いない……と、言いがかりをつけてきて、あと五千万払わないことには乗っ取り屋の鈴本に何もかもブチまけてやると凄《すご》んだそうよ」

「五千万か。大きく出たな。会社は払う気だろうか？」

朝倉の声はかすかに掠《かす》れた。

「いくらパパの会社が大きいからって、帳簿に乗せられない金を五千万も一度に出すのは大変なようね。そのことで昨日一日中、また重役会議をやったんですって」

京子は小さな欠伸《あくび》をした。

「会社側の結論は？」

「今日の夕方、久保を会社に呼んで話し合ってみるそうよ。無理すれば、五千万でも一度に出せないこともないけれど、恐喝者は決して一度で引っこまない。味をしめたら骨までしゃぶろうとするのが常識だから、ここでアッサリと要求を呑んだら、あとが大変だとパパが言ってたわ」

京子は言った。

「なるほどね。ところで、小泉は今晩ここに寄るのか？」

朝倉はさりげなく尋ねた。

「多分来ないわ。奥さんがヒステリーだし、わたしにしても、そう毎晩やってこられたのでは鳥肌だってしまうわ——」

京子は身震いする真似《まね》をし、

「あなたとなら、いつも一緒にいたいのに……」

と、付け加える。

「僕だってそうさ。だけど、ここでまた僕の我がままを聞いてくれ。淋しいからと言って、今夜もあの爺さんをここに呼んでくれ。そして、久保とかいう男との今日の話しあいはどういう結果になったかを尋きだすんだ。それさえ分ったら、爺さんを追いだしてくれたほうが僕には有難い」

「それが、あなたの望みなら仕方がない。いいわ。パパを呼ぶわ。でも、どうしてパパの会社のことをそんなに知りたがるの？　この前におっしゃった言いわけは本当？」

「信じてくれ。いまの忍耐が、あとになって僕たち二人の倖せにつながっているんだ」

朝倉はキザなセリフを口にした。

「信じたいわ」

京子はポツンと呟《つぶや》いた。

朝倉は内ポケットをさぐった。上目黒のアパートに寄ったとき、小出ししてきた五グラムほどのヘロインのセロファン包みを取り出し、京子の掌に乗せる。

「忘れてた。約束のものを貰《もら》ってきてあげたよ」

「助かったわ。パパが残ってた分をほとんど持っていってしまったので、どうしようかと思ってたとこなの」

京子の瞳《ひとみ》が輝いた。

「また貰ってきてあげるから心配はいらないよ」

朝倉は言って明るく微笑した。小泉も麻薬中毒になりかけているとは有難い。完全に中毒したところで麻薬の供給を絶ってやれば、薬欲しさに正確な判断力を失って、俺《おれ》の言う通りに動くようになる可能性がある。

公園の売店小屋のベンチで体を冷やしすぎたので、今になって少し首筋の筋肉が硬《こわ》ばりだした。鈍痛もする。朝倉は奥の八畳ほどの寝室に入り、ホーム・バーを隠した羽目板を開いた。

五十本近く並んだ本物の洋酒の壜《びん》を眺める。ブルガリア産の生粋のアブサンに、抵抗出来ぬほどの誘惑を感じたが、体から仲々抜けないその強烈なニガヨモギの匂いがこれからの仕事の邪魔になることを考え、クセの無いオールド・パーのスコッチの壜に手をのばす。壜の三分の一ほどラッパ飲みした。黄金色の液体は滑《なめ》らかに喉《のど》を通り、胃を焼いて体を温め、首筋の凝《こ》りをほぐしていく。

十二畳の広さの洋室に戻ると、京子はヘロインを混えたタバコの煙を恍惚《こうこつ》と瞳で追っていた。朝倉はその額に唇を寄せ、

「授業があるんで行ってくるよ。電話でまた連絡するから」

と言って部屋を出た。

マンションを出ると、タクシーを拾って青山に着いた。不動産屋の多い表参道通りでタクシーを捨て、不動産屋の表ガラスに貼ってあるチラシを見て歩く。

三和不動産というところに、気にいりそうな貸し家の広告が出ていた。世田谷《せたがや》の上北沢一丁目だから京子を信用さすために借りている赤堤のアパートに近い。

喫茶店のような構えのその店のガラス戸を押すと、店員たちが揉み手をしながら椅子《いす》から立ち上がった。

その上北沢の家は、百坪の庭と十五坪の建物らしい。敷金二十万、権利金十万で、家賃は月に一万五千円だと言う。電話付きだ。

朝倉が乗り気な様子を示すと、さっそく不動産屋の車に押しこまれた。横に乗った係の店員はさえずり続ける。

その家は、経堂団地から三百メーターほど日大寄りにあった。崩れかけのコンクリート塀にかこまれた、煉瓦造りの古ぼけた平屋だ。門の前の通りの向こうには畠と雑木林が点在し、家の後や横にも大分空き地がある。十五坪の建物は広いとは言えなかったが、納戸《なんど》の部屋から地

下室に階段が降りているのも朝倉の気にいった。湿っぽい地下室は、コンクリート壁にかこまれて七坪ほどである。

庭には枯草と灌木が勝手気ままに枝をのばしていたが、車を駐める余地は十分にある。アジトとしては絶好のように思えた。

43　会議室

朝倉がその家を気に入ったと言うと、不動産屋のタクシーは、家主の住んでいる祖師谷《そしがや》に向かった。

車内では不動産屋の係員が、家主の大場の財力について、朝倉に羨《うらや》ましげに吹聴《ふいちょう》する。大場は、昔からの大地主の上に山林の名目で世田谷に農地を何十町歩も持っているので、土地の暴騰から計算すると数十億の大金持だそうだ。そして、大場は税金対策上、自分の一族でやっていることになっている土地会社を通じて年に数百坪ずつしか土地を処分しないが、その年収だけでも三千万を越すと言う。

世田谷や杉並や練馬《ねりま》の農家や大地主ほどボロい稼ぎをやる者はいませんな、と不動産屋の係員は溜息をついた。朝倉も頷《うなず》いた。

大場の家は成城寄りにあった。いつ途切れるとも見当がつかぬほど、長いナマコ塀に開いた庄屋屋敷の厳《いかめ》しい門をくぐると、やかましく鳴きわめく尾長の群が飛び交う雑木林と菜園の奥に、藁葺《わらぶ》きのだだっ広い平屋が見える。その古めかしさは、納屋《なや》のそばのカー・ポートに置かれたシヴォレー・ベルエアと対照的であった。

朝倉たちは、洋間に改造された玄関脇の部屋で待たされた。しばらくして出てきた大場は、不健康に肥った四十男で、結城《ゆうき》の和服を着こみ、左手に集金袋を提げていた。

契約書が交され、朝倉は金を差しだした。大場はスプリングがへった肘《ひじ》掛け椅子にそっくり返り、

「こんな端た金をもらっても仕様がないようなもんだけどな。昨日の晩もマージャンで百万がとこスッてしまった」

とか、

「いくら土地を持ってても、俺が死んでしまえば相続税でゴッソリと取られてしまうんだ。どうせ国に取られるんなら、スッカラカンになってから死んでやれと思って毎日遊び廻ってるんだが、いくら使っても入ってくるほうが大きすぎるんで困るよ」

などと大風呂敷をひろげる。

「どうせ道楽するのなら、ジェット機でも買いこんで銀座の真上で空中爆発でもさせてみては？　使いきれない金もアッサリと片がつくでしょうよ」

朝倉は言い捨て、テーブルの上に置かれた上北沢の借家の鍵を取って立ち上がった。豚め、と口のなかで大場を罵《ののし》る。

不動産屋の車で新宿まで送られた。もう十二時近かったので、西口のテンプラ屋で腹ごしら

えをする。

昼食を終わり、朝倉はタクシーを拾って上目黒のアパートに戻った。補聴器とマイクロ・レコーダーやお碗《わん》などをポケットに突っこみ、ズボンのベルトにアメリカン・ルーガーの自動拳銃を差しこんだ。

アパートを出ると、道路をへだてた向かいの花屋に入った。管理人を兼ねたアパートの持主原田はその花屋なのだ。

客が途切れた時間で、原田は木の椅子に腰掛けて新聞を読んでいた。朝倉に警戒するような愛想笑いを見せ、

「どうしました、今日はお休みですか?」

と、尋ねる。

「いや、社用でこの近くまで来たんで、ちょっと寄っただけですよ」

朝倉は答えた。

「なるほどね……」

「実はですね、僕は、このたび営業のほうも手伝わされることになりましてね。だから、外廻りの仕事、それも出張が多くなりましてね。どうも体がくたびれて困るけど、仕事だから文句は言えないし……」

朝倉は予防線を張った。

「なるほどね。道理で近頃、あんたはよく部屋を空けてるわけですな」

原田は大袈裟《おおげさ》に頷いた。

「そういうわけですよ。まあ、これからもよろしくお願いします」

朝倉は頭をさげて花屋を出た。

放射四号の玉電通りでタクシーを拾った。京橋にやってくれるように命じる。信号でつかえながら、ノロノロと走るタクシーのなかで朝倉は居眠りをした。

運転手に肩を突っつかれて目が覚めた。目をこすると、タクシーは京橋の橋の袂《たもと》に停まっていた。

「どこに着けるんですか？」

運転手は不機嫌に尋ねた。

「いいよ。ここで降りる」

朝倉は料金を払ってドアを開いた。

そこから東和油脂がある二丁目の新東洋工業ビルまでは、歩いてもわずかな時間しかかからない。経理部長小泉から結果を聞きだすように京子に頼んではおいたが、朝倉は何とかして久保こと桜井と、東和油脂の首脳部連の対決の模様を自分で確めたいのだ。

昼休みの時間が終わるのを待って、朝倉は新東洋工業ビルに入った。ビルの地上は四階まで新東洋工業が占めているし、出入りする取引関係者が多いから、一階の案内係は朝倉に注目したりはしなかった。それに、朝倉は襟に東和油脂のバッジを光らせている。

一階ロビーの突き当たりにある自動エレベーターの一つに乗りこんだ。七階までのボタンを押す。途中で、朝倉の顔をよく知っている経理部の同僚や営業の連中が乗りこんでこないように祈った。

二階で三人、四階で二人の男女が乗りこんだが、そのいずれもが東和油脂の社員ではなかった。彼等はみんな六階で降りた。

休憩時間でも無いのに、屋上に登っていると人目につきやすいし、屋上のゴルフ練習場では新東洋工業や東和油脂の取引関係の社長たちがクラブを振っていることが多いので、朝倉は、七階の重役会議室の隣室にもぐりこんで盗聴しようという気なのだ。

エレベーターは七階にとまり、ドアが重い音をたてて開いた。朝倉は一瞬瞼《まぶた》を閉じてから、そっと廊下を覗いて見る。廊下に誰かの姿があったら一度引き返す積りであった。

模造大理石を敷きつめた廊下に人影は無かった。朝倉は廊下に身を移すと、靴音を殺して右手にある重役会議室にむけて歩く。

広い重役会議室の手前に、図書室の小部屋がある。図書室とは言ってもそこに置いてあるのは世界の油脂工業や東和油脂の発展史といったたぐいの面白くもない資料ばかりであるから、そこに入る者は滅多にいない。したがって、図書室係りの書記なども置いてなく、その部屋に用があるものは広報課から鍵を借りて入るシステムになっている。朝倉はその図書室を、盗聴用の場所として狙いをつけておいたのだ。

朝倉は図書室のドアのノブを試してみた。鍵がかかっていた。

ズボンの裾《すそ》の折返しに隠して、いつも用意してある先端を潰した針金で朝倉はドアの鍵を解いた。図書室に入ると内側から鍵をかける。

図書室のなかは埃っぽかった。窓のブラインドは閉じられているが、明り取りの高い小窓から冬の陽が鈍く射しこんでいる。

床には、メモ用紙と筆記スタンドを乗せた読書机が五つほど置かれていた。左側の壁には、ガラス戸に鍵がかかった書棚が嵌《は》めこまれている。

重役会議室をへだてる右側の壁には、歴代の社長の肖像画や会社の発展ぶりを示す写真が、額に入って年代順にかかげられていた。

朝倉は補聴器のスウィッチを入れて、その壁に圧《お》しつけてみた。まだ会議ははじまってないらしく、話し声は聞こえてこない。

図書室のなかに、どこか隠れる場所は無いかと朝倉は見廻してみた。あまりこの部屋は利用されてないとは言え、誰かが入ってこないという保証は無いのだ。

書棚の隅《すみ》の下段に、羽目板の戸がついた袋戸棚があった。補聴器のレシーヴァーを外してその戸を開くと、内部に掃除《そうじ》道具が入っているのが見えた。

朝倉は、そのなかにもぐりこんでみた。身を縮めると体は戸棚からはみ出さずに済む。口笛を吹く格好に唇を窄《すぼ》めた朝倉は、その戸棚の戸を開いたまま、反対側の壁のほうに戻った。バッテリーを節約するため、三分に一回ぐらいの割合で補聴器のスウィッチを入れてみる。

一時間の時が過ぎた。廊下には、しばしば足音が通って朝倉の心臓の鼓動を早めさせたが、隣の会議室のドアは開かなかった。

三時少し前に、一人の男の足音が図書室の前でとまった。朝倉は口のなかで罵声《ばせい》をあげ、素早く部屋を横切って袋戸棚のなかに身を移した。

戸棚の戸を内側から閉じたとき、図書室のドアの鍵孔にキーが差しこまれる金属音がした。ドアが開き、足音が部屋に入ってきた。朝倉は、怒りに震える腕の筋肉を強靭《きょうじん》な意思で押さえた。

その戸棚には鍵孔が無いので、部屋に入って来たのが誰であるかは朝倉には分らない。その男は書棚のガラス戸を開いて本を取り出すと、読書机に向かって坐りこんだらしい。

戸棚のなかは真っ暗であった。読書机のほうから本のページをめくる音と、メモを取る鉛筆の摩擦音が聞こえてくる。

朝倉は怒りと焦慮を鎮めるはかない手段として、ズボンのベルトに差したスターム・ルーガー自動拳銃の銃把《じゅうは》を握りしめていた。銃を抜いて跳び出し、のんびりと読書机に向かっている男を殴《なぐ》り倒したい狂暴な欲望に何度も駆られる。

男が、本を書棚に戻して図書室を出ていったときは四時近かった。朝倉はすぐに戸棚から抜け出し、会議室をへだてる壁に補聴器を寄せた。

話し声が聞こえた。朝倉の頭に血がのぼり、背中に汗が吹きでた。あわてて壁にお碗を当て、それに補聴器を圧しつけ連絡したトランジスター・レコーダーのスウィッチを入れた。

「……君、何度も繰り返すようだが、我々が君を襲って金を取り戻したというのは、とんでもない言いがかりだよ」

総務部長の声がレシーヴァーを通じて聞こえた。

「済んだことだ、気にしないと言いたいところだが、生憎《あいにく》僕には軽々しく相手を許す趣味は無い。僕はこれまで紳士的にやって来た積りだが、あんた達が馬鹿な手を打ってくるのなら、こっちも考えが変わった。さあ、五千万を出す決心はついたでしょうな?」

久保こと桜井の、ふてぶてしく落ち着いた声が聞こえた。

小泉が呻《うめ》く。

「そう思うなら百十番にでもダイヤルを廻してみたら、どうです? 一流新聞でも、このことはトップ記事で扱いますよ。ついでに、この通り頭に包帯を捲いている僕の写真も載せるでしょうな」

桜井は冷笑した。

「考え直してくれ。本当に警察を呼んだら、君は前科者になるんだ。前途有望な君を刑務所に送りたくない」

社長が猫撫で声で言った。

「考え直すのはあんたじゃないかな。僕のほうには恐喝の証拠はないし、たとえ捕まって刑務所に入ったところでもともとだから、痛くも痒《かゆ》くも無い。タダで飯を食わせてもらうだけの話だ。そこにいくと、あんた達は会社を食い物にしていることが親会社や世間に知れわたるだけでなく、暴力団を傭って僕に怪我させたことまで白日のもとにさらされるわけだ。面白い、警察を呼んでもらおう。お宅ほどの大会社と抱き合い心中出来るのなら本望だ」

桜井は哄笑した。

沈黙が生まれ、それは長く続いた。

沈黙を破ったのは小泉の声であった。

「確かに君は、鈴本にまだ打ち明けてないんだろうね？」

と、桜井の機嫌を伺うような口調で尋ねる。

「くどいな。だけども、僕のささやかな要求をかなえてくれないのなら、鈴本先生に乗りだしてもらうことになるだろう」

桜井は答えた。

「五千万円がささやかなものとは言えんだろう。勿論《もちろん》、我々だって君に手ぶらで帰ってもらおうとは思ってないんだ。どうだね、一千万で手を打たんかね」

社長が言った。

「話にならない」

「千五百万では？」

「ここはセリ市ですかね？」

桜井は鼻を鳴らした。

「待ってくれ。もしも、もしもだよ。君の要求額を確実に払うとする。そうしたら、二度と君はうちの会社を悩ませたりしないんだろうな?」

　社長が尋ねた。

「約束は守る」

「だが、どうやって君を信用したらいいんだ? 誓文を書いてもらったところで何の役にもたちはしないことは君だって知ってる筈だ」

「………」

　桜井は咄嗟《とっさ》に返答につまったようだ。

「それどころか、君が今度は鈴本と一緒になってもう一度、私たちを嚇《おど》しにかかるかも知れないんだ。金を払ったのは、私たちが背任や横領をやっている何よりの証拠だと言ってね」

「………」

「だから、君に五千万なんて大金を払えないわけが分ったろう。もっとも二千万に値切ってから君に誓約書を書かせたところで、君さえその気なら、また私たちを恐喝するだろう。そして、困ったことには君はうちの社と抱き合い心中しても悔いない気らしい。私たちが法的に君を訴えたら、君は暴露戦術と鈴本との共同戦線の二本立てで向かってくるわけだ。そうすると、いずれにしても馬鹿を見るのは私たちと言うことになる。どうせ馬鹿を見るなら、五千万より二千万で済ませたい」

　社長は逆襲に転じたようだ。

　桜井は低く笑った。

「待ってくれ、と言うのは今度はこちらの番らしいようだな。分った、あんたたちの心配しているることは無理もない……だけど、五千万はビタ一文も負けられないよ」

「なぜ？」

「どうしても、これだけのネタを安売りしたくないからだ。どうせ破れてももともとだが、僕はこの一発勝負に僕の全力を賭けているからな」

「………」

「それともう一つ。あんた達の心配は、僕が二度と脅やかさないという保証の方法を考えれば解消することだからだ」

桜井は言った。

「どうやって……どうやって保証するんだ？」

社長が叫んだ。

「その方法はまだ考えてない。よし、三日待ってくれ。僕も三日待ってやる。そのあいだに、必ずスマートな保証方法を考えておく。だから、あんたたちもそのあいだに、僕に金を払うか、それとも僕と一緒に破滅への道を突っぱしるかのどっちかを択んでおくことだ」

「………」

「さてと、これで今日の勝負はお預けとなったようだな。また丸三日後の月曜三時に出かけてくる」

桜井は言った。桜井の靴音が廊下に去っていく。会議室には重苦しい沈黙が残された。しか

し、それも小泉が桜井を罵る声を出すと共に、収拾のつかぬほどの大騒ぎとなった。そのなかから社長の、

「静かに！　連日会議会議じゃ社員たちが不安がる。この続きは席を移してまた夜にやることにして、みんなもそれぞれの部署に戻りたまえ」

という怒声が聞こえる。騒ぎは静まり、重役たちの靴音が会議室から去っていった。朝倉は、再び戸棚のなかにもぐりこんだ。トランジスター録音機デミフォーンのスウィッチは切ってある。

廊下から物音が絶えるのを待って、朝倉は戸棚から出た。ドアに補聴器を当ててもう一度廊下の音を確めてから、針金でドアの鍵を開いた。

補聴器のスウィッチを切り、レシーヴァーをポケットに収めて朝倉は廊下に出た。思った通り廊下に人影は無い。

廊下側から図書室の鍵をかけ、朝倉は階段を通って一階に降りた。ビルから出ると、もう夕《ゆう》闇《やみ》が蒼《あお》い息を吐きながら忍びよっていた。

朝倉は襟からバッジを外して銀座まで歩き、紳士用品の店に入った。そこで一万二千円出してボルサリーノのソフトを求めた。渋い鳩色のだ。姿見に自分を写して見ると、肩幅の広い長身と荒けずりな顔だちのためにソフトが少しも不自然ではなかった。庇《ひさし》をさげ、フードの襟を深く立てると、顔の半分が隠れる。

その店ではソフトの色に合ったシルヴァー・グレイの絹のマフラー、それに薄く柔かいスェ

ードの手袋と黄色いドライヴァー・グラスも買った。

買ったものを身につけて店を出ると、しばらく努力してから、やっと一台のタクシーを拾った。コロナの一五〇〇だ。

朝倉は、そのタクシーを新東洋工業ビルの裏通りに廻らせた。ビルの横手で車がとまると、料金とは別に五千円札を若い運転手の膝に置き、

「実は興信所の者なんだが、尾行してもらいたい車がある。しばらく待たないとそいつは出てこないだろうから、待ちに対しては二時間分《ぶん》の礼としてこの金を払う。勿論、二時間たたぬうちにそいつが出てきても値切りはしない。それに、尾行に夢中になってスピード違反や割込みで捕えられたら、罰金は俺が払ってやる」

と、静かに言った。

44　焦　慮

東和油脂の重役連を乗せた社の車が出てきたのは、午後五時二十分過ぎであった。彼等は五台の車に分乗している。

「尾行《つけ》てくれ」

朝倉は上半身を起こしながら、待たせておいたタクシーの運転手に命じた。

「オーライ」

待たされ料の五千円が確実に自分のものになると分って、タクシーの運転手は上機嫌でアクセルを踏んだ。

重役たちの乗った車は、社長のキャディラック七五のリムジーンをはじめ、クライスラー・ニューヨーカー、インペリアル・ルバロン、ビュイック・リヴェラといった超高級の代物《しろもの》だ。それらがラッシュ・アワーの都心を一列になって静々と進んでいくさまは、大名行列のようであった。

「この調子なら、絶対にはぐれっこないですな」

タクシーの運転手は歯をむきだして笑った。

朝倉はバック・ミラーに微笑を返す。

重役たちの車は銀座を抜け、虎の門に向かった。行き先は赤坂らしい。

虎の門を過ぎたあたりで、左折して赤坂に入ったキャディラックどもは、しかし朝倉の予想した料亭ではなく、葵町《あおいちょう》のホテル・ミツイに滑りこんだ。

朝倉の微笑は消えた。料亭だと裏木戸や塀を越えれば、あとは床の下にもぐりこんで重役たちの会議の模様を盗聴することは困難ではないのだが……。

ホテルの玄関前の車寄せで重役たちを降ろした車は、次々と中庭の駐車場に廻っていく。

「どうします？」

前庭の噴水のそばで、タクシーをとめた運転手は朝倉に尋ねた。

「御苦労さん。降りるよ」

朝倉はメーターを覗き見た。

「料金のほうは、サービスしときますよ」

運転手はドアを開いた。朝倉が降りると、待ち料の五千円を取り返されるのを怖れるかのように排気煙をたっぷりと朝倉に浴せ、精一杯の加速をつけてタクシーはホテルから去っていく。

朝倉は思いきり唾を吐いて渋面を打ち消した。ソフトの庇をさらに下げ、ホテルの玄関に歩いていく。このホテルは、帝国ホテルの倍の部屋数と最新式の設備を誇る超一流のものだ。

ロビーの人影の多くは外人であった。朝倉がドア・ボーイの最敬礼に目もくれずにロビーに足を踏みいれると、すぐに部屋を予約しておいたらしい重役たちは副ボーイ長に案内されてエレベーターの一つに乗りこむところであった。

朝倉は、ロビーの右隅のソファに歩いた。サリーをまとったインド娘の横に深く腰をおろし、鉢植えの熱帯樹の葉のあいだからエレベーターを見つめる。エレベーターのドアは閉まった。

ロビーは広かったが、その位置からエレベーターの指針の動きを確かめることは、朝倉の視力にとっては容易であった。エレベーターは二十階まで通じている。

エレベーターの指針は十一階と十五階でとまった。十五階から今度は降りてくる。途中では停まらずに、ロビーまで降りてきたエレベーターは、人参色《にんじんいろ》の髪の女を一人吐きだした。これで、東和油脂のお偉方は十一階で降りたことが見当ついた。

朝倉はソファから離れた。エレベーターを避け、暖いピンクを帯びた大理石の階段を登っていく。各階の踊り場の壁には、古代ローマの戦史に材をとった浮き彫りが施されていた。

十一階までたどり着き、廊下を覗いてみた朝倉は素早く顔を引っこめた。

廊下はトンネルのように長かった。そして、エレベーター・ホールに面した部屋の前の廊下に、東和油脂の秘書課の連中が三、四人、ブラブラ歩いたり佇《たたず》んだりしながら、見えぬ敵を睨《にら》みつけるように眼を光らせている。

重役連より先に到着して、闖入者《ちんにゅうしゃ》を警戒しているらしい。

朝倉は踵《きびす》を返して階段を降りていった。この様子では盗聴は出来そうにない。あとは、京子に頼んでおいたことの結果報告を待つよりほかに仕方ない……。

一時間後、朝倉は上目黒のアパートで荷造りをしていた。数丁の拳銃や弾薬は、麻薬と共に米櫃《こめびつ》に入れて大きな風呂敷で包み、小銃や札束などは毛布と夏ブトンでくるんだ。

それらを担《かつ》いで、朝倉は非常階段からアパートを出た。裏通りに待たせておいたタクシーに乗りこむ。

三軒茶屋でタクシーを乗り替え、上北沢に借りた家に着いた時は八時近かった。鍵で門を開き、枯草を踏んで建物に近づいた。

その平屋の建物は玄関の左が十畳の洋室になり、その奥が六畳の茶の間だ。玄関から続いた廊下をはさんで、右手がトイレや台所や風呂だ。廊下の突きあたりに三畳の納戸がある。

家のなかは埃っぽかった。部屋部屋についた蛍光灯は曇り、黒いシミがついている。何も家具がないので、古ぼけた建物はさらに陰気さを増していた。

朝倉は納戸から地下室に入り、運んできた荷物を戸棚に仕舞った。地下室を出ると、その戸に鍵をかける。

家を出て経堂まで歩き、商店街で買物をした。差し当たっての寝具や食料品、それに掃除道具や工具などだ。それと簡単な家具もだ。

家具屋のトラックに乗せてもらって朝倉は借家に戻った。それまでに、ほかの店で買いこんだ品も家具屋がサービスで運んでくれる。

軽トラックが帰っていくと、朝倉は庭に落ちている板切れを削ってマジック・インクで表札を書いた。次には、地下室のドアの鍵をシリンダー錠に取り替える。うまい具合いに、蝶番《ちようつがい》のほうはしっかりしたのが内側取り付けになっていた。

だが、ドアだけでは安心ならない。明日はセメントと鉄骨を買ってきて、地下室の床の下に蓋《ふた》つきの隠し物入れの穴を作らなければならない……朝倉は、そう思いながら六畳の茶の間に戻り、食料品袋を開いて遅い夕食にとりかかった。

今夜の朝倉の夕食は、黒ビールをスープ替わりにした、玉ネギのスライスと冷肉のサンドウィッチであった。狼《おおかみ》のような食欲でそれにかぶりつく。

それから二時間後、朝倉の姿は新宿コマ劇場に近い深夜喫茶〝ベル〟の隅のボックスにあった。コーヒーと共にボーイが運んできた受話器が、テーブルに乗っている。

朝倉は、スウェードの手袋をはめた手で受話器を取り上げた。

「何番におつなぎしますか？」

この前と同じ交換台の女の声が応《こた》えた。

「市外を頼む。横須賀××番だ……」

朝倉は磯川の電話番号を言った。

少し待たされてから、いつものように磯川の秘書の声が聞こえた。

「秘書の植木です」

「俺だ。先生や門番の怪我は直ったろうな？」

朝倉はからかうように言った。

「貴様……！」

植木は絶句した。

「そうだよ。いい子だから先生を呼んでくれ。嫌だと言うんなら、今度はまともに狙ってやるぜ。この前のはわざと外したんだが……それとも、あんたの惚《ほ》れてる先生の娘さんを、あんたの目の前で犯してみせてもいい」

「畜生！」

「もうちょっと上品な言葉を使えないのか？」

「黙れ！」

「よし、分った。俺にもう一度実力行使させようって気だな？」

朝倉の口調はふてぶてしかった。

「待て！　早まるな。電話を切るんじゃない。すぐに先生をお呼びするから」

植木は叫んだ。

電話は、すぐに磯川の声に替った。磯川は、植木のそばで耳を澄ませていたらしい。

「貴様、気でも狂ったのか！」

と、見えない朝倉に向けて吠《ほ》える。

「俺が気違いでないことは、先生が一番御存知でしょう。あんたは、この前の電話のとき何て俺に行ったか憶えてるだろう。やれるもんならやってみな、って言った筈《はず》だ」

朝倉は鼻で笑う。

「…………」

「だから、やって見せたんだ。何百メーターも離れた距離から——それも、夜の薄明りしか無いというのに——俺は、門番の足スレスレに熱い鉛を一握り分ほども通して見せるだけの腕があるってことを教えてやったわけだ。つまり、その気にさえなれば、何キロも離れたところからでも、あんたを一発で仕止めることが出来るってことだよ」

「俺が死んだら、貴様は欲しがってるものを手に入れることが出来んのだぞ！」

磯川はわめいた。

「だから、どうしたって言うんだ？　あんたには可愛い娘さんがいるだろう？　娘さんは、さぞあんたを恨みながら息を引き取るだろうな」

朝倉は低く笑った。

「下種《げす》野郎！　貴様は人間じゃない！　紀梨子に指一本でも触れてみろ……」

磯川は、卒中でも起こしそうに喉をゼーゼー鳴らした。

「虚勢を張るのはよしたほうがいい。それよりも、ビジネスライクにいきましょうや――」

朝倉は如才ない口調になり、

「どうでしょうな、このあいだの話について考え直されましたか？　先生にとって、決してお損になる取り引きでない積りですが……」

と、言う。

沈黙が来た。喫茶店でわめきたてるジャズの音と、受話器から聞こえる磯川の荒い呼吸がしばらくのあいだ続いた。

磯川はやっと声を出した。

「分った。ただし、取り引きは今度だけだぞ。貴様のような奴と取り引きを続けたりしたら、こっちはいくら命があってもたまらん」

「結構です」

「よし。時刻は明晩の午前一時だ」

「場所は？」

「この前のとこのように、日本のポリが廻ってこない所がいい。そうだ、キャンプ・ザマの米軍ライフル射撃場がいい。あすこになら、儂《わし》は、自衛隊と米軍の対抗試合があったときに一席ブタされに引っぱりだされたことがある」

「ハイツならともかく、基地《ベース》キャンプなら、ゲートを無事にくぐり抜けるだけで骨でしょう？」

朝倉は言った。

「君はスキート射場とカン違いしてるらしいな。スキート射場に行くにはベース・キャンプのゲートをくぐらねばならん。しかし、ライフル射場はベースの外れの野原にあって、厚木街道から外れて田舎道《いなかみち》を行くと、ゲートなどくぐらずに射場に入れるようになってるのだ。貯水池のそばだ」

磯川は言った。

「オーケイ。今度は、小細工はやめてもらいますぜ。射ちあいになったりしたら俺達のほうに分がある。銃声がしても、米軍が夜間射撃の訓練でもしてると思って県警のパトカーは寄りつかないだろうから、あんたが俺等を罠《わな》にかけようとでもしたら、思う存分に射ちまくってやるぜ」

朝倉は乾いた声で笑った。

「今度は大丈夫だ。今度であんたと縁切りになれるわけだからな……じゃあ、射場の柵の前で明日の夜、午前一時……」

磯川は電話を切った。

手をつけないコーヒーと電話料金を払って喫茶店を出た朝倉は、酔客やホテルにしけこむアベック相手に、遅くまで開いている薬局に寄って睡眠薬を買った。このところ十分な眠りをとってないから、今夜はゆっくりと体を休める積りだ。

薬局の近くに古本屋があった。その古本屋も戸を閉じていなかった。酒代に窮した学生が、本を売りに来るのを買い叩こうと待っているのだ。

その古本屋でドライヴ地図《マップ》の関東編と、神奈川県北部の二万分の一の地図を手に入れた。タクシーを拾って上北沢の借家に戻る。

指定量の倍の睡眠薬を飲み、フトンを敷いてもぐりこむ。仰向けになって地図をひろげていたが、三十分ほどすると朝倉の手から地図が滑り落ちた。


翌朝七時に朝倉は目を覚ました。出勤時間に遅れまいとするサラリーマンの哀《かな》しい習性だ。火鉢《ひばち》さえないので、部屋の空気は冷えきっていた。点《つ》けっぱなしになっていた蛍光灯の光を受けて、窓ガラスを覆った霜が輝いている。

朝倉は、タバコに火をつけて頭をハッキリとさせた。頭痛もなく、体のだるさもない。小用に立ち上がると足がフラつくのは、熟睡しすぎたせいかも知れない。今日も朝倉は会社を休む積りだ。都合で出社したとしても、すぐに引きあげる積りだ。

再びフトンにもぐりこみ、朝食としてベーコンとリンゴを齧《かじ》っているうちに再び睡気が襲ってきた。次に目が覚めたのは午前九時であった。朝倉は手早く身仕度して家を出る。参宮橋の喫茶店に着くと、昨日と同じようにモーニング・サービスのトースト付きコーヒーを注文してから電話を借りる。

電話に応えた京子は、昨日のように眠たそうではなかった。

「パパは、泊らないで帰ったわ」

と、言う。

「尋きだしてくれた？」

朝倉は尋ねた。

「まあね……来てくださる？」

「いいとも」

朝倉は電話を切った。

喫茶店から京子の住んでいる参宮マンションまでは、歩いて五分とかからなかった。十時を過ぎているので、マンションの前庭の広いパーキング・ロットに駐まっていた車の半分は消えている。

七階の七Gが京子の続き部屋だ。朝倉がインターホーンのスウィッチを押すとドアが開き、サテンの漆黒《しっこく》のガウンをまとった京子が微笑していた。薄化粧をし、暖房がきいているので素足のままだ。

「綺麗だ。眠気が吹っとんだよ」

後手にドアを閉じた朝倉は京子を抱き寄せ、ガウンの襟のあいだから首筋に唇を当てて舌で愛撫する。右手は京子の腰の窪みを指圧する。

「くすぐったいわ……」

京子は、頭を反らせて柔らかく笑った。髪がほどけ、豊かに波打って垂れさがる。ガウンの下には何も着けてないようだ。

朝倉はその京子を寝室に運んだ。ベッドに降ろすとガウンがまくれ、眩《まばゆ》く白い京子の肌がむきだしになる。朝倉も服を脱いだ。四十分後、急速に汗が引いていっても朝倉は京子と離れなかった。京子の髪をくわえて強く引っぱり、

「小泉の話はどうだった?」

と、尋ねる。

「やっぱし、久保って男は五千万の線を崩さないそうよ。でも、社長がその男の痛いとこを突いたんですって……二度と東和油脂を恐喝しないという保証の方法はあるのかって。パパさんの入れ知恵らしいわ――」

京子は、朝倉が図書室で盗聴した内容とほぼ同じことを気だるげに話しはじめた。

朝倉は、相槌《あいづち》を打ちながら聞いていた。知りたいのはそれから先、ホテル・ミツイでの重役会議の内容だ。

「……それから、ホテルに重役たちが集まって知恵を出しあって見たそうよ」

京子が朝倉の知りたいことを口にしたのは、大分たってからであった。

「ほほう……?」

「久保って男が約束した三日間に、パパの会社は一千万使ってもいいから乗っ取り屋の鈴本の側近の誰かを買収して、本当に久保って男が、鈴本にまだパパの会社の内情を知らせてないかを尋きだすらしいわよ」

京子はガーゼをさぐった。

「もし、久保が鈴本にしゃべってなくて、自分だけで勝負しようとしていることが確かめられたら？」

「安心して久保を眠らせるそうよ。そういう仕事を商売にしている人に頼んで……」

「殺し屋か。映画や小説だけでなく、本当にいるんだな」

朝倉は唸《うな》って見せた。東和油脂は泥沼に落ちこんでいっているらしい。殺し屋が、今度は東和油脂を恐喝しないとはかぎらない。俺も早く磯川との取り引きを済ませて東和油脂一本に全力をあげないと、バスに乗り遅れるどころか、そのバス自体が潰《つぶ》れてしまう……。

「あら、こんなこと誰にも言わないで……」

京子は、小さく叫ぶように言った。

「分ってるよ。君に心配はかけない」

朝倉は優しく囁《ささや》く。

「もう、こんなつまらない話はよしましょう。あなたに喜んでもらいたいことがあるのよ」

「なんだい？」

「トライアンフが今日納車されるのよ。もうセールスの人が持って来る頃だわ」

京子は笑いながら朝倉から離れ、腰をかがめて浴室に駆けこんだ。朝倉はタバコに火をつけ、暗く光りだした瞳を天井に据えている。

45　トライアンフ

浴室から出た京子が鏡台に向かっているとき、玄関のインターホーンのブザーが鳴った。朝倉は素早くベッドから跳び降りた。

「どなた?」

京子は、隣の部屋についたインターホーンの親器のスウィッチを押して尋ねる。

「三協モータースの園井です。お車を届けにうかがいました」

若い男の滑らかな声が聞こえた。

「少々お待ちください」

京子はスウィッチを切った。寝室に戻り、スウェーターとスカートに替える。朝倉も手早く身仕度した。

「あなたも一緒に見て……」

玄関に歩みながら、京子は朝倉に囁く。

トライアンフのディーラー三協モータースのセールス園井は、丈の短いコートをスマートに着こなした、薄っぺらな感じの美男であった。朝倉を認めて一瞬、失望の表情を見せたが、すぐにそれを愛想笑いで隠す。

京子は園井に、朝倉を車好きな友人として紹介した。

「昼食時にお伺いして失礼とは思いましたが、やっとナンバーが取れましたので――」

園井は、カバンから車検証や取扱い説明書や強制保険の書類などを取り出して応接室のテーブルに置き、

「車をご覧になってみますか？」

と、朝倉に言う。

「そう願いましょうか」

朝倉は答えた。園井は車検証を持って立ち上がる。

「わたし、部屋から見ているわ」

京子はダイニング・キッチンに消えた。

園井の背は朝倉と同じぐらいであったが、体重は三分の二ほどであった。二人はエレベーターで一階に降りた。

ハード・トップの屋根が暗灰色をした漆黒のトライアンフTR4は、猛魚のそれのようなヘッド・ライトの眼を剝《む》いて、マンションの駐車場の中央に蹲《うずくま》っていた。二個のSUキャブレターをおおうボンネット上のコブのようなふくらみが精悍《せいかん》だ。

園井は鍵束を出して、TR4のドアを開いた。朝倉はその鍵束を受け取り、右ハンドルのそのTR4の運転席にもぐりこんだ。

深く彎曲して体をすっぽりと包むバケット・シートの位置と背もたれの角度を調節して安全ベルトを締めた。傾斜した短いシフト・レヴァーに左手を落とし、小型航空機のそれのように

計器の並んだダッシュ・ボードを睨む。

垂直に近くたった三本のスポークのステアリング・ハンドルの奥に、二百キロまで目盛ったスピード・メーターと六千回転までのタコメーターが見える。速度計に組み込まれた走行積算計は二十キロ少々を示しているが、これまでケーブルを外して走っていたかも知れないから当てにはならない。

ダッシュ中央には燃料、油圧、水圧の計器が上下二列に並び、その下に各種スウィッチのノブが並んでいた。

朝倉は、各種スウィッチのあいだにある点火スウィッチにキーを突っこんで捩《ねじ》った。生き物のように回転計《タコメーター》の針が跳ねあがり、エンジンは吠《ほ》えた。すぐにエンジンはラフなアイドリング音を響かせ、タコメーターの針は八百から九百回転のあたりで小刻みに揺れる。

園井が助手席に廻りこんだ。朝倉が内側からドアを開いてやると、助手席に乗りこんでくる。

「走らせてみますか?」

「TR3は運転《ころ》がしたことがあるが、こいつははじめてですよ。教えてください」

朝倉は言った。

「エンジンとギアはTR3と同じですよ。ただ、新車ですから、五千以上には絶対にエンジン回転を上げないでください。本当は三千キロ走るまで四千回転程度に押さえておいてもらいたいんで……」

「ロング・ストロークの旧式エンジンだから、あんまり無理はきかない。無闇《むやみ》に回転をあげても駄目だと言うわけですね」

「そ、そういうわけでは……」

園井は口ごもった。

「保証期間はどのくらいです？」

「三千キロ、あるいは二か月でして」

「なるほど、それでですね」

朝倉は笑った。新車のあいだは丁寧に馴らし運転をやってくれと業者が言うのは、保証期間中の故障修理や部品交換はサービスなので、金を取れないためもある。

「お手柔かに願いますよ」

園井は頭を掻いてみせた。

朝倉は二千五百回転までアクセルを踏みつけておき、荒くクラッチを離した。百馬力エンジンと鋭くつながるクラッチのせいでＴＲ４は急発進した。タイアのあとをベットリと駐車場のコンクリートに残して、スリップしながらカーブを切り、力強い排気音を吐き散らしながら雑《ざっ》沓《とう》の街に消えていった。

半時間ほどしてＴＲ４が戻ってきたとき、助手席の園井は脂汗を浮かせていた。

「私もスピード狂だと思ってましたが、あなたにはかないません」

と、長い吐息をつく。

「僕はスピード狂じゃない。ロード・ホールディングを見てたんです。ＴＲ３と変わらない。

変わってほしかったんだが」

朝倉は苦い声で言った。大八車のように跳びはねて、高速でカーブを切るとパワー・スライドのように後輪が簡単に外側に滑りだして不快だ。不快なだけでなく、路面の荒れた急カーブではハンドルとアクセルで絶えず修正をしないと、思った通りのコースをたどれないから、十分に慣れないと危険性すらある。

二人は車から降りた。

「あの……永井さんにはこの車の高速での欠点を知らさないでいただきたいんですが……あの方が免許証をとったとしても、とてもあなたのような物凄い運転は出来ないでしょうから、高速でのロード・ホールディングは関係無くなるというわけですから……お願いします」

セールスの園井は揉み手をした。永井とは京子の姓だ。

「分ってるよ。心配しないでいい。レースでツウィン・キャブのフェアレディに負けてから、TR4は売れないで困ってるそうだな」

朝倉は答えた。

「これはどうも……」

園井は頭を掻いた。

「そのかわり、あとあとのサービスを頼むよ」

「分っております」

園井は頭を下げた。

それから半時間ほどして、京子から現金を受け取った園井は帰っていった。京子はフランクフルト・ソーセージを蒸して大皿に盛り、西洋辛子を添えて、寝室で取扱い説明書に目を通している朝倉のところに運んできた。

ホーム・バーを隠した羽目板を開き、バー・カウンターの止り木に並んで、二人はソーセージと黒パンで昼食をはじめた。

「あの車はあなたのものよ。自由に使ってね」

珍しく食欲を見せながら、京子は朝倉に言った。

「有難う。食事が終ったら、ちょっとドライヴに行ってこない？」

「素敵ね。さっそく試乗ってわけね」

「八王子から厚木街道を通って横浜に抜け、それから帰ってこよう」

朝倉は言った。本当の狙いは、厚木街道を少し外れたところにある座間米軍ライフル射撃場の地形視察だ。

山羊革《やぎがわ》のコートに身を固めた京子が、朝倉と連れだってマンションを出たのが午後二時であった。パーキング・レーンのＴＲ４に乗りこむ。

「オープンにしないの？」

シート・ベルトを締めた京子は尋ねた。

「僕がカン違いしていた。このハード・トップ・モデルは、屋根だけ外せて後窓は外せないんだ。急に雨が降ってきたら困るから、今日は屋根付きで走らそう」

朝倉は、車検証をダッシュ左側のグローヴ・ボックスに仕舞って鍵を掛けながら言った。エンジンをかける。

発車したTR4は甲州街道に出た。五千回転になるまでアクセルを踏みつけると、前進四段のセカンドで八十を越える。シートに圧しつけられるような加速度に、京子は小鼻をふくらませている。乗心地は硬いが、厚いシートのせいで尻が痛くなるようなことはない。ヒーターとフロアに突き出した変速機の熱で体が暖まり、窓を開いて顔を冷やしていないと上気する。

いつもの通りに、烏山《からすやま》のあたりの細いネックには車がつまっていた。そこを抜けて調布のバイパスに入ると、朝倉は計器とバック・ミラーを覗きながら、サードで一杯にアクセルを踏んづける。

跳びはねるようにして急加速していったTR4のスピード・メーターは百二十五キロあたりで震えている。京子が何か言っているが、エンジンの騒音と排気音で朝倉にはよく聞こえない。

素早くトップにシフトして百四十キロに上がったとき、前方の信号が黄色に変わった。前輪ディスク、後輪ドラムのブレーキを強く踏むと、TR4は見えない巨人の手で引っぱられたように百二十まで急激にスピードを落とした。あとはサード、セカンド、ローとギアを落としてエンジン・ブレーキを強めていき、次にブレーキを踏むのは、交差点の寸前で完全に車を停止させるためだけでいい。

右手にワシントン・ハイツを追い出されることになった米軍属が住むための関東村が拡がる

府中新道で、朝倉はカタログの百七十キロをマークしようと試みたが、新車のためか百六十五キロしか出すことが出来なかった。そのスピードでは、舗装の継ぎ目ごとにタイアは路面から離れて京子に悲鳴をあげさせる。

立川で多摩川を越え、八王子の駅前通りの次の大きな交差点を左折して、TR4は厚木街道に入った。かつては自動車メーカーの新車テスト・コースとして使われていたこの行政道路も、この頃は白バイが多くて、あまりスピードを出せない。橋本の手前の坂の陰では、ストップ・ウォッチと無線で一斉取り締まりまでやっていた。

相模原《さがみはら》のあたりでは道幅が広がり、道の左右には大工場が点在していた。相模原の郊外を抜けると、道の右手にドライヴ・インや土産物屋《みやげものや》が並びはじめる。

その並びを過ぎて、雑木林が続きはじめたところの右手に、ヘルス・センター入口の小さな標識があり、無舗装のデコボコ道が雑木林のなかに消えている。

朝倉はその悪路に、スピードを五十キロまで落としたTR4を突っこんだ。車は跳ねてデフをぶっつけそうになり、タイアにはじかれた拳大《こぶしだい》の石が車の下廻りに次々に当たる。

「どうしたの？」

舞いあがる土埃を避けようと、窓ガラスを捲き上げながら京子は不審気な顔をした。

「思い出したんだ。この奥に確か米軍の射場がある。ちょっと覗いてみようと思って……」

朝倉は答えた。

「それもいいわね」

京子はグローヴ・ボックスの下のグラップ・ハンドルにしがみついた。朝倉はスピードを四十まで落とした。

やがて、家がかたまってきた。左手にタバコ屋がある十字路で、朝倉は右ハンドルを切った。道はますます悪くなり、左右の雑木林はコジュケイの猟場のようだ。いたるところにえぐられた、路面の深い穴を避けて、朝倉はスラロームのようにハンドルを切る。穴に落ちたらナンバー・プレートをへし曲げてしまうのは確実だ。

土埃で後方は見えなくなったが、前方の左手の丘にヘルス・センターの俗悪な建物が見えてきた。朝倉は左に分かれた道に入っていく。

そのゆるい坂を登ると突然、視界がひらけ、右手に貯水池の緑色の水面が広がっている。道の左手には射撃中を示す赤旗が風に翻り、轟々《ごうごう》と反響する銃声が聞こえてきたが、車のなかからは射場は見えない。

貯水池を過ぎて数百メーター行ったところに、左手に分かれる細い砂利道が灌木と枯草の荒れ地のあいだについていて、その分岐点には大きな岩が幾つも転がっていた。その細い道が射場に続いていることは、二万分の一の精密地図で朝倉は調べておいた。

国産の乗用車なら平気であろうが、地上最低高十五センチ半のＴＲ４は、岩を乗り越えるのに苦労した。やっと細い砂利道に入っていくと、強いトルクのために雪道を行くようにＴＲ４は尻を振る。

その彎曲した砂利道を半キロほど行くと、坂の下に広い射場の駐車場広場が見えた。駐留軍ナンバーの米車が十台ほどとまっている。

「やっと着いたのね」

京子は車窓のガラスを降ろした。

「そうらしい」

朝倉は、左手の柵の前にTR4をとめた。広場の奥の右手に、射場管理のカマボコ兵舎がある。銃声は続いていた。

左手の低い柵のなかが射場だ。柵の右手は切れて射場のなかにも車が突っこめるようになっているが、今は射撃中のためか、車両通行止めの道路標識が置かれてあった。その車の通り道は拳銃射撃場も兼ねている。

広々とした芝生のライフル射場は、専用道路をはさんで、五百ヤードまでの射撃が可能だ。ライフル射場の奥の丘を矢止めの安土《バック・ストップ》にして、標的線《ターゲット・ライン》には二十的が並んでいた。二百、三百ヤードの射程距離にも射撃線《ファイアリング・ライン》の低い堤《バンク》が盛りあがっている。

作業服や射撃用ユニフォームを着けた米将兵たちは、二百ヤード・ラインに並んだ射台で五十秒十発の膝射ちを行なっていた。その後に、コーチや観的壕との連絡係りが立っている。

朝倉と京子は車から降りた。ヒーターで暖まった体が急速に冷えていく。カマボコ兵舎から、日本人の射場管理係りが出て来るのに微笑を見せた。

「横田のクラブの方ですか？」

作業服を着けた中年の管理係りは朝倉に声をかけた。

「見学させてもらおうと思って……」

朝倉は答えた。

「どうぞ……でも、絶対に射線より前には出ないでくださいよ」

管理係りは兵舎に消えた。

朝倉は低い柵をまたぎ越えた。京子を軽々と抱えあげて射場の内側に移す。二人は手をつないで二百ヤード・ラインに歩み寄った。

射手たちは、いずれもM1のガーランド・ライフルを使っていた。八発射ち終わると、弾倉のクリップが自動的に空中に跳びだし、遊底も自動的に開いたまま止まるから、装弾した次のクリップを弾倉に叩き込んで連射出来る。

狭い五十メーター射場では、耳を聾《ろう》して不快感さえも与える三〇―六〇口径の銃身も、この広さの射場では突き抜けるような爽快《そうかい》な轟音として響く。

空高く舞いあがって乱舞する空薬莢と空のクリップは朝倉の心臓を快く震わせた。

射手たちはシーズン・オフのこの十二月にもかかわらず練習しているだけあって、在日軍人のあいだではトップ・クラスばかりらしかった。

観的用のスポッティング・スコープでははっきりと分らない着弾点を連絡係りが携帯無線機で観的壕に問いあわせるが、返ってくる返事には十点同弾痕というのが多かった。

M1はM1のライフルでも、射撃競技用に精選した銃身をグラス・ベッディングで銃床から浮かせ、覗き照門と引金を改造してあるらしい。無論、使用弾は競技用の特製実包だ。

銃声と無煙火薬の香りに酔っていた朝倉に、安土の丘の上を道路が通っていて危険なことに気づいたとき、ここに来た目的を思いだした。

「ちょっと観的壕を覗いてくる」

と、京子に声をかけて、離れようとする。

「待って。一緒に行くわ」

上気して耳を押さえていた京子は、無遠慮に、自分に注がれる連絡係りの将校の視線を意識してか、叫ぶように言った。

「君はここに残っていなさい、危ないから」

朝倉は有無を言わさぬ語調で命じ、射場の後の柵のほうに戻っていく。ここに来た目的は、磯川との取り引きにそなえての地形調査であった筈だ。

駐車用の広場をへだてて射場の反対側には、やはり柵と雑木林の丘でかこまれた芝生の広がりがあり、便所などの小さな建物が点在している。

広場の左手は、先ほど朝倉が車を進めてきた砂利道だ。右手にも同じような道がついていた。

左手の砂利道から分かれて、射場の横の防弾林のなかを、枯草を踏みならした小路が通っていた。それが観的壕に続いているらしい。朝倉は、その小路に足を踏みいれた。

しばらく歩くと、左手に小屋が見えた。ドアが半開きになって、標的枠などが置かれてあるのが見えるが、人影はない。

小路は枯草の空き地に突き当たった。右手に、壕に降りていくコンクリートの階段や排水溝などが見える。銃声が響くたびに、標的に吸いこまれていく弾の鋭い音も聞こえた。

突き当たりの雑木林の丘を登れば、容易に上の道路にたどり着けることを知って、朝倉は引き返した。今度は駐車用の広場の右手の、埃っぽい砂利道に入っていく……。

朝倉が射場に戻ったときには半時間以上が過ぎていた。薄暗くなりかけた空のもとで、射手たちは三百ヤード・ラインまで後退して寝射ちの姿勢をとり、十発六十秒の速射を行なっていた。

芝生に腰をおろしていた京子が、朝倉のほうに走り寄ってきた。

46 軽機

朝倉は、京子を抱きかかえるようにしてトライアンフＴＲ４に乗せた。ＴＲ４をスタートさせて射場から離れていく。陽は急激に傾いていた。

岩が転がっている十字路に突き当たるところまで砂利道を戻ると、来た時と反対側の道にハンドルを切った。やはり砂利道だが程度は少しましになり、ＴＲ４は洗濯板《せんたくいた》を敷きつめた上を走るような感じでポンポン跳ねるだけで済んだ。

やがて道は荒れた舗装路になり、原当麻の街に入った。それから朝倉は、車首を厚木街道に向ける。

八王子寄りの矢部のあたりで、ＴＲ４は行政道路に入った。座間射場のほうに折れる前に一度通った地点だ。

そこから、横浜バイパスの入口までは快適な舗装路が続いた。夜になって白バイは姿を消しているので、朝倉は百二十から四十で飛ばす。米軍のパトカーが多いが、日本ナンバーの車を追っかけたりはしなかった。

横浜バイパス入口のトンネルの青白い灯が幻想的であった。左に折れて、バイパスと反対に横浜市内に車を向けながら朝倉は、

「近いうちに、伊豆にでも行こうね」

と、京子に優しく言う。

「約束よ」

京子は、ギアのシフト・レヴァーに軽く乗せた朝倉の左手を右手で包んだ。京子の体が傾き、ゲランのミツコの芳香が朝倉の鼻をくすぐった。

車は、ゴルフ練習場を右に見て第二京浜と合流する東神奈川に向かい、途中、反町で右折した。第二と第一京浜を横切り、万代橋を渡って卸売市場のほうに向かう。

この時刻には、市場は廃墟のようであった。港の灯が波間に交錯している。朝倉は、市場の横手にあるカニ料理の店〝海賊亭〟の駐車場にＴＲ４を駐めた。

車から降りると、かすかにタールの匂いを孕《はら》んだ潮風が吹きつけてきた。朝倉は、山羊革のコートの襟を立てた京子を抱えるようにして、その店に入っていった。

海に面した店の二方はガラス張りになり、店内の照明も明るくないので、港の夜景を眺めながら舌を楽しませるには好条件であった。表通りから離れているのと、値段があまり大衆的とは言いがたいせいか、三十ほどあるテーブルの半分は空いている。

朝倉は、海寄りのテーブルに京子を誘導した。暖房でガラスが曇らないように、窓ガラスにはアンチ・フォッグの透明なパネルを密着させてある。

船員風のユニフォームをつけたウエイトレスが、メニューを持ってきた。

「君の好きなものは？」

開いたメニューを支え、朝倉は京子に肩を寄せた。

「昨日頃から少し食欲が戻ってきたわ。あの薬に慣れたのかしら――」

京子は呟いて、あわてて口を押さえ、ちょっと間を置いて、

「松葉ガニと車エビでもいただこうかしら。飲み物はマンハッタン……なるべくアルコール分を少なくして」

と、ウエイトレスに言う。

「僕は毛ガニと伊勢エビだ。それに黒ビール」

朝倉も注文した。磯川との取り引きの約束は午前一時だから、飽食さえしなければ、体が重くて不覚をとるようなことは無いであろう。

二人が坐ったテーブルからは、高島埠頭《ふとう》から山下埠頭にかけてが一望のもとに見渡せる。この位置からは、税関埠頭の奥にそびえているように見えるマリン・タワーの灯が鮮かだ。

「若いということは素晴らしいことね。京子も、あなたと知り合えてから若返ったようよ。生きてることは貴重なことだとつくづく思うと、胸を甘酸っぱくしめつけられるような感じ……」

桟橋に入りきれなくて、沖合に碇泊《ていはく》している船の灯に遠い視線を投げながら京子は呟いた。

「…………」

黙って頷きながら、朝倉は、自分の胸に、京子に対する憐憫《れんびん》が愛とも言うべきものに変わりかけていることを感じていた。毎日を戦い続け、目的のためには人を殺し、これからも殺さなければならないであろう今の俺は、京子のなかの母性に安息の場を求めているのかも知れない……。

注文した品が運ばれてきた。

大きなカニやエビが生きているときのような格好で、氷を敷いた皿に乗せられている。巧みにナイフを入れてあるらしく、フォークで突っつくと甲羅と身は簡単にはがれた。

一時間半後、二人は店を出てＴＲ４に戻った。口のなかには、とけるような海の幸の味が残っている。

朝倉は第二京浜を通って都内に車を進めた。麻薬入りのタバコを続けざまに二本灰にした京子は、深く彎曲したシートの背もたれに頭をのせ、軽く唇を開いて寝息をたてている。

五反田から環状六号の山手通りを通り、参宮橋の京子のマンションにＴＲ４は戻った。パーキング・ロットに停めてエンジンを止めると、京子は目を覚ました。瞬きをしながら、

「御免なさい……もう着いたの？」

と、呟く。

「お休み。すっかり忘れていたが、至急まとめないとならない小論文があるんだ。ずっと君のそばに居たいが、それでは君のほうばかし眺めていて仕事になりそうにない」

朝倉は車を降り、京子側のドアを開いてやった。

「淋しいけど、我慢するわ。あなたも頑張ってね。夜ふかしは体に毒よ」

京子は車から降りた。

「分ってる」

「この車は本当にあなたのものよ。お願い、これに乗って帰って」

「恩にきる」

朝倉は軽く京子の肩を抱き、マンションの玄関まで京子を送った。京子の部屋に小泉が来て窓のブラインドの隙間から覗いていたらまずいから、深く立てたコートの襟を左手で押さえて顔を隠すようにする。

ＴＲ４を駆って、京子と一緒に借りた世田谷赤堤のアパートに戻った時は十時近かった。部屋に入って、そこに戻った証拠に、適当に机の上やダイニング・キッチンを散らかすとアパートを出た。

途中で薬局に寄って買物をし、上北沢に京子にも内緒で借りた家の前庭にＴＲ４を突っこんだのは、それから十分後であった。崩れかけてはいるが、二メーターの高さがあるコンクリート塀と樫《かし》の表戸が、庭の車を通りがかりの人の目からさえぎってくれる。

今度は、タクシーを拾って上目黒のアパートに戻った。作業服やジャンパーや半長靴などをスーツ・ケースに収め、アパートの玄関脇に駐めてある自分の単車を駆って、上北沢の借家に再び戻る。

すでに十一時であった。背広服で単車を飛ばしてきたので、顔の皮膚が痛む。単車を庭のTR4の横に置き、荷箱を開いてみて、そのなかにヘルメットやゴッグルなどが入っていることを確かめ、スーツ・ケースを提げて家のなかに入った。フトンを敷きっ放しにした六畳の茶の間に荷物を置いて置き、納戸の部屋から地下室に降りた。

地下室は冷えきっていた。朝倉は薄い手袋をつけ、地下室の戸棚を開いた。

戸棚に仕舞っておいた千八百万の熱い札束の入ったバッグを取り出す。戸棚の米櫃に入れておいたコルト三十八口径スーパーの自動式とスターム・ルーガー自動式の拳銃に、それぞれに合う五十発入りの弾箱も出した。タクシーの運転手冬木の死体から奪って写真を貼り替え、氏名を改竄《かいざん》した運転免許証も取り出す。

それらの品を茶の間に運びあげた。臑《すね》にポケットの付いたデニムのジーパンと革のジャンパーに着替える。

弾倉を点検してから、二十二口径のルーガーは臑のポケットに入れ、コルトはズボンのバンドに突っこんでジャンパーの裾でそれを隠した。コルトには把式安全止《グリップ・セーフティ》とハーフ・コックの中立位置でとめておくことが出来る露出撃鉄が、普通の安全弁のほかにもついていて暴発に対する防禦は完全に近いから、薬室にも装塡《そうてん》して撃鉄をハーフ・コックに戻してある。

上目黒のアパートからこの家に移したときに指紋がついている筈であるから、熱い札束を詰めたバッグをハンカチで拭った。

予備の毛の靴下や弾薬箱を半長靴に突っこみ、その靴とバッグを提げて玄関に戻る。ラバー・ソールの靴をはいて庭に出た。

TR4の後部補助席に、家から運びだした品を置いた。単車の荷箱からヘルメットを出して助手席に移し、防埃眼鏡《ゴッグル》はジャンパーのポケットに突っこむ。

すでに十一時半近かった。朝倉は、TR4に乗りこんで表に出た。家の前で車から降りて表戸を閉じながら、郵便受けに勧誘員が突っこんだらしい新聞や御用聞きの名刺がたまっているのを不快気に見る。

再び車に乗りこんだ。磯川との約束の時間までにあと一時間半ほどしかない。ただ都合がいいことは、深夜なので白バイが出てないことと、交通専門のパトカーが少ないことだ。

朝倉は、座間に行く最短距離のコースである大山街道を択ぶことにした。八王子廻りよりもはるかに道は悪いが、三、四日前に鶴川まで試射に行ったときの様子では、多摩川から先は大分舗装がのびているようだ。

TR4は、深夜の住宅街に排気音を響かせながら経堂の狭い通りをジェット・コースターのようにくぐり抜けて世田谷街道に降りた。

上町から馬事公苑にかけての工事中の悪路を過ぎると、国立大蔵病院のあたりは快適な道になる。昼間だと、ここで一息ついて飛ばすと、たちまち白バイが追ってくる仕組みになっている。

だが、その道もすぐ終わり、TR4は嫌な音をたてて軋《きし》みはじめた。特に、東宝撮影所の先をくだって多摩堤通りに入って和泉《いずみ》多摩川までは、お粗末きわまる悪路だ。オリンピックにそなえて、馬事公苑や駒沢競技場に砂利や資材を運ぶダンプやトラックの車輪が、雨が続けばフナでも飼えそうな大穴をいたるところにあけている。

朝倉は右に左にハンドルを急激に切って、あまりスピードは落とさずに、次から次に穴をよけて進む。タイヤはしばしば接地性の極限に達し、白煙を吹いてスキッドする。そして、狛江《こまえ》のあたりでは穴をよけるだけの余地は無くなり、這うようにスピードを落として穴を乗り越えなければならなくなった。

だが、水銀灯に照らされて高速道路のランプ・ウエイのように見える新設の陸橋を和泉多摩川の水道道路に登っていく時から、TR4のエンジンは生き返ったように回転を上げていく。やっと完全舗装路に入ったのだ。

多摩川水道橋を渡り、登戸《のぼりと》から鶴川のあたりまでは完全舗装が続いた。それから行政道路に突き当たるまでも、少々荒れてはいるが、アスファルト道が多い。

矢部で行政道路に入った。そしてドライヴ・インの先で右折して、座間ライフル射場のそばの貯水池の手前の三叉路《さんさろ》に着いた時が午前零時十五分であった。多摩川を渡ってからの約二十キロを十五分、平均八十キロぐらいで飛ばしたことになる。平均八十キロと言うことは、路面の良好な所では百五、六十キロは出したことになる。

朝倉は、左手のヘルス・センターの丘に通じる道にTR4を突っこんだ。ヘルス・センターの灯は消えている。

その道がカーブしたところを過ぎて、車をUターンさせ、車首をいま通ってきた石ころ道に向けてとめた。

マスクのついた草色のヘルメットをかぶり、ゴッグルをつけて顔の大部分を隠した。弾薬箱のうち三十六ミリ・フィルムのパッケージほどしか大きさのない二十二口径弾箱を開いて、五十発の弾をジャンパーの右ポケットに移した。軽い。

三十八口径の弾箱は運転席とトランス・ミッションのふくらみのあいだに押しこんだ。

左手に、半長靴とバッグを提げて朝倉は車から降りた。射場の方角は静まりかえっている。ラバー・ソールの靴音は小さかった。朝倉は道と平行した雑木林の縁《ふち》に沿って、貯水池のほうに戻っていった。満月とまではいかないが、月光がかなり明るい。

ゆるやかな坂道を登りつめると、右手の貯水池の波が月光を撥《は》ね返していた。だが、左手の雑木林の下にあるライフル射場は、木立ちに邪魔されて見透せない。

用意した毛の靴下を二枚重ねて、そのなかに拳大の石を入れた。靴下の口を縛って殴打用のインスタント凶器を作って尻ポケットに入れる。

貯水池を少し過ぎたところで、朝倉はゆっくりと雑木林を降りていく。ところどころに堆積した落葉の吹き溜りにうっかり踏みこむと、枯葉が派手に砕ける音をたてるので、ひどく歩きづらい。

それに、いくら月光があるといっても、木洩《こも》れの淡い光のもとではゴッグルはやはり邪魔だ。ゴッグルを外すと、猫属のように夜目のきく朝倉には、落葉の一枚一枚までを鮮明に見ることが出来た。

射場のほうから見上げたときには短い距離に思えたが、こうやって一歩一歩慎重に神経を緊張させて降りていくと、射場の脇の防弾林までたどり着くのに十五分はたっぷりかかった。

射場の芝生に人影は見当たらなかった。しかし、射場入口の駐車広場には見覚えのある磯川のシヴォレー・インパラが蹲《うずくま》っている。ルーム・ライトを消しているのと、朝倉の位置からは五百ヤード以上あるために、車内の様子までは分らない。朝倉はそっと深呼吸をした。防弾林のなかを通って駐車広場に向かう。

あと百メーターで駐車広場に着こうとするとき、朝倉の足はとまった。予想通り、防弾林の射場側の縁寄りに蹲っている人影が見えたのだ。駐車広場から直線距離にして七十ヤードぐらいの地点であった。

人影は二つであった。左側の男は腹這いになっていた。その前には、支脚に乗せた大きなブローニングA2軽機関銃があった。銃口にはフラッシュ・ハイダーがついている。フラッシュ・ハイダーは発射の閃光《せんこう》を隠して、どこから射っているのかを相手には分らないようにする。

その軽機は、二十連の弾倉を機関部の下に突きだしていた。重量が重いせいもあって、軽機関銃を固定、あるいは支脚に委託して射撃すれば、素人《しろうと》でも高い命中率を示すものだ。一分間約五百発の割りで連射しても、銃がそう跳ね上がりはしない。

七十ヤードの距離で軽機に狙われては、勝ち目がない。朝倉は、今にも自分の体が百五十グレインの弾頭に引裂かれてズタズタになるような悪感を覚えた。

半長靴とバッグを地面に置き、朝倉は腹這いになって機銃手のほうに忍び寄った。荒い息が漏れないように、マスクの下の口に色物のハンカチをくわえている。

二人は磯川の用心棒であった。用心棒は三人だから、あとの一人は車のなかにでも居るのかも知れない。機銃の後で、二人の用心棒は声をひそめてエロ話を交している。機銃の銃口は、射場の柵に寄せて置かれたスコア・テーブルのほうに向けられている。

朝倉は彼等の背後二十メーターほどに忍び寄ったとき、左手に小口径のルーガーを握り、右手は靴下に石をつめた殴打用の凶器を抜きだした……。

左側の用心棒は、朝倉が鋭く振りおろした凶器の音を聞き、あどけ無いほどに見える驚愕《きょうがく》の表情を浮かべて振りかえろうとした。次の瞬間、その男は頭蓋骨を割られて昏倒《こんとう》した。重ねた分厚い毛の靴下のために、打撃音は鈍かった。

右側の男は、発作的な動作で右手を内ポケットに突っこもうとした。真っ向から振りおろされた朝倉の凶器を額に受けて脳震盪《のうしんとう》を起こした。凶器の石も粉々に砕けていた。朝倉はそれを捨てて靴下をポケットに仕舞い、二人の頸動脈を絞めて完全に気を失わさせた。

軽機関銃の受筒左隅についたガス・シリンダー固定用のピンを後に廻してから引き抜く。二人の用心棒が目を覚ましても、軽機が使い物にならなくなったことを知るだけであろう。その軽機の照星頂には夜間照準に便利なように銀が埋めこまれてあった。

そのときになって朝倉は、まだハンカチをくわえていたことに気づいた。濡れたハンカチをマスクの下から引きだし、軽機のシリンダー止めピンと共にポケットに納める。

バッグと半長靴を置いてあった場所に這い戻った。それを持って、射場の駐車広場に通じる車道に廻り出た。数時間前に京子とTR４で通った砂利道だ。

そこでラバー・ソールを半長靴にはき替え、再びゴッグルで眼を隠した。ラバー・ソールの靴を林のなかに捨て、半長靴を鳴らして駐車広場に道をくだっていく。そのラバー・ソールは五年ほど前にあるデパートの特売品売り場で買った品だから、その靴から身許が割れる心配は無い。駐車広場に入った朝倉は、約束の通り、射場の芝生との境いの低い木柵に近づいた。

射場と反対側の柵に寄せて横向きに駐まっているインパラから、磯川と秘書の植木が降り立った。植木が小さなバッグを提げている。三人目の用心棒が車の下に腹這いになって、右手に握りしめた拳銃をソフトで隠しているのが朝倉に見えた。

「遅かったな。五分の遅刻だ……まあ、そっちで話そう」

機銃の狙いがつけてあったスコア・テーブルの方を示しながら、磯川が唸《うな》るように言った。

「こっちも色々と片付けないとならん仕事があってね」

朝倉は柵のそばのスコア・テーブルに歩み寄ると、二人の用心棒が倒れている方向に背を向けて立った。

47　鑑　別

朝倉が射場左手の防弾林に背を晒《さら》したのを見て、磯川は急に愛想よくなった。

「この前はひどい。銃弾の御挨拶《ごあいさつ》とはおそれいったよ」

と、豪傑笑いする。

「そうですかね。それにしても、記者団に対する先生の釈明は御美事でしたな」

マスク付きのヘルメットとゴッグルで顔を隠した朝倉は答えた。

「あんただって、儂《わし》にああ言ってもらいたかったんだろう」

「まあね。ところで今夜は、私に皮肉を言いに来られたわけではないんでしょう？」

朝倉はマスクの下で唇を歪めた。

「そうだったな。取引きだった。まず、君のを確かめさせてもらおうか」

磯川は、言い、防弾林の機銃手が隠れているあたりに視線を走らす。

「どうぞ」

朝倉は手袋をはめた手で、提げていたバッグを磯川とのあいだのスコア・テーブルに乗せた。

二十五メーターほど離れたシヴォレー・インパラの車体の下に腹這いになった磯川の用心棒は、まだソフトで隠した拳銃をむき出しにはしてなかった。

憎悪に燃える瞳で、朝倉を睨みつけている秘書の植木に、磯川が顎をしゃくった。

植木は視線を朝倉から外さずに、磯川に軽く頭をさげた。手にしている小さなバッグを磯川に渡し、スコア・テーブルに乗っている朝倉のバッグに手をかけた。

月光が植木の眼窩《がんか》に暗い影を落とし、その顔をひどく陰険に見せていた。

植木は朝倉のバッグのジッパーを開くと、その中身の札束をスコア・テーブルにぶちまけた。

磯川のむくんだ瞼の下の瞳が鈍く光って、その札束の山に釘づけになった。しかし、それもわずか数秒で、再び防弾林のほうに視線を流す。

植木は小型の懐中電灯を照らして、札束の一つ一つを点検してから懐中電灯を仕舞った。一枚一枚、紙幣を勘定していった。

シヴォレーのボディの下では、磯川の用心棒が拳銃をむきだしにし、そろそろと右腕をのばして銃口を朝倉に向けていた。

朝倉は腰まである革ジャンパーのジッパーを外しておいたが、今度は裾を留めてあるボタンをさり気なく外して、ズボンのベルトに差した拳銃を素早く抜射ち出来る体勢をととのえた。

紙幣を数える植木の手つきは銀行員のそれのように鮮かであった。そして素早い。

全部の紙幣を数え終ると、植木は、

「たしかにあるようです。千八百万……」

と、呟いて磯川に視線を移した。

磯川は重々しく頷いた。

植木は札束をバッグに戻した。

磯川は手にした、小さなバッグをスコア・テーブルに乗せ、

「さあ、今度は君の番だ」

と言って、後に二、三歩さがる。

嗜虐的《しぎゃくてき》な笑いを漏らした植木も後じさりした。

朝倉は手袋をはめた手で、磯川が置いたバッグを開いた。前と同じように、一ポンド入り二つと二百グラム入り一つのビニール袋が入っている。

磯川が分厚い唇に葉巻をくわえた。

ダンヒルのガス・ライターに点火して青白い炎を長くのばした。

脂の浮いた荒い皮膚の顔が照らしだされる。

磯川はその炎を葉巻の先端に当てた。葉巻に火がついたのにもかかわらず、ライターの炎を消そうとしない。

朝倉はビニール袋の中味を確かめようとせず、マスクの下で薄ら笑いを刻んで、そんな磯川とシヴォレーの車体の下の磯川の用心棒に交互に視線を配っていた。

磯川の表情が歪んできた。

植木が喘《あえ》ぎだした。二人は、さらに後じさりする。

磯川は一度ライターの火を消した。再び点火し、火がついている葉巻に炎を当てる。

それでも何も起らないのを知ると、苛立《いらだ》って炎を点滅させる。

「何をお待ちですか?」

朝倉は乾いた短い笑い声をたてた。

「何でもない。君の知ったことじゃない！　余計なことを言わんで、早く儂の持ってきたものを調べて見んか！」

磯川は狼狽《ろうばい》を隠そうとしてか、居丈高にわめいた。

そして、くわえていた葉巻を地面に叩きつけ、靴底で踏みにじり、次の葉巻をくわえた。

朝倉はシヴォレーから目を離さずに、左手でポケットをさぐって、タバコを一本抜きだした。

それを指にはさみ、

「マッチを忘れた。火を貸して頂きましょうか」

と、磯川に言う。

磯川は濁った瞳を血走らせて、それが機銃射手への合図らしいライターの炎を、二本目の葉巻にのばしている。

「…………」

磯川は返事をしなかった。

アルコールを飲みすぎたときのように瞳が据《すわ》ってきた。動こうとして動けぬような身振りをする。

「お願いしますよ……」

朝倉はスコア・テーブルを廻って、ゆっくりと磯川に近づいた。

あわててライターを消した磯川の唇から葉巻が垂れさがり、植木が低く呻《うめ》いてさらに後じさりをしようとする。

シヴォレーの車体の下で磯川の用心棒が狼狽しているのが、朝倉に見える。

二十五メーターの距離で実用拳銃を発射したりしたら、気まぐれな弾は磯川に当るかも知れない。

磯川にあと一歩というところまで近づいた朝倉は、突然、豹《ひょう》のように早く滑らかな動きで磯川の背後に廻りこんだ。

右手には一瞬のうちに抜かれた三十八口径コルト・スーパーが鈍く光り、その銃口は磯川の左の肩胛骨《けんこうこつ》の下にくいこむ。

茫然《ぼうぜん》としていた磯川の喉を、垂れさがった葉巻の火口が焼いた。苦痛の呻きを漏らして、その葉巻を払いのけた磯川は、火傷《やけど》の痛みで頭がはっきりしたらしい。

「な、何をするんだ!」

と、朝倉のほうに太い首を捩《ね》じ曲げようとする。

「とぼけなさんなよ、先生。だがね、林のなかの機関銃が吠えるのを待ってるんなら、お気の毒だが当て外れってとこですな。私の組の者があの二人を寝かしつけてしまったんでね」

朝倉は笑い、瞳を引き吊らせた植木に向けて、

「服が汚れて気の毒だが、こっちに来て腹這いになるんだ。先生の命を助けたかったらな」

と、命じた。

「ハッタリはよせ、林の中の機関銃はまだ貴様を狙ってる……。貴様に仲間なんかあるもんか。

この前は一杯食わされたけど、今度はそううまくいくもんか」

植木はわめいた。

朝倉は右手の拳銃の銃口を磯川の後頭部に移した。

磯川が首の骨が折れたかのように頭を前に突き出して、喉の奥で重苦しい悲鳴をあげ、

「この男の言う通りにしてくれ……。儂を殺させないでくれ……」

と呻く。

「先生……」

植木はその場に坐りこみ、這って磯川のそばに近寄ってきた。

「次は、そこの車の下に隠れてる間抜けの番だ。さあ、ハジキを捨てて出てこい。両手を首の後に組んでな」

朝倉は嘲笑《あざわら》った。

シヴォレーの下の磯川の用心棒は、左手に持ったソフトで顔を隠すようにして、腹這いのまま後じさりしようとしていた。

「逃げようとしても無駄だぜ。銃声が聞えてもパトカーはやってこないと言うんで、この射場を択んだ筈だったな。お前さんが出てこないなら、まずこの先生の片耳をブッ飛ばして見せてやろう」

朝倉は拳銃の撃鉄に親指をかけてそれを起した。その乾いた金属音を聞いて、磯川は膝から崩れ折れそうになる。

朝倉は左手でその襟を摑んで磯川を支えた。

シヴォレー・インパラのボディの下から、青黒く光る輪胴式の拳銃が投げだされた。

続いて、背中をシャシーにぶっつけながら、磯川の用心棒が這い出てきた。全身を晒《さら》すと、両手を首の後に組んで立上がり、よろめきながら磯川のほうに歩み寄る。

「よし、こいつと並べ」

朝倉は、腹這いになったまま、両眼を掌で押さえて、背を震わせている植木の方を左手で示した。

減量しすぎのボクサーのような顔をした用心棒は、ふてくされた身振りで地面に腰を降ろし、植木と並んで腹這いになった。

口のなかで罵り続けている。

「動くなよ」

朝倉は磯川に警告を与えておき、その後頭部から拳銃の撃鉄を左手で押さえながら、引金を絞り、撃鉄をハーフ・コックの安全位置に戻した。

その銃把で用心棒の頭を殴りつけた。続いて植木にも一撃を加える。

二人の男はエビのように背中を丸め、石を叩きつけられた蛙《かえる》のように足を痙攣《けいれん》させて気絶した。

朝倉は磯川に向き直った。その胃に銃口を突きつけて、スコア・テーブルのほうに押し戻していく。

磯川は足をもつれさせ、テーブルに手をついて横倒しになるのを防いだ。

「頼む。助けてくれ。射たないでくれ……。今夜持ってきたペーは、みんな本物だ。嘘でない。調べてみてくれ。金はいらないから、儂の命と引替えに、そのペーを持っていってくれ……」

磯川は哀願した。

「取引きは取引きだ。金は払う。そのかわり、俺という男のことを忘れてくれ」

朝倉は冷たく言った。

「分った。分ってる……。そのピストルを仕舞ってくれ」

「シヴォレーのエンジン・キーは誰が持ってる？」

「車の鍵か？　車に差してある……」

「よし、ここを離れるまで、あの車を借りるぜ。道にあんたの部下が待伏せしてたら面倒だから、あんたに人質になってもらう。文句は無いだろうな。磯川先生」

朝倉は愚弄した口調で言い、左手で磯川の服をさぐった。

磯川は銃器を身につけていなかった。

朝倉は自分のバッグと磯川側が持ってきたバッグを左手に提げ、磯川を駐まっているシヴォレー・インパラのほうに歩かせた。

車のキーは、磯川が言った通りに、イグニッション・スウィッチに差しこまれてあった。

磯川を助手席に乗せてキーを捻《ひね》ると、五・四リッター二百五十馬力のＶ８エンジンが、鈍重なアイドリング音をたてはじめた。

その車はトルク・フライトと称する自動変速機付きであった。左ハンドルなので、右手の拳銃を助手席の磯川に突きつけたまま運転出来るわけだ。駐車ブレーキを外し、自動変速機のセレクターをDレンジに移せば、あとは右手を使う必要がない。

ライトをつけた朝倉は、そのインパラを発車させた。

グラインダーを空廻しするときのように、軽く手応えのないパワー・ハンドルを左手で水車のように廻して駐車広場のなかでUターンさせ、射場の左手の砂利道に進めていく。

柔らかいサスペンションのために、インパラの巨体は大きく煽《あお》られる。

磯川は紫色に近い分厚い唇に唾をためて、体を固くしていた。

車が大きく揺れて朝倉の右手の拳銃の銃身が脇腹にくいこむたびに悲鳴を漏らした。

半キロほど曲りくねった砂利道を行くと、T字路に突き当たった。

そこに転がっていた岩は道の端に片付けられていた。朝倉は右にハンドルを切って貯水池のほうに車を戻らせていく。

貯水池を過ぎ、もう少しでトライアンフTR4を駐めてあるヘルス・センターへの脇道が見えてきそうになった時、朝倉はシヴォレーを停めた。

「こ、こんなところで何をする気だ?……頼む、どんなことでもするから射たないでくれ……」

磯川は震えだした。

すでに失禁しているので、アンモニアの悪臭が車内に漂っている。

「射ちはしない。ちょっとのあいだだけ目を瞑《つぶ》っていてもらうだけのことだ。あんた、車の運転は出来るのか？」

朝倉は尋ねた。

「時たましかハンドルを握ることはないが……」

「よし、それじゃあ、目を覚ましたらこの車で射場に戻れ。そして気絶してる連中を拾って、直っすぐに横須賀に戻るんだ。そして、俺のことは忘れるんだな。あんたに払う金はここに置いておく」

朝倉は言い終ると、磯川の頸動脈に拳銃を叩きつけた。

磯川は前のめりに上体を倒し、ダッシュ・ボードに顔をぶっつけてフロアに転げ落ちた。

熱い札束の入った自分のバッグをシートに残し、麻薬の入ったバッグを左手で提げて、朝倉はシヴォレーから降りた。

右手の拳銃を腰のあたりに構え、ヘルス・センターに通じる脇道に歩む。

黒塗りのＴＲ４には、もう薄く霜が降りていた。フロント・グラスも曇っている。

朝倉は用心深くＴＲ４に近づき、誰もそのなかにもぐりこんでいないことを確めてから、ドアを開いた……。

午前三時近かった。

朝倉が運転するハード・トップのＴＲ４が世田谷上北沢にある隠れ家の門をくぐった時は、朝倉はゴッグルもヘルメットも外している。

座間射場から戻る途中でパトカーに追跡されたり、不審な車の尾行を受けたりしたことは無かった。

枯草と灌木の庭に車を駐めた朝倉は表門を閉じ、弾箱や麻薬入りのバッグなどを持って家のなかに入った。

車のヒーターのせいで体は冷えてなかったが、緊張で首筋が凝《こ》っていた。

朝倉は茶の間の戸棚から三分の一ほど中味が残っているバーボン・ウイスキーの壜を取出してラッパ飲みした。

味のほうは感心しないが、効き目は早い。

胃のなかが燃えてくると、緊張もほぐれはじめた。

朝倉は地下室からアルコールやベンジンなどの壜、台所から小皿を何枚か持って茶の間に戻った。

ヘロインは水やアルコールには溶けるが、エーテルやベンジン、ガソリンなどには溶けない、ということを朝倉は本で読んだことがある。その性質を利用すれば、今度の麻薬がどの程度の純度かが大体分るかも知れない。

磯川から受取ったバッグから三つのビニール包みを取出し、ナイフでビニールに小さく孔をあけ、そこから少量ずつ白い粉末を出して小皿に分ける。

それぞれの小皿にガソリンやベンジンなどを注ぐ。

乾燥剤や濾紙《ろし》や薬秤がないので、よくは分らないが、大体の結果は純度九十%と出た。

塩酸プロカインやブドー糖などの増量剤を混ぜて、純度をもっと落としても、立派に商品として通用する。

末端の中毒者に渡るまでには、水増しにつぐ水増しで、純度はお話にならないほど落とされているのが普通だからだ。

だから、そんな中毒者が何かの機会に、純度の高いヘロインを手に入れて、いつもの量を注射したりするとショック死するのだ。

一ポンド入りのビニール袋二つと二百グラム入りを一つ、それにコルト自動拳銃などを地下室の戸棚に入れ、朝倉は再び茶の間に戻った。部屋が冷えきっているので、革ジャンパー姿のまま万年床にもぐりこんだ。

目覚し時計の針は七時半に合せておく……。

翌日は土曜日であった。

朝倉は久しぶりに京橋の会社に出勤した。経理の部屋に入ったのは、始業定刻の九時より十五分ほど前であった。

広い経理の部屋には、次長の金子の姿だけがあった。

頬はこけて不精髭《ぶしょうひげ》がはえ、生気を失った皮膚がサンド・ペーパーのように荒れている。不安と焦慮をむきだしにした表情でゴルフのクラブを振りまわしているが、腰がふらつき、呼吸も乱れている。

一振りするごとに罵声を吐き散らしていた。

「お早うございます」

朝倉は深々と頭を垂れた。

「何だ、君か……」

金子は素っ気なく答えた。

「どうも御迷惑を掛けました。やっと起上がれるようになりましたので……こんなにしつこい風邪《かぜ》は初めてです」

「そうか。そうだったな。君は休んでたんだったな」

金子の返事は上の空であった。

再びクラブを振り下ろす。

「私が休んでいたあいだに、何か変わったことがありましたでしょうか？」

薄ら笑いを隠して、朝倉は心配気に尋ねてみせた。

「変わったことだって？　そんなことは君の知ったことじゃない。君が休んだところで、うちの会社がどうなるってことは無いさ」

金子の顔に血管がふくれあがった。

「失礼しました」

朝倉は再び頭を下げ、自分のデスクに歩いていく。

その背に金子は、

「君はソロバンさえ弾《はじ》いてりゃいいんだ。余計な心配をするんじゃない」

と、毒づく。

やがて朝倉の同僚たちが出社してきた。優越感をこめて朝倉の体のコンディションを尋ねる。

主流派の連中は金子のデスクに集り、声をひそめて何かの打合わせをやっていた。

朝倉は補聴器を持ってこなかったことを後悔した。

48　情　報

小泉部長は、いつものように十一時近くになって経理の部屋に顔を出したが、朝倉の欠勤の釈明をうるさそうに聞き流すと、金子次長と連れだって部屋を出ていった。

「うちの会社は、この頃どうかしてるんじゃないのかな。いつも重役会議ばっかしやってるようだ」

「そうだな。それに機密費をヤケに引き出している」

「社内にも極秘で、米軍かインドネシヤ政府との厖大《ぼうだい》な量の火薬の取り引きの交渉でもやってるんじゃないかな。僕たちが心配することはないさ」

「そうだとも。僕たちは、こうやって毎日を無事に過ごせたら何でもいいんだ。うちの会社のように大きくなったら潰《つぶ》れるようなことはないだろうし、潰そうとしたって、まわりが潰させないよ」

朝倉のまわりの同僚たちは、怠惰な表情でしゃべり交した。そして、早く十二時が来ないかと、壁の時計や腕時計を覗き見る。

十二時少し前に、次長の金子は部屋に戻ってきた。焦だった表情が少し鎮まっている。

十二時が来て昼のブザーが鳴った。今日は土曜日なので、一斉にデスクを離れる経理部員たちの表情には生気があった。

朝倉は彼等と共にビルから吐きだされた。地下鉄の入口に急ぎながら同僚の湯沢が、

「どうだい、久しぶりに付き合わないか？　徹夜で楽しめるぜ」

と、マージャンのパイを掻き混ぜる真似をする。

「この前は君におごってもらったんでな。今夜は僕のアパートを提供するよ」

やはり、同僚の石田が唇を歪めながら言った。

「有難とう。でも、あんまりよくはルールを知らないし、徹夜は慣れてないんで遠慮させてもらうよ。本当に済まない」

朝倉は困惑した表情で答えた。

「弱ったな。君を当てにしてたんだ……だけど、ルールをよく知らないって本当かい？　とぼけなくてもいいだろう」

湯沢が言った。

「本当なんだ。大学時代にバイトばかしで遊ぶ暇が無かったんで……」

「そいつはお気の毒に。マージャンとゴルフを知らない一流商社員がいたとは驚きだな――」

湯沢は憐れむような笑いを浮かべ、

「このところ、ゴルフにも凝っちゃってね。石田君と毎週練習場にかよってるんだ。ひそかに腕を上げといて皆をびっくりさせようと思ってたんだが、ついにしゃべらされてしまったな」

と、自己満悦の笑い声をたてる。

「コースのほうはまだパブリックだけど部長や次長からお座敷がかかったら、いつでもお相手出来るぐらいには上達したよ。なあ、湯沢君？」

石田が言った。

「そういったところだ。明日はちょっとした手違いでコースの予約が取れなかったんで、マージャンに切替えたんだが……だけど、そう言っちゃ何だが、君も真面目《まじめ》一方もいいけど、もっと人生を楽しまないと損だよ。現代人はすべからく要領を旨として、ヴァカンス時代をスイスイと泳ぎ渡らないと……」

湯沢は、週刊誌のタイアップ記事の受け売りを口に出した。

「そうだよ。君も少しは遊び慣れないと出世にさしつかえる時が来るぜ」

石田が高笑いした。

地下鉄の電車が渋谷《しぶや》に着くまで、二人は朝倉を肴《さかな》にして饒舌《じょうぜつ》を楽しんでいた。朝倉は失笑を殺して、拝聴する振りをしていた。

渋谷で二人と別れた。朝倉は上目黒のアパートに寄って、郵便受けに溜っている新聞や広告パンフレットなどを片付けてから、世田谷上北沢の借家に戻った。

ラフなスタイルの服に着替え、ＴＲ４と並んで庭に駐めてある単車にまたがった。経堂の街に出て、セメントや左官道具、それに枠木などを注文した。ガレージの土台を造るためだと言う。

燃料店にパーフェクトの石油ストーブ、電機屋にテレビを注文し、スーパー・マーケットで食料品を買いこんで家に戻った。

簡単な昼食を済ませたとき、注文した品が次々に届きはじめた。朝倉は、桜井から奪った金で支払っていく。

それが終わると朝倉は作業服に着替え、ツルハシやハンマーやスコップなどを持って地下室に降りた。地下室のコンクリートの床を縦一メーターに横一メーター半ほど叩き砕き、その下の地面を一メーターぐらい掘りさげる。

その作業を三時間ほどかけてやり終わり、風呂桶《ふろおけ》に水を注いでおきながら、コンクリートのかけらや残土を庭の隅に運びだしたときには、真冬にもかかわらず朝倉は上半身裸になっていた。

ガス風呂に火をつけてから、掘った穴のまわりをセメントで修正して固め、次にはその穴にあわせて枠木を組立てて、コンクリートを流しておいて今日の作業を終わった。

風呂で汗を流し、茶の間に置いたテレビと石油ストーブに火をつけた。万年床にあぐらをかいてウイスキーの水割りを傾けているうちに、どうにも我慢出来ぬほどの睡魔が襲ってきた。このところ睡眠不足が続いている。

目が覚めたとき、朝倉の胸のなかは虚《うつ》ろであった。眠り過ぎたときや昼寝の夢を突然覚まされたときには、このように何もかも放擲《ほうてき》したい投げやりな気分になる。

雨戸の隙間《すきま》から、衰弱した冬の陽が射しこんで部屋に縞模様を描いていた。風呂に入るときも外さなくて済むローレックスの腕時計を覗くと、十一時半を過ぎている。少なくとも十五、六時間は眠ったらしい。立ち上がると、一瞬、平衡感覚を失ってよろめいた。

昨日の穴掘りの仕事のせいらしく、背中の筋肉が少し痛んでいた。朝倉は再び風呂を沸かし、風呂につかりながら、さらに湯温を上げていく。

風呂から出たときには、虚脱感と筋肉の痛みは消えていた。

トライアンフに乗りこみ、チョークを引いてエンジン・キーを捻《ひね》った。甲高いスターターの唸りに続いて、冷えきっていたエンジンは不機嫌に始動しはじめた。二、三分のあいだエンジンを暖めてから、ゆっくりとスタートさせた。まだ水温が上がっていないエンジンは、ともすれば臍《へそ》を曲げてエンストしようとする。

バス通りを梅が丘の踏切りを渡り、環状七号と淡島通りが交差する角にある宮前橋のシェル・スタンドに着いたときには、水温は八十度を示していた。

そのスタンドで五十三リッター入りの燃料タンクを満タンにするように言うと、若いサービス・マンが三人がかりで洗車してくれた。

給油に立ち寄った人々が、車から降りて朝倉のＴＲ４を覗きこむ。

朝倉は洗車のあいだを利用して、京子に電話を入れた。

「宝石屋さん？　今は都合が悪いの……」

感情を殺した京子の声が受話器からはね返ってきた。

「パパさん来てるのか？」

朝倉は尋ねた。

「ええ、そうですわ」

京子は他人行儀な声を出した。

「いつ帰っていく？」

「…………」

「そばに奴がいるんだな。じゃあ、返事だけしてくれ。あと一時間ぐらいか？」

「もう少し」

「二時間ぐらい？」

「結構ですわ。そのうち見本を拝見させてもらうことにするわね」

京子は電話を切った。

座間射場付近の土埃《つちぼこり》を洗い流されたＴＲ４に再び乗った朝倉は、青山南町にある富士屋洋服店の前に車を駐めた。富士屋は、わざと古めかしい煉瓦造りにした老舗《しにせ》だ。

その店で、最高級のイギリス生地フィンテックスの背広上下を二着注文した。一着分の生地が六万円、それに仕立て代二万だ。

朝倉が選んだのは、二着とも暗褐色を主調にしたダーク・トーンのものであった。品格がありすぎて、青年には着こなせないなどと言われているフィンテックスだが、朝倉の長身には似合った。

寸法を取ってもらい、特にネームの刺繡《ししゅう》を入れないように頼んでから、朝倉は堀田の偽名で内金を払った。店を出たときには、入ってから一時間以上たっていた。

TR4を京子の住んでいる参宮マンションに向ける途中で、朝倉はソバ屋に寄って大盛のチャーシュー麵《めん》を平らげた。久しぶりの中華麵はうまかった。体が暖まる。

参宮マンションの建物の前に、百台近い収容能力を持つパーキング・ロットに小泉のクライスラー・インペリアルの姿があった。運転手はヒーターをかけているらしく、エンジンを回転させたまま新聞で顔をおおっていた。居眠りしているらしい。

朝倉は、そのクライスラーとのあいだに十数台の車をはさんで、パーキング・ロットの外れのレーンにTR4を駐めた。デフロスターをルーム・ヒーターに切り替えると、たちまち車窓は曇りだした。

七階の京子の部屋の窓には、ブラインドが降りていた。その内側ではカーテンも閉じられているのであろう。朝倉は、それが小泉が部屋にいることを示す京子の合図であったことを思いだした。小泉がいないときは、真ん中の窓のカーテンを半開きにしておくと言っていた。

かなり車の前窓も曇って、外からは車内の様子がはっきりとは見えなくなってきたので、朝倉はヒーターを止め、エンジンも止めた。車窓の曇りは水滴となって垂れ落ちはじめる。

それから十分ほどたったとき、マンションの正面玄関から小泉が姿を現わした。眠たげな顔付きをしている。

ポーチに立った小泉は自分のインペリアルを眺めたが、運転手が居眠りしていることに気付き、舌打ちして腕にかけていたコートを羽織り、インペリアルに歩んでいく。

京子の部屋の窓の一つのブラインドが上げられ、カーテンが半開きになった。小泉はインペリアルに乗り込んで運転手を起した。

インペリアルが発車して五分ほど待って朝倉はマンションに入り、七階の京子の部屋のドアの前に立った。インターホーンのスウィッチを押した。

しばらく待たされてから、京子の声が聞こえてきた。

「どなた？」

「僕だよ」

「車のなかでお待ちになって……ここは、ひどく散らかっているの」

「分った」

朝倉はドアから離れた。

TR4に戻り、車窓にガソリン・スタンドで買った曇り止めを吹きつけたりしながら朝倉は待った。

京子は二十分ほどして出てきた。シャワーを浴びたらしく髪に水滴が光っている。黒いスラックスをはき、フードのついた黒のアノラックを無雑作に羽織っていたが、顔色は蒼《あお》ざめていた。

朝倉は、京子にTR4の助手席のドアを開いてやった。運転席に戻り、

「どうした、元気がないようだが？」

と、京子の顎に手をかけて仰向かせる。

京子は、駄々をこねるように顔を伏せた。

「何かあったの？」

朝倉はエンジンをかけながら、優しく尋ねた。

「いやになったわ……もう顔を見るのも我慢出来ないぐらい」

京子は呟いた。

「そんなに僕が嫌いか？」

「違うわ。パパのことよ……あなたを好きになってから、いままで少しは魅力があったパパの仕草の一つ一つが、みんなひどく老人臭くて惨めったらしくて、いやらしく見えるの」

「もう少しの辛抱だよ」

朝倉は言ってヒーターをつけた。

「分ってるわ。でも、頭では分っていても駄目なの」

「…………」

朝倉は、アクセルを蹴ってエンジンを空ぶかしさせた。

「御免なさい。泣きごとを言ったりして……もう二度と言わないわ」

「僕だって辛いんだ。金だけで君を自由にしている薄汚れた爺いに、君が今まで抱かれていたのかと思うと、奴を絞め殺してやりたいぐらいだ。奴はいつから来てたんだ？　昨日の晩からか？」

朝倉は瞳を怒らせて見せた。

「今朝の九時からだわ。家にはゴルフに行くって言って出てきたそうよ……でも、こんなことをあなたが聞いても慰めにはならないでしょうけど、この頃のパパは欲望のほうばかし強くて実際のほうは全然駄目なの。薬の入ったあのタバコを吸いはじめたせいかしら？」

京子は計器板を見つめながら呟いた。

「そのかわり、奴は口を使うのか？　それとも小道具か？」

朝倉の声は苦かった。

京子の耳に一瞬血が昇った。

「恥ずかしくて、とても口では言えないことを京子にするの……京子は気持ち悪いだけなのに、あの人は、京子が喜んでいるぐらいに思って満足らしいわ」

「…………」

「よしましょう、こんな話。お願い、胸が霽《は》れるまで飛ばして。またどこか、海の見える店に連れていって……」

京子は、すがりつくような眼差《まなざ》しを朝倉に向けた。

「よし。気分を変えよう。真鶴《まなづる》にでも行って夕食を摂《と》ろうか」

朝倉はサイド・ブレーキをゆるめた。腕時計を覗くと午後の三時だ。ラジオとヒーターのスウィッチを入れて始進さす。朝倉の耳にはラジオから流れるソフト・ミュージックよりもエンジンとギアの咆哮《ほうこう》のほうがよほど快く響くが、京子には必ずしもそうではないだろうからだ。第二京浜はあまり混んでいなかったが、白バイの往来が激しいので、七十キロ以下にスピードを殺して朝倉はＴＲ４を走らせる。

そのスピードでは、エンジンはまるで居眠りしているようだ。

「パパはこの頃、とってもおしゃべりになったわ。特に薬が廻っているとき……」

麻薬を混ぜたタバコに火をつけて、京子は呟いた。ＴＲ４は、馬込《まごめ》の陸橋を渡っている。

「何か言ってた？」

朝倉はさり気なく尋ね、ヴェンチレーターを開いた。ヘロインの煙を吸って事故を起こしたくない。

「東亜経済研究所の首脳の一人を買収して、久保って男の本名を突きとめたっていっていたわ。桜井っていう情報屋ですって……」

京子は言った。

「そうだったのか。所長の鈴本と特に親しい関係は？」

朝倉は尋ねて見た。

「さあ、そんな関係は別に無いそうよ」

「なるほど……」

朝倉は頷《うなず》いた。

桜井が、鈴本の隠し子であることを情報提供者である東亜経済研究所の首脳部の一人は知らないのか、それとも知っていて隠しているのか？

もし、後者だとしたら、面白くなりそうだ。

「桜井っていう男が、鈴本の命令で動いていると自分で言っているのはハッタリで、自分だけの思惑で動いていることが九割九分まで確実だ、とパパは言ってた」

「いい度胸だな、その桜井という奴は……」

朝倉は言った。

バック・ミラーに白バイを認め、素早くギアをセカンドに落としてエンジン・ブレーキをかけ、スピードを六十に落とし、ギアをトップに戻す。

「そうそう、殺し屋——薄っぺらな言葉ね——が二人見つかった、ってパパが言ってたわ。会社がいつも使っている興信所の所長が、今度こそは筋金入りの者を二人廻してくれたらしいわね。二人とも神戸から来た流れ者で、お金のためならどんな仕事でも引き受けて絶対にやりそこないはないそうよ」

「怖いな」

「それだけの用意をパパの会社は整えておいて、月曜日の桜井との会談に、二千万で手を打つようにもう一度交渉してみるそうよ。そして、どうしても桜井が承諾しないのなら、一応二千万を内金として払って安心させておいて、桜井が鈴本にそのお金を渡さないことを確めてから殺し屋に桜井を殺させて、お金を取り返させるんですって……聞いてる京子まで怖くなってきたわ。さっき気分が悪かったのは、そのせいもあるの」

京子はタバコを揉み消し、朝倉の左肩に頭をもたらせた。

普通の車なら死角に当たる左後方からTR４をつけていた白バイの警官は、朝倉がいくら待ってもスピードを上げる気配が無いのを知って、ヘルメットから吊るしたワイアレス・マイク越しに大きな舌打ちをして、TR４の前に白バイを跳びださせた。

派手に尻を振って蛇行しながら、白バイは全速力で遠ざかっていく。

横浜に入ったTR４は、東神奈川のY字路を右にとってからバイパスに入った。さえぎる物のないバイパスを百六十キロ以上でブッ飛ばすと、追ってくる無謀な白バイは無かった。その速度では、小石を車輪が踏んだだけでも単車は転倒する危険がある。

スピードと麻薬に酔った京子はアクメに近い表情になり、汗ばんだ手で朝倉の腰を摑んだ。

藤沢からは、左手に相模灘が見える湘南《しょうなん》海岸道路を択んだ。

小田原の市街を抜け、国鉄ガードの手前で箱根に通じる東海道と別れて左にハンドルを切り、真鶴有料道路に入っていく。

暮れかけた海に、帰港の途につく漁船の一団が扇形にひろがって灰色の波を蹴たてていた。

49 切迫

ＴＲ４は、真鶴駅前で有料道路を外れて左折してアーチをくぐり、半島に入っていった。常夜灯がまたたきはじめた真鶴本通りの商店街を過ぎて、急坂をくだると漁港に出る。

岬《みさき》と突堤にかこまれた入江の漁港には、大敷網の網上げから戻った漁船の裸電球の灯が揺れ、戦場のような騒ぎのなかで大箱につめたブリが次々に陸上げされていた。子供たちが、箱からこぼれた一メーター近いブリを両手に抱え、よろけながら走っている。

陽暮れから風が強くなっていた。車を停めた朝倉が、漁師の妻らしい通りがかりの女を呼びとめようと車窓を開くと、刺すような寒風が舞いこんで京子に身震いさせる。

「ちょっと、お尋ねしたいんですが……このあたりで魚料理のうまい店は？　海が見えるところで」

朝倉は言った。

「うちに来りゃ、タダで鱈腹《たらふく》食わしてやるんだけどね――」

女は渋紙色の顔に鮮かに白い歯をむきだして笑い、それから真面目な顔になって、

「まあ、大俵庵がいいでしょう。その道を登っていったとこですよ」

と、本通りを少し戻ったところの左手の丘の上の建物を示す。

朝倉は礼を言って車をスタートさせ、Ｕターンして、来た道を戻る。右手に八百屋《やおや》があるあ

たりで、左手に分かれた急坂の道に車を突っこんだ。砂利などでロー・ギアでアクセルを踏みこみすぎると、車輪が激しくスリップしてTR４は尻を流される。

教えられた大俵庵には駐車場が無いので、朝倉は道の脇に寄せて車をとめた。

京子を車に残して案内の女中に近寄り、千円のチップをさり気なく渡し、

「新婚なんだ。料理を食うだけでいいから、見晴しのいい部屋を頼む」

と、耳打ちする。

「もう夜ですから、何も見えませんよ」

女中は、朝倉の暖かい息を受けた耳を染めて囁《ささや》き返した。

「構わない。海さえ見えればいいんだ」

朝倉は言って車のほうに戻り、京子のためにドアを開いてやった。

通された二階の部屋は、南と東の二方に開いた座敷であった。ガラス戸越しに、眼下の港の灯と入江をかこむ岬のシルエット、それに暗くひろがる海のかなたをクリスマスのデコレーション・ツリーのランプのように光をきらめかせながら通る客船が歪《ゆが》んで見えた。二つの火鉢に盛り上げられて、桜色に熾《おこ》った堅炭の火が窓ガラスに水滴をしたたらせているからだ。

朝倉は金目鯛《きんめだい》のチリ鍋《なべ》とメカジキと寒ブリの刺身、それにアワビやトコブシなどを大量に注文した。アルコール分はフグのヒレ酒で、箸休《はしやす》めはホヤとカニ味噌だ。

チップのせいか、注文の品はすぐに運ばれた。火鉢にかけられたチリ鍋は濛々《もうもう》たる湯気で再びガラス窓を曇らせる。朝倉は無論旺盛な食欲を示し、ヒレ酒のコップを傾けたが、京子もラ

スターで窓の曇りを拭いながら、一人前ぐらいは口に運ぶことが出来た。

「不思議ね。一人だと何も食べる気がしないのに、あなたと一緒だと、この通りお腹に入るわ」

チリ鍋に春菊を足しながら京子は呟いた。

「君に給仕してもらうと特にうまい。僕たち、まるでママゴトの夫婦のようだね」

「ママゴトでもいいわ。あなたは大きな坊や。京子はあなたのママ……お金がなくなったら、京子があなたのために働いてもいいわ。早く一緒になりたい」

京子は朝倉を見つめた。

「済まん。気持ちは有難いが、僕には君を倖せにする責任がある……もう少しの辛抱だ。今に僕も一人前になって見せるから」

朝倉は下唇を噛んで見せた。

その店の勘定は京子が払った。店を出ると夜気はさらに温度を下げ、凍《い》てついた土はコンクリートのように固くなった。

トライアンフTR4の車内も冷えきっていた。レザーの深いバケット・シートに体を沈めると、氷柱《つらら》に背を押しつけているように身震いが起きる。

五分ほどエンジンを低回転させ、ヒーターが効くようになってから朝倉はTR4を発車させた。夜は曇って星は見えない。

店の前でターンして、車は漁港のほうに戻った。もう岸壁に人影は少なかった。

左手に琴ヶ浜の暗い海を見ながら車を進めていくと、やがて車上に巨木の梢のカーテンがかぶさってきた。空をさえぎって繁茂するジャングルのなかを道が通っているのだ。

夜なので、初島や大島は見えないであろうから、左手に分かれる半島の突端への道をとらず、朝倉はそのままTR4を進めた。

ジャングルの坂を抜けると、道は尾根に出た。樹木の群は道の下にひろがり、遠く左手に湯河原や熱海の街の灯が、宝石箱をブチまけたように輝いていた。

「停めて」

京子が呟いた。

朝倉は言われた通りにした。スモール・ランプに切り替え、京子の肩に腕を廻してタバコに火をつける。

そのとき、夜空の色が変わった。そして、天使の涙のような雪がまばらにちらつき、フロント・グラスに舞い落ちてきた。

雪は――今冬はじめての雪は、次第に量を増し、乱舞しながら音もなく降りしきってきた。朝倉がエンジンを止めると、鈍い唸りをあげていたヒーターの音も消え、二人は静寂のなかで頬を寄せ合っていた。

「好きよ、食べたいぐらい。あなたが好き！　あなたが、どんな人でもちっとも構わない。あとでだまされたと分かっても悔まないわ。でも、今は夢を見続けさせて！」

不意に京子は喘《あえ》ぐように言うと、激情をむきだしにして朝倉にしがみついてきた。

それからの二人は、狭いフロント・シートで、ハンドルやシフト・レヴァーにぶつかりながら、飢えたけもののように交った。車の外の降りやまぬ雪が、久しぶりに朝倉の血を熱くした……。

半時間後、後輪の空気を少し抜いてホイール・スピンを減らすようにし、朝倉はTR4をゆっくりと発車させた。雪はすでに二センチほど路上に積り、なお降りやもうとしない。ルーカスのロング・レンジ・フォッグ・ランプの黄色く強烈な光線の束のなかで、瀕死《ひんし》の蛾の群のように降雪は乱舞していた。

翌日は月曜日――脅迫者桜井と東和油脂の首脳部との対決が行なわれる日であった。

朝倉は簡単な朝食を終えると、腿《もも》に二十二口径アメリカン・ルーガーの自動拳銃を括《くく》りつけてからズボンをはいた。

ズボンの尻ポケットに靴下、タクシー運転手冬木から奪って改竄《かいざん》した運転免許証、それに薄い手袋などを突っこんだ。背広の内ポケットには、補聴器とデミフォーンを忍ばせる。石油ストーブ用のポンプを持って冬枯れの庭に降りた。昨夜の都内の降雪は少なく、今となっては、枯草の茎の根元にこびりついている程度であった。

薄陽が射していた。朝倉はハード・トップの屋根やトランク・リッドに真鶴の雪を残したTR4のガソリン・タンクから、ホンダの単車のそれにガソリンをポンプで移した。九リッター入りの百二十五cc単車のタンクには、まだ燃料が残っていたので、たちまち一杯になる。

単車の荷箱を開いた。ヘルメットやゴッグルなどは荷箱に入ったままだ。朝倉は建物に戻り、駐留軍用Bナンバーの盗品のナンバー・プレートやデニムのズボン、それに革ジャンパーなどを運びだし単車の荷箱につめた。

単車にエンジンを掛け、エンジンの調子を整えてから、表門の鍵を外した。

道は雪溶けで濡れていた。そして、空になった配達カヴァーを自転車の荷台に乗せた新聞配達の青年が、その新聞社から出している週刊誌とタオルを持って卑屈な愛想笑いを浮かべていた。

「A……新聞です。お願いしますよ。一か月だけでいいですから」

と、バッタのように頭をさげる。勧誘員も兼ねているらしい。

「弱ったな、新聞はいつも駅で買うことにしてるんだ」

朝倉は言った。

「そうおっしゃらずに……今月はサービスしときますから、来月一月《ひとつき》だけ取ってやってくださいよ」

勧誘員は、朝倉の手にタオルなどを押しつけようとする。そのとき、朝倉の頭に一つの考えが浮かんだ。気が進まぬ様子で、

「暮れで君も大変だろうから、何とかしてやりたいが……」

と、呟く。

「お願いします。助けてください」

「よし。そのかわり、こっちも頼みたいことがある」

「僕に出来ることなら、何でも」

「簡単なことだ。今日の二時に電話してもらいたいんだ。何か書くものを持ってる？」

朝倉はさりげなく言った。

「お安い御用ですよ」

勧誘員は腰に吊った集金袋から、メモ帳とボール・ペンを出した。抜け目なく受注票も取り出しながら、

「番号をおっしゃってください」

と、朝倉を仰ぎ見た。朝倉は東和油脂経理部の内線番号を知らせ、

「ここに電話して、朝倉の親戚《しんせき》の者だが、朝倉がいたら、埼玉の伯父が交通事故に会って重体になったから、すぐに向こうに行くように伝えてくれ、と言ってくれ」

朝倉は言った。この上北沢の家の表札は本名で出している。

「そんなことして、大丈夫ですか？」

「心配ない。何も悪いことするわけじゃないんだからな。実はね。その時間にちょっと私用があるんで席を外す口実さ」

「オーケイ、分かりました。まかしといてください――」

勧誘員は電話番号を書いたメモ帳を仕舞い、

「今度は僕の番です。サインだけで結構ですから、ここのところによろしく……」

と、受注票の来年一月の部分を指さした。勧誘に成功すると、一月分の購読料の三分の一以

上が手数料として入る。朝倉は筆跡を崩し、ボール・ペンでサインした。勧誘員は自転車で泥水をはねあげながら去っていった。

朝倉も単車にまたがって家を出た。大通りに出ると、絶えまなく行き交う車のはねあげる雪どけの泥水の飛沫《しぶき》がレイン・コートを汚し、寒風は襟を立てても防ぎようがない。

新宿一丁目にある自動車関係のアクセサリーの店に寄って、朝倉はケーブル・ロックという盗難予防の器具を買った。平べったい円筒のなかに、航空機用でヤスリでは切れないと称する鋼索《ケーブル》が仕込まれ、鍵を差しこまないと、そのケーブルは引き出せないようになっている。

朝倉の単車が京橋に着いたのは、八時半であった。東和油脂のオフィスがある新東洋工業ビルは京橋に建っているから、場所柄、そのあたりには銀行や保険会社などが多い。朝倉は新東洋工業ビルを五つ六つへだてた、室町通りにある協明銀行の正面入口脇の自転車置き場に単車をとめた。荷箱から後輪にかけて、ケーブルをまわしてロックする。

朝倉が新東洋工業ビルの五階にある東和油脂経理部の部屋に入った時には、始業時間にまだ十五分ほどあった。経理の部屋には、同僚の平井という男が一人、デスクにもたれて腫《は》れぼったい瞼を閉じていた。汚れたレイン・コートを抱えて入ってきた朝倉に、

「お早う。ひどい目にあったよ」

と、言う。

「僕もだ。神風タクシーに思いきり汚水をはねとばされちまった」

朝倉は忌々《いまいま》しげにレイン・コートを振った。

「そんなのはましだよ。俺なんかさ、今朝の五時までポーカーやっててスッテンテンになって家に帰ったら、カミさんの奴、腹を立てて家に入れてくれないんだ。仕様がないからタクシーをここに廻して、守衛から金を借りてやっとタクシー代が払えたんだ」

平井はアクビをしながら言った。

朝倉は笑い、隣のロッカー・ルームに入って自分のロッカーにレイン・コートを仕舞った。

「ヤケに早いと思ったら、そういうわけですか」

朝倉は笑い、隣のロッカー・ルームに入って自分のロッカーにレイン・コートを仕舞った。

部屋に戻り、自分のデスクに着くと、平井はもう寝息をたてていた。

朝倉は机上のザラ紙で靴を拭った。暖房で、ズボンにかかった泥水は乾いていく。九時五分前になると、経理部員たちは次々に滑りこんできた。九時に始業のブザーが鳴ったときには次長の金子も席に着いていて、空席はいつも十一時にならないと顔を出さぬ部長のデスクだけになっていた。

今日の金子の顔は、ふてぶてしいほどであった。落ち着き澄まして部下に指示を与える。度胸が据ったらしい。それから十一時に小泉部長が入ってくるまで、朝倉は帳簿面を合わす仕事を続けながら、デスクに立てた鏡付きのライターに写した金子次長の姿を時々覗いた。

小泉が入ってきたとき、朝倉は自制心を失った。内ポケットの補聴器のスウィッチを入れ、コードを背広の襟と左袖で隠しながら、左手で包んだイヤホーンを耳に当てた。隣席の者さえも気がつかぬほどの動作であった。急に、紙の上を走るペンの音や、計算器の音が高まって聞

こえた。そして、小泉の声が、

「さっき桜井から社長のところに電話があった。どうも奴は折れる気はないらしい」

という囁《ささや》きが聞こえる。

「じゃあ、こっちは最終手段を使わないといかんわけですな」

金子が囁き返した。

「会談の時になっても、まだ強情を張るならな」

「会談は何時からになります？」

「やはり三時からだ。例の仕事は暗くなってからのほうがやりやすいだろうから、なるべく遅い時間がこっちには都合がいいんだが、向うも警戒してるから……」

「じゃあ、あとは話し合いを引きのばして陽の落ちるのを待つことですね」

「そういったところだ」

小泉部長は頷いた。

「あの連中は？　神戸から来た……」

金子次長は、さらに声を潜めた。

「会談中に喫茶店からお茶を運んでくることになっている。そして、お茶を配りながら、ゆっくりと桜井を見とどけるわけだ。喫茶店には石井が話をつけた」

小泉は囁くと、自分のデスクに戻った。朝倉は素早くイヤホーンを内ポケットに仕舞うと、手さぐりで補聴器のスウィッチを切った。

昼休みに朝倉は、もしかして役に立つかも知れないとハーフ判のカメラを値引きの一万で買った。フィルター付きタバコ箱ぐらいの大きさしかないが、キャノンの製品だから信頼は置けるであろう。自動絞りのほかにシャッター・スピードが三十分の一の低速では手動絞りも可能だし、ハーフ判カメラの特性としてレンズは広角だから、ピントさえ近目に合わせれば撮影の失敗は少ない筈だ。

店を出た朝倉は、そのカメラに慣れるためにフィルムを十コマほど使ったが、サービスに装塡してもらった三十六枚撮りフィルムは二倍に使えるわけだから、まだフィルムに余裕がある。

午後二時。その頃になると、金子は徐々に落ち着きを失ってきた。その金子のデスクの電話が鳴った。金子は受話器を取り上げると、それを掌が汗ばむほど握りしめた。勢いこんだ声で返事をしていたが、すぐにうんざりした表情になり、投げ出すように電話を切った。

「朝倉君」

と、疳《かん》の立った声で呼ぶ。

「はあ?」

朝倉は立ち上がり、金子を振り返った。新聞の勧誘員が約束を守ったらしい。

「君の親戚の方が知らせてきた。埼玉の伯父さんが交通事故に会われてひどくお悪いそうだ。すぐに行ってやりたまえ」

「本当ですか」

朝倉はもっともらしく呻き、

「しかし、仕事中ですから、個人的な用件で外出すると言うわけには……」

と、遠慮してみせる。

「何を言ってる。そんなこと言ってても、もし伯父さんの死に目に会えなかったとしたら、君は私を恨むことになる。さあ、早く行きなさい」

金子は苛立《いらだ》った。

「分りました。では、さっそく……」

朝倉は一礼し、手早くデスクの上を片付けると、走るようにして経理の部屋を出た。ロッカーのレイン・コートは不要だ。

「御愁傷さま。このところ、あんたはツイてないや」

部屋を出る朝倉の背に、同僚の一人が浴びせた。自動エレベーターで、朝倉は一階ホールに降りた。ホールから木枯しの街路に出ると、暖房でなまった体を軽い震えが襲う。回り道して協明銀行に着いた朝倉は、単車と荷箱に掛けたケーブル・ロックを外した。単車のエンジンをかけ、晴海《はるみ》に向けて飛ばす。埋立て地晴海は急速に発展し、変貌《へんぼう》していた。しかし、埋立て地の外れの、かつての船舶解体場のそばには、まだ丈高い枯草がはびこった広い空き地が残っていた。

朝倉はその空き地に単車を突っこますと、ナンバー・プレートをBナンバーに付け替え、ゴッグルと防塵《ぼうじん》マスクのついたヘルメットで顔を隠した。薄い手袋をはめた手でホンダのアクセル・グリップを捻《ひね》り、新東洋工業に向けて戻っていく。

50　優雅な脅迫者

中央通りと名付けられている新東洋工業ビルの前の都電道は、午後十一時まで駐車禁止になっているが、店頭の歩道上に単車を置いた程度では、警官がやかましく言うようなことはない。しかし、朝倉は用心のため、東和油脂のある新東洋工業ビルの左隣にある福神生命という保険会社ビルの前の自転車置き場に単車を駐めた。歩道側に車首を向けたのは、通りすがりの警官に車尾の盗品のナンバー・プレートを見られたくないからだ。

単車の荷台に、横向きに腰を降ろして長い脚をブラブラさせ、保険会社から出てくる人を待っているような格好をしながら、朝倉は暗色のゴッグルで隠した瞳を新東洋工業ビルの玄関のほうに向ける。革ジャンパーとスカーフ、それにヘルメットについた防塵マスクのせいで、寒気はこたえなかった。

新東洋工業ビルの前にタクシーが停まり、若々しくスマートな体に襟を立てたバーバリのカスタム・コートを無造作にまとった桜井が降りたのは、午後三時五分前であった。口笛でも吹きたそうな顔付きで、軽快に大理石の石段を駆け登り、新東洋工業ビルの正面玄関の奥に消えていった。

タクシーは発車し、車の渦のなかに捲きこまれた。そのとき、朝倉と反対に新東洋工業ビルの右隣の大共繊維ビルの前に駐まり、ボンネットを開いて故障中のしるしの赤いハンカチをフェンダー・ミラーに結んでいた褐色のブルーバードから、革のレイン・ハットを目深にかむった若い男が車道に降りた。

　その男はエンジンをいじる振りをすると、ボンネットを閉じ、フェンダー・ミラーからハンカチを外した。故障ではなく、警官に不法駐車の言いわけをするためだったらしい。

　そのブルーバードの車内には、人影は見えなかった。男はその車に乗りこみ、エンジンをかけて発車させた。車は次の角を右に曲がった。

　それを見て、朝倉の頭に閃《ひらめ》いたものがあった。少し待って単車のエンジンを掛け、それにまたがって新東洋工業ビルの裏通りに廻ってみる。

　裏通りは小さな商社や問屋が多かった。そのほかは、表通りからつながった大きなビルの駐車場付きの裏口だ。

　ちょうど、荷物の積み降ろしのための駐車が許されている時間なので、小さな商社や問屋の前には小型トラックやライトヴァンなどが並び、作業服の男たちが荷物を動かしていた。

　先ほどの六十二年型のブルーバード――都内に同じようなのが何万台も走っているであろう目立たぬブルーバードは、朝倉が予想したように、新東洋工業ビルの裏門のそばに駐まっていた。裏門の向かいに喫茶店がある。

　朝倉は、単車でその横を通りすがりながら、さり気なく車内を覗きこむ。

　運転席の男は、新聞紙を顔の前で拡げていた。そして後のシートでは、トレンチ・コートを立てた襟に顔を埋めるようにして、東和油脂が傭っている興信所の所長石井が体を沈めている。

足許の床にズックのキャンヴァスが落ちているところを見ると、先ほどはそのキャンヴァスをかぶって体を隠していたのかも知れない。

朝倉は単車を、新東洋工業ビルの裏塀の外れの向かいに駐まって荷物を積み降ろししている二台のプリンス・クリッパーの小型トラックのあいだに突っこんだ。電柱に寄せて駐める。マッハ族スタイルの朝倉を見て、作業員たちは文句をつけようとした口を噤《つぐ》んだ。

五分ほど待ったとき、新東洋工業ビルの裏門と道路をへだてて向かいあった小さな喫茶店〝ソレル〟の民芸風の樫のドアが開き、ボーイの白服を着た二人の男が姿を現わした。

二人は照れ隠しのように一瞬歪んだ笑いを走らせたが、すぐに真面目くさった顔つきになり、コーヒーのポットやカップなどを乗せた銀盆をささげ持って、新東洋工業ビルの裏門に向った。

京子から聞いた殺し屋らしい。

二人の男は、どこでも見られるようなきわめて平凡な顔だちであった。その目立たぬ平凡さが、彼等にその特殊な職業を成功させてきたのかも知れない。二人は、裏門のそばのブルーバードの石井にさり気なくウインクして裏門のなかに消えた。

朝倉は、その二人の顔を眼底に焼きつけようとした。残像はたちまちぼけていくが、朝倉はそれを定着することが出来た。あとは、石井たちに気付かれないことを祈りながら、桜井の出てくるのを待つ……。

その頃——東和油脂の重役会議室では、長方形のテーブルの下座で反対側の席についた社長と向かいあった桜井が、静かだが自信に輝く微笑を浮かべて、テーブルの左右の重役連を見廻していた。

ボーイの白服をつけ、白いシルクの手袋をつけた傭われ殺し屋二人は、器用な手つきで男たちにコーヒーを注いで歩いていた。桜井の背後に廻ったとき、殺し屋の一人は、心臓の位置をさぐるような冷たい視線を桜井の背に突き刺す。

桜井の神経は敏感であった。背中に突きささった殺気を意識してか、体を斜めに開いて、すぐにでも敏捷《びんしょう》な行動に移れる体勢を整える。その殺し屋は素早く視線をそらせ、蝶タイを直す振りをした。

コーヒーを注ぎ終わった二人の殺し屋は、出ていった。桜井はコーヒーには手をつけずに、コートの内ポケットから抜きだしたタバコをくわえると、

「どう考えても、二千万じゃ話になりませんね。やはり五千万にして頂かないと……」

と、薄ら笑う。

「こっちこそ、話にならんと言いたいね――」

小泉経理部長は鼻を鳴らし、

「大体だね、君は要求額さえ手に入れたら、二度と我々を恐喝することはないという保証の方法を考えてくると言っていたな。ところがどうだ。その方法と言うのが、君が我々を脅迫している時の様子を録音したマイクロ・レコーダーのテープをこっちに渡し、今度、君が我々の前に再び顔を出すようなことがあったら、そのテープを証拠としていつでも君を恐喝罪で訴えてくれ、と言うんじゃや、まるで子供だましだ。そんなことをしたら、傷つくのはうちの会社の方

だからな！」

「まあ、まあ、そう興奮なさらずに……」

桜井は落ち着きはらっていた。

「何だと、若造が！」

「面白い、僕を怒らす積りですか？」

香《にお》うようにハンサムな桜井の顔が微妙に変化し、細められた瞳は磁気のような光を放った。両端を吊りあげた唇のまわりからは、白っぽく血の気が去った。


「そ、そんな積りは——」

社長が狼狽気味に呻き、

「君、謝りたまえ」

と、小泉を睨《にら》む。小泉も、調子に乗りすぎたことを自分で知っていた。

「謝るよ。怒らないでくれ……お互いに冷静になろうじゃないか。ここは会談の場であって、喧嘩の場じゃないんだから」

と、ハンカチで首筋の汗を拭った。

「冷静にならないと困るのは、あんたのほうじゃないですか、経理部長さん。僕はね、約束は守る主義なんだ。ただし、この前のときのようにあんた達がおかしな真似をした場合には、こっちだって後生大事に約束を守っていられないがね」

桜井の瞳の光は穏やかなものに戻っていた。

「あ、あの時のことは我々に関係ないことだ」

「そうかね？　まあ、いい。済んだことだ。ともかく、僕は約束は守る男なんだ。その僕が、五千万さえ頂いたら二度とあんた達の前には姿を現わさない、と言ってるんだ。それなのに、あんた達が信用しようとしないから保証方法を持ち出して見ただけだ。そんなに僕を信用しないなら、僕のほうでも、何の約束もしないことにする」

桜井は言い放った。

「待ってくれ。さっきは本当に私が悪かった。何度でも謝るよ――」

小泉は大袈裟《おおげさ》に頭をさげた。桜井の顔色を窺《うかが》いながら、

「ところで君、マイクロ・レコーダーの話は本当かね？　いや、疑うようなことを言っては、また怒られる。済まない……」

「………」

「そのテープを、いま持ってるのかね？」

「それがどうかしましたか？」

桜井は軽く眉を吊りあげた。

「無論、君、何だろうね？　金を払ったら、そのテープはこっちに渡してくれるだろうね？」

小泉は揉み手せんばかりであった。

「どうしてです？」

「だって君、そんなテープが残ってては大変じゃないか。分っとるだろう？　勿論、我々は君を信用しているよ。だけどね、もし、そのテープがうっかり君の手から誰か悪い奴の手に渡って、そいつがそのテープをネタに、またうちの会社に難癖をつけてきたら……」

「そうだよ。そんなことになったら我々はもう破滅だ」

社長も言った。

「なるほどね。よく分りました。そのテープは、これまでの資料と一緒にお渡ししましょう。ただし、僕の要求額を通してくれればの話ですがね」

桜井は、何本目かのタバコの煙を吹きあげた。

「分っとるよ。だけど、何度も言うようだが、とても五千万なんて金は無理だ。頼む、二千万円で泣いてくれないか？」

社長は、テーブルに両手をついて頭を深く垂れた。

「お宅さんほどの会社が、五千万を作れないことは無いでしょう。融通手形を一枚書いてトンネル会社に廻し、銀行で割引いてもらったら、いますぐにでも出来る筈じゃないですか。自分の懐を暖めるために融通手形を乱発しても、会社の危機を切り抜けるためには動きたくないってわけですね」

桜井は嘲笑した。

「そんな無茶なことを言ってもらっては困る。わかってくれ。五千万の融通手形を不渡りにしないためには、何十億という手形を廻さないとならないんだ。うちの会社は、ますます泥沼に落ちていく」

「無茶を言うな、ですか？　笑わせないでもらいたいね。あんたらがこれまでやってきた無茶を、もう一度くり返したらいいだけのことじゃないですか」

桜井は、タバコの吸殻を強く揉み消した。

「ともかく、五千万は駄目だ。もう一度考え直してくれ。二千万までは出すと言ってるんだから」

社長は呻くように言った。どうせ暗くなるまでの時間稼ぎだから、桜井を怒らせないように演技していればいい。

それから数時間、東和油脂の首脳部はもっぱら低姿勢で桜井に接していた。やがて窓の外にネオンが輝き、壁の電気時計が六時を示した。

桜井が立ち上がった。テーブルに両手をつき、歪んだ冷たい笑いを唇に走らせると、

「分ったよ。あんたたちに誠意のないことがよく分った。これで、僕の忍耐も限度に達したというわけだ。これから研究所に戻って、鈴本先生に洗いざらいブチまけてやる。先生と共同戦線を張るわけだ。そうと決心したら、あんた達の泣き顔は、あとでゆっくり拝見させてもらうよ」

と、圧し殺したような声になって宣言した。

東和油脂の重役連は、あわてて腰を浮かそうとした。そのなかから社長が立ち上がり、右手を挙げて、

「待ってくれ。勝負はこちらの負けだ。いさぎよく君の言い値を呑むことにする」と、叫ぶ。

「やっと話がわかってきたようだな。大分長くかかった」

桜井はニヤリと笑って、再び腰を降ろした。

「ただし、現金は二千万しか作れなかった。残金は明日払う」

社長は悲痛な表情を見せて、予定通りのセリフを口にした。

「仕方がない。今日はそれで我慢しときましょう」

桜井は答えた。

「それで、お願いがあるんですが……」

小泉が口をはさんだ。

「何でしょう?」

桜井の声は愛想いいほどであった。

「せめて、我々との会談の模様を録音したテープだけでも渡して頂きたい」

「まあ、その話は、札束の面を拝んでからでも遅くはないと思いますがね」

「ごもっともで……」

小泉は呟き、社長の顔に視線を走らせた。社長が頷くと、小泉は隣の金子次長に手伝わせて、テーブルの下から大型の手提げ金庫を重そうに引っぱりだした。金庫をテーブルに乗せるとダイヤル錠を解き、金庫の中味をテーブルにぶちまける。二十個を数える一万円札の束が、無心に転がり出た。銀行から出してきたばかりのように真新しい紙幣だ。

桜井の瞼に軽く血がのぼり、タバコをはさんだ指が小さく震えた。二十四歳の男にとって、目の前にある二千万は決して小金ではない。

「一束が百万です。どうぞ、確めてみてください」

小泉が桜井の動揺を見て、意地の悪い口調で言った。

「札が新しいのが気にくわないがね……」

桜井は嗄《しわが》れた声で笑った。立ち上がり、札束の山を抱えこむようにして引きよせる。桜井は札束の中味を一枚一枚数えはじめた。はじめはうまくいかなかったが、長い時間をかけて数え終わったときには瞼の充血も去り、指の震えもとまっていた。

「受取りを出しましょうか？」

と言う声も、皮肉たっぷりなものに戻っている。

「ぜひ、そう願いたい。冗談じゃなく……だがね、君。その札束を自分の懐に入れる前に、さっきの話をはっきりさせておこう」

小泉が言った。

「今、ここには持ってませんよ。実を言うと、今日はこんなことになりそうな予感がしてたんだ。あんた達は、僕に一度に五千万を出すだけの的確な判断力を持ってない」

「じゃあ、テープはどこにある？」

「ある所に隠してあるとしか言えませんね」

桜井は、再び内ポケットをさぐってタバコを抜いた。

「嘘だ。ハッタリだろう。そんなテープなんか、ありはしないんだ。録音してあるっていうのが本当なら、今日の様子も録音してあるはずだ。そのテープを見せてみろ」

「僕を嘘つき呼ばわりする気ですか？」

「いや、これは失礼。つい失言した。ともかく、明日はそのテープとかいうものも一緒に持ってきてくれ」

小泉は老獪《ろうかい》な笑いを浮かべた。テープの存在を信じてない笑いだ。

「じゃあ、今日の分だけでもお聞かせしましょうか」

桜井はさり気なく言った。コートの内ポケットから、朝倉のそれの倍ほどあるマイクロ・レコーダーを取り出した。

小泉たちは、打ちのめされたような呻きを絞りだした。

マイクロ・レコーダーの蓋を開いた桜井は、スウィッチを操作し録音を再生した。タバコを抜きとるごとに録音機のスウィッチを入れたり消したりしていたらしい。テープからは、桜井と東和油脂の首脳部との会談の重要な部分が流れてきた。小泉は頭を抱えこんだ。

「いかがでした？」

録音の再生が終わると、桜井は重役連を眺め廻した。

「分った。君の言っているとおりだ、と言うことがよく分った」

社長が唸るように言う。桜井はテープを捲き取って、それを社長のほうに投げてよこし、

「さてと、この札束を詰めこむバッグが欲しいとこですな」

と、独白のように呟いた。

もがくような動作でテープをポケットに仕舞いこんだ社長は、テーブルについたインターホーンのスウィッチを押し、隣室で待機している秘書にボストン・バッグを持ってくるように言いつけた。

小泉は領収書に金額を書きこみ、桜井に差しだした。桜井は怯《ひる》まずそれにサインし、

「明日は何時にお伺いすればいいでしょうか？」

と、何でもないことのように尋ねる。

「今日の通りでいい……」

小泉は呟いた。秘書が会議室に入ってきて、大型のボストン・バッグを置いて去った。桜井は用心深く、その秘書に背中を見せないようにしていたが、秘書が去ると素早くボストンに札束を詰め、

「じゃあ、また明日……ところで、どなたか御苦労ですが、近くの交番か警察署に電話して、警官をここによこすように言ってください」

と、軽く頭をさげた。

「な、何だと！」

「気でも狂ったのか？」

重役たちはわめいた。

「慌てるんじゃない！——」

桜井は凄味のきいた声で一喝し、ニヤッと笑って悪戯《いたずら》っぽい声になると、

「御心配なく。護衛を頼むだけですよ。大金を運ぶときには、いつでも警官を呼んでください と警察ではPRしているでしょう。どうも、お宅の会社は物騒な連中を傭う趣味がおありのようだから、僕のほうでも税金ぐらいは警察に役立ってもらう積りですよ」

と、うそぶいた。

51 罠に……

ビル街の上空は、ネオンの照り返しに火事場のそれのように染まってきた。新東洋工業ビルの裏通りに単車を駐めた朝倉は、革ジャンパーを通して攻撃してくる寒気よりも、焦慮に耐えるのに懸命であった。すでに新東洋工業の役員たちを乗せた車は、ビルの裏門から出ていっていた。しかし、東和油脂の重役会議室のある新東洋工業ビルの七階から灯が消えず、東和油脂の社用車がまだ動かず、ビルの裏門のそばに駐まった石井たちのブルーバードが位置を変えないことが、朝倉に希望を持たせていた。

朝倉は桜井を待つあいだ、何度となく単車を押してその位置を変えていた。だが、時々エンジンを回転させてヒーターを効かしているブルーバードのなかで、石井がゴッグルとヘルメットで顔を隠した朝倉をマークしていないとは言いきれなかった。考え方によれば、ブルーバードが位置を変えないのは、朝倉に対する牽制《けんせい》かも知れないのだ。

ブルーバードはオトリとなって朝倉をその場に釘づけにしておき、その間に東和油脂側は桜井を表口から出させる。その桜井を、石井の部下なり殺し屋なりが表通りから尾行する……。そう考えると、朝倉の体は血液が逆流したように熱くなるのだ。

ボーイの制服を着て重役会議室にコーヒーを運んだ二人の傭われ殺し屋は、空の銀盆を持って喫茶店〝ソレル〟に戻っている。だが朝倉には、店に戻ってからの二人の殺し屋の行動までを知ることは出来ないから、二人は店の裏口から出ていったかも知れないのだ。

午後六時半――メタリック・グレーのプリンス・グロリアが角を曲がって姿を現わし、石井が乗っている車のうしろに停まった。それとほとんど同時に、新東洋工業ビルの裏門と向かいあった喫茶店〝ソレル〟の横の露地から、ソフトを目深にかぶり、コートの襟を深く立てた二人の男がゆっくりと歩みでてきた。

二人とも、素通しレンズのロイド眼鏡などかけているが、傭われ殺し屋に違いなかった。まだ喫茶店のなかにいたのだ。

プリンスの後部座席のドアが開かれた。二人の男は、ブルーバードの運転席に紙片を投げこむと、プリンスのなかにもぐりこんでドアを閉じる。

それから五分が過ぎた。空車札を倒したグリーン・キャブの無線タクシーが現われて、新東洋工業ビルの裏庭に入り、それから少したって自転車にまたがった制服警官がやはり裏庭に消えた。

警官がやってきたところを見ると、桜井と会社側のあいだに暴力沙汰《ざた》があったのかも知れない。しかし、それにしては、パトカーでなく自転車の警官が一人で来るとはのんびりしすぎている……朝倉はますます苛立ってきた。

しかしその疑問も、桜井と警官が仲良く同乗した先ほどのグリーン・キャブが裏門から出てきたことによって解決した。桜井は上機嫌で、制服警官に洋モクを勧めたりしている。裏口のそばで待機していたブルーバードとプリンスは、桜井の横に警官がついていることに驚いたような様子もなく、タクシーを尾行しはじめた。桜井が護衛として警官を呼んだことを、会社側が喫茶店のなかにいた殺し屋に連絡しておいたらしい。

三台の車が適当な間隔を置いて通り過ぎるのを待って、チョーク・レヴァーを閉じた朝倉はホンダの単車のエンジン・キーを捻り、始動ペダルを強くキックしてエンジンを回転させた。アクセル・グリップを捩《ねじ》って、少しのあいだ空ぶかしし、すぐにスタートさす。空冷エンジンだから、エンジンはすぐに暖まってくる。八重洲通りとの交差点で三台の車は赤信号で停まり、左折のフラッシャーを出していた。朝倉は四、五台の軽四輪をそのあいだにはさんで信号待ちする。チョーク・レヴァーはもう開いていた。

信号が変わり、グリーン・キャブを先頭にした三台の車は左折して八重洲通りに入った。朝倉もそれを追う。通りは車の渦と排気ガスの靄《もや》であった。

東京駅東口前で左折して外堀通りに入り、銀座六丁目と七丁目のあいだで右折したグリーン・キャブは、虎の門、赤坂見附と通って、拡張工事でごったがえす放射四号の青山通りに入っていった。

朝倉は身軽な単車だから、ラッシュのなかでの追跡はさして苦にならなかったが、石井たちの乗ったブルーバードと殺し屋たちのグロリアは青山一丁目の交差点で赤信号を突破しようとし、信濃町《しなのまち》方面から進んできたフォードのハイヤーの鼻づらをかすめて急停車させた。これも急ブレーキをかけてタイヤから煙を吐いたグロリアは、横断歩道を渡っている人々の群のなかに突っこみそうになって、やっと停車した。

交差点の角にある交番から、警棒を押さえた巡査が跳びだしてきた。グロリアと歩行者に合図してグロリアを交差点から出し、道の脇に停めさせると、運転席のドアを乱暴に開き、

「気でも狂ったのか。降りろ！」

と、運転している若い男に命じる。石井の興信所の所員だ。後部座席の二人の殺し屋は、捲きぞえをくいたくない、という顔付きでタバコをふかしていた。

「免許証！」

警官は、車から降りようとしない運転手に嚙みついた。

「分ったよ。ギャー、ギャーわめくな。こっちは急いでるんだ。早いとこチケットを渡してくれ」

運転手は唇を歪め、免許証を突きだした。

「何だ、その態度は。交番まで来い！」

巡査は、額の血管をふくらませて怒鳴った。

「何言ってやがる。のぼせるなよ。税金で飼われてる番犬だってことを忘れたのか？」

尾行を中断させられたために、運転手はアタマにきてしまったらしい。悪態のかぎりを巡査に投げつける。怒鳴りつければ平身低頭するものと思っていた当てが外れた巡査は急に弱気になり、運転手がお偉方の息子か何かではないかと気を廻したらしく、免許証に記載された名前を見つめている。大臣たちの名前でも思い浮かべているのかも知れない。

信号が変わった。朝倉は単車をスタートさせ、停車しているグロリアのそばを抜けて、再びグリーン・キャブの姿を追った。桜井の乗ったグリーン・キャブには、このところ四、五回待ちも珍しくないほど混雑している青山六丁目の三叉路で追いつくことが出来た。石井のブルーバードは、二台の車をはさんで、グリーン・キャブのうしろにくいついている。

三軒茶屋の変則四叉路に来たとき、右折のフラッシャーを出していたグリーン・キャブは、いきなり左のフラッシャーに切り替えた。そして黄信号で強引に跳びだし、そのまま放射四号線をオリンピック新道のほうに車を進めていく。

向かいに突きだした格好に建った交番の巡査は立ち上がり、ホイッスルを吹き鳴らそうとしたが、そのタクシーの後部座席に警官が同乗しているのを見て、腰を降ろした。朝倉は車のあいだを縫ってそのタクシーを追うことが出来たが、石井のブルーバードは、急には進路を変えることが出来ずに立ち往生する。

その間にグリーン・キャブは三百メーターほど進み、左に折れて細い道に入った。さらに左に折れて住宅街に入ったとき、桜井はタクシーの運転手に停車を命じる。タクシーは停まった。

桜井は護衛の警官に向かい、

「どうも御苦労さまでした。もう家はついそこの露地の奥ですから、ここで失礼します。僅かですが、ほんの御礼のしるしに……」

と、五千円札を差しだす。

「いや、そんなことをしてもらっては困ります。職務違反になりますから……そうでなくても、受持ち管区を離れたことがバレると、ちょっとまずいんでね」

警官は手を振った。

「じゃあ、あなたの所属している交番に寄付するということでは？」

「それならば……」

「じゃあ、話は決まった……僕の名前と住所ですか？　まあ、警察官の友である匿名の氏とでも言っておきましょうか――」

桜井はニヤリと笑い、運転手に千円札を二枚渡して、

「お巡りさんを、さっきの新東洋工業ビルまで頼むよ。お釣りは取っといていいから」

と言い捨て、重いボストン・バッグを提げて暗い路上に降りた。

「あ、もしもし……ちょっと……」

警官はふんぎりの悪い声を出したが、運転手がグリーン・キャブを素早くスタートさせると、まんざらでもない表情で路上の桜井に挙手の礼をした。タクシーが去ると、桜井はペッと唾を吐き、ゆっくりと歩きだす。朝倉は単車のライトを消してエンジンを止めてギア抜きし、惰性

で走らせていた。桜井の背後三十メーターのあたりで単車の惰力は尽きた。

その朝倉に気付いた様子も示さず、桜井は細い道を抜けて明治薬科大前の通りに出た。コンテッサーのタクシーを拾って乗りこむ。そのタクシーが発車すると、朝倉は押していた単車のエンジンをかけて、それにまたがった。

石井の乗ったブルーバードの姿は見えなかった。コンテッサーのタクシーは、溜池大原線とも呼ばれる駒沢通りをくだり、上野毛で右折し、世田谷と杉並を廻り道しながら横断し、一時間後に練馬の富士街道を横切って、広大なグランド・ハイツの裏手の雑木林と畑のひろがりのあたりで停まった。

桜井を降ろしたタクシーは、川越街道に向けて舗装の剝《は》げた真っ暗な道を消えていった。赤いテール・ライトが闇《やみ》ににじんでいく。

桜井の背後百メーターあまりで単車を停めた朝倉は、桜井の考えを読もうと頭を回転させた。罠《わな》だ。桜井は、罠を張って自分を待ち伏せしようとしているに違いない。

朝倉が単車のライトを消すと同時に、桜井はボストンを提げたまま、横の雑木林に跳びこんだ。

朝倉は一瞬躊躇《ちゅうちょ》した。だが、ここで桜井を見失えば、今夜は二度と桜井に接近出来ないであろう、と思った。桜井が女のアパートや鬼子母神のアジトに戻るとは決まっていないからだ。

罠のなかに跳びこむ決心をつけた朝倉は、単車のエンジン・キーを抜いてポケットにおさめた。地面に転がっている拳大の石を拾い、雑木林のなかに身を移した。

尻ポケットに突っこんでおいた靴下にその石をつめ、靴下の足首のあたりを結んで殴打用の武器を作り、それを左手に握った。

ズボンのチャックを静かに外し、内腿《うちもも》にくくりつけた二十二口径のアメリカン・ルーガーの遊底を引いて、弾倉上端の弾をそっと薬室に移した。

その拳銃に安全装置を掛け、再び内腿にくくりつけた。緊急の場合に素早く抜き射ち出来るようにチャックはかけない。

それだけの用意を整え、朝倉は耳を澄ました。ヘルメットからつながった耳覆いには空気抜きの小孔がついているから、聴力の障害にはならない。


遠くの街道を走るトラックやダンプの、シャーッと地を擦《こす》るような響きと風に揺らぐ雑木の枯枝の音のなかから、下枝がへし折れる音がかすかに聞こえてきた。落葉を踏みしだく音もだ。

朝倉は腹這《はらば》いになった。耳と瞳に神経を集中し、匍匐《ほふく》しながら桜井のいるらしい方向に近づいていく。緊張で自身の脈搏の音まで耳に響き、瞳はすぐに闇に慣れて樹々の小枝まではっきり見えるようになったが、それでも幹の重なりにさえぎられて桜井の姿を見つけることは出来ない。

だが、朝倉は落葉の砕ける音のほうに向かって慎重に匍匐を続けた。しかし、どのように気をつけても、自分も枯葉を騒がす音を全然たてないで動くことは不可能であった。

桜井がいると覚しい方向からの物音は絶えた。朝倉は、しばらく身じろぎもせずに息を殺していたが、再び這い出した。

腿につけた拳銃の銃把が鼠蹊部《そけいぶ》を圧迫して苦しい。摩擦で拳銃の安全弁が外れて暴発したら、と考えると、寒気にもかかわらず下腹は汗で濡れてくる。

桜井が隠れているあたりにたどり着いてみると、そこはブナやクヌギの群を圧して楠《くすのき》の大木が高く枝を張った一帯であった。

桜井は、その楠のどれかの幹の蔭に隠れているに違いない……朝倉は殴打用の凶器を右手に移し、這ったまま一番手前の楠の蔭に廻りこんだ。

桜井の姿は無かった。朝倉は次の楠のうしろに廻る。やはり桜井は見えない。

そのとき、朝倉は上方に気配を感じて半身を起こそうとした。背筋に熱い汗が吹きだす。

遅かった。次の瞬間、朝倉は隠れていた梢から豹《ひょう》のように落下してきた桜井の全体重を背に受け、背骨が砕けるような衝撃を覚えた。肺中の空気を絞りだされ、不覚にも悲鳴に似た声を漏らす。石ころをつめた靴下は、右手から離れて素っ飛んでいた。

桜井は、牛乳罎状の革袋のなかに砂と鉛の芯をつめた本物のブラック・ジャックを握っていた。その凶器で殴ると、外傷をほとんど与えずに内部組織を破壊する。

朝倉の上に落下すると共に、桜井は渾身《こんしん》の力をこめて朝倉の頭部にブラック・ジャックを振りおろした。異音をたてて朝倉のヘルメットは潰《つぶ》れた。

ヘルメットをかぶっていなかったら、朝倉の頭蓋骨は割られたところであった。しかし、ヘルメットの上からの打撃でも朝倉の頭の芯から足先まで激痛が走り衝撃で意識が遠のいていこうとする。

「なぜ俺を尾行した？　東和油脂に傭われたんだな？」

桜井は鼻を鳴らし、今度は横なぐりに朝倉の首筋をブラック・ジャックで一撃した。朝倉は、反射的に右肩を丸めてその打撃を肩の肉で受けとめたが、そうでもなければ頭椎にヒビが入ったかも知れない。肩の肉は潰れた。

「顔を見せろ。俺を舐《な》めたら、どんな目に会うか教えてやる」

桜井は言って、朝倉の背から降りた。朝倉の脇腹を蹴る。靴先はシャベルのように朝倉の脇腹にくいこんだ。

苦痛に呻《うめ》き、朝倉は身をよじって次の打撃から逃れようとした。桜井は、その朝倉のゴッグルを左手でもぎ取ろうとする。

顔を見られたくない。自分の暗い素顔を見せるときは、相手に死を与えるときだけだ……その、心に決めた朝倉の鋼鉄の意思が、朦朧《もうろう》とした意識を呼び覚ました。

朝倉は転がって逃げる振りをし、仰向けになりながらズボンのジッパーのあいだに、痺《しび》れかけた手を突っこんだ。アメリカン・ルーガーの自動拳銃を抜くと同時に、安全弁を外して引金を絞った。

青白い発射の閃光《せんこう》と共にほとばしった銃声は、小さく鋭かった。闇のなかに空薬莢《からやっきよう》をはじきだした排莢子孔から漏れるオレンジ色の光が鮮かだ。

弾は薄ら笑いを浮かべて、朝倉を追おうとしていた桜井の肩口をかすめた。立ちすくんだ桜井の薄笑いが頬にはりつき、次第にその頬は化石したように硬ばっていった。薄笑いは、泣き笑いのように見えてくる。ブラック・ジャックは手から落ちた。

「立場が変わったようだな」

朝倉は桜井から目を離さずに、ゆっくりと半身を起こした。体じゅうに痛みが走る。拳銃の銃口は桜井の胸に向けているが、痺れてきた右腕には、拳銃の重みが耐えがたい重さに感じられる。

しかし、朝倉は、そのことはまったく表情に表わさずに桜井に命じた。

「四つん這いになるんだ。弾はまだこの拳銃のなかだけにでも八発残っている」

「………」

桜井は、体を投げだすようにして四つん這いになった。

「よし、そのまま動くな」

朝倉は桜井に近寄り、その服をさぐった。尻ポケットから二十五口径のブローニング小型自動拳銃が見つかった。

「金はどこだ？　金を入れたボストンは？」

ブローニングを自分のポケットに移し、朝倉は桜井に尋ねた。

「自分で捜してみたらいいだろう」

「へらず口が叩けるのなら、どうしてブローニングを使わなかった？」

朝倉は左手にスターム・ルーガーを持ち替えた。

「お前を見くびりすぎていた。使おうと思ったときには手遅れだった。お前は、この前、俺を襲った男だな?」

「答える必要はない。金はどこだ?」

「捜してみろよ。夜が明けるまでに見つかるかな? 俺の口を割らそうとしたところで無駄だ。どんなに痛い目にあってもしゃべらぬ」

桜井はかすれた笑い声をたてた。

「そうか?」

朝倉は桜井が落としたブラック・ジャックを痺れかけている右手で拾った。それを桜井の頭に叩きつける。

桜井は、落葉の床に顔を突っこむようにして昏倒《こんとう》した。朝倉はブラック・ジャックを尻ポケットに突っこみ、左手の拳銃に安全装置をかけてズボンのベルトに差した。左手で右肩を揉みながら、闇に瞳を凝らす。徐々に右手の痺れが直ってくるにつれて、意識のほうもはっきりしてきた。

桜井は、この雑木林のどこかに、ボストン・バッグを隠したに違いないのだ。そうすると、桜井にしても、どこか目じるしになるところに隠さないと取り出すときに簡単にいかない。朝倉は自分に頷《うなず》き、楠の梢を見上げた。

52　お茶とケーキ

いつも用意している万年筆型の懐中電灯のお蔭で、朝倉は、十二、三分後に、七本目の楠の老木の太い梢の股《また》に縛りつけられているボストン・バッグを見つけることが出来た。それを見つけだす途中で、意識を取り戻しかけた桜井に再びブラック・ジャックの一撃を加えなければならなかった。

ボストン・バッグを持って楠の木から降りた朝倉は、ジッパーを開いてバッグのなかを覗きこむ。小さな懐中電灯の黄色っぽい灯のなかで、二十もの百万円の札が、ひっそりと息づいているように見えた。

朝倉は、息苦しく射精したいほどの興奮を覚えて瞼を閉じた。ナンバーを控えられている熱い札束と違って、どこでも使え、欲しい物をそのまま買うことが出来るクールな札束なのだ。

瞼を開いたとき、朝倉は冷静さを取り戻していた。ポケットから、桜井から奪った口径二十五のブローニングを取り出し、入念に指紋を拭って桜井の尻ポケットに戻した。

桜井が、東和油脂の傭った殺し屋に簡単に消されてしまったのでは面白くない。だから朝倉は、桜井に殺し屋と戦えるだけの武器を残してやった積りであった。

気絶している桜井が肺炎でも起こしては困るので、その体に分厚く落葉をかけてやり、朝倉は重いボストン・バッグを左手に提《さ》げて雑木林を出た。手袋をつけている。

二十二口径の銃声一発を遠くから聞いた者がいたとしても、それが銃声だと気付く者はほとんどいない筈だ、と計算していた朝倉は正しかった。単車を駐めてある凸凹道《でこぼこみち》に駆けつける人影は無い。

朝倉は、単車の荷箱からズックのキャンヴァスと本物のナンバー・プレートを取り出した。ナンバー・プレートを付け替えてBナンバーのプレートを荷箱に仕舞う。

札束のつまったボストンを荷箱の上にくくりつけ、それをキャンヴァスで覆ってさらに縛った。

押しがけして単車にエンジンを掛けた朝倉は、まわり道をしながら世田谷上北沢のアジトへ戻っていく。

アジトの門をくぐったのが十一時近くであった。TR4のスポーツ・カーの横に単車を置いて、荷箱の上からボストン・バッグを外す。

家のなかに入ると、茶の間の石油ストーブに点火してヘルメットやゴッグルを外した。ヴァーラーなどのキャビネット型ストーブは、隙間だらけの日本家屋を暖めるのに向いていないが、丸木小屋でも使えるように作られたパーフェクションは、ほとんど異臭もたてずに畳と木と紙の茶の間の温度を上げた。

朝倉はバッグから札束を万年床の掛けブトンの上にぶちまけて、封紙を千切った。一枚一枚を数えていく。それが二千万円に及ぶことを確認したとき、朝倉は散乱した紙幣の上に体を投げだして転げまわり、天井に向けて紙吹雪のように投げ上げる。

紙幣の山を、敷きブトンと掛けブトンのあいだに突っこみ、朝倉は納戸《なんど》の部屋から地下室に降りた。

地下室の床の隅に掘った隠し孔の縁《ふち》のコンクリートは乾いていた。そして、枠木で固めたコンクリートの蓋《ふた》もその横で乾いている。朝倉はハンマーで枠木を叩きこわした。

少なくとも三十キロはあるコンクリートの蓋を抱えあげ、隠し孔に合わせてみる。合致しない個所は、荒い目の棒ヤスリで強引に摩《す》り切った。火花が飛ぶ。

一時間ほどの労働のあとに、その蓋は隠し孔にピタリと合って嵌《は》めこまれた。あまりにも密着しすぎたために、今度は外せないほどだ。今度はタガネとハンマーで、朝倉はコンクリートの蓋に指をさしこめるだけの窪みをつけた。それでやっと、蓋を持ち上げる力をかけることが出来る。

朝倉は満足の唸りを漏らし、茶の間に戻って紙幣をボストン・バッグに詰め直した。庭の単車の荷箱からは、Bナンバーのプレートを取り出す。

それらを隠し孔のなかに仕舞った。地下室の戸棚のなかに仕舞ってあったコルト自動拳銃や弾薬などを入れた米櫃《こめびつ》、二つに分解したFNモーゼル小銃とシルヴァー・チップ弾、それに二ポンドと二百グラムの麻薬なども一緒に隠し孔に仕舞った。

隠し孔の蓋をした。明日は、コンクリートの床の上に張る板や大型の仕事机なども買わないとならない。それらで隠し孔を覆ってしまえば、たとえコソ泥が忍びこんだところで、札束やヘロインなどを見つけることはないであろう。

茶の間に戻ると、労働で汗ばんだ体には石油ストーブで暖められた空気は息苦しいほどであった。朝倉はストーブの炎を小さくし、枕の下にスターム・ルーガーの小口径自動拳銃を突っこんで、万年床にもぐりこんだ。体は疲れているが、神経が高ぶってすぐには寝つけそうもない。

桜井のことを考える。桜井が鬼子母神のアジトに戻るかどうかは分からないが、襲ってくる殺し屋をどう処理するかが見届けたかった。

しかし、現場をうろついていて、自分も捲きぞえをくったのでは仕方がない。今夜はこのまま動かずにいて、明日を待つほかないであろう……。

瞼を閉じた朝倉は、英語で数を数えながら無想の境地に入ろうとした。千まで数えたが眠気は忍び寄ってこず、かえって、突きあげるような欲情に悩まされる。女でも抱いたら、神経が休まるかも知れない。

朝倉は諦《あきら》めて立ち上がり、ガウンをまとい、TR4のキーを持って凍《い》てついた庭に降りた。黒塗りのトライアンフTR4に乗りこむと、車内は冷氷室のようであった。

チョークを一杯に引いてイグニッション・キーを捻《ひね》ると、エンジンは甲高いスターターの唸《うな》りと共に轟然《ごうぜん》とスタートし、二千三百回転にタコ・メーターの針は跳ねあがる。朝倉はチョークを半分ほど戻し、千五百回転でウォーム・アップを続けさせておきながら屋内に戻った。

台所のガスで湯を沸かし、手と顔の脂を洗い去った。背広をつけ、念のために枕の下に突っこんであった口径二十二のアメリカン・ルーガーをズボンのバンドの後側に差しこむ。ソフトを左手に提げた。

石油ストーブを消し、建物の戸締まりをしてからTR4に戻ってみると、水温は八十五度を示していた。朝倉はチョークを戻し、ヒーターのスウィッチを入れてデフロスターに切り替えた。前窓に吹きつける熱い空気が、ガラスに氷結した霜を溶かしはじめた。

経堂に通じるバス通りにある公衆電話で、朝倉は参宮マンションの京子の部屋に電話を入れた。ダイヤルを廻しながら、近日中に電話ブローカーに当たってみて、上北沢のアジトにも電話を引こうと思う。

受話器を取り上げる音がし、苛立った小泉経理部長の声がした。

「私だ。金子君か？」

「…………」

朝倉は返事をせずに電話を切った。小泉が京子の部屋に来ているのだ。今夜の自分は京子に会えそうもない。

しかし、小泉は確か、金子かと尋ねた。そうだとすると恐らく桜井に関係したことで小泉は金子の連絡を待っているのであろう。小泉は互いに弱味を持つ金子にだけは、京子の部屋の電話番号を教えてあるらしい。

このまま引きさがるよりは、動いていたほうが気が楽だ。朝倉は豪徳寺と梅ヶ丘の境いからTR4のハンドルを左に切り、Y字型に上りと下りが分かれている一方通行路の上りの方を通って甲州街道に車を向けた。

深夜だが、近づくクリスマス景気に浮かれた酔客を乗せたタクシーで甲州街道の下り車線は混雑していた。しかし、参宮橋に向かう上り車線は空《す》いている。

オリンピック工事で刻々と変貌《へんぼう》し、三日も通らないと目じるしを見落としそうになる東京ガスのそばの交差点で右折すると、参宮橋にあるマンションはもう近かった。

低い丘の上にそびえる十階建ての参宮マンションに通じる道にTR4を乗り入れながら、朝倉は後の補助シートに置いたボルサリーノのソフトを取り上げて目深にかむり、ドア・ポケットに入れてある黄色いドライヴァー・グラスをかけて顔を隠すようにした。

その用意は無駄ではなかった。参宮マンションの建物の前の駐車場に突っこもうとした朝倉のTR4のそばを、巨体を大きくロールさせたクライスラーのインペリアルがすれちがっていく。後のシートで、腕を組んで虚空《こくう》を睨みつけているのは小泉であった。

坂をくだっていくインペリアルのなかの小泉は、TR4のなかの俺に気づきはしなかったろう。と朝倉は確信を持った。下りの車は、たとえ上りの車がライトをダウンにしていても、まともに光軸を照射されるので、眩惑《げんわく》されて視力を奪われるせいもあるからだ。

朝倉は広いパーキング・ロットの隅にTR4を駐めた。車から降り、マンションのロビーに入ると、自動エレベーターを使って七階に昇っていく。七階の廊下に人影は無かった。七Gの京子の続き部屋の玄関ドアの横についたインターホーンのボタンを押すと、

「どなた？」

と、咎《とが》めるような京子の声が聞こえた。

「僕だ」

朝倉は囁《ささや》いた。

「待って。着替えして出ていくわ。待って……」

京子は囁き返した。

「じゃあ、車のなかで……」

朝倉は踵《きびす》を返した。

パーキング・レーンのTR4に戻り、ラジオをかけた。深夜番組のディスク・ジョッキーを聞きながら京子を待つ。

半時間近く待たされた。車内が冷えてくるので、朝倉は時々エンジンを掛けてヒーターを効かせた。

待ちくたびれて車から降りようとしたとき、純白の獣毛に飾られたフード付きのアノラックを羽織った京子が、マンションから走り出てきた。バスにつかっていたらしく、化粧を落とした頬が、かすかに桜色を帯びて光っている。

朝倉はその京子のために、助手席のドアを開いてやった。

「長かったな。待ちくたびれたよ」

「突然でビックリしたわ」

「さっき、爺さんが来てたろう?」

朝倉はカー・ラジオを消した。

「どうして？　知ってたの？」

京子は瞳を伏せた。

「電話に男の声が答えた」

「帰ったわ……何も出来ないで……」

「君を責めてるんじゃない。僕は自分の力の無さが腹立たしいんだ」

朝倉は、わざと乱暴にＴＲ４を発車させた。


甲州街道の下り車線はもう空《す》いていた。朝倉は京子を焦《じ》らすように黙りこんで、世田谷赤堤に二人のデート用に借りたアパートにＴＲ４を飛ばす。

「ねえ、機嫌を直して」

京子はシフト・レヴァーから手を離さぬ朝倉の左腕に軽くつかまった。

「怒ってなんかいないよ」

「本当？」

「それより、さっき僕が君の部屋に電話したら、爺さんが金子か、と尋ねたけど、何のことだろう？」

朝倉は切り出した。

「京子の知ってるかぎりのことを教えてあげるから、機嫌を直してね」

「ああ」

「パパが話してくれたわ。パパの会社は前に言ってた桜井という脅迫者に、死に金を二千万渡したんですって」

「勿体《もったい》ない話だな」

「勿論《もちろん》、殺し屋に取り返させる積りでよ。だから、会社から出ていく桜井のタクシーを、殺し屋の乗った車が尾行《つけ》たわけなの。でも、運悪く交通違反で車を停められているまに逃げられたそうよ。興信所の所長が尾行た車も撒《ま》かれてしまったらしいわ」

「…………」

「仕方ないんで、社長のお邸に集まって報告を待ってた会社のお偉方は解散したの。それで、パパはあたしのところに来たわけなの」

「それで？」

朝倉は尋ねた。

「そうしたら、金子――パパの部下ね――金子っていう人から電話があって、桜井から金子さんのところに脅迫の電話があった、ってパパに伝えてきたの。二千万円はオートバイで尾行てきた男に奪われてしまったけど、その男を傭ったのは東和油脂だろう……。こうなった以上は、明日五千万を渡さないかぎり最終手段に出ると部長や社長に伝えろ、っていうのが桜井の命令だそうよ」

「…………」

「パパは慌《あわ》てたわ。そこにまた電話が鳴って、パパが電話に出ると名前も名乗らないで相手が電話を切ったので、パパはますます蒼《あお》くなったわ。それが、あなただったのね」

京子は小さく笑った。

「そんなこととは知らなかった。君が電話に出ると思ったのに爺さんが出てきたので、慌てたのはこっちのほうだよ」

朝倉はニヤリと笑い返す。

「パパが帰り仕度をしているところに、今度また金子さんから電話があったの。尾行を諦めて、晴海にある桜井の彼女のアパートで網を張っていた興信所の人たちが、そのアパートに入る桜井を見つけたんですって。すぐに殺し屋を呼ぶからパパのほうのアリバイを頼む、と金子さんはパパに言うの。それを聞いてパパは部屋から跳びだしていったわ。もしかして、警察からパパがアリバイを調べられたとき、京子の部屋にいたとは言いにくいからでしょう」

「そういうもんだろうな」

朝倉は唇を歪めた。そういうわけで、小泉は車を急がせていたわけか。

「これだけのことをパパから聞きだすのには大変な苦労だったのよ」

京子は恨めし気に朝倉を見上げた。

「済まん。ヤキモチ焼いたりして……感謝してるよ」

朝倉は左腕を京子に廻し、スピードをゆるめないまま、京子の唇に唇を合わせた。心の中は、今夜桜井が殺し屋二人をどうあしらうかを知りたい渇望で一杯だ。

下高井戸で左折したＴＲ４は、赤堤のアパート〝赤松荘〟の前に滑りこんだ。二台のコロナのあいだにＴＲ４を突っこんだ朝倉は、京子を抱きかかえるようにして二〇五号室に登った。部屋のなかは冷えきっていた。朝倉は、洋間のヴァーラーの石油ストーブに点火すると、

「君はここで休んでいなさい。コーヒーでも沸かしてくる」

と、京子を軽々と抱きあげてソファの上に置いた。先週の水曜日の朝に京子が朝食の支度をしてくれてから、朝倉はこのアパートに一度も戻っていないことを思いだしたのだ。ダイニング・キッチンを京子が見てそのことを知ったら、ちょっとばかし面倒なことになりかねない。

「悪いわ。わたしにやらせて」

京子は腰を浮かせた。

「いいんだ。今夜の君は、お姫さまなんだ」

朝倉は京子の肩をそっと押さえ、その額に唇を寄せ、指で瞼を閉ざしてやる。

奥のダイニング・キッチンに入った朝倉は、わざと食器や缶を散らかし、砂糖や塩をテーブルにこぼした。それからコーヒー・ポットをガス火にかける。缶詰を一つ開いて、その中味を散らかした食器になすりつける。

沸騰してきたポットの湯にインスタント・コーヒーをブチこんだ。足音が近づき、京子がキッチンに顔を覗《のぞ》かせた。

「まあ、まあ。わたしが、二、三日来ないと、もうこんな有様。可哀そう……片付けてあげるわ」

と、世話女房の口調で溜息をつく。

「じっとしていなさい、と言ったろう？」

朝倉は言った。

「はい、はい。分かっております」

京子は、笑い声をたてて洋間に戻っていった。朝倉は小さく肩をすくめ、戸棚からインスタント・ホットケーキの粉を探しだし、片方のガス・レンジにフライパンをかけた。

ホットケーキが焼きあがるまでのあいだに、わざと汚した皿を水道で乱暴に洗い、水も切らずに積み重ねる。

少し焦げたが、ホット・ケーキは何とか焼きあがった。朝倉は、蜜をかけたそれとコーヒーを洋間に運んだ。石油ストーブが効いてきて、洋間の温度は上っていた。静脈が透きとおって見えるほど白く長い脚を組んだ京子は、麻薬を混ぜたタバコの煙を顔のまわりにまつわりつかせていた。瞳は酔ったように潤《うる》んでいる。

「さあ、お姫様」

朝倉はコーヒーとケーキを京子の前の卓子に置いた。

「胸が一杯だわ」

京子はタバコを捨てた。朝倉は絨毯《じゅうたん》の上に跪《ひざま》ずき、京子の腿の内側に沿って唇を這わせていった……。

翌朝六時半、朝倉はスリップだけの背を丸めて眠りこけている京子を横目で見ながら、寝室の鏡台に――学校に出かける――と書き置きしてアパートを出た。あまり離れてない上北沢のアジトにTR4を駆って戻る途中で、住宅街の一軒の郵便受けから突きだしている朝刊を抜きとった。

53　気　転

上北沢のアジトに着くのを待ちきれずに、朝倉は路端にTR4を停め、抜きとってきた朝刊を拡げた。

桜井と殺し屋に関する記事は出ていなかった。朝刊の締切りに間に合わなかったせいかも知れないし、現実に、両者のあいだに何も起こらなかったのかも知れない。

失望して朝刊を捨てようとした朝倉は、社会面の左隅に三段組みになっている記事のキャプションを見て、軽く呻いた。

「強奪された共立銀行の紙幣、横須賀に出現」

見出しには、そう書かれてあった。朝倉は素早く記事に視線を走らす。

「去る十月九日、共立銀行大手町支店の現金運搬人原良夫さんが殺され、本店から支店に運ぶ途中の現金千八百万円が奪われた事件について、捜査当局はねばり強い捜査を続けてきたが、昨日午後四時、奪われた紙幣のうちの一枚とナンバーで確認される一万円札が横須賀市若松町の共立銀行横須賀支店に入金された、と横須賀署に届け出があった。

横須賀署では、警視庁特別捜査本部の応援を仰いで入金先である横須賀本町のクラブ〝ベッシー〟から事情聴取を行なったところ、問題の紙幣は一昨日の店の売り上げ金の一部と判別した。

しかし〝ベッシー〟は米兵相手のバーであり、一昨日は寄港した某巡洋艦隊から上陸した水兵たちで特に賑《にぎ》わったため、店の関係者は誰からその紙幣を受け取ったかを指摘出来なかった。なお、巡洋艦隊は昨日正午、南太平洋諸島に向けて出港したため、捜査は暗礁に乗りあげたものとみられる。

本来ならば、共立銀行から奪われた紙幣のナンバーが判明していることは伏せておくのが常道であり、現にこれまで伏せてきたのであるが、巡洋艦隊は横須賀に寄港する前に東南アジア方面に立ち寄っていることから、共立銀行の千八百万円は、すでに犯罪ルートを通じて海外に流れ出ている可能性が深まったため、異例の発表となったものである。ナンバーが捜査側に割れている盗難紙幣を、一度ホンコンやバンコックなどで闇ドルに変え、闇ドルから安全な日本円に変えることは、組織犯罪者にとって常套《じようとう》手段である……」

記事を読み終わった朝倉は、ふてぶてしい微笑を漏らした。真相は、上陸してきた水兵から麻薬を買い集めるとき、磯川が、俺から受け取ったあの熱い札束の一部を使ったためにこの騒ぎになったのであろう。

朝倉は朝刊を畳み、再びTR4をスタートさせた。俺に一杯食ったことを磯川が早く気付いて、国内で熱い札束を使わないようにしてくれることを祈る……と呟《つぶや》く。

すぐにアジトに着いた。車を霜柱が砕ける庭に駐《と》めると、朝倉は郵便受けに入っているA新聞を持って建物に入った。

茶の間の石油ストーブに点火しておき、スライス・チーズと玉ねぎとピックルスの分厚いサンドウィッチを作った。それをかじりながら、万年床に仰向けに転がってA新聞に目を通した。

それにも、横須賀で熱い紙幣が見つかったことが出ていた。記事の内容は、先ほどの新聞と似たようなものであった。まだ出社時間には間にあうから、テレビのスウィッチをひねる。

七時二十分のニュース・フラッシュをやっていた。そして画面一杯に右往左往するパトカーと野次馬が群がる東雲《しののめ》の埋立て地が写しだされ、次いで瞼を閉じた桜井と和服姿の恭子の写真が出た。

——今朝六時半頃、東雲七号埋立て地のブロック資材置き場に二人の男女の死体があるのを、犬を連れて散歩に出た大栄建設資材管理係長南田さんが発見しました。

二人は、それぞれ体に三発ずつの短銃弾を射ちこまれており、血痕の散布状態や現場の模様から見て、殺されてから現場に運ばれてきたものと思われます。男は豊島区雑司ヶ谷三丁目の無職桜井由紀夫さん二十四歳、女は桜井さんの愛人である牧恭子さん三十歳と分かりました。

なお、現場付近には二人とは別のものと見られる血痕が落ちており、深川署に置かれた特別捜査本部は他殺事件と見て犯人追及に乗りだしました……。

アナウンサーは淡々としゃべり、次のニュースに移った。

フトンの上に腹這いになっていた朝倉は跳ね起きていた。二人の死体が発見されたニュース

が終わると、

「畜生……」

と、腹から絞りだすような呻きを吐きだし、固めた右の拳を左の掌に叩きつける。額の血管がふくれあがり、下顎を突きだして唇のまわりが白っぽくなった。

桜井が死んだことは信じたくない。いま桜井に死なれたのではブチこわしだ。簡単に桜井が消されないようにと思って、わざわざ拳銃を残しておいてやったのに……。

だが、桜井は死んだのだ。体に熱い鉛をくらって息をとめたのだ。朝倉は、青春が匂うような桜井の美しい顔を想いだして瞼を閉じた。

しばらくして、朝倉は地味な背広に着替え、内ポケットに補聴器を突っこんでアジトを出た。十五分ほど歩いて経堂の駅に着く。

駅は通勤者でふくれあがっていた。電車は身動き出来ないほど混んでいる。群集のなかにとけこんだ朝倉は、新宿から地下鉄に乗り替えて京橋の本社に着いた。

経理部の部屋に入ったときは九時十分前であった。係長の粕谷や同僚四、五人が、すでにデスクに着いている。

「どうだったね？」

係長が声を掛けてきた。

「は？」

朝倉は、瞬間その意味がつかめなかったが、埼玉の伯父が交通事故で重傷を負ったという偽

電話を新聞配達員に掛けさせて、昨日は会社を早退《はやび》けしたことを思いだし、

「御心配かけまして。足が一本折れただけでしたから、命に別条はないようです」

と、頭を下げる。

「そうか、そうか。まあ、不幸中の幸いだったな」

「横断歩道を渡ってるところをダンプにはねられたんで、僕が掛け合って治療費はダンプの会社から出させることにしときましたから安心です」

朝倉は照れたように笑った。

やがて、残りの同僚たちが続々と出勤してきた。始業時間までを雑談で過ごすが、桜井の死は話題にのぼらなかった。


九時の始業時間きっかりに、次長の金子は席に着いた。窶《やつ》れた顔に如才ない表情を取り戻している。経理部員たちの挨拶《あいさつ》に答え、気取った手つきで書類をめくる。

部長の小泉が入ってきたのは、いつものように十一時を過ぎてからであった。鷹揚《おうよう》に金子に頷《うなず》き、部下が運ぶ書類に判を押していく。

昼休みの時間がきた。朝倉はいつものようにラーメンを注文しておき、混んだエレベーターを使わずに階段を駆け降りた。

ビルを出て、道の斜めむこうにある東欧航空ビルに入った。そこのロビーの売店で、

「音質はどうでもいいから、一番小型のトランジスター・ラジオをくれないか？」

と、スチュワーデスまがいの制服をつけた売り娘《こ》に言う。

「これなど、いかがでしょう？」

売り娘はピースの箱ほどの大きさのラジオをショー・ケースから取り出し、編み棒より少し太目のアンテナをのばした。スウィッチを入れる。

そのラジオから流れる音は、割れてはいたが聴きとりにくいほどではなかった。売り娘はダイヤルを廻しながら、

「レシーヴァーはついていませんが、お値段のほうは格安になっていますし……」

と、言う。

「もらおう。ＴＷＳにダイヤルを合わせといてくれ。それと、デミフォーンのテープも三本ほど」

朝倉は答えた。

買物をポケットに突っこんで経理の部屋に戻ってみると、ラーメンはすでに届けられていた。

「どこへ行ってたんだい？　のびちゃうよ」

カレー・ライスで口のまわりを黄色く汚しながら、係長の粕谷が声をかけた。部長や次長は無論、気のきいた連中はレストランに行っているから、部屋には五、六人しか残っていない。

「ちょっと、タバコを買いに……」

朝倉は腕時計を覗いた。十二時二十分だ。早いピッチでラーメンを胃に流しこむ。

粕谷は昼食を終え、いくら一日百五十円の小遣いで頑張っても、土地や諸物価の値上りにつ

いていけず、まだ家を建てることが出来ないことをこぼしていた。

部長や次長の横領金のおこぼれは、あまり粕谷には廻ってこないらしい。年功で係長にはなっているが、今度の桜井の事件に関しても粕谷は聾桟敷《つんぼさじき》に置かれているのであろう……朝倉は、粕谷にわずかながら同情すると共に、その不甲斐《ふがい》なさを冷笑したくもなった。

三分たらずでラーメンを食い終わると、朝倉は席を立った。トイレのクローゼットの一つに閉じこもると、トランジスター・ラジオのアンテナをのばし、スウィッチを入れてヴォリュームを絞る。

歯が浮くような流行歌のリクエスト・タイムが終わり、くだらないコマーシャルに続いて十二時半のニュースが始まった。朝倉は耳を澄ます。

国会のニュースや道路建設のニュースの次に、アナウンサーは、桜井とその愛人恭子の死体が解剖に付せられ、いずれも三十八口径弾が射ちこまれていることが判明したこと……桜井の手や着衣の袖口から硝酸反応が現われて、桜井も発砲した形跡があるが、その拳銃は見つからないこと……東雲に運ばれる前の実際の犯行現場は、晴海の船舶解体場跡の海沿いの空地であることが分かった……と伝えた。

朝倉はトランジスターのスウィッチを切り、アンテナを押しこめた。トランジスターをポケットに仕舞い、トイレを出る。

屋上で時間をつぶしてから、経理の部屋に戻った。やがて午後の仕事がはじまる。

午後二時近く、部長のデスクにある社長室との直通電話が鳴った。朝倉は、鏡のついたライターに写る小泉部長の表情を凝視する。

受話器を取り上げて、短く返答する小泉の頬から血が引いていった。それを見つめる金子次長は腰を浮かしていた。

「はい。ただ今お伺いします」

小泉は投げだすように電話を切り、金子の耳に口を寄せて囁いた。金子の体に痙攣《けいれん》が走るのを朝倉は認める。

「頼んだよ。会議があるんだ」

粕谷に声を掛けて、小泉は大股に部屋から出ていった。そのあとから、金子が小走りに続く。

何が起きたのかを知りたくて、朝倉の背筋は熱くなった。何とか口実をもうけて、ここを脱け出したい。

そのとき、朝倉のデスクの電話が鳴った。東和油脂の取り引き相手の会社からの電話に決まっている。だが、朝倉はそれを悪霊の助けとして一芝居打つことを咄嗟《とっさ》に決心した。

朝倉は受話器を取り上げながら、指で電話を切った。電気音を相手にして、

「東和油脂の経理の者ですが……はい、私です……何ですって……本当ですか？……分かりました。すぐ支度して出ます」

と眉を曇らせ、受話器を戻す。

「どうしたんだね？」

係長の粕谷が心配そうに尋ねた。

同時に再び電話が鳴った。朝倉は受話器を取り上げるが、今度は指で電話を切るようなことはしない。

「経理さんかね？　さっきはどうしたの？　急に電話が切れてしまったが？」

相手は言った。

朝倉はその質問には直接答えずに、

「経理です。どちらさまでしょうか？」

「王子の佐藤銃砲火薬だがね。九月分の火薬代金として支払った百二十万の手形についてなんだよ。明日が満期なんだが、大口のお顧客《とくい》から入る金の予定がちょっと狂ったんで、銀行呈示を一日だけのばしてもらえないだろうかと思ってね。君では分からんだろうから、部長さんを呼んで貰いたいんだ」

「お待ちください。係長を呼びます」

朝倉は立ち上がり、粕谷のほうに掌で送話口を覆った受話器を差しだして、

「佐藤銃砲が手形の呈示をのばしてくれと言ってるのですが」

と、言う。

受話器を受け取った粕谷は、佐藤の電話に頷いていたが、

「弱りましたな。部長も次長も会議中でしてね。何とか相談してみますから、一時間ほどしてまた電話を願いますよ――」

と、電話を切り、朝倉に向けて、

「さっきの電話は？」

と、尋ねる。

「埼玉の伯父の容態が急に悪化したらしいのです。足の怪我のほうから破傷風菌が入りこんだらしく、高熱にうなされていると言ってました」

朝倉は瞼を伏せた。

「それは大変だ。さっそく行ってあげたまえ」

「昨日に今日では、会社に対して申しわけなさすぎて」

「何を言ってるんだね」

「では、お言葉に甘えまして」

朝倉は、深く頭を垂れてからデスクの上を片付けはじめた。粕谷は内線電話で重役会議室の部長を摑《つか》まえようとしている。

「では、お先に……」

朝倉は呟き、部屋を出る。その朝倉の背をこの頃のあんたの勤務状態では出世コースからはみだしたようだな、と言いたげな同僚の憐れみと嘲笑の視線が囲む。

朝倉は廊下を歩き、エレベーターで七階に昇った。昼間なので屋上で姿をさらすのは冒険だから、重役会議室の隣の図書室を再び盗聴に役立てようと思う。

重役会議室のある七階にエレベーターが停まると、朝倉はドアを押さえながら細目にそのドアを開いていた。廊下には警備係の連中が四、五人立っていた。一斉に昇ってきたエレベーターのほうを睨みつけている。朝倉はバクチを打ってみることにした。手を離すとドアが開ききったエレベーターから廊下に降りる。

「もしもし、どちらに行かれますか?」

警官上りの警備係長が朝倉の前に立ちふさがった。

「ちょっと図書室に用があるんだが、一体どうしたんだね?」

朝倉は微笑を浮かべた。

「社長命令で、誰も会議室に近寄らすな、と言われています。恐れいりますが、お引き返し願います」

警備係長は揉み手しながら言った。

「仕方ないな。屋上で暇潰《ひまつぶ》しするのも駄目かね?」

朝倉は尋ねてみた。

「結構です。どうぞ、どうぞ……」

係長は腰をかがめた。警備員たちが見守るなかを、朝倉は廊下の端まで歩き、階段を使って屋上に登った。

しかし、屋上に登った朝倉は、口のなかで罵声《ばせい》を吐きちらさなければならなかった。屋上に金網のケージで囲われたゴルフ練習場では、東和油脂の親会社新東洋工業の営業部の連中が、取り引き先の重役らしい男二人とクラブを振っていた。そして警備員が二人、屋上運動場の隅のベンチに坐って、わざと眠た気な目付きで朝倉に視線を向けていた。

朝倉は仕方なく、両手をひろげて大きく深呼吸してスモッグに汚れた空気を肺に通し、柔軟体操の真似事をやって見せた。警備員のそばのベンチでタバコを一本灰にして、屋上から引きさがる。

ビルを出て、地下鉄の昇降口に急ぐ朝倉の肩は落ちていた。しかし、諦めたわけではない。あらゆる手段を使って、なぜ重役連が再び色を失ったのかをさぐりだしてやる……。

新宿から京王線に乗った。下高井戸の駅で降り、近くの薬局でヴィタミン剤の大壜《おおびん》とオブラートを買ってから、睡眠薬は無いかと尋ね、明日は朝の四時から重役のお供でゴルフ場に行かなければならないから、今夜は六時にベッドに入るのだ、と付け加える。薬局は睡眠剤を売ってくれた。朝倉は甲州街道に面した材木屋に寄り、地下室の隠し孔の蓋をさらに隠すために張る床材と角材を注文した。

材木屋のオート三輪の助手席に同乗して、北沢のアジトに戻った。庭の隅に材木を降ろしたオート三輪が去っていったのは、午後四時半であった。

冷蔵庫に残っている卵を目玉焼きにして五個平らげ、大判の雑誌の上に、大人一回の定量は一錠と書かれている睡眠剤をぶちまけた。全部で十錠ある。朝倉は、それを木槌《きづち》で叩いて粉末にしていった。大ざっぱに三等分してオブラートに包む。革ジャンパーとジーン・パンツに着替えた。二十二口径ルーガーの弾倉に全弾装塡《そうてん》し、その拳銃をジーパンの臑《すね》のポケットに突っこんでボタンをかける。

マスク付きのヘルメットとゴッグルで顔を隠し、革ジャンパーの内ポケットに補聴器と新しいテープを入れたデミフォーンを仕舞った。偽の免許証のあいだに、オブラートに包んだ睡眠薬をはさみ、朝倉は庭に出て単車にまたがった。セーム革の手袋は、皮膚の上部のように朝倉の手と密着している。

54 尋問

午後八時を過ぎると玉川等々力《とどろき》の高級住宅街のなかには、行き交う人影はほとんど絶えてしまう。

長く高い塀の下をたまに通るのは、将来はこんなところに住みたいと夢を語らいながら散歩する工員風のアベックや、小走りに商店街に向かう女中ぐらいのものだ。しかし、車は十五分置きぐらいに通る。

朝倉は、聖イグナチオ教会の芝生の庭の植込みのあいだに蹲《うずくま》り、生垣の隙間を透して、道の向かいの大邸宅の正門を見つめていた。

樫で出来たその門は、禅寺の山門を想わせる。門は石段の上にあり、車の出入りの配慮に欠けているのは、その屋敷の主人が、会社から差し向けられる車を利用していることを示していた。

鈍い常夜灯に照らされたその門柱には、秀原市造という表札が掲げられていた。秀原は東和油脂の監査部長であり、社長の従兄弟《いとこ》に当たる。

　夜空の星は硬く凍りついていた。十二月の夜気はかすかな身震いをしばしば朝倉に起こさせたが、朝倉は寒さにも窮屈な姿勢で動かないことに慣れている。

　乗ってきた単車は、商店街の外れにある有料駐車場の金網の柵の外に置き、目立たぬ国産車を一台盗んで秀原の右隣の家の横に駐めてある。秀原の屋敷の門のベルの電線は切断し、潜り戸の差しこみ錠には小さな木片をはさんで役に立たぬようにしてある。今夜は小泉は京子の部屋に行くことを遠慮するだろうから、秀原に役立ってもらうのだ。

　午後九時が近づいた。そのとき、左手の角を曲がって、ヘッド・ライトの光線が扇形にアスファルトを照射した。

　その車は、一目でクライスラーの最高級車ニューヨーカーと知れた。秀原監査部長の専用車であった。

　クライスラーは、静々と正門の前に停まった。制服の運転手は、ボタンを操作して後席のドアを電力で開くと、素早く車から降り、深々と頭を垂れる。

　長身と傲岸《ごうがん》な顔を持つ秀原は、軽く運転手に顎をしゃくって行けと合図した。石段を昇り、門柱のベルのボタンを押す。

　運転手は車に乗りこんだ。車は角を曲がって消えていった。

　秀原は、いくらベルのボタンを押しても家人が迎えに出てこないことに立腹した様子で、潜り戸に手をかけた。

しかし、その時には、秀原の背後に朝倉の影が迫っていた。ヘルメットのマスクと防埃眼鏡《ゴッグル》で完全に顔を隠している。

「誰だ、君は?」

振り向いた秀原は、高飛車な口調で朝倉を咎めた。

返事のかわりに、朝倉は秀原の向こう臑を鋭く蹴った。声をたてることも出来ぬ激痛に蹲る秀原の首の付け根に、凄まじい破壊力を孕《はら》んだ右の拳を振りおろす。

秀原の鎖骨がへし折れた。脳震盪を起こした秀原が、石段を転げ落ちようとするのを受けとめた朝倉は、その重い体をかついで、右隣の屋敷の塀に寄せて駐めてある盗品のブルーバードに運びこんだ。

イグニッションとバッテリーを直結にしたその車の後部シートに秀原を寝かせ、エンジンを掛けた。チョークを引いたまま車をスタートさす。

百メーターほど行って角を曲がったところで車を停め、後のトランク室の蓋を開いた。トランクの鍵はすでに解いてある。

まだ気絶から覚めない秀原の体をトランク室に移し、力をこめてトランクの蓋を閉じる。蓋には自動的に錠がかかった。

ヘルメットとゴッグルを外して再びブルーバードを発車させた朝倉は、野毛の住宅街の丘を越え、畑と工場の一劃を抜けて、多摩川の堤に車を乗りあげた。

多摩川堤の通りには車の往来が絶えないが、河原にまでそのヘッド・ライトがとどくわけでない。朝倉は、巨人軍の練習場の上流の河原に車を突っこませた。

車輪は石を跳ねあげ、ボディは枯草をこすったが、そのかわりに、砂にタイヤが埋まって身動きがとれなくなるようなことはない。朝倉は河原のなかの流れのそばまで車を進め、そこで車をとめた。

ライトを消し、エンジンを止めた。エンジンのアイドリング音が消えると、川の瀬音が耳にとどいた。雑魚《ざこ》のはねる音もする。

朝倉はタバコに火をつけ、深く煙を吸いこんだ。ゆっくりと一本のタバコを灰にしてから、吸殻を川面《かわも》にはじきとばす。

再びマスクのついたヘルメットをかぶり、ゴッグルで眼のあたりを隠した。車から降り、先端を潰した数本の針金でトランク・リッドの施錠を解く。

秀原は意識を取り戻していた。恐怖に耐えかねて漏らしたらしい小水でズボンとトランク室を濡らし、口から涎《よだれ》を流して震えている。眼球は眼窩《がんか》からとびだしそうになり、普段の傲岸さの片鱗《へんりん》すらもうかがえない。

安保闘争のあとに腿を刺されたときの元首相の表情にそっくりだ、と朝倉は思った。権力を笠に着てふてぶてしいまでに厚顔無恥の老人たちは、直接肉体に加えられる暴力に遭遇《そうぐう》したときには、このようにだらしなくなる。

「た、助けてくれ。助けて……」

秀原は手を合わせて喘いだ。

この調子なら、秀原は用意してきた催眠薬を使って夢遊状態にさせなくても、何でもしゃべってくれそうだ、と朝倉は思う。しかし、自分の声を覚えられては困るから、薬を使わないとならないだろう、とも思う。

だが、朝倉は秀原の恐怖心が催眠薬で麻痺することを怖れ、はじめは薬ぬきで試してみることにした。秀原の体を河原に引きずり降ろす。

「痛い……助けて……」

秀原は悲鳴をあげた。

朝倉は声を変えて、

「大きな声を出すんじゃない。もっともあんたがいくらわめいたところで堤までは届かないがね。それでも、あんたの泣き声を聞いてるとムカムカする」

「だ、誰か助けてくれ！」

秀原はわめきながら、よろめき立とうとした。

「俺の言ってることが聞こえないのか？　分らんのなら、よく教えてやる」

朝倉は秀原の襟と黒く染めた髪を摑んで水辺に引きずり、流れのなかにその顔を押しこんだ。

秀原は死に物狂いにもがいた。両腕を振りまわして水面を搏《う》ち、あるいは川底に両手を突っぱって逃れようとする。だが、鎖骨の折れた片腕には力が入らなかった。

朝倉は、秀原の背に馬乗りになって体重をかけた。秀原は胸から上を水中に浸し、痙攣をはじめた。

朝倉は秀原を水から引きあげた。激しい咳と共に、秀原は口から泥水を逆流させ、いまにも呼吸がとまりそうに苦悶《くもん》しながら転げまわる。咳のたびに、あとから泥水を吐く。

秀原の呼吸が正常に近づいたのは、それから五分ほどであった。

俯向《うつむ》けになり、枯草の根を握りしめて涙を流している。

「俺の警告を聞かないと、どんなことになるか分ったろう」

朝倉は呟いた。マスクの助けがあるので、声を変えるのにあまり苦労しないで済む。

「君は誰だ？　年寄りを苛《いじ》めないでくれ……」

秀原は震え声で言った。

「俺は桜井の友達だ。尋ねたいことがあって、あんたにここまで来てもらった」

「桜井の仲間？　桜井に渡した金は、じゃあ、君が……？」

秀原は呻いた。

「どういう意味だ？」

俺が桜井の金を預ってるのか、と秀原は尋ねたかったのであろうと見当はついたが、朝倉は尋ねてみた。

「カン違いだった。桜井などという男は知らん」

秀原は大きく身震いした。

「おじさん。俺は気が短いんだ。今度俺の言うことが聞こえねえんなら、あんたは本当に死ぬぜ」

朝倉はわざと粗野な言葉を使った。

「わ、分った。何でもしゃべる。命だけは見逃してくれ！」

「よし。順序だてて話せ……俺は今日、あんたの会社を見張ってた。ところが、あんたたちは今日も蒼くなって会議、会議だ。何があったんだ？」

朝倉は手袋をはめた手をポケットに突っこみ、ポケットのなかのデミフォーンの録音スウィッチを押す。

「殺し屋を傭ったのは、儂《わし》に関係はない。社長や経理部長が悪いんだ」

「俺はそんなことを尋ねてるんじゃない」

「殺し屋二人は、桜井の不意を襲って、アパートから桜井と女を晴海の外れに連れだした。銃声がしても、誰にも聞かれない場所でゆっくりと桜井を絞めあげて、うちの会社から桜井が捲きあげた金の隠し場所を聞きだそうとしたのだ」

「…………」

「ところが、桜井は思いもよらぬところに拳銃を隠して持っていた。その拳銃で、殺し屋の一人の国友という男の腹をいきなり射った。もう一人のほうの福田という殺し屋は泡をくらって射ち返し、桜井と女を殺してしまった」

「それから、二人の死体を東雲に移したってわけだな。それがどうしたってんだ？」

朝倉は退屈そうなポーズで言った。

「だから、殺し屋は桜井から金の隠し場所を尋《き》きだせなかった。だけども、桜井に渡した金が取り戻せなくても儂らは諦めがつくから、一安心していた。ところが、今度は殺し屋が裏切ったんだ！」

　秀原は叫ぶように言った。

「裏切った？」

「今日の昼過ぎ、福田が社長のところに電話してきた。口止め料を一千万よこさないと、警察に自首して出て、東和油脂に傭われて桜井を殺《や》ったとしゃべる、と言うんだ」

「それで、あんた達は慌てたわけか？」

　ゴッグルの下で朝倉の瞳は光った。

「国友が重傷で死にかけているから、モグリの医者を傭うのに大金が要る……桜井に何千万も口止め料を出したんだから、自分達に一千万ぐらいよこしたところで、大したことは無いだろう……と、福田は言っている。だけど、うちの会社が奴等に一千万払ったら、今度は二千万、その次は三千万と吹っかけてくる気なんだ。桜井がやったように！」

　秀原はわめいた。

「待て。どうして、殺し屋は桜井が東和油脂から恐喝してたことを知ったんだ？　あんた達が教えたとでも言うのか？」

　朝倉はマスクの下で唇を歪めた。

「とんでもない。殺し屋には、桜井はパクリ屋だということにしてあった。うちの手形をパクられたので傭ったと……」

「じゃあ、殺し屋に本当のことを教えたのは、興信所の石井か？」

　朝倉は尋ねた。


「殺し屋の福田は、桜井自身の口から聞いた、と言うけど信用出来ん」

「………」

「石井を詰問してみた。絶対に身に覚えは無いと言い張るが、どうも怪しい。大体、あんな殺し屋を世話してよこしたのは石井だ。石井と奴等はグルなんだ！」

　秀原は背中に痙攣を走らせた。

「殺し屋はどこにいる？」

「ホテルは引き払ったあとなので、石井に行くえを捜さしてるが、どこに隠れてるか分らない。どうせ、石井は知っていながら捜す振りをしてるんだろう」

「じゃあ、奴等とあんた達が連絡をとるときは？」

「今のところ、電話だけ。それも、向こうから掛けてくるのを待つだけだ」

「近日中に会う予定は？」

　朝倉は尋ねた。

「明日、ホテル・ミツイで」

「ミツイか。時間は？」

赤坂葵町の大ホテルを想い出しながら、朝倉は尋ねた。

「午後九時。明るいうちは出歩きたくないと福田が言うもんで」

「部屋は？」

「千百十五号。海外から来るバイヤーを泊めるために、うちの会社が年間契約で借りている——

——」

秀原は呟き、

「頼む。もう言うことはない。勘弁してくれ。早く医者に行かないと死んでしまう」

と、哀願した。

「医者に行ったら、風呂で足を滑らせて浴槽の縁で肩を打った、と言うんだ」

「主治医に見てもらうから、何とでも言える……助けてくれるんだね。有難とう。有難とう……

…」

秀原は、河原の石に額をこすりつけ、涙を流した。

「今夜のことを警察にしゃべったりしないだろうな。もし、そんなことをしたら、ヤブ蛇になるってことを忘れるな」

朝倉は警告した。

「分ってる。儂は命が惜しい。馬鹿な真似は絶対にしない」

「そうだ。命が惜しかったらな」

朝倉はジーン・パンツの臑のポケットからアメリカン・ルーガーの自動拳銃を抜いた。

「何をする！」

秀原は口から泡を吹いて跳ね起きようとした。

「何もしないさ。いつもあんたを、このハジキが蔭から狙ってるってことを知ってもらいたいだけだ。まあ、この注文は無理な話だろうが、今度のことは、社長やほかの役員連中にも内緒にしてくれると有難い」

朝倉は銃口を秀原の額に向けた。

「約束する。家内にもしゃべらない。誰にもしゃべらない！」

「よし。それじゃあ、これから正確に十分したらここから動いていい。タクシーを拾って家に戻るんだな」

朝倉は拳銃を腦のポケットに戻し、革ジャンパーの内ポケットに隠してあるデミフォーンのスウィッチを切った。

「有難とう。本当に有難とう……」

死の手から逃れたことを知って、秀原の体から震えがとまらなくなった。

朝倉はブルーバードに乗りこみ、手袋を脱がずに、イグニッション・スウィッチの裏側の電線を結んでエンジンを掛けた。ドアを閉じると同時に発車させた。秀原は枯草の茂みの蔭に這いながら逃げこんだ。

堤の上の道に出ると、朝倉は車を停めないままマスク付きのヘルメットとゴッグルを外した。坂の向こうにくだり、等々力の町に近づくと、その盗品のブルーバードを乗り捨てる。

朝倉の単車は、等々力駅のそばの商店街の外れの有料駐車場の横で寒風に吹きさらされていた。ヘルメットなどをかぶった朝倉は、その単車にまたがってスタートさせた。

上北沢のアジトに朝倉が戻ったのは、午後十一時近かった。朝倉は熱い風呂で冷えきった体を暖め、万年床にもぐりこんで、ゆっくりと夕刊に目を通す。

共立銀行の現送員から朝倉が奪って磯川に押しつけた熱い札束が、磯川の住む横須賀で発見されたことについての捜査は大して進展してはいないようであった。ただ、熱い紙幣の発見はあい次ぎ、二十数枚に達したと夕刊は伝えていた。

それに対し、桜井と女の射殺死体が発見されたニュースのほうは、夕刊のトップに据えられていた。その記事の内容はラジオやテレビで見たことと大差ないが、警察では怨恨説をとっていると伝えられている。朝倉は何も考えないことにして瞼を閉じた……。

翌朝七時、深い眠りで疲労を抜いた朝倉は、食卓の上に朝刊を拡げ、缶詰のサーディンを乗せたオープン・サンドウィッチを頰張りながら、テレビのニュースを眺めていた。

画面には、M信託銀行池袋支店が写しだされ、桜井のアパートのトイレの水洗用タンクの中からM銀行池袋支店の貸し金庫の鍵が発見され、捜査本部員と検察官が支店長立会いのもとにその貸し金庫を開いた、という意味のアナウンスの声が入った。画面には、貸し金庫が開かれるシーンが写る。

しかし、貸し金庫のなかは空っぽであったらしい。銀行側の証言では、確かに桜井と人相の一致する男がその貸し金庫を吉田という名で借り、頻々《ひんぴん》と貸し金庫を開閉したということであるから、桜井の借りた貸し金庫の内容物は明らかに他所《よそ》に移されたものと思われると、捜査本部は発表していた。

画面は変わり、呉服橋の東亜経済研究所がアップで出た。そして、桜井が東亜経済研究所にアルバイトのような形で出入りしていたことが判明したので、所長以下の人々から事情聴取をはじめることになった、とアナウンサーは伝えた。

朝刊にも、テレビのニュースと同じようなことがくわしく出ていた。横須賀での熱い紙幣のニュースは、朝刊でもテレビでも中断していた。

朝食を終えた朝倉は、いつものように定刻の五分ほど前に東和油脂経理部の部屋に入った。出勤してくる同僚や上役に、埼玉の伯父の容態は持ち直した、と告げる。

定刻になっても、次長の金子は姿を現わさなかった。そして定刻を一時間ほど過ぎた頃、やっと経理の部屋に姿を出すと、真っすぐに朝倉の席に近づいてきた。朝倉の心臓の鼓動が乱れた。

55　約　束

「朝倉君、社長がお呼びですよ」

金子経理部次長は朝倉の肩に手を置いて、猫撫で声を出した。経理部員たちの視線が、意地悪い期待をこめて朝倉に振り返る。

「何の御用でしょうか？」

尋ねた朝倉の声は、かすかに掠《かす》れていた。

「知らないが、悪い話ではないと思う。頼む、すぐに一緒に来てくれないだろうか？」

金子は顔一杯に愛想笑いを浮かべていた。部員たちの視線は、嫉妬《しっと》のそれに変わった。

「お供します」

朝倉は覚悟を決めて立ちあがった。もし昨夜のことがバレたのなら、そのときは居直ってやる積りだ。

二人並んで廊下に出ると、金子は朝倉の背に腕をまわして、その体格としなやかな筋肉を褒《ほ》めちぎった。金子の真意を計りかねて、朝倉は苦笑いするほかなかった。

東和油脂の社長室は六階にある。社長室に入るまでには、秘書課の部屋と二つの応接室を通らないとならないような構造になっていた。

秘書課の部屋には十数個のデスクに五、六人の姿しかなかった。その次の応接室は、明らかに有難くない客を早く退散させる目的らしく、病院の待合い室のような雰囲気と、見ただけで掛け心地の悪そうなソファや回転椅子が置かれてある。

その奥の本式の応接室は、フランス王朝時代のサロンのように装飾過多であった。暖炉で燃える白樺《しらかば》の桃色の炎がシャンデリアにきらめき、暖炉の前の黒豹の敷き皮をビロードのように輝かせていた。

「待っていたまえ」

金子は朝倉に部屋の隅のソファを示した。腫《かかと》が埋まるような絨毯《じゅうたん》を踏んで、左の奥にある社長室のドアをノックする。

朝倉は体を包みこむようにクッションが沈むソファに腰を降ろした。エア・コンディショナーから流れる暖気に暖炉の炎の熱が加わって汗ばむほどだ。しかし、汗はそのせいだけではない。

朝倉は気を鎮めるために、卓上に置かれた黒檀《こくたん》と真珠のタバコ入れに手をのばし、ゲルベゾルテを取り出してそれに火をつけた。トルコ葉の強い香りが朝倉の動悸《どうき》を鎮めていく。

社長室から金子が出てきたのは、朝倉が二本目のタバコに火をつけたときであった。

金子のうしろには小泉経理部長が続いていた。そして、そのあとから、清水社長がチョッキのポケットに親指を突っこんだスタイルで朝倉のほうに歩を進めてきた。

朝倉はタバコを灰皿で揉み消して、ゆっくりと立ちあがった。深々と頭を垂れる。

清水社長は、五十七、八歳の痩《や》せた小さな男であった。乾涸《ひから》びた皮膚が目の下でたるんでいる。

「掛けたまえ。楽にしてなさい」

社長は長身の朝倉を押さえつけるような身振りをし、自分は朝倉の向かいの肘《ひじ》掛《か》け椅子に、のめりこむように体を沈めた。

「失礼します」

朝倉はソファに腰を降ろした。小泉と金子は、社長の両脇の椅子の背に手をかけて立っていた。

「君が朝倉君か。うん、仲々の好青年だな」

社長は笑って見せた。笑ったというより、目尻と頰の皺《しわ》を増やした、と言ったほうが正確かも知れない。

「光栄です」

朝倉は爽《さわ》やかな微笑を返した。もう、何を言われても平然としていられるだけの度胸が据っていた。

「迂闊《うかつ》ながら、君のような社員がうちにいるとは知らなかった。本来ならば、社員の一人一人について私は自分の子のようによく知りぬいていなければならんのだが、何しろ社員の数が多くてな」

社長は言った。弁解がましい口調だ。

「…………」

朝倉は黙っていた。

「聞くところによると、君の御両親はもう亡くなられているそうだな？」

「はあ……？」

朝倉は伏目になった。埼玉の伯父が交通事故に会ったと偽って会社を続けて早退けしたのがバレたのか？　それにしては、社長みずからお説教では大袈裟すぎる。

「いや、いや。心配することはない。うちの会社は両親が健在であろうと亡くなっていようと、そんなことで差別したりはしないから、安心して働いてくれたまえ。私の言いたいのはだな、君も大変に苦労してきたらしい。苦難に打ち勝って、よくこれまで頑張ってきたもんだと感心してるんだよ」

「御親切なお言葉、痛みいります」

朝倉は再び頭をさげた。

「それに、君は部長や次長の言によると、勤務態度も立派だそうだ。いや、君を一目見ただけで私にも分った。君のような社員を持って私は嬉しい。我が社の誇りだ」

「私たちも、同様に思っております」

小泉が口をはさんだ。何の茶番劇か見当もつかないが、朝倉は調子を合わせた。

「僕はお褒めにあずかるようなことは、何もやっていません。ただ、東和油脂の社員として恥ずかしくない人間になりたいと努力しているだけです」

「偉い！」

社長は唸り、胸ポケットからコルクの吸い口のついた細身の葉巻きを取り出した。小泉と金子が、それぞれのライターを素早くポケットから出した。金子は小泉部長に遠慮してライターを仕舞い、小泉がライターの炎を社長の葉巻きに差しだした。

社長は、瞳を細めて葉巻きの煙を短く吐きだした。子供をあやす時のような表情で、

「君には確かに見込みがある。気に入った。近頃のサラリーマンは根性というものに欠けとるが、君は違う。どうだね、平社員でいつまでもいるのに飽きたろう？」

と、尋ねる。

「いえ、とんでもございません」

朝倉は眉を吊りあげた。

「いやいや。君の気持ちは分ってるよ。君を何年も平社員で放っとくのは会社の損失になると私は思う。埋もらせておくには惜しい人材だ。君なら会社のために命を賭ける覚悟があると誓えるだろう？」

「勿論です」

「よろしい。よく言ってくれた。それでは、私のほうも君に約束しよう。資材仕入部の次長の椅子をだ」

清水社長は言った。

「次長の椅子を？」

朝倉の声は思わず高まった。社長の顔付きは冗談事ではなさそうだ。

「約束は守る。二、三年次長で我慢してくれたら、次は部長の椅子が君を待っている。さらに何年かすれば重役だ」

社長は答えた。

「夢みたいです。信じていいのでしょうか？」

朝倉は叫ぶように言った。半分は本心だ。

「君を騙《だま》したりして何になる。約束なのだ。信用してくれ」

「社長のお言葉に二言は無い」

金子が口をはさんだ。朝倉を叱りつけるような口調だ。

「有難とうございます。感激で泣きたいほどの気持ちです」

朝倉は声をつまらせて見せた。早く社長の企みを知りたい。

「まあ、まあ落ち着いて、私の言うことをよく聞きなさい。約束はしたが、今すぐに君を次長に昇進させるわけにはいかないことを知ってもらいたい」

社長は言った。

「分っております」

朝倉は肩を落とした。

「そうガッカリしないでくれ。すぐにでは都合が悪いが、近日中に約束通りのことをしてあげる。ただし、条件があるのだ」

社長は狡猾《こうかつ》な表情を覗かせた。

「と、おっしゃいますと？」

「君は会社のためなら命を賭けてもいい、と言ったね？」

「確かに」

「そこで、君に一つ仕事をやってもらいたいんだ。ペンや計算器を使っての仕事でなく、その強い拳《こぶし》を使って……その仕事に君が成功したときから、私の約束は効力を発する」

「拳で？」

朝倉は呻いた。

「君、隠さないでもいいだろう。君がボクシングをやってることが分ったんだ」

金子が猫撫声で言い、

「昨日、君が早退けしてから、どういうわけか営業部から外線電話が廻ってきた。私が出てみると、電話は君のアパートの管理人からだった」

「…………」

「ボクシングのジムからアパートの管理人のところに、君のジムの月謝を早く払うように連絡してくれ、と何度もハガキや電話で言ってきているそうだ。君はこの頃、出張が多いと言って、アパートに帰らないらしいね。誰か好きな娘《こ》が出来たのかね」

金子はニヤニヤした。

「そんな……」

朝倉は曖昧《あいまい》に言葉を濁す。

「いや、誤解しないでくれ。君のプライヴァシーにまで口をはさむ積りはなかったんだ」

「…………」

「ともかく、好奇心を起こして私は下目黒のジムに行ってみた。そして、そこのトレーナーから、君が物凄いパンチの持ち主だということを聞いた。トレーナーが言うには、君は試合に出ればチャンピオンへの道を歩ける素質を持っているのだが、残念なことに血友病の気があるのでスパーリングも出来ないそうだ。だけど、私は血友病なんかでないことを知っている。ほら、一昨年だったかな、忘年会のとき誰だったかが酔っぱらって窓から転げ落ちそうになって、介抱していた君がガラスの破片で深く指を切ったことがあるじゃないか。あの時、血はすぐに止まった」

「…………」

「だから、私はすぐに君の考えが分ったんだ。君が試合に出ないのは会社のためだと……うちのような一流会社の社員がプロ・ボクサーでは会社の権威にかかわる、と君は思ったんだろう。それに、うちの会社には原則としてアルバイトを禁ずる社規がある。君のような真面目な社員が、そのことを考慮に入れない筈はない」

金子は見当違いのことを得々としてのべた。だが、そう解釈してもらったほうが朝倉にとって都合がよかった。だから、

「申しわけありませんでした。おっしゃる通りです。ですから、ジムには勤め先のことは伏せておきました」

と、頭を掻いて見せる。

「いいんだよ。謝まることはない。月謝のほうは私が払っておいた。トレーニングは大いにやってくれたまえ」

金子は言った。

「そうなんだ。君のパンチをますます研《みが》いてもらいたい」

小泉が揉み手した。

「分りました。それで、私のやらなければならない仕事というのは？」

朝倉は尋ねた。

「その質問に答える前に、もう一度確めたい。君は会社のためなら、どんな命令にでも服してくれるか？」

社長が顔を引きつらせながら言った。

「どんなことでもやってみせます」

朝倉は真剣な表情で答えた。

「たとえ、社会的に見て許されないことでも？」

社長は助けを求める眼差しで尋ねる。

朝倉はしばらくの間を置いて呟いた。

「やらせてください」

「よし、君の気持ちは分った。君にやってもらいたいことを言おう。人を片付けてもらいたいのだ」

社長の声はかすかに震えていた。

問答のうちに予想出来かけてはいたが、はっきり社長の口からそれを聞くと、朝倉は演技ではなく驚きの表情を走らせた。

「片付けろ、とおっしゃいますと、殺せと言うことですか？」

「片付けてくれ、と言ったのだ。それだけで分るだろう。解釈は君にまかす」

社長は重大な言葉を一度口に出してしまうと、かえって落ち着いてきたようだ。唇の震えはとまった。桜井を殺させた殺し屋から今度は脅迫されて切羽つまった東和油脂の首脳部は、子飼いの俺に殺し屋を片付けさせようとしているのだ……朝倉は長いあいだ黙りこみ、タバコを一本灰にして気を鎮めた。

「分りました。誰を片付ければいいのでしょう？」

と、社長の瞳を覗きこむ。

「決心がついたか！」

社長は叫んだ。

「よく決心がついた」

「見込み通りの会社の宝だ！」

金子と小泉も叫ぶ。

「誰を殺したらいいのでしょう？」

朝倉はくり返した。そうしながら、超小型の録音器を携帯して来なかったことを後悔していた。

「あとで知らせる」

社長は答えた。

「どういうわけで殺さないとならないんでしょうか？」

朝倉はわざと尋ねてみた。

「わけは尋かないでもらいたい。ともかく、その男が会社にとって毒虫のような存在なのだ」

「…………」

「決心は変わらないだろうな？……だけど、もし気が変わって君が警察に駆けこんだとしても、私たちには少しも痛くない。私たちは君が夢でも見たのではないかと警察に言ってやるし、警察にしたところで、馬鹿馬鹿しい話だと君を笑うだけだろう」

「…………」

「それに反して、君が仕事を片付けてくれたら、君の将来は素晴らしいものだ。昇進は君が仕事を終わった翌日から、さっそく行なう」

社長は言った。

「裏切るようなことはしません。しかし、保証が欲しいのです」

朝倉は言った。

「分っておる。これで満足かね？」

社長は内ポケットから、封筒に入ったものを朝倉に渡した。

朝倉は封筒を開き、なかに入っている一枚の書類を取り出した。東和油脂経理部の朝倉を近日中に資材仕入部次長、三年内に資材仕入部部長、五年内に同部長兼常務に昇進させるために取締役会は万全の努力を払うことにする、という主旨の書類で、社長以下の署名捺印《なついん》がしてあった。

「有難とうございます」

朝倉は書類を封筒に収め、内ポケットに仕舞いこんだ。

「その書類は、君以外の者に見られたくない。これからすぐに会社を出て、どこかの銀行の貸し金庫でも変名で借りて、そこに仕舞っておいたほうが利口じゃないかな」

「はい、そうさせてもらいます」

「言うまでもないが、私たちと君とのあいだに出来た関係は秘密に頼む。秘密を破るようなことのないように気をつけてもらわないと、君の命は保証出来ない」

社長は言った。

「分っています」

「五時の終業時間までに、会社に戻ってきてくれ。具体的に打ち合わせをすることがあるから……」

社長は立ち上がった。

「分りました」

朝倉も立ち上がった。

「しっかり頼んだよ」

社長は手をのばしてきた。朝倉はそれを握る。外見と反対に、社長の掌は生暖く湿っていた。

社長は小泉部長と社長室に消えた。朝倉と共に秘書課の部屋を抜けてエレベーターに向かう

金子は、

「何かと金が要るだろう。少ないが当座の小遣いだ。足らなくなったら、いつでも言ってくれ」

と、社長から預かったらしい札束を朝倉のポケットに捩じこむ。五十万、と朝倉は踏んだ。

五階で金子はエレベーターから降り、朝倉はそのまま一階までくだった。ビルを出ると、万一の尾行にそなえて電車とタクシーを次々に乗り変え、世田谷区上北沢のアジトに戻った。

庭の柿の木で騒々しく鳴いていた尾長の群が飛び去った。朝倉は家のなかに入ると、地下室に降り、コンクリートの下に作った隠し孔に書類入りの封筒を投げこんだ。

アメリカン・ルーガーの自動拳銃を左腿の内側にくくりつける。尻ポケットに薄いゴムの手袋とブラック・ジャックを突っこみ、内ポケットにデミフォーンを入れて家を出た。

タクシーで赤坂葵町のホテル・ミツイに着いた。

数万個の真珠をちりばめたシャンデリアの下のロビーを横切り、受付のカウンターの前に立った朝倉は、銀髪のクラークに千百十六号室の予約を申しこんだ。千百十五号室で東和油脂の首脳部は殺し屋に会うのだ。

「残念でございますが、予約済みでございます」

クラークは慇懃《いんぎん》な微笑を深めた。

「千百十四号は？」

「申しわけございません。それも予約済みでございまして」

クラークは頭を垂れた。

56　宣　誓

千百十五号室の隣室を借りるのを諦めた朝倉は、そのホテル・ミツイのグリルでフル・コースの昼食を摂った。

それからロビーの肘掛け椅子に体を沈めて、短いが深い午睡を楽しんだ朝倉は、タクシーで京橋の会社に戻った。会社に着いたのは午後四時であった。

経理の部屋には部長の姿は無かった。そして次長の金子が、

「やあ、御苦労だったね。話の模様は先方の会社から聞いたよ」

と、朝倉に声を掛ける。

「遅くなりまして」

朝倉は、同僚たちの目に見えぬ視線を微笑で撥ね返して、自分のデスクに着いた。

それから五時の終業時間まで、時はのろのろと過ぎていった。終業のベルの音が柔らかく壁のスピーカーから流れたとき、朝倉は、これからやらなければならない仕事を重荷に感じるよりは、デスクからの解放感のほうに体が軽くなった。やはり自分の手は、ペンやソロバンよりは、車のハンドルや拳銃の銃把のほうが向いているのかも知れない。

デスクを片付けている朝倉に、金子がさり気ない様子で近づいてきた。

「一度会社を出てから、三十分ぐらいして七階の重役会議室に上がってきてくれ」

と、囁いて自分のデスクに戻る。朝倉は無言で頷いた。

同僚たちに混って、朝倉はビルから吐きだされる。いつものように、地下鉄京橋駅に歩く朝倉のそばには、同僚の石田と湯沢が同行していた。

「さっき、君は社長に呼ばれたろう？　何の用だったんだい？」

電車を待つあいだのホームで、石田は答えを聞きたくて我慢し抜いていた質問を口に出した。

「聞かしてくれよ」

湯沢は唇を舐《な》めた。

「大したことじゃないさ」

朝倉は苦笑いして見せた。

「じらさないでくれよ」

石田はしつこかった。

「なあにね、何でも社長が軍隊に行ってたときの上官が、死んだ僕のオヤジだったってことが最近になって偶然に分ったそうだ。オヤジは、新兵だった社長を事あるごとにかばってあげたんで、社長はそのことを今でも恩に着ていてくださってるそうだ。だから、オヤジが死んでしまった今となっては、せめて息子の僕に恩返しをさせてくれ、とおっしゃられてね。社長の立派なお人柄には頭をさげるばかりだが、僕のほうは何だかくすぐったいような気分でね……」

朝倉は即興でお伽噺《とぎばなし》を作りあげた。社長が軍隊経験者であることは社内報で読んだことがあるし、今のようなお伽噺を石田たちに信じこませれば、二人はたちまち噂《うわさ》を社内にひろめてくれるであろう。そうすれば、これから先、朝倉が異例の昇進を続けても、容易にほかの同僚たちにも納得《なっとく》されよう。

石田と湯沢は、長い溜息をついた。嫉妬に醜く顔を歪め、

「道理であのゴマスリ次長の奴、ヤケに君に愛想よくなったと思ったら……」

「畜生、俺にも気のきいたオヤジがいたらな。うちのオヤジときたら、兵隊にとられた途端に心臓病になって除隊させられたんだ……」

などと吐きだすように言い、あわてて朝倉に、

「このことを次長にしゃべらないでくれよ」

とか、

「君の出世を全面的に後援するから、僕たちのことも社長によろしくお願いするよ」

などと、朝倉に頭をさげる。

「困るな。頭を上げてくれませんか……」

朝倉は鷹揚なポーズで言った。

轟音を反響させて、地下鉄電車がホームに滑りこんできた。満員電車にもぐりこんだ朝倉は、次の銀座四丁目で、

「ちょっと旧友に会う用事があるんで失礼する」

と二人に呟き、強い肩で乗客を押しのけてホームに降りた。地上に出ると、工事だらけの街を歩いて京橋に戻っていく。

すでに、新東洋工業ビルはひっそりとしていた。残業をやっている部屋からは灯が漏れているが、ブラインドとカーテンを降ろしてあるらしい七階の東和油脂重役会議室の窓は暗かった。

朝倉は自動エレベーターで七階に昇った。

七階の廊下には、昨日と同じように警備係の連中が四、五人、置き物の立像のように配置されていた。ただ、違うところは、彼等のほかに金子の姿が見えることであった。朝倉がエレベーターから降りると、警備係の連中が靴音もたてずに近寄ってきた。

「待ちなさい——」

金子は警備係を制し、

「よく来てくれた。さあ、なかに入ってくれ」

と、朝倉の手をとらんばかりにして愛想笑いを振りまいた。

「お待たせしました」

朝倉は軽く会釈した。警備係は無表情に、それぞれがもといた位置に戻っていく。重役会議室のドアの内側には、衝立《ついたて》が置いてあった。そして、広い部屋は半分ずつにカーテンで仕切られていた。部屋に入るとすぐに、朝倉はワイシャツの胸ポケットに入れたタバコを一本抜き取る振りをして、背広の内ポケットに収めたデミフォーンのスウィッチを押す。

重役会議室を二つに仕切ったカーテンは薄かった。カーテンのこちら側にはデスクが二つ置かれてあった。カーテンに近いほうのデスクには、スポット・ライトが据えられている。

カーテンの奥では幾人もの人々——朝倉の考えでは、東和油脂の重役たちが息をひそめている気配がする。

「ここに掛けたまえ」

金子は朝倉の背に腕を廻して、スポット・ライトと向かいあったデスクに着かせた。自分は、カーテンをくぐってその奥に姿を消す。

しばらくの間を置いて、カーテンの奥で咳払いの音がした。それを合図にしたように会議室の電灯が消え、それとほとんど同時にスポット・ライトが強烈な光線を放って朝倉の顔を射た。

網膜が焼けるような光線を浴びた朝倉は、反射的に両手で顔を覆い、瞼を固く閉じた。

「顔を隠すな！」

鋭い叱咤《しった》の声がカーテンの奥から飛んできた。小泉経理部長の声だ。朝倉はゆっくりと両手を顔から外したが、瞼は開かない。カーテンの開かれる音がしたが、たとえ瞳を開いたところで、スポット・ライトに目潰《めつぶ》しされた朝倉の視力では何も見ることが出来ないであろう。

「朝倉君、君は生命を賭して東和油脂に忠誠を尽すと宣誓出来るか？」

社長の声が重々しく尋ねた。こんな道具立てで、俺に恐怖を与え、俺の精神を縛ることが出来るとでも奴等が思ってでもいるのなら、それはとんだお笑いだ、と唇を歪めかけ、朝倉は、

「誓います。会社のためなら、命を捨てても悔いない覚悟でおります」

と、真面目な口調で答えた。

「君は秘密を守り通すと誓えるか？」

社長が質問した。

「誓います」

朝倉は即座に答えた。

「裏切れば死だ。分ってるだろうな？」

「覚悟は出来ています」

「よろしい」

社長は唸るように呟いた。

眩《まばゆ》いスポット・ライトが消え、部屋の柔らかな電灯がついた。朝倉はしばらくのあいだ、伏せた瞼を揉んでいた。瞼の裏で様々の原色の光の矢や渦が点滅する。瞼を開いたとき、眼前には東和油脂の重役たちが着席した長いテーブルがあった。秀原の姿は無い。

「君の忠誠はよく確認出来た。では、これからビジネスの話に移ろう」

テーブルの奥の社長が言って腕を組んだ。

「その前に、僕のほうも確めておきたいことがあります。昼前に、僕は昇級を約束された取締役会の誓約書を頂きました。あなたがた重役方の署名捺印がありましたが、間違いはありませんでしょうね？」

朝倉は質問した。

「間違いない」「我々を疑うのか？」

重役たちは口々に吠えた。

「分りました。無礼をお許しください」

朝倉は頭をさげた。内ポケットのなかで超小型テープ・レコーダーのワイヤー・テープは静かに回転している。

「それでは用件に入る――」

小泉が唇を舌で湿らせて切出し、

「今夜九時、我々は赤坂葵町のホテル・ミツイで、ある人間に会う。会社にとってはためにならない人物だ」

と、言う。

「誰ですか?」

朝倉は尋ねてみた。

「余計なことは知らないでもいい。君の仕事は、その人物を尾行して、その男の隠れ家をつきとめることだ」

「分りました」

「隠れ家には、その男の仲間もいる筈だ。多分、重傷で唸っていることだろうが……」

小泉は唇を歪めた。

「車が要ります。尾行用に」

「まあ、黙ってこっちの言うことを聞いてくれ……その男たちは、会社にとって不利益なテープや書類などを隠している筈だ。奴等は、ある男からそれらを取り上げることが出来なかった、と言っているが嘘に決っている」

「……」

「君はどんな暴力を使ってでも、テープや書類のありかを白状させるんだ。そして、それらの物件を手に入れることが出来たら、二人を処分してもらいたい」

小泉は命令した。

「相手が口を割らないうちに夜が明けそうになったら？」

朝倉は尋ねた。

「そのときは構わない。二人を処分してくれたまえ。ともかく、その二人が生きていると会社は苦しい立場に追いこまれ、株主たちにも大変な迷惑をかけることになるんだ」

「承知しました」

「君は、車の運転のほうは自信があるだろうね。君の入社時の調査書を読み返してみたら、君が学生時代にアルバイトとしてタクシー会社に勤めていたことが記入されていた」

小泉は言った。

「でも、あれからは、ずっとペーパー・ドライヴァーなもので……」

朝倉は自信がないように見せかけた。

「まあいい。ともかく、尾行用の車は会社と関係ないのを用意してある。一時間も運転の練習をやれば、すぐにカンは戻るだろう」

「そうなりたいものです」

「それともう一つ。君の強い拳さえあれば十分とは思うが、相手は銃器を持っている。君もそれに備えて、これを持っていたところで悪くないだろう」

小泉は唇だけで笑い、金子次長のほうに顎をしゃくった。立ち上がった金子は、会議室の奥の戸棚からハンカチにくるんだものを持って朝倉の前に運んできた。朝倉はそのハンカチを開いてみる。新東洋工業が刑事用に製作している三十八口径スペシャルの輪胴式だ。S・Wのチーフス・スペシャルをそっくりコピーしたような外形だ。三インチの短い銃身には、抜き射ちに有利なように半楕円形の照星がついているが、機関部の上の照門は省略され、溝で代用されてある。

「弾は五発入っているそうだ。ダブル・アクションとか言って、引金を強く絞るだけで発射出来ると言っていた。狙うというより、短刀か槍の積りで相手に突きさすようにして引金をひけばいいんだそうだ」

金子が言って席に戻っていった。朝倉は、その小型のリヴォルヴァーを手にとってみた。製造ナンバーは削り取ってあった。

「それを握っていると勇気が出てきたかね？」

社長が尋ねた。

「はあ」

「よろしい。それでは社のバッジと身分証明書を預かる。デスクに置きなさい」

社長は命じた。

「はあ？」

「君が東和油脂の社員だと知られては、まずいからだ」

「分りました」

朝倉は背広の襟からバッジを外し、免許証入れを兼ねた財布から社員証を出した。

「それでは車に早く慣れるように、一時間ばかり乗りまわしてきなさい。下の駐車場にグレーのヒルマンが置いてある。スポーツ・カー・タイプに改造してあるが、外からちょっと見たところでは普通のと変わらない。駐車場の係りの者に〝黒川だが〟と言うと、キーを渡してくれるようにしてある。今度の仕事での君の名前は黒川だ。練習を終えたら、車を赤坂の〝ホテル・ミツイ〟の駐車場に廻して待っていてくれ。そして、駐車場のマイクが〝黒川様はお帰りになるようにとの御友達様からの伝言です〟と放送したら、ホテルの本館十一階にある千百十五号室に来てくれ。ボーイにも、無論、君は黒川と名乗ってもらいたい」

「承知しました」

「じゃあ」

社長は瞼を閉じた。朝倉は、拳銃をハンカチで包んで内ポケットに仕舞った。一礼して会議室を出る。廊下で頑張っている警備員たちは、瞳だけをわずかに動かして、その朝倉を見送った。

朝倉はエレベーターで地下駐車場に降りた。広い暗渠《あんきょ》のような地下駐車場には、社長のキャディラック七五をはじめとする超高級車が東和油脂専用のロットに並んでいる。そのなかにあって、グレーのヒルマンは可愛いほど小さく見えた。

朝倉は、コンクリートの床と天井に靴音を反響させて係員の詰所に歩いた。

詰所の横に大きなガラス窓を持つ運転手の控室があって、制服の上着を脱いだ運転手たちが肘枕でテレビのマンガを眺めたり、ザル碁を囲んだりしている。係員は彼等に混って卑猥《ひわい》な身振りでエロ話に興じていたようだが、朝倉の姿を認めて、仏頂づらで跳びだしてきた。

「黒川だが……」

朝倉は言った。

「うかがっております」

係員は鍵束をポケットから取出した。

朝倉は鍵束を受け取るとスポーティ・ヒルマンに近寄った。ヘッド・ライトにストーン・ガードなどという大袈裟な金網など張ってないので、少し離れたところから一瞥《いちべつ》しただけでは普通のヒルマンと変わらない。しかし、そばに寄ってみるとセパレートのバケット・シート、床上のトランスミッションの出っ張りの上に移されたシフト・レヴァー、右のダッシュ板につけられたソニーのエンジン回転計《タコメーター》などが、スポーティな雰囲気を出している。

薄い手袋をつけてその車に乗りこんだ朝倉は、エンジンを掛けてからボンネットのロックを解き、車から降りてボンネットを開いた。ツウィンのキャブレーターはSUタイプでなく、ゼニスだ。最大トルクが割に低いところにあるせいもあってか、アイドリングはスムーズであった。

ボンネットを閉じた朝倉は車のなかに戻り、少々高すぎるシートに腰を降ろした。ドア・ポケットに入っている車検証を調べる。このヒルマンの所有者の名に、朝倉は全然心当たりは無かった。

水温が暖まるのを待って、朝倉はゆっくりとスタートさせた。ハンドルは重い割には切れない。

駐車場を裏通りに抜けて、工事で板張りだらけの昭和通りに出ると、一度車を停めてから激しくスタートさせてみた。出足は鋭い。TR4よりも鋭いぐらいだ。しかしロー・ギアでの伸びは四十ぐらいでとまり、セカンドもわずか五十五あたりで頭打ちになった。やはり、サードに大きな幅を持たせたタウン・スポーツ車らしい。それから約半時間、朝倉は銀座、新橋のネオンと港の夜景が両側にひろがる高速一号線でその車を試してみた。サスペンションのバネが柔かすぎる。カーブでのロールは大きく、高速では狙ったコースを外れることがあるが、ディスク・ブレーキがついているのが有難い。

それに、このような外観はありふれた市販車と同じで、中味をチューン・アップした車は朝倉の欲しがっていたものであった。尾行するには目立たなくて絶対に有利だし、加速力があるから、少々引き離されてもすぐに相手の車に追いつける。

京橋ランプで高速道路から出た朝倉はラッシュの外堀通を赤坂に車を向けた。虎の門を少し過ぎたあたりで左折する。

人工の森に囲まれた二十階建てのホテル・ミツイは、無数の窓々から光をあふれさせていた。

朝倉は、ホテルの中庭にスポーティ・ヒルマンを廻していく。

中庭の駐車場だけでも、三百五十台は優に収容出来る広さがあった。入口で係員から一時間百円の駐車チケットを受け取った朝倉は、すでに社長や重役たちの車が駐車しているのを鋭い視力で発見した。なるべくそれらの車と離れてヒルマンを駐《と》める。

エンジンをとめた朝倉は、胸の内ポケットから新東洋工業製のリヴォルヴァーを取り出し、ハンカチで指紋を拭った。弾倉ラッチを圧《お》し、輪胴弾倉を左に開くと、弾倉杆を後に押して五発の弾を抜きとり、一発一発点検してみる。

57　丘の上の巣

その五発の弾は、いずれもレミントン製であった。鉛の弾頭だから、人体に対する破壊力は被甲弾より大きい筈だ。

薬莢の雷管を検査し、薬莢を振ってみても火薬が抜かれてないことを知った朝倉は、その五発の弾をリヴォルヴァーの輪胴弾倉に戻した。

弾倉を閉じ、銃身の極端に短いスナッブ・ノーズのリヴォルヴァーをズボンのバンドに突っこんだ。上着のボタンをかけると、外から見ただけでは拳銃の存在は分らない。

それから十五分ほど、朝倉はズボンのバンドに差した拳銃を素早く引き抜く練習に熱中した。

その次には親指で拳銃の撃鉄を起こし、親指で撃鉄を圧したまま引金を絞ってみて、引金の落ち具合いを何度となく測ってみる。

さっきの金子の話では、ダブル・アクションの輪胴式を発射する時には、ただ引金を絞ればいいということであった。だが、それは緊急時における使用法であって、そうすれば引金を引く力は撃鉄を自動的に起こすためにも使われるため、必然的に引金は重くなり、狙いは狂って、十メーターの距離で直径一メーターの円内に集弾することも難かしくなる。

だから、正確な射撃を望むときには、シングル・アクションの場合と同じように、一発ごとに指なり掌なりで撃鉄を起こしてから引金を引けば、引金は軽く落ちて銃の動揺は少なくなる。それと、正確な射撃に肝腎なことは、銃把を握るとき親指と人差指のあいだにV字を作ってそこに銃把を挟みこむようにして、発射の反動が真っすぐに腕の骨から肩に抜けるようにすることだ……。


「黒川様。黒川様。すぐにお帰りになるようにとの御友達様からの御ことづけでございます」

駐車場のマイクが、媚《こび》を含んだように甘ったるいアナウンス嬢の声を流した。

素早く拳銃をバンドに戻した朝倉は、二分ほど待って、乗っていたスポーティ・ヒルマンの運転席から降りた。車のドアに鍵をかけ、ホテル本館の正面玄関に廻っていく。無数の真珠をちりばめたロビーのシャンデリアは、すでに朝倉にとって見慣れたものであった。その薄暗いロビーの隅では、フランス系らしいアベックが、数秒置きに小鳥のような接吻をくり返している。

朝倉はロビーを突っ切って、エレベーターの一つに乗りこんだ。緑色の制服のエレベーター・ボーイに十一階、と命じてタバコに火をつける。

禁煙の表示がエレベーターにしてあったが、ボーイは自分よりも肩から上ほど背の高い朝倉の体を見て何も言わなかった。エレベーターが十一階で停まると、朝倉は吸いかけのタバコを靴底で踏みにじって廊下に出る。

廊下には、東和油脂の警備員の姿は無かった。しかし、エレベーター・ホールに面した千百十五号室の前では、苛立った表情の金子が檻のなかの山犬のように行きつ戻りつしていた。

朝倉を認めて、金子は引きつるような笑いを頰に走らせて手招きした。朝倉が近寄っていくと、隣の千百十六号室のほうに連れていく。

千百十六号室は二間続きであった。二十畳ほどの居間兼客間と十二畳ほどのツゥイン・ベッドを置いた寝室だ。カーテンとブラインドは閉じられ、部屋の照明は暗くしてある。金子は、朝倉を寝室のなかに連れこんだ。そして、椅子を踏み台にすると、壁にかかっているルオーの絵の複製を外す。

その絵のあとには、一センチほどの直径の孔が壁にあいているのが見えた。金子は椅子から降りて、朝倉に覗いてみろという身振りをする。

朝倉は言われた通りにしてみた。孔の向こうに、千百十五号室の一部が見える。マホガニーの長方型のテーブルと、その左右に並んでいる重役たちのうち三、四人の姿も見えるが、テーブルの向こう側の席は空いている。

重役たちの話し声もかすかに聞こえてきた。朝倉は頷いて椅子から降りた。薄い手袋はつけたままだ。

「テーブルの向かいに、今夜の目標の男が着席する。君はその男の顔をしっかりと頭に刻みつけたら、一刻も早くこの部屋を出て、ホテルの玄関に車を廻して待ち伏せてくれ。そして、その男を尾行するんだ」

金子は押し殺した声で言った。

「分りました」

朝倉は答えた。

「部屋を出るときには、壁に絵を戻しておくことも忘れないように」

「承知しました」

「では、幸運を祈るよ。仕事が終わったら、黒川の名前で四谷の〝デューク〟というキー・クラブに電話してくれ。我々はそこでアリバイを作っておく」

金子は手をさしのべた。朝倉は右手の手袋を脱いで握り返す。金子の掌は、生暖く弾力が無かった。

金子が部屋を出ていくと、朝倉は再び椅子の上に乗って、隣の千百十五号室を覗きこんだ。手袋はつけ直している。

殺し屋が千百十五号室に入ってきたのは、それから半時間ほどたってであった。皺の寄った黒褐色の背広の上下を着けている。

福田というその殺し屋は、偏平な顔と腫れぼったい瞼の下に、割れ目のような細い目を持っていた。喫茶店のボーイに扮装して新東洋工業ビルに入っていくのを、朝倉が見た男のうちの一人だ。

福田はテーブルの奥の席に腰を降ろすと、紫色がかった唇を一舐《ひとな》めし、さり気なく背広の裾を後に引っぱるようにすると、左の腋《わき》の下に吊ったコルト・コブラの輪胴式拳銃とホルスターが剝きだしになる。

朝倉は、補聴器を壁の孔に寄せてスウィッチを入れ、イヤホーンを耳に差しこんでいた。補聴器にはデミフォーンを連結させる。

「お待たせしたようですな。皆さん、お元気そうで何よりだ。国友の奴は腹膜炎を起こして唸り続けてるというのにさ」

福田は唇をひん曲げて、毒々しい笑いを見せる。

「そう言わないでくれ。君たちは仕事を請負った。そしてヘマをやった。それだからと言って私たちを恐喝するとは、あんまりじゃないか」

小泉経理部長の声が聞こえた。

「そんなこと言ってもいいんですかい、部長さん。俺たちがヤケを起こして警察《さつ》に駆けこんだら、どんなことになる？　天下の東和油脂が殺し屋を傭ったってことが世間に知られてもいいってわけですかい？」

福田は嘲笑った。

「何を言いだす。君は仁義を知らないのか？」

社長が呻いた。

「笑わさないでくれよ、社長さん。仁義なんか糞くらえだ。大体だな。俺たちは仕事はちゃんとやったんだ。ヘマをしたのは国友が射たれたことぐらいだ。その俺たちが困ってるのに助けてくれねえあんた達のほうが、よっぽど仁義を知らねえってことだよ」

福田は言った。

「分った。君の言い値を払うことにする……」

社長が言った。朝倉は、早く部屋を出てホテルの玄関に車を廻さなければ、と思いながら動けない。

「分ってくれたとは有難い。さあ、早くその札束のツラを拝ませてもらおうか」

福田は、涎《よだれ》を垂らさんばかりの表情になった。朝倉はデミフォーンのスウィッチを切りかけた。しかし、

「だがね、タダでくれてやるわけにはいかない。君の持っている切札を渡してもらわないことにはね」

と小泉の声が、朝倉の手をとどめさせた。

「切札？」

「とぼける気かね？　君だって分ってるだろう？　警察に駆けこんで、東和油脂に傭われて桜井を殺しました、などと言ったところで、うちが君たちを傭った証拠なんて何もないんだ。だ

から、君が警察に自首するのならご随意にと言いたいね」

小泉が言った。

福田は、不意に胃を一撃されたような表情で黙りこんでいたが、

「ヤケに強気じゃないか。何を言いてえんだい？」

と、肩をそびやかす。

「君は我々を恐喝するのなら、それなりに具体的な証拠物件を握りしめているのだろうってことだよ」

「…………」

福田は、必死に頭脳を回転させているようであった。眉を寄せ、開いた分厚い下唇を舐めている。

「じゃあ、はっきり言おう。君は、実際はうちの会社にとって不利益なテープや書類を桜井から取り上げたんだろう。そして、それを隠している」

「そ、そうだよ。確かにズバリさ」

福田は慌てて言った。表情に安堵《あんど》の色が見える。この様子では、実際にも福田たちは桜井から証拠物件を取り上げることが出来なかったのであろう、と朝倉は直感した。しかし、東和油脂の首脳部たちは、福田が今はその証拠物件を握っているとばかり思っているらしい。

「やっぱり、そうか」

社長が溜息をついた。

「それが、どうしたってんだ？」

福田は嚙みつくように言った。

「あなたが握っている証拠の品と引替えにでなければ、一千万円はお払い出来ないっていうことです」

「今になって何をぐずぐず言ってるんだ。さあ、早く金を渡してくれよ」

福田は苛立った。

「出来ません」

「分ったよ。そんならいいさ。証拠の品を備えてサツに駆けこむことにする」

福田はわめいた。

「馬鹿な真似はよしたほうがいいでしょう。あなたが証拠の品さえ渡してくれれば、一千五百万円までは払う用意があります。あんたはみすみすボロ儲けの口を摑みながら、それを捨てて自分から死刑台に登るような人だとは見えませんがね」

「やかましい！」

「いかがですか？　私たちとあなたにとって双方ともに満足出来る提案なんですがね」

小泉の口調はねばっこかった。

「はっきり言ってくれ。つまり、今日は金が払えねえって言うんだな？」

福田は、声に凄味を帯びさせようとした。

「証拠の品を渡してくだされば、いつでも千五百万お払いしますよ」

にすることとにする……」


「畜生、狡《ずる》い奴等だ。よし分った。明日、その品を持ってくる。渡すと同時に金をもらうことにする……」

「あなたが、そんなことをなさる筈はないでしょう」

「俺がサツに出てもいいのか？」

福田は言った。

そこまで聞いて、朝倉は補聴器とデミフォーンを背広の内ポケットに仕舞った。壁に絵を戻すと部屋を出る。廊下に出てエレベーター・ホールに足早に歩くと、ちょうどエレベーターが降りてくるところであった。


ホテルの玄関を出ると、朝倉は真っすぐに中庭の駐車場に向かった。駐車チケットを係員に渡し千円札を出して、

「釣りは要らない」

と言い捨て、駐めてあるスポーティ・ヒルマンに乗りこんだ。

デミフォーンのワイヤー・テープを新しいのと差し替え、エンジンを掛けると、すぐに車を跳びださせた。エンジンが冷えているのでエンストする。朝倉は苛立ちを押さえ、今度はゆっくりと発車させた。

中庭の駐車場を出ると、ホテルの前庭の泉水のロータリーを廻って玄関に車を近づける。ちょうど玄関から出た福田がタクシーに乗りこむところであった。そのタクシーはベレルのディ

ーゼルであった。ディーゼル・エンジンであることは排気煙と排気音で朝倉にはすぐに分かる。ディーゼル車の加速は鈍いから、尾行はそんなに辛くないだろう、と朝倉は思った。

薄黒い排気煙を残して坂をくだったタクシーは、外堀通りに出て赤坂見附のほうに向かった。朝倉はタクシーとのあいだに三、四台の車をはさんで尾行《つけ》ていくが、福田は幾度も後を振りかえる。

放射四号拡張工事のために身動きならぬほど混雑した青山六丁目のT字路のそばで、福田は動けなくなったタクシーから降りた。つながったままの車のあいだを縫い、右側の車線を横切ると、泥と砂利だらけの歩道に上った。後を振りかえって唾を吐き、赤坂見附のほうに戻っていく。

付近に警官の姿は無かった。どこか空《す》いた道の横断歩道の手前で、一時停止を怠った車の取締りでもやっているのであろう。そして空いた道をわざわざ渋滞さすのだ。

福田の後姿は見る見る小さくなっていく。もう振りかえらない。朝倉は低く罵《ののし》った。右に出て中心線を越え、反対側の右側車線に出てターンしようにも、朝倉の右には二列に車がつながっている。前も後もふさがれている。朝倉は思いきってハンドルを左に切り、車を歩道に乗りあげた。歩行者の非難の視線を無視して百メーターほど歩道上を走り、車の列の切れ目を見つけて強引に車道に突っこむと反対側の車線に出た。ハンドルを右に切り、赤坂見附側に戻っていく。

危いところであった。福田は、渋谷側から来たタクシーに乗りこもうとしていた。朝倉がもう少しでも判断力を鈍らせていたら、福田の姿を見失うところであった。今度のタクシーはクラウンであった。福田を乗せると青山一丁目で左折し、外苑の横を抜けて新宿に向かう。

新宿から青梅《おうめ》街道をくだったタクシーは、馬橋一丁目から五日市街道に入った。朝倉は、百メーターから百五十メーターの距離をとって尾行を続ける。杉並を抜けると急に道も空き、舗装もよくなった。やがて五日市街道は玉川上水に沿った小金井の桜堤となる。左手に、団地アパートの鉄筋ビルの群がひろがっていた。

タクシーは左折し、上水にかかった小さな橋を渡って団地のなかに入っていった。鉄筋アパートの群のあいだを出鱈目《でたらめ》に走りまわって俺をまく気か、と思いながら、朝倉はスポーティ・ヒルマンのヘッド・ライトをスモール・ランプに切り替えてタクシーを追った。その通りが団地のメイン・ストリートらしい。

団地の真ん中あたりに巡査派出所があった。その前を通り過ぎたタクシーは団地の奥の外れに近いところで停まる。朝倉はその二百メーターほど後方で、歩道に沿って駐車している車のあいだにヒルマンを突っこんで停めた。

福田はタクシーを降りた。朝倉も車を捨てた。タクシーは派手にUターンして、こっちに戻ってくる。

車の陰に蹲《うずくま》ってタクシーをやりすごしてから、朝倉は歩きはじめた。団地の裏側には雑木林と低い丘陵が続いていた。それに畠もある。福田は、雑木林のなかの道を消えようとしていた。

朝倉は両方の靴を脱ぎ、足早にそれを追った。団地から抜けてみると、雑木林や丘の中腹に民間の業者が作ったらしい建売り住宅が五、六軒ずつかたまっているのが見える。

足音もたてずにケヤキの樹陰を縫って追う朝倉に気がつかないのか、福田は丘の頂上に一軒だけ離れた木造モルタル二階建ての小さな家に歩いていく。朝倉は雑木林の外れに近いところに踏みとどまり、瞳で福田を追った。そこから小住宅までは百メーターほどだ。

小住宅の前に立った福田は、玄関の前の敷石をはがしてその下から鍵を取り出した。その鍵で玄関のドアを開く。朝倉の心臓の動きが早くなった。

しばらくして、二階の窓から灯が漏れた。朝倉は三十分ほど動かずに待ち、それから団地のなかに引返した。駐めてあるスポーティ・ヒルマンを、エンジンの音を聞かれないように手押しして雑木林の手前まで押してくる。右手を車窓の外側から突っこんでハンドルを操作し、左手と肩でセンター・ピラーのあたりを押すのだが、惰力がつくまでの車体の重さは五トンもあるかと思われるほどであった。

脱いであった靴とデミフォーンをフロアに置いてその車から離れた朝倉は、再び雑木林のあいだの道を登った。雑木林が切れたところから、膝ほどある高さの枯草のあいだを這って、福田が吸いこまれた小住宅に忍び寄った。消毒液の匂いがしてくる。

玄関を避けて、朝倉は裏口に廻りこんだ。裏口の鍵は、いつも用意してある先端を潰した針金で簡単に外れた。

ズボンのベルトから三十八口径の拳銃を抜きだし、撃鉄に親指、引金に人指し指をかけた。左手で、そろそろと裏口のドアを開いていく。ドアの奥はダイニング・キッチンであった。蛍光灯に組み込まれた豆ランプの灯だけがついているので薄暗い。消毒薬の匂いが強くなったが、その匂いのもとは隣の風呂場らしかった。

安請普の床は、這って体を移動させても軋《きし》みがちになる。朝倉はダイニング・キッチンを抜けると、風呂場と反対側の六畳の茶の間に誰もいないのを確かめてから廊下に出た。廊下の灯は消えていた。しかし、二階の踊り場から降ってくる光でそう暗くない。階段の蔭の空洞は、ちょっとした物置きになっているらしい。

朝倉は、右手に拳銃を握って階段を這い登っていった。二階からの悪臭が流れてくる。かつて、下宿の犬が小型トラックに腹を轢《ひ》かれて一週間ほどして息を引きとったが、そのときもこんな匂いがしていた、と朝倉は思った。

58　バーナー

階段の下でかすかな音がした。戸が軋んだような音だ。朝倉は、階段の途中で化石したように動きをとめた。

ゆっくりと振りかえってみる。首筋が緊張で痛かった。だが、階下に人影は見えなかった。

二分ほど待って、朝倉は、再び音も立てずに階段を這い登りはじめた。新東洋工業製の拳銃を握った右手は、薄い手袋の下で汗ばんでいる。

そのとき再び、階段の左下でかすかな物音がした。先ほどと同じような音だ。階段の蔭の物置きになっている空洞から聞こえたことが、今度は朝倉にはっきりと分った。

朝倉の渇きはひどくなってきた。口のなかが粘って苦い。朝倉は右手の拳銃と顔を左に向け、登るときと同じような慎重さで階段を後じさりしはじめた。先のと同じような音だ。

朝倉は、不用意に拳銃を階段の左端から突きだし、自分の顔ものばして階段の左下を覗きおろそうとした。

その途端、階段の蔭からのびた二本の手が、朝倉の拳銃を摑んだ。恐ろしいほどの力でそれを引っぱる。

引っぱられて、朝倉の体も動いた。階段の左側に引きずられる。朝倉は自分の拳銃を摑んだ男を見た。

目ざす殺し屋の一人――恐らく福田という男のほうであろう。皺の寄った黒褐色の背広は変えてない。その男が朝倉の握った拳銃に両手をかけてぶらさがり、歯を剝きだした口から興奮の涎を垂らしていた。

朝倉はその歯を見て、反射的に次の行動に移った。自分の拳銃を摑んだ福田の手に思いきり嚙みついたのだ。
三、四秒のあいだは反応がなかった。朝倉の口のなかに甘酸っぱい血がひろがる。朝倉の歯は相手の指の骨に達した。
骨が砕ける。

悲鳴をあげて、福田は手を離した。廊下に落ちて尻餅をつく。安普請のせいもあって家が揺らいだ。

「よし、そのまま動くな」

朝倉は痛む右手首を左手で揉みながら、低く圧《お》し殺した声をかけた。人差し指は引金にかけ、銃口は尻餅をついた福田を狙う。

福田は痙攣《けいれん》するような動作で、傷ついてない左手を動かした。背広の襟をはぐり、左の腋の下に吊った拳銃の銃把を握ろうとする。

この距離でなら、わざわざ狙わなくても、朝倉は福田の体のどこにでも拳銃弾を叩きこめる自信があった。しかし、銃声が静まりかえった夜空に相当に反響することは予想出来た。いくら、この家が近所の家々と離れていると言っても、一里や二里も離れているわけではない。

朝倉の、その一瞬の躊躇が失敗を産んだ。階段の上で、危険の匂いがすると朝倉が感づいたときにはすでに遅く、

「ハジキを捨てろ、捨てないとブッ放す！」

と、階段の踊り場から切迫した声がかかった。聞き覚えのある声だ。

朝倉は、腿に縛りつけて隠したもう一丁の拳銃に望みを託した。手につけていた三十八口径スペシャルのリヴォルヴァーを福田の足許に投げ捨てると、階段の上を仰ぎ見る。

踊り場に立っている男は、東和油脂が傭っている興信所の所長石井であった。

光を背にしているので、長い馬面にくぼんだ二つの眼窠が暗い井戸のように見えた。銃身を短く挽《ひ》き切った水平二連の散弾銃を腰だめにしている。

朝倉の唇から呻きが漏れた。このわずかな距離から散弾の雨を浴びたら、全身は挽き肉のようにグシャグシャにされてしまう。散弾は四十メーターも飛ぶと急激に威力を失うが、至近距離では強烈な破壊力を持つ。

階段の左下の階下では、朝倉が捨てた拳銃を左手に握った福田が体を起こした。豚のような瞳に憎悪の炎を燃やし、

「殺してやる。なぶり殺しにしてやる」

と、わめきながら、銃口を朝倉のコメカミに圧しつけた。朝倉の背中が熱くなり、次いでそれは震えをともなう悪寒となった。

「待て。いまは早い。ゆっくりと責めてみるんだ。訊《き》きたいことが色々とある」

石井が福田に向けて言った。朝倉の生死を、完全に自分の手に握りしめた自信たっぷりの声であった。

「我慢出来ねえ。俺の右手を、しばらく使いものにならなくしやがった！」

福田は叫んだ。

「仇はとらせてやるさ。ゆっくりとな。まず、その男の体を調べてみろよ。ナイフか何か、物騒なものを隠してるかも知れぬ」

石井は言った。

「畜生――」

福田は罵り、朝倉のいる階段の中段まで登ってきた。左手の拳銃の銃口を朝倉の背に圧しつ

け、傷ついた右手で朝倉の服をさぐるが、ほとんど数秒ごとに苦痛の呻きをあげる。

もし福田が、俺が腿に隠したスターム・ルーガーの拳銃を見つけたとしたら、一かバチか福田を抱いて階段を転げ落ちてみよう、と朝倉は考えた。散弾はその名の通り散開するから、朝倉を狙って石井が発射したとしても、福田も確実に被弾する筈だ。

しかし、福田は朝倉のポケットや腋の下、それに腰のまわりなどは検査したが、朝倉が拳銃を隠している腿の内側までは気がつかなかったらしい。ミリオン・タクシーの運転手冬木の死体から奪って改竄した免許証なども入った財布と補聴器を朝倉の内ポケットから抜きとると、

「大丈夫らしいな」

と、それを石井の足許に投げあげる。

「そうらしいな」

石井は朝倉から視線を離さずに、片膝をついて左手でそれを拾った。

「よく見張っててくれ」

と、福田に言うと、朝倉の財布を素早くさぐり、運転免許証を取り出した。それを開く。

無論、朝倉は冬木の写真を自分のものに貼り替え、スタンプの跡もそれらしく偽造してあった。冬木の名も変えてある。

「冬本か。変わった名前だな――」

石井は呟き、免許証を財布に収めるとポケットに仕舞った。

「さあ、こっちに上がってこい。始末する前に尋《き》きたいことがある」

と、短い散弾銃の銃身を動かした。

「聞こえたか。聞こえたらさっさと登るんだ、この馬鹿が。ちょっとでもおかしな素振りをしやがったら、一発ブチこんでやるからな」

福田が、朝倉の背にリヴォルヴァーの銃口をくいこませた。

「分ったよ。もうちょっと優しく扱ってくれてもいいだろう」

朝倉はふてぶてしく答えた。階段を這い登っていく。その朝倉にかぶさるようにして福田が続いた。

朝倉が踊り場に達すると、石井は足で後を蹴るようにしてベニア合板のドアを開き、二階の部屋のなかにあとじさった。ドアが開くときの風で異臭が朝倉の鼻を襲う。福田が銃口で再び朝倉の背を小突いた。

二階は畳敷きであった。二間らしい。手前の部屋は八畳だ。異臭は襖《ふすま》でさえぎった奥の部屋から滲んできた。

八畳の部屋のほうは、雨戸を閉めきっていた。南側の窓ぎわに二つの米軍用スリーピング・バッグの置かれたその部屋の畳には、タバコの焼け焦げの跡が幾つもつき、ウイスキーの空き壜、食いかけて捨てた果物《くだもの》やパンなどが転がっている。

粗末な木椅子が二つと、灰皿から吸殻があふれたテーブル——それだけが部屋に見える家具だ。

石井はテーブルを脇にのけた。椅子の一つを東側の窓に寄せて置き、

「坐れ。そいつに坐って両手を組んでもらおう」

と、朝倉に命じ、ドアのほうに戻る。

朝倉は命令にしたがうほかなかった。福田は石井の横に体を移す。

石井は押入れからロープを取り出した。ロープと散弾銃を右手に持って朝倉の横に来た。次の途端、石井の左手が閃《ひらめ》いて、尻ポケットから取り出した手錠を朝倉の両手首に叩きつけた。

避けようと思えば、手錠をかけられずに済んだかも知れない。しかし、そんなことをしてみても、銃口の威圧でどうせ手錠をかけられるのだ……手錠が嚙み合う冷たい金属音を聞きながら、朝倉は唇を嚙みしめた。

しかし、朝倉は手の関節を外して手錠から手首を抜きだす稽古は積んでいる。もしも、背中のうしろで両手首に手錠をかけられたのなら、二人に気づかれずに手錠を外せる自信がある。だが、そのかわり、今のように腹の上で両手を組まされた場合には、腿につけて隠した拳銃を抜きやすい。

「そのまま、じっとしてろ」

石井は命じ、ロープを朝倉の腕の上から廻して椅子の背に縛りつけた。そうしておいて、押入れのほうに戻っていく。そして今度、石井が押入れから出したのはブリキ工などがよく使う小型のガソリン・バーナーであった。

石井は、銃身を挽き切った散弾銃をテーブルに置き、薄笑いしながらバーナーのポンプを押

しはじめた。

朝倉は、自分の顔から血の気が失せていくのが分った。石井は、バーナーのノズルに気取った手つきでライターの火を移し、ノズルから吹きだす炎をのばしたり縮めたりする。

「さあ、尋こう。ごまかそうとしたら、あんたの体はステーキになる。ここに何しにきた？」

石井は言った。

「…………」

朝倉は奥歯を嚙みしめた。

「ただのコソ泥じゃないだろう。補聴器やハジキを持ったコソ泥なんて聞いたことないからな……それとも、押しこみ強盗だとでも言うのか？　いや、いや、そうじゃない。それに俺は、あんたの顔をどっかで見たことがある。今に想いだして見せるさ」

石井は朝倉の前に立った。バーナーの炎の熱が朝倉に近づく。

「この野郎だ。この野郎が俺を尾行《つけ》てきやがったんだ。そうに違いない」

福田が叫ぶように言った。

「さあ、聞かしてくれるだろうな」

石井は嗜虐的《しぎゃくてき》な笑いに長い顔を歪め、バーナーの調節ナットを廻した。

長くのびた炎が、舌なめずりして朝倉の顔を襲った。目を固く閉じた朝倉は、反射的に椅子ごと体をうしろに反らせて炎を避けようとした。しかし、椅子が壁に当たって十分には避けきれなかった。

眉毛が焦げ、産毛《うぶげ》が焼けた。朝倉は椅子ごと横に倒れこむと、

「待ってくれ。しゃべる！」

と、わめいた。時間を稼いでチャンスを待つのだ。

「それで手間がはぶける。毛が焼ける匂いは、火葬場を想いだしてあんまり気持ちのいいもんじゃないからな」

石井は嘲笑った。バーナーの炎を少しゆるめる。その炎でタバコに火をつけ、もう一つの椅子に馬乗りになった。バーナーをテーブルの上に置き、椅子の背に顎をのせる。

「どうせ、俺は金で傭われたんだ。強情張って痛めつけられたんでは引きあわねえ。何もかもしゃべっちまうよ」

畳の上に椅子と共に横倒しになったまま、朝倉は喘《あえ》ぐように言った。

「そいつは有難い」

石井は頰を笑いで歪めた。

「俺は会社——東和油脂っていう会社に傭われたんだ。いまそこにいる男を尾行て隠れ家をつきとめろ……」

「それから俺たちを殺せ、と言われたのか？」

「違う。あんた達は桜井っていう男を殺したとき、東和油脂には都合の悪い書類や録音テープを奪ってここに隠してるだろうから、それを取り上げてこい、と言われた」

「俺たちが隠してるって？」

石井の瞳が細められた。福田が口をはさんだ。

「会社の奴等はそう思ってるらしい。だから、奴等にはそう思わせといたんだ。その方が事がうまく運ぶ」

「口が軽すぎるぜ、あんたは……手のうちをこの男に晒《さら》してしまったんでは元も子もなくなる」

石井は福田に警告した。

「構いやしねえさ。どうせ、こいつは始末してやるんだ。ゼニにはならねえ仕事だけど、腹の虫がおさまらねえ」

福田は骨まで砕けた右手の指をしゃぶった。

「そうか。東和油脂の連中は書類やテープがここにあると思ってるのか？」

石井は朝倉に尋ねた。

「どう思ってるのかは知らん。ともかく命令はそういうことだった」

朝倉は答えた。

「あんたはどこの身内だ。確かにどっかで見た顔だと思うんだが、まだ想いだせねえ。あんたの口から聞いたほうが早道のようだ」

「俺は一本立ちだ。一本立ちだけど、東風会に世話になっている。俺を片付けるのもいいけど、会長に、あんた達がやったってことを気付かれないようにしたほうがいいぜ。そうでないと、次は確実にあんた達が死ぬことになる」

朝倉は思いついたままに、強大な組織を誇る暴力団の名をあげた。

「笑わせるな。俺と東風会とは、持ちつ持たれつの仲なんだぜ。副会長の今村とは中学の同級だしな。だから、会のなかの一人前の連中はみんな顔見知りだ。下手《へた》なあがきをするんじゃないぜ」

石井は、朝倉のハッタリに乗らなかった。

「だから、俺は一本立ちだと言ってるじゃないか。いつも事務所でゴロゴロしてるわけじゃねえや」

「笑わせるな、と言ってるんだよ」

石井は毒々しい笑い声をあげた。タバコをテーブルで揉み消し、再びバーナーを摑む。福田が苛立った声を出した。

「さあ、いい加減にして早くこいつを片付けちまおうぜ。殺《や》っちまったら、こいつが乗って追っかけてきた車に突っこんで、相模湖にでも転がしといたらいいんだ」

「まあ、待てよ。こいつの正体をはっきり知っておかねえと、何だか安心出来んような気がしてならんのだ」

「誰だっていいじゃねえか。どうせ死体が見つかったら、新聞がこいつの正体を教えてくれるからさ」

福田は言った。

そのとき、襖の奥の隣室から苦痛の呻きが聞こえた。呻きは弱々しい悲鳴に変わり、苦しい、とか、水をくれ、とか、死んでしまう、などという声が混る。

「畜生、国友の奴。くたばるんなら、さっさとくたばりゃいいんだ……また麻酔が切れやがったらしい」

福田が吐きだすように言った。

「水、水……」

国友の唸り声がした。

「うるせえな。今いくぜ。世話を掛けやがって……いま水なんか飲んだら、くたばってしまうとヤブ医者が言いやがったのを覚えてねえのか」

福田は拳銃で襖を細目に開いて隣室に消えた。国友の悲鳴は続いている。

石井はバーナーを握って、再び朝倉に近寄ってきた。

「待ってくれ。その炎だけはよしてくれ。俺を起こしてくれたら、あんただけに教えたいことがある」

朝倉は石井の瞳を見上げながら、秘密めかして声を低め、熱っぽく囁いた。

「何だと？」

石井は鼻を鳴らしたが、バーナーの炎を最少に弱めた。しゃがみこんで朝倉の肩に手をかけると、その体重を罵りながら助け起こそうとした。

その石井の体の蔭で、朝倉の手はズボンのジッパーをさぐった。両手首には手錠をかけられ、腕はロープで椅子の背に縛られているとはいえ、少しの動きで朝倉の手はジッパーにとどいた。

石井が椅子ごと朝倉の体を起こしたのと、朝倉が腿に括《くく》りつけたルーガーを抜いたのとほとんど同時であった。朝倉は手錠がはまったままの両手首を曲げ、両手で握ったルーガーの銃口を斜め上に向けて石井の下腹部に圧しつけた。

安全装置を外すと、数分の一秒のあいだに三度引金を絞った。こもった銃声はテレビのそれほどにしか響かなかったが、石井の睾丸《こうがん》を破って腹に突入した三発の弾は内臓を掻きまわした。石井は、信じられぬと言いたげな衝撃の表情を浮かべて立っていた。ゆっくりと膝から崩れる。

朝倉は椅子ごと立ち上がった。

わめきながら襖を蹴り開いて跳びだしてきた福田は、朝倉が放った二十二口径弾を右目に射ちこまれて昏倒した。

「どうした！」

今度の銃声は大きく鋭かった。肉が厚い長銃身のライフルから発射されたときには小さく乾いた銃声しかたてない二十二口径も、銃身の短い拳銃から放たれた場合には耳をつんざく音となる。石井のときのように、体に銃口を圧しつけて射った場合は別だが……。

朝倉は仰向けに倒れた福田の心臓を接射してとどめを刺した。バーナーの炎をのばし、椅子と自分の体を結びつけているロープの一部を炎の先端に近づける。

ロープだけでなく、朝倉の背広の肘も煙をたてはじめた。肉も焦げそうだ。苦痛の呻きを漏らそうとしたとき、ロープはやっと切れた。朝倉は、石井のポケットをさぐって手錠の鍵を取り出し、それを歯でくわえて手錠を外した。

59　報　告

隣の部屋からは、弱々しい呻きが聞こえていた。呻きのあいだから、どうしたんだ返事をしてくれ、という苦し気な声も漏れる。

朝倉はアメリカン・ルーガーを腿に戻し、福田の死体の手から三十二口径のワルサーPPK自動拳銃を奪った。小さなポケット拳銃だ。新品らしい。

薬室と弾倉を素早く点検し、朝倉はその拳銃を握ると、上体を低くして隣室に跳びこんだ。PPKは自動式でもダブル・アクションだから、撃鉄が倒れた状態からでも、引金を強く絞ると撃鉄がコックされて発射出来る。

だが、汚物と腐敗物の悪臭のたちこめたその部屋に入ったとき、朝倉はゆっくりと立ち上がると銃口をさげた。

苦痛に耐えきれずに暴れるのを防ぐためか、国友の手足は革紐《かわひも》で寝台の四隅の柱に縛りつけられていた。体の上には、何枚かの毛布がかけられているが、腹の上に当たる部分は異様にふくれあがっている。毛布は血で黒ずんでいた。

むくんで土気色をした国友の瞳は焦点を失っていた。そして、汚れたスポーツ・シャツの上から左腕に注射針が突きささり、注射器の重みでしなっている。

朝倉は手袋をはめた手で、注射器の中身の麻酔薬を国友の筋肉のなかに押しこんでやった。注射器を引き抜くと、戸棚に置いてあるナイフで国友の左右の手首の静脈を切断した。

国友は大した抵抗を示さなかった。示そうにも自由がきかないのでは無理だ。両手首からは、濁った血が雨だれのように垂れはじめた。

これで、国友は苦しみから解放されるだろう……朝倉は自分に言いきかせて胸のなかの苦いしこりを解こうと努め、ナイフを右手に持って隣室に戻った。ワルサーPPKはズボンのポケットに突っこんである。

石井の死体のポケットから、自分の財布と補聴器を取り戻した。福田のポケットからは、新東洋工業製の拳銃を奪い返す。押入れを開いてみると、七号半の散弾が三箱あった。

一箱二十五発ずつだ。三箱のなかの一箱には二十発ぐらいしか残っていなかったが、それでも合計すると七十発ぐらいにはなる。

押入れには食料品や調味料、それに酒類も入っていた。ローソクも転がっている。そのローソクを見つけたとき、朝倉は一つの考えを思いうかべた。

散弾の紙ケースを一発一発ナイフで切断し、オレンジ色の火薬を畳の上にぶちまけた。七十発分だと百グラム以上になる。

その火薬を掌ですくって、隣室との境の襖の足許にまきちらした。火薬のあいだにローソクを短く折って立てる。

次いで、朝倉は階下に降りてみた。福田が隠れていて、不意打をかけてきた階段の蔭の物置きから石油缶を捜しだす。八分目ほど中味が残っているようだ。

石油缶を持って二階に戻った朝倉は、その中味を三人の死体にたっぷりと振りかけ、残りを襖にしみこませた。

ローソクに点火する前に、何か忘れ物はないかとあたりを見廻した。

あった。福田の指に残った自分の歯型だ。ローソクが燃え尽きる前に火薬に点火させ、急激に燃焼する火薬の高熱が石油に火を移し、一瞬にしてこの二階は炎に包まれるのは確実とは思うが、死体が黒焦げになる前に消防車がやってくる可能性もある。

朝倉は、傷ついている福田の指をナイフで切断した。まだ硬直してないので扱い易かった。

その指は、押入れの新聞紙にくるんで自分のポケットに移す。

ローソクに火を移した。五分もたてば、そのローソクは燃えつきるであろう。朝倉は、あわてずに階段を降りると玄関のドアを開いた。

靴は車のなかに置いてきたので、朝倉は靴下だけの格好で建物から出た。庭がわりになっている枯草の台地を踏んで、雑木林のあいだの細い小路をくだっていく。

雑木林の外れ近くまできたとき、朝倉は車を駐めてあるあたりで、懐中電灯の光が枝越しに揺れているのが見えた。

朝倉は足音を忍ばせて小路から外れ、雑木林のなかにもぐりこんだ。

朝倉が乗ってきたスポーティ・ヒルマンに懐中電灯を当て、座席を覗きこんだり、ナンバー・プレートを読もうとしているのは、制服のオーバーを着こんだ警官であった。

軍手をはめた手で、警察手帳に何か書きこむと車を離れ、警官は雑木林のあいだの小路を登りはじめる。暗いのではっきりとは分らないが、五十に手がとどきそうな男であった。

警官は懐中電灯で足許を照らし、水洟《みずばな》を啜《すす》りながら死人の家に近づいていった。朝倉は躊躇していたが、雑木材のなかを建物のほうに戻っていった警官に物音を気づかれないように、細心の注意を払う。

風が出て梢や枝が騒いでいたので、朝倉のことに警官は気づかないらしい。朝倉が雑木林の切れ目のそばまで来たとき、警官は建物の玄関のドアをノックしているところであった。

「夜分済みません。開けてください。そこの交番の者ですが、銃声のような音がしたと近所の方から電話があったので……」

警官は東北訛《なまり》の大声を出した。

無論、ドアは開かれなかった。

警官はドアをノックし続けたが、ドアのノブを廻してみて、鍵がかかってないことを知ったらしい。しばらく考えこんでいたが、

「開けますよ。いいでしょうね」

と、弁解するように叫び、玄関のドアを押し開いた。

朝倉は、唇を噛んで新東洋工業製のリヴォルヴァーを引き抜いた。警官は玄関のタタキで、

「誰かいませんか？」

と、連呼している。

ついに、警官は編み上げ靴を脱ぎはじめた。朝倉は口のなかで罵った。

靴を脱いだ警官は階段に足をかけた。

そのとき、建物の二階のほうから多量のマグネシュームを焚《た》いたような音がした。ローソクの火が火薬に移ったのだ。燃焼の閃光が階下までも照らした。

次いで、石油に走った火が呼んだ赤黒い炎が、階段にまで流れて舌なめずりした。

「火事だ！」

警官は靴を摑んで建物から跳びだしてきた。朝倉が隠れた雑木林のほうに駆け戻ってくる。

朝倉はその警官をやりすごしておいて、拳銃で後頭部を一撃した。

両膝をついてから、前のめりに顔を地面に突っこんだ警官の首の付け根を再び一撃して完全に気絶させた朝倉は、オーバーの下の制服の胸ポケットから警察手帳を奪った。

死人の家は、雨戸の隙間から火を吹きだしていた。朝倉は一気に、駐めてあるスポーティ・ヒルマンに駆け戻った。

車のそばに、白塗りの警察用自転車が置かれてあった。朝倉はエンジンを掛けると靴をはき、シート下のデミフォーンをポケットに突っこんだ。

エンジンは冷えてはいたが、冷えきっているほどではなかったので、すぐに発車させることが出来た。

五日市街道に出るには、団地のなかを通り抜けないとならないが、朝倉は交番のある団地通りメイン・ストリートを避けて、団地の脇道から玉川上水を渡った。その小さな橋を渡るとき、新聞紙に包んで持っていた福田の指を車窓から投げ捨てる。

はじめの消防車に会ったのは、五日市街道を上保谷《かみほや》まで戻ったときであった。それからあとは、救急車や別の消防車と次々にすれちがう。

朝倉は左手で警察手帳を開き、ダッシュ・ボードの計器の光を頼りにページをくってみた。そのうちの一ページに、このスポーティ・ヒルマンの登録ナンバーがメモしてある。

朝倉はそのページを破り、こまかく砕いて灰皿に入れるとライターの火を移した。紙の焼ける炎がフロント・グラスに映り、暗い瞳を据えた朝倉の精悍《せいかん》な顔を反射させる。軽い火ぶくれがはじまっていた。

杉並に入ってから、上高井戸で水道道路に道を外した。永福町で公衆電話のボックスがあるのを見つけ、車を停めてボックスに入る。

四谷のキー・クラブ〝デューク〟は電話帳に出ていた。朝倉はタバコを横ぐわえにしてダイヤルを廻した。

「デュークでございます」

女の声が聞こえた。

「黒川と言う者だが、東和油脂の金子さんを呼んでくれないかな。確か、そこにいると思うけど……」

朝倉はいった。

「少々お待ちください」

女は受話器を置いたようだ。エラ・フイッツジェラルド張りのハスキーな歌声が低く聞こえてくるが、喧噪《けんそう》なクラブらしい。

朝倉がタバコを半分ほどで捨てたとき、潜《ひそ》めた金子の声が伝わってきた。

「待ったよ。結果は？　電話だから、イエスかノーかで答えてくれ。余分なことは言わずに……」

「イエスです。でも、御希望通りにはいかなかった」

朝倉は答えた。

「何かまずい事が起きたんだな？　いまどこにいる？」

「杉並の公衆電話ですが」

「分った。それでは車をどこか目立たないところに捨てて、タクシーでも拾って四谷に出てきてくれ。四谷見附のバー・シャトウで会おう」

「それでも車が……くわしいことはあとで言いますが、巡査にナンバーを覚えられたらしいんです」

「心配するな。そのほうの手筈は調えてある。車のキーは捨ててくれ。じゃあ、バー・シャトウで。交差点の角の本屋のそばだからすぐ分かる」

「待ってください。こっちも怪我しているんだ。大したことは無いが、あまり人に姿を見られたくない」

朝倉は言った。

「そいつはまずかったな。仕方がない。杉並堀之内の光洋マンションに来てくれ。そこの五〇七号だ。マンションは環状七号の表通りに面している。代田橋のほうから来ると左側、青梅街道から蚕糸試験所の横を通って入ってくると右側にマンションのネオンが見える筈だ」

「…………」

「大体、立正佼成会の本部と環七をはさんで反対側と思ってりゃいい。私は、この時刻なら四十分ぐらいでそこに着けるだろうが、予備の鍵はドアの横のゴムの樹の植木鉢の下に隠してあるから、そいつを使ってなかに入ってくれ」

金子は口早に言った。

「分りました」

朝倉は答えた。電話は切れた。

スポーティ・ヒルマンに戻った朝倉は車を発車させ、永福町交差点でハンドルを左に切った。やがて商店街が切れ、古めかしい屋敷と建売り住宅が入り組んだ風景になった。

栄町通りを横切った朝倉は、善福寺川のそばでスポーティ・ヒルマンを捨てた。手袋をはめているから、指紋を残す心配はない。

そこから、光洋マンションまでは一キロもなかった。朝倉は裏通りを択んで歩きながら、車のキーをドブ川に放りこんだ。

光洋マンションは、七階建てのクリーム色のビルであった。その左右にも、見慣れぬビルが並んでいる。

ビルの群は、家並みにさえぎられてこれまでは目立たなかったのであろうが、環状七号の拡張工事で最近まで表通りに面していた家並みが取り払われたあとに、忽然《こつぜん》と全貌《ぜんぼう》を現わしたという感じであった。環状道路や放射線を一週間も間を置いて通ると、よくこのような光景にぶつかる。

マンションの前の道路は工事中で通行止めになり、黄色い灯のついたバイクが滑走路の標識灯のように林立していた。立正佼成会側は片側通行で車が通れる。

マンションのネオンは紫色をしていた。ロシア飴《あめ》のセロファンによく見られるような色合いだ。朝倉は、バーナーで焦げた背広の左肘を隠すようにしてマンションの玄関をくぐった。

ロビーに人影は無かった。お定まりの自動エレベーターを使って五階に昇った朝倉は、小金井と表札の出た五〇七号室のドアの横の植木鉢を持ち上げた。小金井は金子の偽名であろう。

捜し出したキーでドアを開き、灯をつけてみた。入ったところは少人数が落ち着くのに適当な広さを持つ居間で、ホーム・バーのカウンターやステレオなどが配置されている。

品川に自宅を持つ金子が、どうしてこんな部屋を別に持っているのかという疑問は、体が沈みこみそうな寝椅子の下を覗きこんでみて解けた。

そこには、片づけ忘れたらしい原色のパンティが丸まっていた。金子は女を連れこむのに、ホテルでなくてここを利用しているのであろう。女は〝デラックス〟とか〝ゴージャス〟とかいう軽薄な形容詞と雰囲気に弱い。窓のカーテンを細目に開いてみると、夜の街の灯が眼下にひろがっていた。立正佼成会の教会の異様なシルエットも見える。

隣の部屋には鍵がかかっていたが、先端を潰した針金で錠を解いてみると寝室になっていた。ベッドのシーツは皺だらけで床に落ちそうになっている。スクリーン代わりになる壁に向けた映写機とテープ・レコーダーは、ちょっとスウィッチを入れてみただけでエロ・フィルムとテープであることが分った。

朝倉は居間に戻り、寝室の錠をかけ戻した。集中暖房のスウィッチを入れ、ホーム・バーの棚からバランタインのスコッチを見つけた。はじめの一口を慎重に味見してからラッパ飲みする。

玄関に廊下の足音が近づき、ノブが廻った。朝倉はポケットのなかの拳銃に手を触れる。入ってきたのは金子であった。前髪が乱れて白い額に垂れている。後手にドアを閉じると、

「外人バイヤーに女をあてがうときにここを使うんだよ。皆には内緒にしていてくれよ――」

と、弁解してから、はじめて朝倉と視線を合わし、

「どうしたんだね、その恰好は？　眉毛が焦げてるじゃないか！」

と、呻く。

「ちょいと拷問に会いましてね。それよりも、あのヒルマンは放っておいてもいいですか？仕事を終わって車に戻ろうとするとき、交番の巡査があの車のナンバーを手帳に控えているのを見たんですよ。巡査の気を失わせて手帳を焼きましたけども、気絶から覚めたら巡査はナン

バーを思いだすでしょう」

　朝倉は言った。デミフォーンのスウィッチを入れる。

「そういうわけか。実は君から電話が入ってすぐ、あの車の持主に車の盗難届けを出すように指令しておいた。あの男は、昨日徹夜したんで今朝、車を路上駐車させて友人の家に上がりこんで熟睡してしまった。車のところに戻ってみると車が消えてた、って話を今頃ポリにしゃべってるだろう。君が使ったキーはスペアの外に鍵屋に作らせたキーだが、車のイグニッション・スウィッチやドアの鍵孔にわざとドライバーで引っ掻き傷をつけておいたから、車が発見されても警察は盗難車だということを疑わないだろう」

　金子は寝椅子に体を埋めた。

「なるほど……」

　朝倉は笑顔を見せた。金子は意外な方面にも頭が切れるらしい。

「安心しただろう。それでは、結果をくわしく報告してもらおう。二人の殺し屋はうまく片付けたろうな？」

　金子は尋ねた。

「何とかね」

「それはよかった。社長はお喜びになるだろう。じゃあ、会社に不利な証拠物を渡してもらいたいね。君のことだから、うまく取り戻してくれたんだろう？」

「いや。駄目でした。奴等は持ってないんです」

「何だって！　君までが会社を裏切る積りか。証拠品をタネに会社をゆすろうとするのか！」

金子は立ち上がった。一瞬にして顔が蒼ざめている。

「待ってください。奴等が、桜井とか言う男から証拠品を取り上げたと言うのはハッタリだったんですよ。それに、僕が片付けたのは二人でなく三人でした。その一人は、興信所の所長とかいう石井と称する男でした」

朝倉は言った。

「石井が……！」

「ともかく、僕は待ち伏せされたのです。そして縛りあげられ、拷問にかけられたんです。勿論、僕は何も口を割りませんでした。そうしたら、奴等は僕が桜井とか言う男の仲間に違いないと思いこんで、桜井が隠したまま死んだ東和油脂の不正事実の証拠品のありかを教えろと責めたて――」

朝倉は事実に自分の都合のいい話を混ぜて、死体に火を放って逃げてきたことまでの経過をしゃべりはじめた。腿に隠した二十二口径を使ったことやワルサーを持ち出してきたことは伏せる。

朝倉がしゃべり終わったとき、金子は額から汗を垂らして震えていた。

「君の言ってることが本当だとすると、証拠品はまだ誰かの手にあるわけだ。早く見つけださないと大変なことになる」

と、呻く。

「僕をお疑いになってるのですか？」

朝倉は金子を睨みつけてみせた。

「そ、そんなことはない。ともかく、君の話は一刻も早く社長たちの耳に入れないとならない。だけど、私が君から聞いた通りのことを社長に伝えても、信じてくれないかも知れない。君の口からも、直接社長に話をしてもらいたいんだが……今夜中にでも社長たちと君が会えるように段取りをつけてくるから、ここで待っててくれないか。疲れてるだろうから、ここで眠ってもらってもいい」

「どうも」

「ところで、拳銃を返してもらいたいんだが……証拠品を残してはまずいから、すぐに処分してあげよう」

金子は、引きつるような笑いを浮かべた。

60　捨てた仮面

「分りました。お返ししましょう」

朝倉は答え、薄い手袋をつけた。新東洋工業製のリヴォルヴァーを取り出すと、念のためにハンカチでもう一度丹念に拭う。弾倉を開いて薬室のまわりも拭いた。

左の掌で輪胴弾倉を軽くひっぱたいて弾倉を閉じ、朝倉は銃身を握って銃把を金子に向けて

差しだした。金子は、それを内ポケットに仕舞いこんだ。溜息を吐きだすと、

「じゃあ、楽にしていてくれ。せいぜい二時間もすれば、ここに戻ってこられると思うから……台所のものを摘《つま》んでくれててもいい」

と、呟くと、額や鼻の下に滲んだ脂汗を拭きながら部屋を出ていった。自動錠がロックされる。

朝倉は内ポケットのデミフォーンのスウィッチを切った。部屋のライトを薄暗くすると、寝椅子に体を投げだしてタバコに火をつけた。

薄暗がりのなかに、タバコの火口が黄色味を帯びて光る。朝倉は耳に神経を集めて緊張をゆるめない。ゆるめようとしても出来ないのだ。

東和油脂が、仕事が終わったあとの自分をどう扱うかが知りたかった。もしかすると、自分が一人でここに残されたのは罠《わな》かも知れない。金子から連絡を受けた会社首脳部の新しく傭った刺客が、自分の口を封じに忍びこんでくるかも知れないし、賄賂《わいろ》に目のくらんだ警官が公務執行妨害と正当防衛の名目で自分が逮捕されることをこばんだように見せかけて射殺を計るかも知れない。

考え続けていくうちに、背中が脂汗に濡れてきた。朝倉は立ち上がって深呼吸を繰り返し、ホーム・バーのそばについた小さなドアを開いて台所に入った。

台所は散らかっていた。電気冷蔵庫を開いたが、缶詰類がほとんどなので、天井からぶらさがっているサラミ・ソーセージのうちの一本を持って居間に戻った。

その固く乾燥した一ポンド詰めのサラミをナイフで削りながら口に運び、バランタインのスコッチの残りで喉を湿した。荒挽《あらび》きのコショウの粒と脂肪で霜ふりになっているそのサラミは、レッテルを見るまでもなく、イタリアの本場物と舌が教えてくれた。

サラミを平らげ、バランタインの角壜を空にすると、体に動物的なエネルギーが甦《よみがえ》ってくるような気がした。朝倉は緊張をゆるめ、寝椅子に横たわると、やっと忍びよってきた睡魔に体をゆだねるが、右手は尻ポケットからワルサーPPKを抜きだして、枕がわりのクッションの下で握りしめている。

廊下にかすかな足音が響き、それは朝倉のいる部屋の前に近づいてきた。朝倉は緊張感を甦らせ、寝椅子の向こうに跳びのいた。

鍵孔に鍵が差しこまれて廻り、金子が廊下の光を背にして部屋に入ってきた。

「いるのかね？　電灯をつけてくれないか」

と、朝倉に呼びかける。

朝倉は、ワルサーPPKを尻ポケットに突っこんで立ち上がった。壁のスウィッチを押す。柔らかな間接照明が部屋を明るくした。

「いなくなったのかと思ったよ。仲々用心深いんだね」

後手にドアを閉じた金子は、硬ばった笑いを走らせた。

「警官が尾行してきたのかと思って……」

朝倉は怯《おび》えた表情を見せた。

「警察の方なら大丈夫だろう。さっき、カー・ラジオが臨時ニュースを言っていたが、君が火をつけた家は丸焼けになって、死体も黒焦げで人相の判別もつかないそうだ」

金子は寝椅子の向かいの肘掛け椅子に腰を降ろした。そのとき、ズボンの腰のあたりを引きあげるようにする。ズボンの折目を崩したくないから、とも朝倉には思われなかった。尻ポケットに何か嵩《かさ》ばったものが入っているのであろう。

「社長とお会いになれましたか？」

朝倉は尋ねた。

「そのことなんだよ。社長も、君の口から直接に説明を聞かれたいとおっしゃっている。これから伊豆山の別荘に行かれるから、あとから私と君とで追っかけてきてくれ、とおっしゃった。社長は君と一緒に行くところを見られたんでは、まずいそうだ」

金子は言った。

「いつ出発でしょう？」

「その格好ではハイヤーではまずいから、会社の車を一台呼んである。君さえいいなら、これからでも構わないが……」

金子は上目使いに朝倉を見た。

「構いませんが、その前に熱いコーヒーを一杯頂きたいもんです」

朝倉は答えた。

「いいとも、君は疲れてるだろうから、そのまま動かないでいい」

金子は立ち上がった。朝倉に背中を向けないようにし、横向きになって台所に消える。

朝倉も立ち上がった。足音を殺して台所に近寄る。金子は、ガス台に軽くかがみこむようにしてパーコレーターを乗せていたが、右の尻ポケットのふくらみが、拳銃の形をしていることを朝倉は見抜いた。

「トイレはどこでしょう？」

と、振り向こうとする金子に声を掛ける。

「…………！――――」

金子は、驚きの表情を丸出しにして直立した。パーコレーターは倒れそうになった。

「びっくりするじゃないか。そこだよ」

と、喘ぐような声で言い、台所の右手のドアを示した。

「失礼……」

朝倉はそのドアに歩いた。

朝倉が居間の寝椅子に戻って四、五分たって、金子がコーヒーを大カップに入れて運んできた。その手がかすかに震えている。朝倉は金子の心のなかが読めたような気がした。

コーヒーは苦かった。半分ほどそれを飲んだ朝倉は、

「では、そろそろ……」

と、腰を上げた。

「ちょっと待ってくれ」

金子は、飲み残しのコーヒーを台所に運んだ。流しでカップを洗う音がする。俺の指紋を消そうとしているのであろう、と思って朝倉は苦い笑いをこらえた。

「私が先に出る。左側の非常階段を開いておくから、そこから降りてくれ。裏通りを三十メーターほど行ったところに、黒塗りのフォード・ギャラクシーが駐まっているから、そのなかで私は待っている。部屋の鍵を掛けたら、鍵はもとのところに戻すことを忘れないように」

金子は言った。

「分りました」

「じゃあ、五分たってから、ここから出るようにしてくれ」

金子は言うと廊下に消えた。

朝倉は居間を見廻し、金子が尻ポケットに仕舞っている拳銃と同じくらいの重量と嵩を持つものがないかを調べてみる。

朝倉のカンでは、金子の尻ポケットに隠れている拳銃は、さきほど朝倉が返却した〇・三八口径スペシャル弾使用の新東洋工業製スナッブ・ノーズ・リヴォルヴァーであった。

居間には適当なものは見当たらない。そのとき朝倉は、さきほどトイレに入ったとき、洗面所の棚にパイプの火皿《ボウル》を思いきり大きくしたようなフィリップス社の電気カミソリがあったのを思いだした。台所を通って洗面室に入る。

洗面台の棚には、ダンディを気取る金子らしく、香油やクリーム類がところ狭しと並んでいた。朝倉は、棚の隅に乗っているフィリップスの大型電気カミソリを左の尻ポケットに入れてみて、ポケットの外から触れてみる。その感触は、拳銃に慣れてない者なら、拳銃と間違えそうであった。

朝倉は、廊下に出ると部屋のドアを閉じ、ドアにロックすると、鍵を言われた通りに廊下のゴムの植木の鉢の下に仕舞った。

廊下の左側に歩くと、突き当たりについた非常扉のノブを廻す。金属製の非常扉は鈍い軋《きし》みをたてて開いた。

建物の横手についた非常階段のペンキは、まだはげていなかった。朝倉は足音をしのばせて、靴音が反響しやすい鉄製の非常階段を降りていく。

地面に降りると、露地から裏通りに抜けた。狭い裏通りの道幅の半分以上をふさぐような格好でクローム・メッキと鉄箱の化物がのさばっていた。六十三年型ギャラクシー・五〇〇の白ナンバーであった。

そのフォードは四ドアであった。朝倉が近づくと後席の右ドアが開かれ、金子が手招きする。左ハンドルの運転席に坐っている男に見覚えがあると思ったら、富田という社長秘書の一人であった。

朝倉は頭をさげて右ドアをくぐった。金子は左のシートに体をずらせ、右のシートに朝倉を坐らせた。

これだから素人は扱いやすい、と朝倉は思った。体を並べると、朝倉の左手は容易に金子の尻ポケットにとどく。それに、朝倉の側からは金子の利き腕を執るのも簡単だ。もし、俺が金子の立場だとしたら、俺は相手を決して自分の右側に坐らさないであろう、と朝倉は考えた。

「じゃあ、出発してくれたまえ。行先は分ってるね」

金子は、運転席の富田に命じて瞼を閉じた。その瞼が痙攣している。

「かしこまりました」

富田は一見フロア・チェンジのシフト・レヴァーのように立った自動変速機のセレクターをパーキングの位置からニュートラルに引き、アクセルを一杯に踏んでスターターを廻した。六・四リッター三百三十馬力のV8自動チョーク付きエンジンが鈍く吠えた。富田はセレクター・レヴァーをD《ドライブ》1の位置にさらに引き、静々とギャラクシーの巨体を発進させた。もうエンジンの音はほとんど聞こえない。

二百メーターほど進んだところで、富田は水車のように軽く鈍感なハンドルを廻して環状七号に車を入れると、俄然スピードを上げていく。さすがに大馬力車だけあって加速は早く、スムーズだ。車量が軽いので、同じエンジンをつけたサンダー・バードより早いらしい。

深夜の二時を過ぎているので、車の数は少なかった。人通りは絶えている。交差点や横断歩道の赤信号で並ぶと、タクシーが競走を挑んでくるが、アクセルを床まで踏みつけると九十五キロに達するまでトップ・ギアへの自動的なシフトは行なわれないため、ギャラクシーはたちまちタクシーを引き離す。

それに、国産自動変速機と違ってキック・ダウン・スウィッチがついている利点は、ゆっくりと走っていて急加速したい場合にも発揮される。そんな場合も、アクセルを床まで踏みこむと変速ギアが一段下にキック・ダウンされて、急激な追い越し加速に移る。ただし、柔らかすぎる左ハンドルと巨大な図体のために、混雑した街の道路でそれをやれば前車のあいだをすり抜けることが出来ず、追突事故を起こすことが多いであろうが……。

　甲州街道を横切ったギャラクシーは、拡張工事でさらにぬかるみの凸凹道《でこぼこみち》となっている代田橋を抜けた。金子は瞼を閉じたまま、ときどき発作的に右の尻ポケットに手を当ててみている。放射四号、環状六号と道路拡張工事のなかを抜けたギャラクシーは、五反田から第二京浜に入ってやっと工事から解放されるとスピードを取り戻し、百キロで横浜に向けて突っ走った。

横浜バイパスでは、富田は百五十キロにスピードを上げた。風圧がひどい。金子は、膝を前席の背もたれに突っ張って目を見開いている。

　朝倉は、左手で自分の左の尻ポケットから電気カミソリを取り出し、巧みにその手を金子の尻ポケットにのばした。

　金子の尻ポケットから拳銃を引き抜き、そこに電気カミソリを滑りこますが、高スピードの恐怖に耐えるのに夢中の金子は気づかない。

　拳銃は、朝倉が想像していた通りに新東洋工業製のリヴォルヴァーであった。朝倉はそれを自分の背後にさり気なく廻すと、手さぐりで弾倉を開き、五発の三十八口径弾を抜き取った。五発の弾は自分のポケットに移し、拳銃の弾倉を静かに閉じた。風の音と車内にこもるエンジンの音で、金子はそれにまだ気付かないらしい。朝倉は再び金子の尻ポケットに手をのばし、電気カミソリと弾倉を空にした拳銃をさらにすり替えた。

「もう少しスピードを落としてくれないか。いま白バイに追われたら困ったことになる」

金子は富田に哀願するように言った。

「こんな時刻に白バイがいるわけはありませんがね……」

富田は呟き、左足でブレーキを踏む。車のスピードは百キロに落ちた。図体のせいか、百キロではスピード感は去った。

金子は溜息をついてシートに坐り直すと、無意識に尻のポケットを押さえた。拳銃から弾がなくなっているのを知らずに、尻ポケットから手を離す。

横浜バイパス、戸塚ワンマン道路を抜けたギャラクシーは、新しく開通した藤沢バイパスをフッ飛ばし、三時半には小田原の東海道本線ガード前を左折して真鶴有料道路に入っていた。

車内はヒーターでむし暑い。車の通りはほとんど絶え、ときたま、トラックとすれ違う程度だ。

しかし、左に暗い海を見てゆるやかなカーブが次々に続くその道では、ギャラクシーはロード・ホールディングの悪さを暴露して、カーブごとにブレーキを踏んで速度を落とさなければならない。車体は大きくロールした。

そのうしろから、強烈なドライヴィング・ランプの光線の束と腹に響くような豪快な排気音が急速に近づき、一台の小さなロータス・エラン一・六リッターが、ロールも見せずに一瞬にしてギャラクシーを抜いていった。

そのロータスは、見る見る闇に溶けこんでいった。二百キロは出しているだろう。

富田は低く罵ったが、朝倉は自分を待っている運命を忘れて、その小さなメカニズムの塊りを称賛する声を放たずにはいられなかった。

真鶴を過ぎ、湯河原への入口を通りすぎたギャラクシーは、熱海の入口伊豆山の街に近づく前に、道路の脇に寄って停車した。あたりに人家は無く、左側のガードレールの下は海、右側の崖上は山だ。

「ここで降りることにしよう」

金子は言った。かすかに声が震えている。

「…………?」

朝倉は眉を吊り上げてみせた。

「社長の別荘に車を乗り入れるわけにはいかないんだ。分ってくれ。私や君が車で別荘に入るところを誰かに見られたら、取り返しのつかぬ証拠をあとに残すようなものだ。だから、歩いて人目につかぬように別荘に来るようにと言われている。寒いだろうが、我慢してくれ」

金子は言った。

「仕方ないようですね」

朝倉は肩をすくめた。

富田は朝倉側のドアを開いた。波の音と風に騒ぐ松の音が高く聞こえた。

朝倉は車から降りると、金子のためにドアを支えてやる振りをして、金子の動作を見逃すまいとした。

金子は背広の襟を立て、小さな懐中電灯を左手に持って車から降りた。朝倉に顎をしゃくると、ガードレールが二十メーターほど切れたほうに向かって歩きだす。朝倉はそのあとにしたがう。風が強く、ヒーターで汗ばんだ体から急激に熱を奪っていく。

ガードレールの切れ目のところから、十メーターほど下の砂浜に向けて、岩を刻んで作られた石段がついていた。金子は、懐中電灯でそれを照らして降りていく。

下の砂浜は岩だらけであった。人間の何倍もある岩から、拳大の岩までが散乱し、そのあいだに灌木や貝殻が積もっている。断崖《だんがい》から十五、六メーター先の岩は波を叩きつけられて飛沫《しぶき》を浴びていた。

金子は、黙りこんだまま断崖に沿って歩いた。岩に足を取られてしばしばよろめく。朝倉はすぐに闇に瞳が慣れた。

背丈より高い岩と岩のあいだの砂地に二人が来たとき、金子は立ち止まった。デミフォーンのスウィッチを入れた朝倉のほうを振り向くと、もがくような動作で尻ポケットから拳銃を引き抜いた。左手の懐中電灯は砂上に滑り落ちる。

「朝倉君、勘弁してくれ」

金子は口を開いた。その顔は醜く歪み、声は震えている。朝倉に向けた拳銃も震えていた。

「一体、どうしたんです？」

朝倉は銃口の前で静かな微笑を浮かべた。

「君を殺すなんて、私のガラに合わない役だと言うことはよく分っている。しかし、仕方ないんだ。私が君を殺さないと、私が消されてしまう」

金子は歯を鳴らしていた。ズボンの前にシミが拡がっていく。

「僕の口を閉じろ、と言われたんですね？　およしなさい。あなたには、そんな格好より濡れ事のほうが似合っている」

「観念してくれ、会社のためだ！」

金子は左手を銃把に添え、目をつぶって引金を引いた。撃針は虚《むな》しく乾いた音をたてるだけだ。狼狽した金子は、わめき声をあげて再び引金を絞った。

「よせと言ったろう」

朝倉は仮面を脱ぎ捨て、獲物《えもの》を追いつめた狼《おおかみ》の残忍な笑いを浮かべた。無駄のない足運びで金子に近づくと、右フックを一閃《いっせん》さす。

金子の胃を破り、肋骨《ろっこつ》をへし折ったその一撃は背骨にまでヒビを入らせた。凄まじい衝撃で宙に浮いた金子が落下してくるところに、下腹部を狙って朝倉は再び右の拳を叩きこむ。

61　社長の館

再び宙に跳ねあがるようにしてから岩と岩のあいだの砂地に落ちてきた金子は、前のめりに砂に顔を突っこんで苦痛の呻きを漏らした。口から吐く血で砂の色が変わっていく。拳銃は四、五メーター離れた場所に転がっていた。

朝倉は金子の襟を摑んでその顔を砂から出してやり、横向きになるように体を突きとばした。岩の窪みに腰を降ろし、

「俺の声が聞こえるか？」

と、金子に尋ねる。

「た、助けてくれ……だから、私は社長に、自分には出来ないって言ったんだ。頼む、どんなに殴ってくれてもいいから、命だけは……」

金子は啜《すす》り泣き、悲鳴をあげながら咳をする。咳のたびに血が口からあふれ出た。

朝倉は、弾倉が空《から》のリヴォルヴァーをハンカチで包むようにして拾いあげ、それを苦悶《くもん》する金子の尻ポケットに戻してやった。

「じゃあ、俺を殺《や》れと命じたのは、やっぱり社長なのか？」

と、低く凄味を帯びた声で尋ねる。

「社長と重役たちだ……私が自分で君の口を閉じさせることが出来なかったら、新しい殺し屋を傭って私を片付けさす、と言われた……頼む、すぐに救急車を呼んで……体中の骨が折れてしまった。死にたくない、死なさないでください……」

金子の顔は血と砂と涙で汚れきっていた。

「俺を片付ける手筈は、社長が俺に将来の重役の椅子を約束したときから決まっていたのか？」

朝倉の声は苦かった。

「知らない、知りません……」

「本当かな？　死んでから思い出したんでは遅すぎるような気がするが」

朝倉は再び立ち上がった。

金子は、頭を抱えて転がりながら逃げようとしたが、折れた肋骨が肺に触れたらしく、絶叫に近い悲鳴をあげて血を咳こんだ。朝倉はそんな金子を冷やかに眺めている。

金子は砂地に頰を埋めた。泣き声で、

「何でも言います。社長や重役たちは、君が……あなたが殺し屋たちの隠れ家を襲ったとき、奴等が桜井から取り上げた品を奪っておきながら、それを自分が握りしめて会社に渡さない積りだ、と思っています。私はそんな筈はないと言ったんですが、社長たちは、あなたが嘘をついていると頭から決めこんでいます。そして、いまのうちに早くあなたを消してしまったほうが会社のためだと……」

「馬鹿な」

「社長の個人秘書たちは、いま頃、君のアパートの部屋で、必死になって例の品を捜してる筈だ。社長たちは君が隠していると思いこんでるから……」

「それで、社長は別荘にいるのか？　あんたが俺をここに連れだした口実通りに……社長の別荘はこの先にあると言ったのは嘘なんだろう？」

朝倉は唇を歪めた。

「済みません。別荘は道路の上の山のほうなんです。でも、社長は別荘にはおられません。東京のお宅で、重役方と私の帰りを待っておられます」

「俺が、うまく殺されたことをあんたの口から聞きたくてか？」

「…………」

「俺のかわりにあんたが死体になったら、社長たちは何と言うだろうな？」

朝倉は再び狼のような笑いを見せた。

「助けてくれ！　君の言うことなら、何でも聞く。君のためなら、どんなことでもする！」

金子はもがいた。

「あんたは俺を殺そうとした。弾さえ出たら、今は俺が死体になってるところだ。あんたは人殺しだ。新聞社にでも知らせてやれば喜ぶだろうな。一流会社の次長さんが殺し屋のような役をやるなんて」

朝倉は嘲笑った。

「許してくれと言ってるんだ。会社の命令で仕方なかった。頼む、こんなところで死んだんでは、死んでも死にきれない」

「そうだろうよ。あんたには腹上死のほうがお似合いだ。そんなに死にたくないんなら、生かしておいてやろう」

「有難とう。君は命の恩人だ……」

金子はむせび泣いた。

朝倉はデミフォーンのスウィッチを切った。財布を出すと、他人が見たのでは分らないようになっている二重底を開き、ヘロインの小包を取り出した。

「痛み止めだ。これを飲むと楽になる」

と、小包を開き、潮風に粉末が吹きとばされないように掌でおおう。

「…………?」

金子は、赤く濁った瞳に警戒の表情を浮かべた。

「毒じゃない。殺そうと思えば、絞め殺すことだって、殴り殺すことだって出来る。海に突っこんで溺《おぼ》れさすことだってな。薬なんて手間をかけることはない」

朝倉は呟き、汚れきった金子の口に白い粉を押しこんだ。金子は、固く瞼を閉じてそれを飲みこんだ。朝倉は再び岩に腰をおろして、金子に薬が効いてくるのを待つ。

しばらくして、金子は背を痙攣させながら、黒い血の塊りを吐いた。痙攣が鎮まると口を開いたまま眠りはじめる。

朝倉はその体を波打ち際まで運び、海水で金子の汚れた顔を洗った。金子を抱えて石段に戻り、ゆっくりと上の道路まで運びあげる。

会社秘書富田の運転するフォード・ギャラクシーは、朝倉たちが降りたときの位置から動いていなかった。富田はキング・サイズのタバコをくわえ、ハンドルを苛々《いらいら》と指で弾《はじ》いている。

その富田は、金子を抱えて路上に姿を現わした朝倉を見て、驚愕《きょうがく》の表情を走らせた。タバコが下唇から垂れさがり、手が滑ってクラクションをけたたましく鳴らす。

朝倉は金子を抱えたまま、富田を睨みながらギャラクシーに近寄った。金子をアスファルト上に置き、助手席のドアのノブに手をかける。

富田は悲鳴をあげる格好に口を動かした。唇にへばりついたタバコをもぎ取ってシートに捨てると、運転席側の左ドアを開こうとした。

朝倉は素早く後席のドアを開いて車内に跳びこみ、上半身を車から突きだしていた富田の襟首を左手で掴んで引き戻した。右手でイグニッション・スウィッチに差しこまれてあるエンジン・キーを奪った。

「た、助けて……僕は何も知らない。知らないんだ!」

富田の悲鳴は女のそれのような声であった。

「何で逃げる。やましい事でもあるのか?」

朝倉はふてぶてしく笑った。

「金、金子さんが……一体どうしたんです?」

「調子のいいことを言うじゃないか。僕が、いまの次長のようになる筈だったのに当てが外れたのか? 今度下手に動くと、あんたも次長のようになるぜ」

朝倉は警告し、金子の意識が混濁した体を後席に運びこんだ。ドアを閉じる。

「金子さんは? 次長さんはまだ生きて……?」

富田は肩を震わせた。

「滑って転んで気絶しただけだ。死んでると思うのなら脈を見てみろ」

「か、勘弁してください」

「じゃあ、社長の本宅に戻るんだ。夜が明けないうちにな。それから、次長は転んだとき少々水に濡れたからヒーターを強くしてくれ」

朝倉は命じ、エンジン・キーをイグニッション・スウィッチに差し戻した。助手席でくすぶっているタバコの火口を、富田の首筋に押しつけて揉み消す。

富田は絶叫をあげて跳びあがり、車の天井に頭をぶつけてシートに尻を叩きつけられた。首筋から上を両手でかばって悲鳴をあげ続ける。

「いいかげんにしろ。俺だって運転ぐらい出来るんだ。それも、あんたよりはましにな。俺が運転してもいいが、それではあんたの用が無くなる。用の無いあんたには、鉛の重しをつけて海にでももぐってもらおうか」

朝倉は言った。

「分りました。もう乱暴はしないでください……社長のお宅に案内しますから」

富田はエンジンを掛けた。ラジエーターが大きなせいか、エンジンは冷えてなく、ヒーターのスウィッチを入れるとすぐに暖気が吹きだしてきた。

何度もハンドルを切り返して、ギャラクシーはUターンした。来た道を引き返しはじめる。小田原まで戻ったときには、ヒーターの熱で、眠り続ける金子の頭から湯気がのぼりはじめた。

金子は藤沢のあたりで目を覚ました。横の席の朝倉を見て、諦めきって抵抗しようとしない。

パトカーに停車を命じられることもなく、ギャラクシーが都内に入ったのは午前五時であった。夜はまだ暗かった。

車は品川を過ぎたあたりで第一京浜を左折し、高輪北町《たかなわ》に入り、高輪台にある武家屋敷のような大邸宅の正門の前で停車した。富田がクラクションを鳴らすと、正門の脇についた潜り戸が開いて、学生服を着てはいるが、用心棒のような面構えの門番が姿を現わした。

「気をつけろ。おかしな真似をしたら背中から一発ブチ込むからな」

朝倉は運転席の富田に警告した。富田は唸るような声で返事をした。

門番はギャラクシーを認めると、潜り戸の奥に引っこんだ。すぐに正門を開く。ギャラクシーは左にカーブを切って邸内に滑りこんだ。ヒーターでサイド・ウインドーが曇っているので、門番は朝倉に気づかないらしい。金子が両手を組んで体を固くしていた。

正門の奥に築山があり、その奥の建物を隠していた。築山のまわりを、玉砂利を敷いた車道が通っている。

築山の左を五十メーターほど車が廻ったとき、視界が開けて、英国貴族の館を想わせる三階建て石造りの建物が見えてきた。玄関ポーチの柱は、大理石のうちでも最上クラスのものに見えた。

ポーチの前の広場には四、五台の車が駐まっていた。社長のキャデラック七五は、ガレージに格納されているらしくて見えないが、クライスラー・ニューヨーカーをはじめとする重役たちの専用車だ。車内に運転手の影は無いらしい。

富田は広場の端にフォード・ギャラクシーを駐めた。エンジンを切ると、

「勘弁してください。もうこれ以上私をいじめないで……社長に顔向け出来ない」

と、ハンドルを抱えこむ。

「甘ったれるんじゃない。次長を社長のところに運ぶんだ。次長は滑って転んだとき、腹も強く打ったらしいからな」

朝倉はニヤリと笑った。

そのとき玄関の扉が開いた。富田の同僚の秘書が二人、ギャラクシーに近づいてくる。朝倉は車から降りた。車のドアは開いたまま、近づいてくる二人の秘書を待つ。

二人の秘書は、幽霊を見るような眼付きで朝倉を見ると足をとめた。朝倉が歩み寄ると、二人の膝はかすかに震えはじめた。

「次長がちょっとした事故で怪我をされたんでね。運ぶのを手伝ってくれませんか」

朝倉は愛想よく笑って二人に声をかけた。

「…………」

二人は無言で頷《うなず》いたが、動こうとしなかった。動けないらしい。朝倉は二人の後に廻ると、二人の背を軽く押した。

二人は、つんのめるようにギャラクシーに向かって歩いた。朝倉はそのあとを大股で追った。

金子はシートに腹這いになり、朝倉が開いたドアから這いだそうとしていた。富田は頭を抱

えて背を丸めている。

「次長さん、無理に体を動かすと腹膜炎を併発しますよ。腸閉塞を引き起こすかも知れない。大人しくしてれば、会社の専属医か社長の主治医さんが手当てしてくれるでしょうよ――」

朝倉は猫撫で声を出し、一変して低く圧し殺した凄味のある声に変えて、

「あんたも手伝うことになってるんだろう。それとも、次長のような事故に会いたいのか？」

と、富田に向かって言う。

「わ、分ってます」

富田はあわてて運転席のドアを開いたが、二人の秘書のほうも大きく体を震わせた。

富田たち三人に抱えられて、金子は建物に運ばれた。朝倉は、ワルサーＰＰＫ小型自動拳銃を隠した尻ポケットのそばで右手を遊ばせながら、そのあとにしたがった。

甲冑《かっちゅう》の飾られた玄関ホールに人影は無かった。冷たい空気が淀んでいる。

「社長たちの部屋に案内を頼む。次長も一緒にな」

朝倉は命じた。

秘書たちは、幅の広い階段を登りはじめた。肉体労働に慣れていないらしく、三人がかりで痩せた金子を運んでも彼等は息を切らしている。階段の途中では足を滑らせたり尻餅をついたりして、危うく金子を放りだすところであった。

二階の廊下は広かった。階段のそばで、もう一人の秘書がソファに体を沈め毛布にくるまって仮眠していたが、熟睡しているらしく、一行がそばを通り過ぎても目を覚まさない。

廊下の左側の彫刻の入ったドアの前で秘書たちは立ち止まった。朝倉はドアをノックする。

「入れ。鍵はかかってない」

社長の眠そうな声が応じた。

朝倉はドアを開くと、金子を抱えた秘書たちをその部屋に押し入れた。

その部屋は、百五十平方メーターは優にあった。暖炉で木が燃え、要所要所に置かれた石油ストーブが炎をあげていたが、部屋の温度はそう暖かくない。

暖炉の火を背にした揺り椅子で、スモーキング・ガウンをまとって火の消えたパイプをくわえていた社長が、反射的に立ち上がった。幾つかのソファや肘掛け椅子に体を落ち着けていた重役たちも、瞼をこすりながら立ち上がって振り向いた。小泉の姿もある。一様に、朝倉が生きてそこにいる姿を信じられない、といった表情であった。

朝倉は秘書たちに、金子の体を一番近くの空いているソファに横たえるように合図した。テーブルの上のタバコ入れから勝手にウエストミンスターをくわえた朝倉は、社長を見据えて近づき、

「次長が不慮の事故で失敗したのはお気の毒でしたね」

と、笑った。

「何を言う！」

社長は呻いた。

「なあに、拳銃の弾を落としたことですよ。僕が拾っておきましたが」

朝倉は笑いを消さずに、ポケットから金子の拳銃から抜いた実包を摑みだして、お手玉のように宙に投げあげては弄《もてあそ》ぶ。実包を仕舞って、内ポケットのデミフォーンのスウィッチを入れた。

「何のことを言ってるんだか、さっぱり分らん。どうしてこんなところに来た！　平社員の来るところではない。確かに殺し屋たちを片付けてくれた仕事の功績は大きいが、それと、君が平社員の分際で私のところに押しかけてくるのとは問題が違う。帰りたまえ、社長命令だ！」

社長はやっと元気を取り戻して吠えた。

「その通りだ」

「増長するな」

重役たちは叫んだ。

「なるほどね、俺は用が済んだら大人しく殺されりゃいいものを、何をノコノコと生き返ってきた、と言うのか？」

朝倉は社長の前に立ち、火をつけぬタバコを横ぐわえしたまま嘲笑する。

「馬鹿なことを言うな。金子がどんなことを言ったか知らんが、それにどんなことをしたか知らんが、そんなことは社長たる私の関知せぬことだ。君は疲れてる。今夜の無礼は忘れてやるから、早く帰ってゆっくり眠れ。明日は会社を休んでもよろしい」

社長は揺り椅子に坐りこんだ。

「無礼ついでに、あんたに俺のタバコに火をつけてもらおうか、社長さん」

朝倉は、自分を押さえることが出来なくなった。髪の後が逆立ち、唇のまわりが白っぽくなり、瞳が暗く澄んで光った。

「失敬な……」

社長は怒りの表情を見せたが、その瞳の奥に怯《おび》えが覗く。

「馬鹿者！」

「この気違いめが！」

重役たちはわめいた。

「ライターをつけるのは面倒くさい。あんたの髪で付け火させてもらおう」

朝倉は社長の襟首を摑むと、その体を軽々と吊りあげた。喉から心臓が飛びだしそうな表情になってもがく社長の頭を暖炉の火に近づけた。

重役たちは茫然《ぼうぜん》と立ちすくんでいた。社長は絶叫をあげようとして、喉を絞められているため、弱々しい悲鳴しかあげられない。白いものの混った髪が熱で縮れだし、瞳は発狂した者のように剝《む》かれた。

「俺が舐《な》められて大人しく引っこんでいる坊やにでも見えたのか？　俺を殺させようとする前に、そのことを何度も考え直してみなかったのがあんた達の失敗だよ。それに、俺が死んだら、会社のためといってあんたたちが、俺に人殺しの役を押しつけたことを書いた供述書が検察庁に渡る仕組みになってるんだ。あんたたちが、署名捺印した誓約書や色んな証拠物と一緒にな」

朝倉は乾いた声で言うと、髪が焦げはじめた社長の体を暖炉の前の敷皮に投げだした。社長は喉を鳴らして酸素をむさぼった。

62　株　券

「何か……おっしゃりたいことがありましたら御遠慮なく……警察を呼びたいのなら、僕が電話して差しあげてもいいですよ」

朝倉は一変して優雅に一礼し、頭を抱えて逃れようとする社長を抱えて、揺り椅子に戻した。

「悪かった。許してくれ！　君を処分する積りではなかったんだ。金子が責任を感じて、どうしてもやらせてくれと言うので、つい金子の気が済むようにさせようとしたのが悪かった」

社長は喘ぎながら頭をさげ続けた。

「嘘だ――」

ソファに放置された金子が、泣きわめくような声で言った。

「社長の話は嘘だ！　私は命令を受けて、命令にしたがわないと処分すると嚇《おど》されてやったんだ。私を信じてくれ」

「黙れ！　貴様はクビだ」

社長はわめき返した。

「クビにするなら、すぐに警察に駆けこんでやる」

金子は、とっくに自制心を失っていた。

「仲間割れは感心しませんな。僕の望んでいるのは、どうやってこの償いをしてもらうか、と言うことだ」

朝倉は言った。

立ちすくんでいた重役たちのあいだから小泉が二、三歩前に出た。

「そこなんです、社長。我々が小細工を弄したことについては、弁解の余地はない。誰の責任なのか、などということについて争ったところで仕方ない。そんなことより、我々が、どのような形で誠意を示したら朝倉君が満足してくれるか、を考えるべきだと思いますが」

「分った。みんな、こっちに寄ってくれ――」

社長は頭をあげて重役たちに呼びかけた。秘書たちに向って、

「それから君たち、金子君を別室に運んで医者の手当てを受けさせてくれ。警察を呼んだりしないようにな」

と、命令する。

重役たちは、怯えた表情で朝倉と社長のいる暖炉のほうに近づいてきた。秘書たちは、ぐったりとなった金子を運んで部屋を出ていった。

重役たちは、朝倉と視線が会うと瞳をそらせた。社長の揺り椅子の前三メーターのあたりに半円を作って立ち止まる。朝倉は暖炉の鉄平石のマントルピースに背をもたせ、片肘を軽く乗せて、ゆっくりと寛《くつろ》いだポーズをとった。

小泉が最初に口をきった。

「さっき君は、もし君の生命に何かがあったら、供述書が証拠物件と一緒に検察庁に渡るようになっている、と言ったね。それは本当だろうか？」

「僕の部屋を捜させたそうですね。何か出てきましたか？」

朝倉は薄く笑った。

「ごまかしても仕方ない。捜させたのは事実だ。何も出てこなかった」

「僕が、大事なものを自分の部屋に置いておくほどの間抜けだとでも思っていたのですか？　供述書は、ある信託銀行に預けてあります。僕からの連絡が十日以上絶えたときには、すぐに銀行側で検察庁に発送してくれる手筈になっていますよ」

「本当か？」

「ここまで言ったのだから、奥の手を出しましょう。実はね、あなたたちが僕に殺人を依頼したときのやりとりは、すべて録音テープにおさめてあります。それも供述書につけておきました」

「何！」

社長の顔色が黄土色になった。

「ハッタリだ……」

「口から出まかせではないのか！」

重役たちは呻いた。

「ハッタリと思うなら、証拠をお見せしましょう」

朝倉は内ポケットから、超小型の録音器デミフォーンを取り出した。重役たちの悲痛な唸りを聞き流し、デミフォーンの捲き戻しスウィッチを入れてから少し待ち、今度は再生のスウィッチを入れた。朝倉にとって都合よく、

「……平社員の来るところではない。確かに殺し屋たちを片付けてくれた仕事の功績は大きいが、それと、君が平社員の分際で私のところに押しかけてくるのとは問題が違う……」

と、怒鳴る社長の声が、明瞭《めいりょう》にデミフォーンから流れ出た。

「やめろ！　やめてくれ。分かったから！」

社長が頭を掻きむしった。焦げかけた毛が四、五本飛び散る。

「さあ、これで、僕を片付けたりしたら、あなた達は自分の首を絞めることになると御理解なさったことでしょうな」

朝倉はテープを捲き、録音スウィッチに切り替えてデミフォーンを内ポケットに仕舞った。

「頼む、検察庁に渡る手筈になっている品を買い取らせてくれ」

社長は哀願した。

「それは出来ない相談です。少なくとも今はね。僕は自分の命を大事にしたいほうですから」

「信用してくれないのか？」

「したいですよ。でも、僕は間抜けではない」

「そんなにいうのなら、せめてそのテープだけでも譲ってくれ」

「その相談にならないこともない。さっきの償いも含めて、いくらで買っていただけま

す？」

朝倉は愛想よく言った。

「一千万……いや、千五百万出す。千五百万なら、我々のヘソクリを合わせれば何とかなるだろう。どうだね、諸君？」

社長は、すがりつくような瞳で重役たちを見廻した。

「賛成です」

「仕方ありませんな」

重役たちは嗄《かす》れた声で呟いた。

「聞いただろう、朝倉君。千五百万とまとまった金は、サラリーマンが手にする事の出来ない額だ。割債を買ったとしても、元金に手をつけずに年に百万からの利子が転がりこんでくる。給料は生活費に当てて利子で遊んだら、女の子がいくらでも寄ってくるよ」

社長は、脂汗を流して朝倉を説得しようとした。


「ケチな話でごまかさないでください。僕を重役にする、という約束はどうなりました？」

朝倉は言った。

「だから、この前に言った通りだ。いきなり、君を重役にしようとしたって株主たちが承知しない。うちの会社の大株主は親会社の新東洋工業と共立銀行だが、まず、その方面から反対されるのは確実だよ。だから、君をまず次長、それから部長という具合いに、順番に格上げしていこう、と言うのが我々の計画だ」

小泉が子供をなだめるような口調で答えた。

「次長にはいつなれるんです？」

「そう言ったって君……今日、明日ではおかしく思われるし……」

総務部長が口をはさんだ。

「なるほど、よく分かりました。あなた達は逃げ口上ばっかり言っている」

朝倉の瞳が冷たく光った。

「待ってくれ、我々は現実の問題を話してるんだよ」

小泉の声にも怒りがあった。

「こっちだって、夢物語をしゃべってるんではない積りです。まだるっこしい手順をはぶいて、僕が一足跳びに取締役になれる道は、あなた方から株を譲ってもらうことです」

「何だと！」

「無論、取締役……重役になるには一株も持ってなくたっていいことぐらいは分かっている。だけど、大株主は無能でも重役になれることも事実です。皆さんが、株主総会で僕の取締役選出に奮闘してくれるのを期待しています。要は、新東洋工業と共立銀行を説得してくれればいいわけでしょう」

朝倉はニヤリと笑った。

「君が取締役になる？　いますぐにそんなことをされたら、我々のうちの一人はクビになるということだ！」

重役の一人が呻いた。

「御心配なく。会社が大きくなったからと言って、もっともらしい名目の取締役を一つ増やせばいいことです」

「それで、君の欲しいのは何株なんだ？」

社長が苦し気な声を絞りだした。

「うちの会社は資本金は十五億でしたね。時価で七十円前後ですか……僕は大して欲張ったりはしませんよ。二百万株で結構です」

朝倉は言い放った。

「二百万株！　額面だけでも一億だ。無茶な要求だ。私だって三百万株しか持ってないのに！」

社長は揺り椅子から跳びあがり、よろけて再び腰を降ろした。

「社長さんだけが無理して吐き出すことはないでしょう。重役さんたちにも割り当ててはいかがです」

「君は恐ろしい男だ。会社のためなら、火の中にでも跳びこむような真面目一点張りの男だと考えていた我々が馬鹿だった」

小泉が唇を震わした。

「僕は真面目に働いてきた積りですよ。会社を散々食い物にしてきたあなた達のために、人殺しまでやった僕です。それも、会社のためにと思ってやった事です。それなのに、あなた達は、用の済んだ僕を消そうとした。僕は飼い犬ではない。さあ、二百万株出して手を打ちますか。それとも、それを断わって僕をヤケクソにさせ、一切を世間に暴露されるだけでなく特別背任、資本充実違反、不実行文書行使、汚職、詐欺、殺人教唆《きょうさ》などの罪に問われて十年ほどブチこまれたいのですか？」

朝倉は、低く圧し殺した凄味のある声でゆっくりとしゃべった。

「待ってくれ。私一人では決められない。皆と相談しなければならんから、ちょっと席を外してもらえないか」

社長が叫ぶように言った。

「いいですとも」

朝倉は、百五十平方メーターもある広い部屋の反対側の壁に歩いた。壁にもたれると腕組みして、暖炉の前に寄って密議をはじめた東和油脂首脳部を、挑《いど》むような視線で見つめる。硬い男らしい唇に皮肉な微笑を漂わせていた。

密議は半時間に亘《わた》って続いた。そして、重役たちは暖炉から離れ、再び半円を形作って立つ。

社長が朝倉を手招きした。

朝倉は社長のそばに戻っていった。重役たちが左右に分れて朝倉を通す。朝倉は再びマントルピースに左肘をついた。

「長く待たせて悪かった。結論を言おう。君の要求通り二百万株を払う。だから、そのテープを渡してくれ」

社長は言った。

「今ですか？」

朝倉は呟いた。心臓が早鐘を打つのを隠して、平静な口調だ。

「今は無理だ。明日の夜までに譲渡証と株券を用意しておく」

「テープを渡すのはその時、ということになりますね。ついでに、株主名簿に僕の分を記入してくださいよ」

「分かってる」

社長は吐き捨てるように言った。

「そして、取締役の件については？」

「それなんだ、君を取締役に推す件については、来年四月の定時株主総会まで待ってもらいたい。臨時総会を招集したのでは、何ぼ何でも不自然すぎるし、反感を買う」

小泉が社長の代弁をした。

「…………」

「そりゃ、君は総株の百分の三以上を持つことになるんだから、君自身が臨時株主総会の開催を要求することだって出来るようだが、実は開催請求日の半年前から株を持ってないと権利がないんだ」

「あと四か月少しか。待ちましょう」

「有難い。明日――と言ってももう今日だが――は、ゆっくり休んでくれ」

小泉は頭をさげた。

朝倉が、監査役のビュイック・リヴェラに乗せられて高輪台の社長の屋敷を出たときは、すでに夜が明けかけていた。

監査役は社長の屋敷に残ったので、何も事情を知らぬらしい運転手は、肘の焼け焦げた服を着た朝倉を見くだしたような表情で車を走らせた。深夜タクシーや遠い猟場に出かけるハンターの乗った白ナンバーと、たまたますれちがう程度だ。

上目黒のアパートのそばで、朝倉はビュイックを停めさした。運転手は、朝倉のためにドアを開いて最敬礼する手順をはぶいたが、朝倉は気にもとめなかった。朝倉は自分でドアを開いて降りると、運転手は振り返りもせずにスタートさせた。

何日ぶりかにアパートの自分の部屋に戻ってみると、そうでなくても乱雑な室内は、家捜しを受けて足の踏み場もなかった。東和油脂の秘書たちは、非常階段から続く裏口の窓ガラスを外して侵入したらしく、桟は折れ、パテは崩れ落ちていた。朝倉は部屋のなかを簡単に片付けはじめた。

大した家具は無く、大部分は雑誌類なので、十五分もあれば片付けは終わった。朝倉は部屋に残っている薄汚れたレイン・コートを羽織って背広の肘を隠し、上目黒のアパートを出た。

タクシーを三度乗り替えて、アジトである上北沢の借家の近くまで来た。尾行はつかなかったらしい。朝倉はアジトに歩いた。

アジトの門の裏側についた郵便受けには、まだ新聞が溜っていた。庭にトライアンフTR4とホンダ・ベンリィの単車が霜をかぶっているのを見ながら、朝倉は新聞の束を抱えて建物に入る。

家のなかは冷えきっていた。居間に新聞を投げこんだ朝倉は、納戸《なんど》の部屋から地下室に降りた。今日こそは床に張る板や作業机を買わなければ、と思いながら、床に作った隠し孔のコンクリート蓋を持ち上げ、腿に括《くく》りつけたアメリカン・ルーガーを外して隠し孔に仕舞い、そこからヘロインを三グラムほど小出しして、財布の隠しポケットに仕舞った。尻ポケットに入れてあるワルサーPPKも孔に隠そうかと考えたが、考え直した。

地下室を出た朝倉は、服を脱いで風呂場の鏡に自分を写してみた。顔の火ぶくれは大分おさまっている。眉が薄くなっているのも、今はさほど不自然でなかった。

朝倉は冷水摩擦で体を清め、眉にオリーブ油を塗ったくって居間に敷きっ放しにしたフトンにもぐりこんで新聞に目を通した。昨日の夕刊までには、また盗難紙幣横須賀で発見される、といった見出しの磯川に関する記事が小さく出ていた。無論、捜査当局は、磯川が共立銀行から朝倉が奪った紙幣を摑まされて水兵たちへの払いにそれを使っていることはまだ全然知ってないらしい。

今日の朝刊は、小金井で丸焼けになった焼け跡からは三つの黒焦げ死体が出てきたこと……そのうちの二人から五・六ミリ・ロング・ライフル弾らしいものが摘出されたこと……火災の原因は火薬の爆発によるらしいこと……銃床が焼け失せた拳銃と銃身を短く轢《ひ》き切った散弾銃が現場から発見されたこと……現場近くで交番の巡査が、背後から殴られて全治三週間の傷を負い、現場が火を吐く前にその近くにとまっていたヒルマンのナンバーを控えた警察手帳を奪われたこと……などという朝倉の犯行記事がトップを占めていた。

三人——福田、石井、国友——の死体の身許は、朝刊の締切り時間までには割れてなかったらしい。何しろ、火薬と石油の高熱で肉はコークスのようになったのだ。だから、三人の殺された動機は捜査側にとって不明だし、無論、容疑者を捜す段階までいってないようだ。

その記事に隠れて、桜井とその情婦が殺された続報は小さかった。朝倉は、新聞を顔の上に伏せると眠りに落ちた。

目を覚ましたのが、午後一時であった。風呂場の鏡で見てみると、顔の火ぶくれは直っている。髭《ひげ》を当たっても少ししか痛まない。顔を洗って眉のオリーブ油を落とすと、バーナーで焦がされた赤茶けている眉毛にも大分艶が戻っている。

朝倉はバックスキンのジャンパーを着て庭に出ると、昨夜の肘が焼けた服にストーヴ用の石油を浴せて火をつけた。通勤用の安物だから、たちまち燃え尽きた。

火が消えたのを確めてから、朝倉は門を出て経堂の街にくだり、チャーシューメン二杯を腹におさめてから、洋服屋でLサイズの上着とズボンを三着買った。材木屋で地下室の床に張る堅木と柱、家具屋で樫の作業机を注文して、ランニングでアジトに戻った。

庭で縄跳《なわと》びとシャドウ・ボクシングに軽く汗を流していると、注文した品が次々に着いた。腹に食物が入っているのと、このところ脚を使うのをおこたっているので、シャドウから兎跳《うさぎと》びに移ると体が重い。

兎跳びを十分そこそこで切り上げ、朝倉は材木を地下室に運びこんだ。堅木の板は扱いにくく、五時までかかっても、床の半分しか張ることができなかった。

朝倉はその仕事を後日に廻し、冷蔵庫から出した角のソーセージと生のパセリを夕食代わりにし、パーフェクションの石油ストーブで暖めた居間に腹這いになった。ワルサーＰＰＫの小型自動拳銃を分解組み立てしたり、引金の調子とバランスを覚えるために幾度となく空射ちしたり、じっと瞼を閉じて動かずにいたりしながら、軽い疲れを取り去ることに努めた。

朝倉が起き上がったのは午後九時であった。十時に社長の自宅で、一本の録音テープと二百万株の株券を引替える約束になっているのだ。朝倉は臑《すね》の足首寄りに装塡したワルサーＰＰＫを括り、先ほど買った、あまり上等ではない服をつけた。内ポケットにテープを入れてストーブを消した。

63　あがき

月を疾《はや》く流れる雲が隠し、その光を血の色から緑色に変えていた。門を開いた朝倉は、庭に駐めてあるトライアンフＴＲ４に乗りこみ、チョークを引いて千五百回転でエンジンを五分ほどウォーム・アップした。そのあいだにウインドウの霜を落とす。

冷えきっていたエンジンは、それぐらいの時間では十分に暖まらないが、ゆっくり走らせた方が早く暖まるし、エンジン自体にもあまり長く空転させているよりもいいので、朝倉はTR4をゆっくりとスタートさせた。道路に出たところで一度停めて門を閉じる。

梅ヶ丘のバス通りに出たときには、ラジエーターの水温は上がっていた。朝倉はチョークを戻してヒーターを入れ、デフロスターにしてフロント・ウインドウに拭き残した霜を溶かしはじめる。

師走《しわす》なので、九時過ぎの道はまだ混んでいた。朝倉は、パトカーに目をつけられぬように大人しく車を走らせる。

渋谷駅前の混雑をさけて上目黒の大橋から右折して環状六号をくだり、中目黒で左折して明治通りを古川橋に進み、魚籃坂下《ぎょらんざかした》から清水社長の邸宅がある高輪台に入った。

万一の場合にそなえ、朝倉は泉岳寺の裏手にTR4を駐めた。車から降り、三、四分歩いて社長の邸宅の門をくぐったのが十時少し前であった。

社長秘書の一人が、卑屈な愛想笑いを浮かべて門の内側に立っていた。

「御苦労様でございます」

と、拝み手しながら頭をさげる。

「皆さんは、もうお着きかね？」

朝倉は笑顔を返した。

「はい。皆様お揃いで……御案内いたしましょう」

秘書は腰をかがめたまま言った。

朝倉は秘書の右手に廻った。玉砂利の道を並んで、巨大な館に向かう。館の玄関前の駐車スペースには、昨夜と同じ高級車が並んでいた。

玄関ロビーには、別の秘書が置き物の甲冑を背にして立っていた。今夜も社長の家族の姿は見えない。別荘にでも行かされているのか、三階で息を殺しているのか分からない。

朝倉が連れていかれたのは、昨夜と同じ二階の一室であった。秘書は朝倉を案内すると引きさがっていく。

大広間のように広いその部屋には、暖炉の前に半円型に肘掛け椅子が並べられていた。暖炉の炎を背に、揺り椅子に腰を据えた社長が、近づく朝倉に頷いてみせる。その前に扇型に並んだ肘掛け椅子の重役たちも朝倉を振り返った。

タバコの煙が薄く漂うその部屋に入った途端、朝倉は、嗅ぎ慣れた暗い匂いを鼻に感じて唇を歪めていた。京子が、タバコに混ぜたヘロインを吸うときにたてるのと同じ匂いだ。

匂いの濃さから見て、ここでそれを吸っているのは、小泉経理部長だけではなさそうであった。

社長は髪の形を変えて、焦げた髪を隠していた。自分の揺り椅子の横に置いた木の椅子を朝倉に示す。その椅子の前には卓子があった。

朝倉は重役たちのあいだを抜けて、その木椅子に近づいた。しかし、椅子には坐らずに、卓子に浅く腰を乗せる。襲撃を受けたとき、咄嗟《とっさ》に行動を起こせるからだ。

「御苦労だった。テープは持ってきただろうな」

社長は朝倉に言った。勿体振った様子を取り戻している。

「間違いなく。それで、引替えるものは大丈夫でしょうね」

朝倉は内ポケットを叩き、重役たちを見廻した。株券の入っているらしい包みやトランクは見当たらない。

「心配するな。ちゃんと用意してある。まず、テープを渡してもらおう」

社長は言い、今夜に備えて用意したらしいデミフォーンをマントルピースの上から取り上げた。デミフォーンの蓋を開く。

朝倉は、内ポケットからスプールに巻かれたテープを取り出した。テープの幅は一ミリぐらいしかない。だから、超小型のデミフォーンのなかで一本のテープで長時間の録音が可能なのだ。

大体操作の練習をしたらしく、社長は不器用な手つきであったが、テープを所定の位置に嵌めこんだ。デミフォーンの蓋を閉じて、再生のスウィッチを入れる。

そのテープは、

「そういうわけか。実は君から電話があって、すぐ、あの車は盗難届けを出すように指令しておいた」

と金子次長の声で始まり、

「ハッタリだと思うなら、証拠をお見せしましょう」

と嘲ける朝倉の声で終わっていた。

テープの音が終わるまでの数十分、憎悪の視線を朝倉に走らせながら息を殺していた重役たちは、溜息とも呻きともつかぬものを漏らして、一斉にタバコに火をつけた。朝倉は彼等のタバコを観察した。営業担当の重役小佐井のタバコから流れる煙には、ヘロインが焼けるときの煙が混っていた。

「お気に召しましたか？」

朝倉は社長に視線を移した。

「まさか君、このテープを別のテープに録音して用意してはいないだろうね？」

社長の唇はかすかに震えていた。

「そこまでは考えませんでしたよ」

朝倉は肩をすくめた。

「それでは、我々の用意したものを受け取ってもらう番だ」

社長はデミフォーンをマントルピースの上に戻し、小泉部長に目くばせした。

小泉は立ち上がり、部屋から出ていった。戻ったときにはジュラルミンのトランクを、床に引きずるようにして提げていた。唸りながら、トランクを朝倉が腰をおろしていた卓子に置くと、

「私の顔に泥を塗ってくれたな。君を見損ってたよ」

と朝倉に囁き、自分の肘掛け椅子に戻る。

朝倉はその小泉に皮肉をこめた優雅さで一礼し、トランクの蓋を開こうとした。

「数えてみなさい。千株券が千枚に百株券が一万枚だ」

社長が瞼を閉じた。

朝倉は木椅子に腰をおろし、トランクを開いた。トランクのなかには仕切りがあって、仕切りの左側には社長や重役たちの譲渡証書、右側には株券がつまっている。

東和油脂は一株の額面五百円未満を禁止することに商法が改正される前から設立されていた会社なので、一株の額面は五十円であった。朝倉は、はじめに譲渡証書から調べだした。

二百万株の四分の一を社長、あとの四分の三を十人の重役たちが分担していることが分かった。火曜日に、朝倉に痛めつけられてから床に伏している秀原の譲渡証もある。

朝倉は次に株券を調べはじめた。そのことに夢中になっていて、廊下に通じる出入口のドアが静かに開いたことに気づかない。

しかし朝倉は、予感を覚えて顔をあげた。

グレーのソフトを目深にかむり、これもグレーのトレンチ・コートの襟を立てた男と、茶色ずくめの服装の男が、足音を殺して朝倉たちに近づこうとしている。二人とも、手にポケット型の自動拳銃を握っていた。朝倉と視線が会うと、

「朝倉だな？」

「観念しろ。朝倉。京極署の者だ。恐喝現行犯で逮捕する！」

と、叫んだ。

朝倉の前にいた重役二人が、体を床に投げだすようにして、朝倉と闖入者《ちんにゅうしゃ》とのあいだに邪魔物がないようにして、床を這って壁のほうに逃げる。朝倉の心臓の動きが一瞬とまった。次いで、唇のまわりが白っぽくなった。瞳が細められて、狙撃兵のような目付きになる。

「警察手帳を見せてくれるかね？」

と、二人の私服に声をかけながら、左側の社長のほうを盗み見る。社長は、放心したような薄ら笑いを浮かべていた。

グレーのソフトの男が、黒革の手帳を左手で胸ポケットから出し、すぐそれを引っこめた。

「逮捕状の必要は無い。現行犯だ」

茶色の服の男が言った。

朝倉は素早く立ち上がった。

「動くと射つ！」

二人の私服は叫んだ。朝倉の敏速に回転する頭のなかに、この二人の私服に対する疑いが深まってきた。刑事にしては無雑作に拳銃を扱いすぎる。

朝倉は左に跳んだ。次の瞬間には、社長を抱えあげた。社長は茫然として抵抗しようとしない。朝倉は抱えあげた社長を立たせ、そのうしろに廻りこんだ。

「射ってみろ、弾はこの爺さんに当たるぜ」

と、二人の私服に言う。

二人の私服は狼狽した。

「構わない、射て！」

「脚を狙って射つんだ！」

重役たちが二人の私服をけしかけた。

「ま、待て！　私に当たってもいいのか！」

社長がもがきはじめた。

朝倉は左手でその社長を支え、右手でズボンをたくし上げた。腰を落として体を沈めると、足首の近くに括りつけたワルサーＰＰＫ自動拳銃に右手をのばす。

「畜生……」

茶色の服の男が、口径二十五のブローニングを発砲した。近距離ではあったが、銃把の握り方が悪いために、弾は朝倉をそれて暖炉の鉄平石の一片を砕いた。銃声は部屋に大きく反響した。重役たちは多分、生まれてはじめて本物の銃声を身近に聞いたのであろう。耳や頭を抱えて椅子から転がり落ちた。

社長が、悲鳴をあげて朝倉の手から逃れようとした。グレーのソフトの男は、発砲しようとして社長の体が邪魔になるために引金が絞れない。

そのときには、朝倉は拳銃を抜き、親指で撃鉄を起こしていた。ワルサーＰＰＫのバランスを計りながら、茶色の服の男に向けて盲射ちする。

三十二口径の弾は、茶色の服の男の右腕の服地から埃《ほこり》を吹きあげさせた。その男はブローニングを放りだし、骨が砕けた右腕を左手で押えて転がった。心臓が喉からとびだしそうな表情をしている。

グレーのソフトの男は、ザウエル製の拳銃を捨てて、高々と両手を上げた。両膝が面白いように震えだす。

朝倉は社長を突きとばし、ワルサーを握った右腕をのばし、正確にその男を照星と照門で狙った。男の震えは、体を這いあがって歯にまで及んでいた。顔じゅうに脂汗が吹きだし、恐怖のあまり瞳は焦点を失いかけている。

「あんたが本当の刑事かどうか聞かしてもらおう。本物のデカなら、俺は口を閉ざしてやらなければならん」

朝倉は言った。

「助けてくれ！　俺たちはデカの振りをしただけだ。本当だ、デカなんかでない。小佐井さんに世話になっている者だ。ここの会社に雇われただけなんだ」

グレーのソフトの男は喘ぎながら叫んだ。震える手で、胸ポケットから黒革の手帳を取り出して床に捨てる。革の表紙には金文字で警視庁と書かれてあったが、朝倉にはそれが偽造品であることが一目で分かった。

重役たちは、まだ頭を抱えて床に蹲《うずくま》っている。朝倉は彼等のあいだを抜けると、二人の傭われ者の拳銃を部屋の隅まで蹴りとばした。グレーのソフトの男のほうは、立っていることが出来なくなって崩れるように床に坐りこんだ。

「みんな、下手に動くなよ。馬鹿な真似をすると、尻の孔にでも一発ブチこんでやるからな」

朝倉は重役たちに警告し、傭われ拳銃使いを見おろした。苦笑いさえも唇のまわりに漂わせている。右腕を射ち抜かれて倒れた茶色の服の男は、顔面を死臘のような色に変え、冷たく湿った皮膚に汗を浮かべていた。呼吸は浅く早い。瞼は閉じている。ショック状態だ。

朝倉はワルサーの撃鉄を半起の安全位置に戻し、口にくわえた。その男のズボンからバンドを抜き、右腕の上膊をバンドで縛って止血してやった。

グレーのソフトの男は床に転がったまま、マラリアの発作時のように震え続けていた。朝倉はその男の服をさぐり、尻ポケットにアメ横で買ったらしい手錠が入っているのが分かると、その手錠でその男の両手首を背後で固定させた。

朝倉は、トランクを置いた卓子の後の椅子に戻った。ワルサーをズボンのバンドに突っこみ、株券を数えはじめた。

社長や重役たちは、幾分落着きを取り戻してきた。朝倉の様子を横目で窺《うかが》っていたが、恥ずかしそうにそれぞれの椅子に戻った。朝倉が、株券を数え終わったのは二十分ほどたってからであった。パトカーのサイレンの音は聞こえない。たとえ銃声が広い庭を越えて隣家までとどいたところで、隣家の大邸宅に住む人は、他人のことに気を使ったりはしないのだろう。朝倉はトランクの蓋を閉じた。皮肉っぽく光る瞳を上げて、

「悪あがきはするな、と警告しておいた筈だ。馬鹿な小細工をやると、あんた達はますます自分で自分の首を絞めていくことになるのが、まだ分からんのかね。おまけに、傭うのに事欠い

て、こんな安手のチンピラを使うとはね」

と、呟く。

「だから、私は反対したんだ。もうこれ以上ガタガタするのは嫌だと言って――」

社長は重役の小佐井に向けてこぼし、

「それに、私に当たったっていいから射てと言ったのも君だろう！ 恐ろしいことだ。本当に怖いことだ。君は私の後ガマを狙ってるんだな。私を殺させて、自分が社長になろうっていったって、そうはうまくいくもんか！」

と、怒鳴りだす。

「そ、それは誤解だ、社長。夢中だったんで、自分で何を言ったか覚えてない……」

小佐井は震え声で弁解しはじめた。

朝倉は小佐井に近寄った。小佐井の顔を平手で張りとばす。打撃を受けて、上体が右に大きく傾く小佐井の右頰をバック・ハンドで殴りつけた。今度は左に反った小佐井の体は椅子から転げ落ちた。裂けた口から血と唾液を流した小佐井は、

「怒らないでくれ。もう二度と汚い手は使わない……」

と、啜《すす》り泣きながら、朝倉の脚にすがりつこうとした。

「薄汚ねえ野郎だ。それがあんたの素顔か。会社で威張り返っているときのあんたはどこにいった？」

朝倉は這い寄ってくる小佐井の顎を蹴とばした。残りの重役たちは、椅子の肘当てに爪を当

てて縮みあがった。

「それでは、今夜はこれにて失礼する。今度こそ俺に一杯くわせようとしたら、あんた達は、みんな揃って長い眠りについてもらうことにするからな。決して目覚めない眠りだ。これは最後通告だから、冗談として聞き流さないようにお願いするよ。俺は約束を守る男だ。特に胸のなかに決めた約束はな」

朝倉は言い捨て、ジュラルミンのトランクを提げて立ち上がった。かなりの重さだが、朝倉はそれを軽々と扱う。

背中に神経を集中しながら、朝倉は廊下に出た。階段に近いソファで貧乏揺りをしていた社長秘書の一人が、バネ仕掛けのように立ち上がり、

「御用はお済みでしょうか？　お車まで御案内します」

と、痙攣《けいれん》するような笑いを無理に浮かべて無闇に頭をさげた。

「勝手は分かってる。それよりも、お偉方のほうに行ったほうがいいんじゃないか。また病人が出た」

朝倉は答え、呆《あ》っ気《け》にとられている秘書を残して階段を降りていく。

一階のロビーでは、もう一人の社長秘書が檻のなかのタヌキのように歩きまわっていた。朝倉を認めて電光に打たれたように直立し、痴呆のように口を開いた。次の瞬間、鮮かに表情を変えて愛想笑いを見せ、

「どうぞ、お車の用意は出来てございます」

と、深々と頭を垂れる。

玄関の前ではクライスラー・ニューヨーカーがマフラーから薄い灰色の排気煙を静かに吐きだしていた。朝倉を案内する格好で秘書がその車に近づくと、運転手は車から跳び降りて、後部シートのドアを開いた。注意を受けているらしく丁重だ。

「どちらにお行きになります？」

クライスラーを門から滑り出さすと、運転手は尋ねた。

「そうだな、第一京浜にやってくれ」

朝倉は答えた。

運転手は頷いてハンドルを切った。すぐに泉岳寺の横を抜ける。

朝倉はストップをかけた。不審気な顔をした運転手に、

「ちょっとこのあたりに用があることを思いだした。三十分ぐらい待って、僕が戻らなかったら僕を放っといて行ってくれ」

と、言う。

運転手は、かしこまりました、と答えてドアを開いた。クライスラーから降りた朝倉は、廻り道して泉岳寺の裏手に駐めてあるＴＲ４に着いた。ジュラルミンのトランクをその車のトランク室に収めてからスタートさせる。クライスラーと鉢合せしないように伊皿子に抜けた。

64　不　安

尾行《つけ》られてないことを確認するために、朝倉は目黒や渋谷区の住宅街のなかを出鱈目《でたらめ》にTR4を走らせた。そうやって廻り道をしながら、朝倉が世田谷上北沢のアジトにTR4を戻したのが午前零時過ぎであった。

深夜の上北沢の住宅街は静まりかえり、人一人通っていない。TR4をアジトの前庭に滑りこませた朝倉は、門を閉じると、車のトランク室からジュラルミンのトランクを出し、それを提げて家に入った。

石油ストーブに火を点《つ》け、茶の間に敷きっ放しにした万年床に坐りこみ、もう一度ジュラルミンのトランクを開き、嵩《かさ》ばった株券の束と譲渡証を眺める。

二百万株の東和油脂の株券――時価約一億四千万円だ。上役の鼻息をうかがいながら会社のために滅私奉公し、コツコツと毎月の給料の何分の一かを溜めていたのでは、一生どころか五代かかっても手中にすることが出来ない金なのだ。それが今、こうやって俺の目の前にある……。

刑事の振りをしたチンピラに、俺を襲わせるのに失敗した東和油脂のお偉方は、いま頃秘書に命じて株主名簿に俺の名前と住所、それに株数や株券番号などを書きこますのにいそがしいかも知れない。奴等は、偽刑事がうまく俺を料理すると思って、俺のことを株主名簿に記載することをのばしていたであろうから。

株式を手に入れたら、手に入れた者の名を会社の株主名簿に書きこんでもらわないと株主とは認めてもらえない。もっとも株券自身について言えば、無記名式の株券なら、実際にそれを持っている者が正当な権利者として認められ、記名式ならば裏書きがつながっているか譲渡証書があるかすれば、正当の権利者と認められる。たとえ裏書きが偽造でも、譲渡証についた印鑑が、会社に届け出た印鑑と違っていても問題ではない。つまり、株券は前の持主に正当な権利があるかどうかに関係なく、それを現実に受取って、握っている者が正当な権利者なのだ。

だから、株を売買するためだけなら、株主名簿に書きこんでもらう必要はない。それに会社にしたところで、朝倉が譲渡証書を持っているのだから、株主名簿に朝倉を記載することを拒むことは出来ない。しかし、東和油脂のお偉方のことだから、自分たちの弱味を世間に知られたくないために、わざと朝倉の名を名簿から外しておくようなことをやるかも知れないから油断ならない。

朝倉はトランクの蓋を閉じた。それと、台所にあったポリエチレンの小袋を持って納戸の部屋から地下室に入る。地下室の床は、コンクリートの上に堅木のフロアリングを作りかけて、半分ほどで放置してある。

早く残り半分を完成させなければ、と思いながら、朝倉はコンクリートの床に嵌めこんで、床と同じように見せかけてあるコンクリートの蓋を持ち上げた。

口を開いた縦一メーター、横一メーター半ほどの穴のなかのビニール袋からヘロインを二十グラムほど小出ししてポリ袋に入れる。穴に蓋をして地下室から上がった。

廊下に置いてある電話で、参宮マンションの京子の部屋を呼んだ。

京子はなかなか電話に出なかった。部屋を空けているのであろうと判断して、朝倉が電話を切りかけたとき、

「いま頃、どなた？」

と、尋ねる眠そうな京子の声が聞こえた。

「僕だ」

「あなたね！　二日間もどこにいたの？　京子、心配してたのよ」

京子の声から眠気が消えた。

「ちょっと出張でね」

「嘘！」

「どうして？」

朝倉の声が強くなった。

「京子のほかに好きな女が出来たんでしょう？」

京子は泣きそうな声であった。

「馬鹿な。君のほかは女と思っていない。そんなことを考えないで、アパートに来ない？　淋しいんだ」

大学の講師だと自称しているのがバレたのではないと知って、朝倉はひそかに溜息を吐いた。

「すぐ行くわ……一時間ぐらいかかると思うけど。とっちめてあげるから、覚悟してらっしゃい」

「怖いな」

朝倉は笑いながら電話を切った。財布のなかの隠しポケットに入っている三グラムほどのヘロインもポリエチレンの小袋に移し、ポリ袋は内ポケットに突っこんだ。

ワルサーPPKの小型自動拳銃をズボンのバンドに突っこんだままなことに気付き、それをこの家に置いていくべきかどうかに迷った。しかし、万一にそなえて携帯しておくことにし、ズボンの尻ポケットに仕舞う。

トライアンフTR4に乗り込んで、赤堤のアパートに向かった。五分どころか三分もかからずにアパート赤松荘に着いた。

零時を大分廻っているのに、その高級アパートの窓には灯がついているところが多かった。朝倉は、堀田という朝倉の偽名の名刺を貼った二階の二〇五号室のドアを鍵で開いた。

電灯をつけてみると、八畳の洋室は整頓されていた。寝室もダイニング・キッチンもだ。京子が掃除したらしい。ダイニング・キッチンの冷蔵庫には食料が豊富に仕舞われていた。

朝倉は空腹を覚え、冷蔵庫から太いボロニア・ソーセージとリンゴを取り出して洋室に戻った。ガス・ストーブに点火し、ソファに寛いで食い物を腹に詰めこみはじめた。

京子がやって来たのは、朝倉が熱いシャワーを浴びて髭をそり、洋室のストーブの前にガウン姿で坐りこみ、髪を乾かしているときであった。

京子は珍しく和服姿であった。麻薬のせいで少し窶《やつ》れているが、それは美貌《びぼう》に翳《かげ》と深みを加えているだけであって、醜さはない。長い髪は束ねてアップにしてあった。耳飾りと帯止めはヒスイだ。

「素晴らしい。美神とは君のことを言うんだ」

朝倉は立ち上がり、京子の手に口づけする。

「お世辞を言っても駄目よ。どこで浮気してらっしゃってたの。白状なさい」

京子は唇を噛んだ。

「また、始まった。本当に仕事のことで留守にしてたんだよ」

朝倉は京子を引き寄せた。

「嘘よ……出張なら、御土産《おみやげ》ぐらい持って帰ったんでしょうね。それに、わたしに黙って出かけるのが大体あやしいわ」

「あの朝学校に着いてみたら、急に出張しろと言われたんだ。予定していた助教授が交通事故に会ったもんでね。すぐに君に連絡をとろうと思ったけれど、このアパートに電話が無いだろう。そりゃ、管理人室に掛けて君を呼びだしてもらってもいいけど、君は管理人と顔を会わすのが嫌だろうと思って。大阪に向かう汽車のなかで、参宮マンションのほうに電話を入れようとしたんだが、どういうわけか列車電話が通じないんだ」

朝倉は京子の唇に唇を寄せた。京子が顔を反らすと、喉に唇を当てる。

「出張は大阪にだったの？」

「ああ、大阪大学だ。東京と同じようなもんだよ。土産なんて買ったってつまらない」

朝倉は囁き、八《や》つ口《ぐち》から手を差しのべて京子の乳房を愛撫した。ブラジャーをしていない京子の乳首は、意思とは無関係に突起して硬くなってくる。

「あやしい言いわけね。今回だけは勘弁してあげるわ。今度浮気したら承知しないから」

京子は、朝倉の嘘を信じたようであった。信じたいであろう。

「ひどいな。僕には君だけが生き甲斐なのに」

朝倉は唇を耳のほうに移動させた。

「こんなことして誤魔化さないで……」

京子は朝倉を押しのけようとした。しかし、力は入らない。

朝倉はその京子を抱えてソファに腰を降ろした。愛撫を続けながら、

「そうそう。例の薬、今度はいつもより沢山持ってきてあげたよ。君に世話になるばかりの僕だから、せめて、あれだけでも君の欲しいだけ運んでこないとね」

と、呟く。

朝倉の肩に頭をもたらせて、瞼を半分閉じていた京子が瞳を開いた。

「沢山って、本当？」

「まあ、まあ、だね。それに、これからも、ずっと品切れにならない目星がついたよ。君は安心しててくれ」

朝倉は言った。

営業担当の重役小佐井がタバコに混ぜて吸っていたヘロインは、京子のパトロンの小泉から融通してもらったものに違いない。小泉は京子から分けてもらっている。そして、京子は、朝倉がいないことにはヘロインを入手出来ない。

ヘロインに染まっていくのは、小佐井や小泉だけではないであろう。簡単に手に入れることさえ出来れば、ほかの重役たちも、誘惑に負けて小佐井たちのようにならないとはかぎらない。ヘロインで彼等を骨抜きにさせておけば、朝倉にとっては、彼等を意のままに操ることも不可能ではない……。

「これからは、欲しいだけいつでも手に入れることが出来るの！」

京子は立ち上がった。

「ああ。そういうわけだ」

「よかったわ。いつか薬が切れることがあると思って、毎日不安でたまらなかったの。それに、パパが味を覚えてしまって、欲しがってしょうがないの。なので、京子の分はすぐ無くなってしまいそうで……」

「これからは、そんな心配は必要なくなる。それよりも、君、その薬は僕が君に渡していることをパパさんに言ってはいないだろうね？」

朝倉は京子を見上げた。

「絶対に言ってないわ……殺されても言わないわ。あの薬は、新宿のスケート・リンクやボーリング場でチンピラから安く買っているっていうことにしてあるんですもの」

京子は誓うように言った。

「それはよかった。実は最近になって分かったんだが、あの薬のなかには、やっぱり麻薬が入っているんだ。はじめっからそれを知ってたら、君に勧めたりはしなかったんだが……」

「構わないわ。もう、ジタバタしても仕方ないわ。それより、あなたに棄てられて、あの薬が手に入らなくなるときが怖いの」

「僕が、君無しでは生きられないことを知ってるくせに……いま言ったように、あの薬には麻薬が混っているから、絶対に警察にも知られないようにね。それから、どんなことがあっても、あの薬を注射したりしないようにね。そんなことをすると、君の綺麗な肌が目茶目茶に崩れていく」

朝倉は言った。京子の肌に注射針の跡が残ったのでは、まずいことになる。

「分かったわ」

京子は頷いた。クジャクのハンド・バッグを開いてヘロインを混ぜたポールモールをくわえ、ダンヒルのライターで火をつけた。

朝倉は脱いである自分の内ポケットから、ヘロインを入れたポリエチレンの小袋を取り出し、京子の膝の上に置いた。

翌朝七時半、朝倉は眠り足らないらしい京子をＴＲ４に乗せ、参宮マンションに送った。

「今日は学生たちのコンパに顔を出さないとならないから、帰りは遅くなるよ」

と、言って、TR4を再びスタートさせた。

今日は土曜日であった。クリスマス目当てのアドバルーンが空を覆う新宿に、甲州街道から入った朝倉は、駅の南口の近くにある有料駐車場の一つにTR4を預けた。二時間ごとに百円だから、銀座あたりよりは安い。

朝の街は酔いざめの胸のように白々しい。そのなかを、駅に向けて何万、何十万の通勤者が吸いこまれていく。朝倉は尻ポケットに入れておいた拳銃を車のグローヴ・ボックスに移し、新宿駅南口に向かう人々の流れのなかに加わった。

南口の前には客待ちのタクシーが、カモを引っかけようと、何列にも並んで動かない。

その南口に近づいたとき、朝倉の鋭い目は、改札口の横の木柵にもたれて立っている、見覚えのある男の姿を認めて軽い動揺を示した。

その男は、横須賀の磯川の用心棒の一人であった。絶え間なく視線を動かして、駅に吸いこまれる人波のなかから、誰かを捜しているようだ。その用心棒の両脇で、愚連隊と分かる男が二人、アクビを殺している。

磯川の用心棒は、素顔の朝倉をはっきりとは知らないせいか、それとも無数の人波のなかから、特定の人間を素早く見つけだすこと自体が至難なためか、まだ朝倉に気付いた様子はない。

しかし朝倉には、その男の捜しているのが自分ではないか、という予感が閃《ひら》めいた。

朝倉は、素知らぬ表情で南口の前を通り過ぎた。改札口から吐きだされる人波に混って駅から遠ざかる。

使うことのできぬ熱い札束を摑まされたことを知った磯川は、何とかして俺を見つけようとしているに違いない。磯川の用心棒は三人いた筈だ。

磯川と秘書の植木をのぞけば、サン・グラスで目を隠しているとはいえ、俺の顔を見ることが出来たのは三人の用心棒だけだ。

朝倉は疑念を確かめるために、新宿駅中央口に廻ってみた。思った通り、そこにも、もう一人の用心棒がいた。

西口にも残り一人の用心棒の姿があった。朝倉は、その男に気付かれないようにスタンドの朝刊を幾種類か買うと、小田急デパートのそばまで歩いてタクシーを停めた。

「どこまで?」

運転手は無愛想に言った。

「京橋」

朝倉は東和油脂本社がある場所を言い、ドアのノブに手をかけた。

「駄目ですよ。旦那。ガソリンが少ししか残ってないんで」

「本当か?」

朝倉はダッシュ・ボードの燃料計を覗いた。針はFとEの中間を示している。車はブルーバードだから、燃料半タンでは、あと百数十キロは走るだろう。

「その燃料計は狂ってるのか? それとも、京橋のほうは混むから稼ぎにならぬと言うのか?

ともかく、この車のナンバーを控えさせてもらうよ」

朝倉は言った。

「嫌だね、旦那。ちょっと朝飯を食おうと思ってたんで……仕様がない、行きますよ」

運転手は舌打ちして後席のドアを開いた。

朝倉は車内で朝刊をひろげた。

今日の朝刊には、盗難紙幣また横須賀で発見される、という記事は載っていなかった。

磯川が手を廻して、まともな金と引き替えに熱い紙幣を回収しているのかも知れない。

小金井の三つの丸焼け死体の身許は、石井だけが割れていた。石井がいなくなったので、仕事の口が無くなった石井の事務所の連中が、捜索願いを出したからだ。

死体の皮膚は焼け崩れてしまっていて、顔は勿論、指紋の判別も不可能であったが、石井の虫歯にかぶせていたプラチナの冠を見て、石井を治療した歯科医が、死体は石井に違いないと証言したのだ。

石井の身許が割れた以上、石井の顧客であった東和油脂にも何らかの形で捜査の手がのびてくる筈だ……そう思うと、朝倉の胸のなかを不安の風が吹き抜ける。

桜井とその情婦の死に関した記事は紙面から消えていた。朝倉は朝刊を閉じて瞼をつぶった。

タクシーが京橋に着いた時は九時少し前であった。ビルの五階にある東和油脂経理部の部屋に着くと、部員たちは、ほとんど顔を揃えていた。小泉部長は、いつものように、まだデスクに着いていない。

朝倉に負傷させられた金子のデスクも空いている。

係長の粕谷や同僚たちが、昨日の朝倉の欠勤について尋ねた。朝倉は食当たりのせいだ、と答えて席に着いた。朝倉は社のバッジを社長に預けたままなので今日はつけていないが、誰も朝倉がバッジをつけていない事にも気付かない。

始業のベルが鳴った。

小泉部長の側近の部員二、三人はまだ姿を出していない。

経理の連中はすぐ仕事にかかったが部長も次長もいないので、のんびりやっている。

朝倉は三十分ほどしてから、トイレに行くと粕谷に断わって部屋を出た。六階にある庶務課の部屋に入った。株式係りの受付けで、

「株主名簿を閲覧したいのですが……」

と、係員に言う。

「承知しました。お名前を伺わせてください」

係りの若い男は愛想よく言った。

65　株　主

「はあ？」

朝倉は一瞬躊躇した。

「済みません、お名前を……」

株式係の若い男は繰返した。

「朝倉と言います。朝倉哲也」

朝倉は自分の名を口にした。

そのとき、課長バッジをつけた四十二、三歳の男が奥のデスクから立ち上がって、足早に受付のカウンターにやってきた。受付の男を押しのけるようにして、

「朝倉様でございますか？　どうも、どうも、わざわざお越しくださいまして。わたくし、課長を勤めさせてもらっている飯田と申します。どうぞ、応接室のほうに」

と、まくしたて、朝倉に素早いウインクを送った。カウンターの脇から出てきて、部屋の左手についた応接室に朝倉を案内した。

庶務課の応接室は五坪ほどであった。当然ながら、装飾の趣味は垢抜《あかぬ》けていない。白いクロースでカヴァーしたソファーに朝倉を坐らせた飯田は、後手でドアを閉じると、

「経理の朝倉君だね？」

と、尊大さと卑屈さの混った口調で囁く。

「そうですが？」

朝倉は唇の片端を重く吊りあげて笑った。

「何の事情か私は知らないんだがね。部長から連絡があって、君が株主名簿を見にここにやってきても、ここの株式課の連中には、君がうちの社の社員だということは伏せるようにしてく

れ、と言われたんだ。勿論、株主名簿に君の名前を書きこむときにも、君が社員であることは部下たちに知らせなかったがね」

　飯田はテーブルをはさんで向かいの肘掛け椅子に坐ると、上体を折って朝倉に顔を近づけながら囁いた。

「僕が社員だと分かったら、都合悪いでしょうか？」

「意地の悪いことを言うんじゃないよ、朝倉君」

　飯田は愛想笑いした。

「どうしてです？」

「みんな……社員たちが僻《ひが》むからだよ。そりゃね、全然関係ない者がうちの会社の株を買うんなら、何百万株であろうと、社員たちは誰も気にしないよ。でもね、その大口の買い手が自分たちと机を並べている君だとなると、みんな僻みたくもなるだろうな」

「………」

「だけど、君は本当に幸運な男だね。田舎のお祖父さんが亡くなって、急に物凄い遺産が転がりこむなんて。羨《うらやま》しい次第だ。君のお祖父さんには悪いが、君にはお芽出とうを言いたいね」

「これは、どうも」

　朝倉は頭を掻きながら、照れたような笑顔を見せた。

　社長や重役たちは自分たちが恐喝されたとは言えないから、朝倉に遺産が転げこんだ、という話をデッチ上げたのであろう。そして、飯田はそうと信じているらしい。朝倉にとっても、そのほうが都合がいい。

ドアにノックの音がした。飯田は坐り直すと、入りたまえ、と声をかけた。

先ほどの係りの者が、分厚い株主名簿を持って入ってきた。そのあとから、女の事務員がコーヒーを運んできた。

「私がお相手するから」

飯田は係りに言った。係りの男は、コーヒー・カップをテーブルに置いた女の事務員のあとを追うようにして応接室から出ていった。

株主名簿には、朝倉の名前と上目黒のアパートの住所、株の額面と取得数、株券番号、取得月日が長々と書かれてあった。朝倉は株主名簿を閉じて飯田に渡した。

「どうも、お手数かけまして。やはり自分の目でしっかり見て、感激を味わいたいと思いましてね」

と、言う。

「そりゃ、君、無理ないよ。だけどね、君もこれで大株主だな。私のことも、よろしく頼むよ」

飯田は卑屈に頭を下げた。

「とんでもない。こちらこそ、よろしくお願いしますよ」

朝倉は答え、コーヒーに手をつけずに立ち上がった。

「ゆっくりしていってくださいよ」

飯田は引き止めようとした。いまのうちに朝倉に接近しておいて、朝倉が大株主として会社に発言力を持つようになったら、ポストを上げてもらうように朝倉に頼む積りかも知れない。

「済みません、仕事を抜けだして来たんで」

朝倉は恐縮して見せた。

飯田は、あわてて立ち上がって朝倉のためにドアを開いた。朝倉が応接室を出ると、株式係りの連中が一斉に頭を下げた。

朝倉はエレベーターで五階に降りた。エレベーターから降りようとするとき、入れちがいにエレベーターに乗りこむ二人の男とすれちがった。

二人の男はスマートに服を着こなしていた。しかし、二人の眼付きは普通の商売の者ではなかった。襟に鈍く光るバッジと踵の磨りへった靴を見て、高級ヤクザでなく、刑事ということが分かった。

エレベーターのドアを閉じてからも、朝倉はしばらくのあいだホールに佇《たたず》み、指針を睨みつけていた。

エレベーターは六階を素通りして、社長室や重役たちの事務室、それに重役会議室などのある七階で停まった。

朝倉は口のなかで罵り、経理の部屋に戻った。デスクに着いても、刑事たちが何を探りに来たのかを色々と考えて、仕事をやる気にならない。

同僚たちも、部長も次長もいないので、仕事には全然熱が入らなかった。どこのボーリング場が空いているとか、ドライヴの計画、マージャンや競馬やストーブ・リーグの話題などのほうに身を入れている。係長の粕谷が時々ハッパをかけるが、大して効き目はなかった。

部長の小泉が経理の部屋に入ってきたときは、十二時少し前であった。粕谷から、仕事の報告を聞き終わった頃に終業のベルが鳴った。今日は土曜日なのだ。

小泉は部下たちに、御苦労、と声を掛け、朝倉に目配せして廊下に出た。ロッカー・ルームに入ってコートを羽織った朝倉は、足早に廊下に出た。

小泉は、廊下の奥の第三応接室のほうに向かって、ゆっくりと歩いていた。朝倉はエレベーターや階段に向かうほかの部の男女に逆らって、大股に小泉の背後に追いついた。

小泉は朝倉のことなどに気付いていない、というポーズで第三応接室に入った。そのドアが閉じかかったとき、朝倉は応接室のなかに身を滑りこませ、後手にドアを閉じた。

その応接室の模様は変りばえしなかった。小泉はソファに崩れるように坐りこみ、ポケットからウエストミンスターを出して口にくわえたが、それを捨て、内ポケットから純銀らしいシガレット・ケースを出した。ケースから吸口付きのペルメルを出し、火をつけると、胸一杯に吸いこんだ。

煙を肺にためておいて、小泉は絞りだすように煙を吐く。そのなかから、ヘロインの焦げる匂いが、かすかに漂った。そして、窶《やつ》れた小泉の顔に生気が浮きあがり、瞳にも潤みが湧いた。

「さっき、刑事が二人、七階に昇っていったようでしたね」

朝倉は口を開いた。

「ああ、本庁のパリパリだった。そのことで君を呼んだんだ」

小泉は呟《つぶや》いた。

「なるほど」

朝倉の声は苦かった。

「新聞で読んだだろうが、焼死体の一人が興信所の石井だということが警察に分かってしまったんだ。そして、石井がうちの社の依頼した仕事を主にやっていたことも知られた」

「…………」

「石井は、まるでうちの社の専属のようだった。だから刑事たちは、うちの社が石井にどんな性質の仕事をやらせたかを尋ねにきた。それと、石井を恨んでいる者か会社などを知ってないかと……」

小泉は囁くように言った。

「それで、どう答えたんです。石井なんて知らない、と突っぱねたわけではないでしょうね」

「そんなことで本庁の刑事が引っこむわけがない。丸っきりシラを切ったんでは、かえって疑われてしまう。だから、警察には石井は産業スパイのようなものだった、と言っておいたよ。そして、機密をさぐる相手会社にはライヴァルのメーカーを二、三あげておいた」

「信用しましたか、刑事たちは？」

「そのようだった。私たちも、石井が殺されるほど後暗い仕事に手を出しているとは全然考えて見なかった、と言っておいたし」

小泉は大儀そうに言った。

「さあ、それならいいんですが、注意してくださいよ。僕を警察に売ったりしたら、あんたたちも必ず捲きぞえにして見せますからね」

朝倉は、小泉の焦点がぼやけだした瞳を見つめながら宣言した。

「分かってる。そんなことは、君に言われなくても、こっちにはよく分かってるんだ。まったく、君は私たちにとって、時限爆弾を抱いているような存在になったな。それも、放りだすことを許されない爆弾だ」

小泉は溜息をついた。

「御世辞ですか？」

朝倉は薄く笑った。

「だけど、君は大した役者だな。これまで、よく猫をかぶってこられたもんだ。天晴《あっぱ》れと言いたいぐらいだよ。君の誠実そうな演技に、コロッと引っかかり続けてきたんだからな」

「グチはよしてくださいよ。もう僕たちは仲間なんですからね。お互いの手は汚れてるんだ」

朝倉は立ち上がった。

小泉がソファに腰を降ろしたまま言った。

「警察の捜査が一段落したら、君を次長に格上げすることに本決まりになったよ」

「ほう？」

「営業部の販売課次長だ。販売なら、君が自由に使える時間がたっぷりとれるだろうと思ってね」

「親心ですか？　まあ、本当はあんたの経理のカラクリをあんまりはっきりと僕に知られたくないことと、一つ部屋で毎日顔を突きあわせていたくない、ってことでしょうがね」

朝倉は立ったまま言った。

「どうとでも考えてくれ。だけど、君だって経理の次長になって、今までの同僚から色々とカンぐられるより、新しいところで気儘《きまま》にやったほうが気が楽だろうよ」

小泉は瞼を閉じた。

「まあ、考えときましょう」

朝倉は言い捨てて応接室を出た。

廊下にはもう人影は少なかった。しかし、エレベーター・ホールには同僚の石田と湯沢が残っていた。朝倉を待っていたらしい。

三人は混んだエレベーターに乗りこんだ。一階でエレベーターから吐きだされると、石田は切り出した。

「別に君をスパイしてたわけではないんだが、さっき部長に呼ばれてたんだろう。いい話だったのかい？　内緒にしないで教えてくれよ」

「頼むよ」

と、湯沢もかすれた声を出す。

朝倉は、二人の卑屈さに対する吐き気をこらえながら、

「なあに、しばらくのあいだ、よその部のメシを食ってみる気はないか、と相談を受けただけだよ。次長のデスクを空けてくれるらしい。僕はまだ決心がつかないんだがね」

と、呟いた。二人がさっそく部員たちに噂をバラまいてくれるだろうから、朝倉は経理から営業に移るとしても、不自然でない空気が生まれることだろう。

「凄いな」

「やっぱし、君の亡くなったオヤジさんが戦地で社長の上官だったのが効いてるんだな……いや、勿論、実力があることは事実だけど。前祝いに、ちょっと時間が早いけど、一杯どうだい？　今度は僕たちが奢《おご》るよ」

石田と湯沢は朝倉にへつらった。


寄らないとならないところがあるので、と言って、朝倉は渋谷で二人に別れた。京子と会うときに、いつも同じ背広では気がきかないから、特上の服を二、三着仕立てさそうと思う。

特に急ぐわけではないから、この前、行った宮益坂のテーラー〝美松屋〟は敬遠し、道玄坂で老舗《しにせ》を誇る〝バーミンガム〟に歩いた。若い娘の目立つ渋谷の街は、クリスマス・セールで湧きたっている。

〝バーミンガム〟に入った朝倉を、もっともらしい顔付きの店員たちは、場違いの客を眺める眼付きで無視した。朝倉が、通勤用の吊しで買った服を着ているせいらしい。

朝倉は番頭らしい男に近づいた。

「競馬でちょっとアナを当てたんだ。ゼニで持ってても、すぐに酒や女で使ってしまうから、あとまで残るものに替えようと思ってな」

と、言う。

「どの程度のものがお望みで？　当店にはグロレックス以下の品は置いてございませんが」

番頭は慇懃《いんぎん》に冷笑した。

「フィンテックスがいい」

朝倉は無造作に言い放った。番頭の眉が吊りあがった。

「生地一着物、六万でございますが？」

「三着欲しい」

「前金を半額いただかせてもらうことになっているのですが……それに、仕立て代は一着二万円でございます」

番頭は、それでもあんたは払えるのか、と言いたげな顔をした。

「結構だ。生地を見せてもらおう」

朝倉は答えた。番頭は途端に顔一杯に愛想笑いを浮かべた。揉み手をしながらフィンテックスの生地の吊ってあるコーナーに朝倉を案内し、その英国製最高生地がいかに優れているかをまくしたてる。

朝倉はダーク・トーンの無地のものを一着分と、遠くからは無地のように見えて微妙な輝きを出す細かいチェックのウーステッド二着分を択んだ。

「それでは、お体の寸法を計らせていただく前に、前金をちょうだいしたいのでして……」

番頭の揉み手が激しくなった。

朝倉は十万の前金を払った。領収書を書く前に、

「何日で仕上がる？」

と尋ねる。

「三着ですので、半月は見ていただかなければ。お名前をお聞かせください」

「堀田だ。半月は長すぎる」

朝倉は京子に告げてある偽名を言い、一万円札を番頭のチョッキのポケットに押しこんだ。

「一週間でございます。お住所は？」

番頭は答えた。

朝倉は赤堤のアパート〝赤松荘〟を告げ、さらに一万円札を番頭に渡した。

「三日で必ず仕立てさせていただきます」

番頭は唇をすぼめて笑った。

仮縫いの寸法を取り終わってから朝倉は〝バーミンガム〟を出た。すでに四時を過ぎ、陽は翳《かげ》りだしている。

ガード下のギョウザ屋で、三人前の焼きギョウザを注文して平らげていると、恋文横丁が賑《にぎわ》っていた頃の学生時代を想いだす。アルバイトとボクシングに明け暮れた青春ではあったが、女が欲しくなると、恋文横丁や新宿のロシア民謡の歌声酒場で女子大生を引っかけたものだ。

店を出たときには、すでに空はネオンの色に染まっていた。朝倉はタクシーを拾って新宿に廻ってみる。磯川の用心棒たちがまだ新宿駅に頑張っているかどうか、確かめてみたいと思ったのだ。

伊勢丹の前でタクシーを捨て、そこから夜の人波にもまれて駅に歩いた。クラクションと無数の人声のざわめき、ジングル・ベルのレコード……それらが一体となって地鳴りのように響く。

新宿駅東口には磯川の用心棒の姿は無かった。西口にも南口にも見当たらない。しかし、中央口にはコートの襟を立ててロイド眼鏡とソフトで顔を隠すようにした、磯川の秘書植木の姿があった。

夜気が冷えこんでくるので、コートのポケットに深く両手を突っこんだ植木は、足踏みしながら、くたびれた視線を左右に廻している。植木のそばには、やはり愚連隊らしい男が二人ついている。スリー・スターのバッジから、新宿に縄張りを持つ三光組と知れた。

朝倉は駅から遠ざかり、西口の近くの有料駐車場に入った。朝から預けてあるトライアンフTR4に乗りこむ。

駐車料金を払い、グローヴ・ボックスに仕舞っておいたワルサーPPKの自動拳銃を尻ポケットに戻した。エンジンを始動させ、軽くアクセルを踏んでエンジンが暖まるのを待ちながら

——こっちが奴等をおびきだして一挙に片付けたほうがいいのではないか、と朝倉は考える。これから先、自分の顔写真が経済新聞か何かに載ったりしたとき、植木たちがそれを見たら困

ったことになる。

66　囮

世田谷上北沢に戻るトライアンフＴＲ４を甲州街道の笹塚で左折させ、そこの商店街に朝倉は寄り道した。

かなり大きな塗料屋があるのを目にとめ、百メーターほどＴＲ４を行き過ぎさせてから停める。車から降りて、その塗料屋に歩いた。

夕飯時なので、シンナーの匂いの充満した店内には、十七、八の店員が一人だけ残っていた。朝倉は、そこで蛍光塗料を二グラム買い、カプセルにつめてもらった。グリーンのがないので、赤色の蛍光塗料で我慢する。念のために、蛍光塗料をぬったスコッチ・テープも買う。

ＴＲ４に再び乗りこんで甲州街道をくだった。ラッシュ時だし、そう急ぐわけでもないので、朝倉はギアを高目に放りこんで不精な運転をする。低速トルクの強い旧式のロング・ストローク・エンジンは、混んだ市内走行のときには有利だ。

明大の和泉校舎を過ぎた。その隣が、本願寺和田堀廟《びょう》の広い敷地になっている。朝倉は、反射的に右折のフラッシャーを出すとギアをセカンドにシフト・ダウンし、アクセルを思いきり踏みこみながら、鋭く右にハンドルを切った。

強いトルクでＴＲ４はパワー・スライドを起こし、オーヴァー・ステア気味に和田堀廟に突っこんだ。上り車線の対向車が、急ブレーキを踏みながらクラクションをわめきちらすのに気をとめない。

甲州街道から玉川上水にかかる極楽橋までのあいだのちょっとした広場は、参詣客の駐車場を兼ねていた。左側に花を売る茶店があるが、無論、この時刻には戸を閉じていた。

朝倉はそのそばに車を駐めた。この廟の裏手にある低地で十四、五年前、よく空気銃で鳩やツグミを追いまわしたことを想い出していた。

玉川上水の蒼《あお》い流れは疾《はや》かった。岸の灌木の斜面の上には金網が張られ、上水に降りたり、ゴミを捨てることを禁じる立札がたっていた。

堤の上で金網と竹藪《たけやぶ》や木立ちにはさまれた小路は右に行けば明大、左に行けば託法寺に続いている。ここから下高井戸にかけては、寺と墓地が連なっているのだ。

極楽橋を渡り、玉砂利の構内に入ると、甲州街道の車の騒音が遠ざかった。正面の奥に廟の本館が静まりかえり、右手は児童の遊び場と別館になっている。

左側は広い墓地になっていた。朝倉はそのなかに入っていく。石畳の通路で碁盤の目のように整然と区切られた墓地のなかには、寝苦しい夏の夜でない今の寒空には人影が見当たらなかった。

墓地のなかには、要所要所に手洗い用のポンプが据えつけられていた。朝倉は地形と通路の具合いを十分に調べながら、ゆっくりと歩く。甲州街道の反対側にあって、かなり先のI自動車下高井戸営業所の高く大きなネオンが間近に見えた。

墓地に沿った玉川上水堤に墓地側から這いあがることは易しそうに見えた。墓地が託法寺との境の低い塀に突き当たったところで、朝倉は右に折れる。

墓地は右に向けて低くなっていた。ところどころ石段がついている。墓地の中央近くを横切る幅員二車線ほどの道を突っ切り、墓のあいだを少し行くと、低い有刺鉄線の柵に突き当たり、その足許に畑と数万坪の草原が拡がっていた。

朝倉は歪んだ微笑を浮かべた。草原の先の旧神田上水の向こうには、十数年のあいだに家が増えているし、低地になった草原の左側高台にクレーンや鉄材などが見えるが、磯川の部下たちを誘いこむには絶好の場所に思えた。

墓地の西北端では、下の草原まで五メーター近い断崖になっていたが、有刺鉄線で造られた低い柵に沿って歩くと、断崖の高さは縮まり、ほとんど低地につながった畠と平行してきた。

そして、有刺鉄線はところどころ破られ、斜面になった麦畑や人参《にんじん》畑に降りられるようになっている。犬を散歩さす人々が利用しているらしい。

朝倉は、柵の破れをまたぎ越えて麦畠の畔《あぜ》に降りた。柔らかい土に靴が埋まりそうになる。麦畑をくだりきったところに茶畠があり、その先に草原があった。

草原にはえているのは、ほとんどが茅《かや》であった。そして、草原の中央部が小さな沼のような水溜りになり、そのまわりでは枯葦《かれあし》が揺れている。ところどころに笹藪や灌木の群もある。

朝倉は、靴を汚しながら、その草原を丹念に歩きまわった。草原の背後の旧神田上水は今はドブ川になり、それに沿うような形で高圧線が夜空を断ち切っている。高圧線の鉄塔が幾つか、鈍く星の光を撥ね返していた。

旧神田上水の対岸には、土木工事の飯場がたっていた。草原の左側の高台に瓦礫《がれき》を踏みしめて登ってみると、クレーンやミキサー車が並んでいるのも道理で、D建設の資材置き場の一部と分かった。

その資材置き場の裾から、甲州街道に抜ける細い道がある。草原の右端の方は、明大構内と永福寺寄りに抜ける道がある。無論、緊急の場合には、D建設の資材置き場を抜けてもドブ川を渡っても脱出できる筈だ。

約一時間半にわたって草原を調査した朝倉は、TR4に戻り、上北沢のアジトに車首を向けた。

アジトの前庭にTR4を突っこんだときは、午後八時半であった。朝倉は夕刊を新聞受けから出して家のなかに入ると、着ているものを脱いで、スポーツ・シャツと革コート、それにジーン・パンツに着替えた。

薄い手袋をつけ、棚に置いてあった懐中電灯とヤスリの指紋を拭ってから、コートのポケットに収めた。

財布から五万円を抜いて、それをコートの内ポケットに移す。次いで、廊下の突き当たりの納戸から地下室に降りた。

地下室の床に造った隠し孔を開いた朝倉は、そのなかからゴルフ・バッグと三〇—〇六弾二十発入りの弾箱を二つ取り出した。それと、威力の強い三十八口径スーパーのコルト自動拳銃とその弾箱もだ。冬木のものを改竄《かいざん》した運転免許証も出す。

隠し孔にコンクリートの蓋をした朝倉は、地下室の戸棚のなかの道具箱からジャック・ナイフ、細い針金、釘、それに麻縄などを出してポケットに仕舞った。

ゴルフ・バッグとスーパー三十八自動拳銃などを提げて、万年床を敷きっぱなしにした茶の間に戻った。

ゴルフ・バッグのポケットから、ドライヴァーと二本の止めネジを出した。ゴルフ・バッグを開くと、銃身部、及び機関部と銃床部の二つに分れたFNモーゼル・ライフルが転がり出た。

そのライフルには、機関部被筒《レシーヴァー》の上に二個のマウントで支えられて、二½〜八倍のボッシュ・アンド・ロームの可変倍望遠照準鏡《スコープ》がついていた。

朝倉は惜しそうな表情でドライヴァーを使い、スコープを銃から外した。スコープは、着脱するごとに微妙に着弾点を狂わすので外したくないのだが、闇のなかや至近距離ではスコープは役に立たない。銃身上についている小さな谷型照門《オープン・サイト》と照星だけが頼りになるのだ。

まだスコープ無しでこの銃を試射したことがないから、オープン・サイトで狙ったときの弾着がどこにいくかは見当がつかない。朝倉は、ある程度までそれを調べるため、茶の間のガラス窓と雨戸を開いた。

塀の外では、電柱の常夜灯が赤黄色い光を放っていた。朝倉は銃床をつけぬままの銃から遊底を抜き、その銃を窓枠と木椅子に乗せて、被筒後部から銃口を透《すか》して見て、常夜灯の少し下にある碍子《がいし》を覗いた。

　そのままの位置から銃が動かぬように、釘と針金で窓枠と椅子に縛りつけた。今度は、照門と照星の照準線を通して碍子を狙ってみる。

　左右の狂いは識別出来なかった。しかし、高さは銃腔を透して狙ってみたときと照星照門の照準線が違っている。だがこれは、窓から碍子までの距離が近すぎるためであろう。

　これで自信を持って射撃することが出来る、と朝倉は思った。百メーター以内のものを狙撃《そげき》するときには、目標の下目下目と狙ったらよいのだ。

　朝倉は銃を窓枠と椅子から外した。そして、背広の内ポケットから蛍光塗料の入ったカプセルを出した。

　ジャック・ナイフの光で、蛍光塗料をそのFNモーゼルの照星頂のうしろになすりつけた。三十八口径スーパーの自動拳銃の照星の後にも塗る。

　パーフェクションの石油ストーブに点火し、その前に椅子を置いて拳銃とライフルを並べた。脱ぎ捨てたズボンの尻ポケットからワルサーPPKをジーン・パンツの臑ポケットに移し、朝倉は家を出た。

　いつものように、路上駐車している車を盗む積りであった。しかし、慎重を期すため、しばらくのあいだは盗難届けの出ない方法で車を一台手に入れることにした。

　歩いて経堂に降り、小田急電車に乗って祖師谷大蔵《そしがやおおくら》にくだった。このあたりは少し脇道に外れると、道などというものではなく、一台の車が通ることさえやっとという具合のところが多い。

朝倉は商店街を外れ、千歳《ちとせ》船橋側に逆戻りした。地価の暴騰で買い手も手が出ないのか、それとも地主のほうがさらに値上がりを待っているのか、雑木林がいたるところに残り、そのなかを細い道が曲がりくねって走っている。

朝倉は、そのような雑木林の一つに身をひそませた。足許に三貫目ほどの石塊が転がってい る。

待つほどのこともなく、雑木林のむこうからヘッド・ライトとエンジンの唸りが近づいてきた。排気音ではトヨタ系の小型車だ。

朝倉は石塊を抱えて道に転がし、灌木の蔭に蹲った。右手にワルサーＰＰＫを抜きだしている。

近づいてきた車はコロナであった。しかし、その車がはっきり見えたとき、朝倉は舌打ちした。そのコロナはタクシーであった。しかも客が二、三人乗っている。

タクシーは道をふさいでいる石を認めて急停車した。

運転手は罵声を漏らしながらタクシーから降りた。声だけは勇ましいが、わずか三貫目の石を自由に扱えず、尻餅をついたり足を滑らせたりしながら、やっと道からのけることが出来た。

朝倉は蹲ったまま身動きしない。

タクシーが去っていくと、朝倉は灌木の蔭にその石を運びこんだ。

三分ほどたって、六十年型ブルーバードの特徴ある排気音が聞こえてきた。排気音だけがスポーティだ。もう六十年の旧い車をタクシーに使っているところはないであろうから、朝倉は再び道に石を転がした。

やはり、近づいてきたのは、ナスビ色の旧型ブルーバードであった。乗っているのは運転している男だけらしい。

ゆっくりと停まったブルーバードから四十歳近い、垢抜けぬ服と反っ歯気味の顔の男が降りた。黙々として石を片付けにかかる。男が石にかがみこんだとき、拳銃を振りかざした朝倉は背後から襲った。


気配に振り返る余裕も無く、その男は耳の上に拳銃の銃身部の一撃をくって昏倒《こんとう》した。朝倉は石を道からのけると、エンジン・スウィッチに差しこまれたままのキーを奪い、車のトランク室を開いた。

トランクのなかには、ロープやチェーンやゴザが入っていた。朝倉はポケットに用意した麻縄を使うのをやめ、トランクのなかのロープで男の手足を固く縛った。その上にゴザを捲き、さらにロープでしばる。口には、エンジンやギアのオイルで汚れたボロ布で猿轡《さるぐつわ》を嚙ませた。目の上もボロ布で縛る。

トランクの蓋を閉じ、運転席に坐ってエンジンを掛け直した。五十五馬力型らしく、出足はそう悪くない。

信号が無く、大型車も通行禁止になっている世田谷水道道路を通って、朝倉は上北沢のアジトに車を向けた。

トランクに閉じこめられた男は、西経堂団地の脇を過ぎるころから意識を回復したらしく、転げまわって暴れているようだ。朝倉は、狭い道をセカンドで七十まで引っぱっておいて、思いきり急ブレーキをかける。トランクのなかの男は惰性で前に強く転がり、工具の角にでもぶつかって再び気絶したらしく、静かになった。

アジトの庭にブルーバードを突っこむと、朝倉は念のために顔を左手で覆って車のトランクを開いてみた。男はスコップかジャッキかにぶつかったらしく、顔からの出血で目隠しのボロを赤黒く汚して気絶を続けていた。

朝倉は、その男を抱えて地下室に運んだ。さらに、その体と目を厳重に縛ってから地下室を出て鍵をかける。

股まである長靴、それに二つに分けてゴルフ・バッグに収めたFNモーゼル小銃、コルト三十八口径スーパー、弾薬などを持ち、石油ストーブの火を消して庭に戻った。FNとコルトの照星の蛍光は乾いていた。淡い星の光を吸って赤く輝く。ワルサーは予備として尻ポケットに仕舞い、ほかの武器などはTR4のトランクに入れた。半分ほどアイドリングさせてからTR4を発車させた。

エンジンはまだ冷えきってなかったので、TR4のそれは、アクセルの踏みこみに全然鈍感というわけではなかった。そして五、六分もすると、下高井戸近くから甲州街道を横切り、玉川上水と旧神田上水にかかった橋を渡って右折し、本願寺和田堀廟の奥の草原の背後に出た。

そのあたりは、かつては養魚場ではあったが、今はコーポラスや高級アパートが続々と建設中であった。だから、草原側から見て飯場が目立ったのだ。

朝倉は、TR4をドブ川から少し離して駐める。股の上まである長靴をはき、ゴルフ・バッグと短靴を提げてドブ川に降りた。下水の流れの深さは膝の上までなかったが、底土が泥沼のようにぬかるむので足をとられて歩きにくい。

枯葦の原に上がると、朝倉はその茂みで長靴と短靴をはき替えた。長靴はそこに置いたまま、墓地に向けて歩く。

茅が刈り取られた広場では、地鼠《じねずみ》の死骸を奪いあっていた野良犬が、歯を剥きだして朝倉を威嚇《いかく》しながら逃げていった。

麦畑と草原のあいだにある茶畑のなかで、朝倉はゴルフ・バッグを開き、分解したFNモーゼル小銃を取り出してドライヴァーで組み立てた。弾箱を開き、薬室に一発、弾倉に四発装塡する。

目じるしになる桐の木の下にFNライフルと弾箱を隠しておき、朝倉は麦畑を登って墓地に入った。ナイフでケヤキの枝を一メーターほど切り取り、その先に懐中電灯を麻紐で結びつけた。それを持って、墓地の入口に近いほうに歩く。

入口から三十メーターほどのあたりに円型の墓碑があった。目じるしには絶好なので、その蔭に、枝に結びつけた懐中電灯を隠す。

それだけの用意をととのえておいて、朝倉はタクシーでアジトに戻った。強奪したブルーバードに乗って新宿に向かう。交差点の赤信号で待たされているあいだに、ブルーバードの車検証に目を走らせた。その車の持主は祖師谷の会社員らしい。

新宿に着くと、車を小田急百貨店の横に駐めた。三十八口径スーパーの自動拳銃を内ポケットに収め、新宿駅西口に歩く。十一時近かった。

西口には磯川の部下の姿は無かった。中央口に、くたびれきった表情の植木の姿があった。そのそばには、三光組の男が二人ついている。

朝倉は何にも気付かない様子で、植木の前十メーターのあたりをわざと横切った。そうしながら、磯川の秘書植木が電流に打たれたように体を硬直させ、朝倉の横顔を凝視するのを横目でとらえる。

植木は三光組の連中にうわずった声で囁くと、はじかれたように朝倉を追って歩きはじめた。三光組の一人が植木にしたがい、もう一人は、連絡のためにか素っ飛んで姿を消した。

植木たちは、約十五メーターの間隔を置いて朝倉を追ってきた。ポケットに右手を深く突っこんでいる。

しかし、この街のなかでいきなり射たれたりはしない、という計算が朝倉にあった。伊勢丹のほうに向けて、散歩でもしているような歩どりを運ぶ。夜の十一時だというのに人波は少なくない。

朝倉は、伊勢丹と明治通りをへだてた交差点際の交番の斜めうしろにある菓子屋の赤電話を取り上げた。出鱈目にダイヤルを廻して時間を稼ぐ。

やがて、続々と磯川の用心棒たちや三光組の連中が集まってきた。店の立て看板の蔭に隠れたり、露地から首を突きだしたりして朝倉の様子をうかがう。発砲したりしたら交番に弾が飛ぶ怖れがあるので、絶対に彼等はここでは直接行動に出ないだろう、と朝倉は考えた。

磯川の三人の用心棒の顔が揃ったのを確めてから、朝倉はブルーバードを駐めてある西口に向けて、明るいところを択んで歩きだした。植木と磯川の用心棒三人、それに五人の三光組の男が、あわてて朝倉のあとを追った。三光組は追跡用の車も用意してあったらしく、二台のクラウンとセドリックが、徐行しながら彼等のあとを追う。

朝倉は、その二台もついてきやすいように、大通りばかりをたどり、大ガードをくぐって西口に廻った。唇には微笑を浮かべていたが、腋の下は汗で濡れている。

67　非常線

植木と磯川の用心棒三人、それに三光組の男たち五人は、朝倉とのあいだに三十メーターほどの間隔を置いて尾行《つけ》てくる。

朝倉は歩調を変えなかった。急に足を早めたりしては、朝倉が逃げると思って反射的に彼等が射ってくる怖れがないとは言えないのだ。

歩きながら、朝倉はズボンのポケットから車のキーを取り出した。それを振りながら、小田急百貨店の横に駐めてある盗品のブルーバードのドアに手をかけた。

尾行してくる男たちと並ぶようにして、スローで走っていたクラウンとセドリックが急停止した。男たちは二手に別れてその二台に乗りこむと、体を低くして朝倉に気付かれないようにする。

朝倉は六十年型のブルーバードに乗りこむと、エンジンを掛けてから、抜き射ちに便利なように内ポケットのコルト三十八スーパーの自動拳銃をズボンのバンドに差し替えた。

午前零時近くの甲州街道を走っているのは、タクシーが大多数であった。後窓が曇るとバック・ミラーで尾行てくる車を見ることが難しいので、朝倉は、前席のガラスを三分の一ほど開いてブルーバードを走らせる。襟に肌を刺すような風が吹きつけるが、その風が窓の曇りを払ってくれるのであるから、寒さなど気にならない。

植木たちの乗ったクラウンとセドリックは、四、五台あとから追っていた。防犯灯を兼ねたタクシー会社の社名標識が車の屋根の上に突きでてないから、タクシーとトラックの多い夜の街道で植木たちの車を識別するのは易しかった。

初台での高速四号線高架工事、それに、夜になるとはじまる道路の掘り返し工事などで時間をとられたので、朝倉の車が井の頭通りと言われる渋谷水道道路との交差点を過ぎたときは、新宿を出てから二十分ほどたっていた。築地本願寺和田堀廟までは、あとほんのわずかな距離だ。

罠《わな》と気付かれずに植木たちを和田堀廟の墓地に誘いこまねばならぬ。朝倉は、今になって尾行られていることを突然知ったかのごとく装い、中速車線に車を寄せながら減速した。そして、サイド・ウインドウを大きく開いて首を車窓から突きだし、あわててブレーキを踏むクラウンとセドリックを振りかえった。

その二台の車に乗っている植木たちは、首を縮めて朝倉の視線を避けようとした。

しかし朝倉は、もっともらしく驚愕の表情を走らせた。ブルーバードのギアをセカンドに落とすと高速車線に割りこみ、次いでセンター・ラインを越えてアクセルを思いきり踏みこんだ。

この時刻の甲州街道では、下りの車は多いが上りの車は少ない。

八十キロで、セカンドののびはとまった。朝倉は仕方なくトップにギアを上げると右側通行で突っ走る。二台の尾行車もスピードをあげた。朝倉のように右側通行に移った。

上りの対面車は、クラクションをわめかせて三台の車を避けた。ブルーバードは、たちまち明大校舎前を過ぎた。

朝倉は、短く急ブレーキを踏んで七十キロにスピードを殺し、右に急ハンドルを切った。腰高の車体は大きくロールし、左前輪に車重のほとんどがかかって内側の右車輪が浮き気味になった。悲鳴をあげて後輪が滑る。

コースからふくらみながらも、ブルーバードは何とか和田堀廟入口の広場に突入した。玉川上水にかかった極楽橋を渡る。

玉砂利の構内で朝倉は車を停めた。車から跳び降りる。薄い手袋をつけているので、車に指紋は残らないから安心だ。

二台の尾行車も、タイヤを軋《きし》ませながら広場に突っこんできた。朝倉は彼等に一瞬姿をさらしてから、わざと足音も高く墓地に駆けこんだ。

すぐに朝倉は、墓地入口から三十メーターほどの円型墓碑に着いた。その蔭に、一メーターほどに切ったケヤキの枝に結びつけた懐中電灯を隠している。

急停車した二台の車からは、男たちが転げるように跳びだした。墓地のなかに駆けこみながら、それぞれが拳銃を引きぬいた。植木でさえもが、持ち慣れぬ手つきで小口径の拳銃を抜く。

朝倉は円型墓碑の蔭で、照星の後側に塗った蛍光塗料が剝げないように、バンドを片手で引っぱって腹を縮めながら、三十八口径コルト・スーパー自動拳銃を抜いた。撃鉄を右親指で起こす。左手で、懐中電灯を結んだ枝を拾った。

追っ手が朝倉を捜すために散開しないように、朝倉はわざと足音を通路の石畳に響かせながら、墓地の背後の草原側にゆっくりと走った。拳銃の銃身は体の蔭に隠して、照星の後側の蛍光を彼等に知られないようにする。

「あっちだ！」

「逃すな！」

男たちはわめいた。声をはずませて、一団となって追ってくる。

朝倉は、さらに十メーターほど後にさがった。そこで、通路はT字型の突き当たりとなっている。朝倉は突き当たりの墓石の後に跳びこんだ。

男たちは二手に別れ、朝倉の隠れた墓石の手前十数メーターのあたりの、通路の左右の墓石のあいだに身を入れた。

「出てこい！　もう隠れたって無駄だ。大人しく出てきたら命は助けてやる」

植木が、かすかに震える声で叫んだ。

「勘弁してくれ。俺が悪かった！」

墓石の蔭に蹲ったまま朝倉は叫んだ。墓石の左側から顔をわずかに突きだして、男たちのいる位置をさぐる。星明りのわずかな光線によってでも、朝倉には彼等の動きが明確に見えた。

「悪いと思ってるんなら、すぐ出てこい。両手を上げてだ。そうしたら、悪いようにはしない」

植木が言った。その左右から、拳銃の撃鉄を起こしたり、安全装置を外したりする金属音が聞こえてくる。

「分かった。いま出る。射たないでくれ！」

朝倉は呻くように言った。

三光組の男たち七人、それに植木と磯川の用心棒三人、計十一人が、墓石の蔭から立ち上がった。無論、拳銃を構え、嗜虐の期待に顔を歪ませてだ。

「射たないでくれ、いま出るから！」

朝倉はくり返した。左手の懐中電灯に点灯し、それを結んだ枝の根元を持って、思いきり左方に突きだした。光線を男たちに向ける。

男たちは一斉に射撃してきた。懐中電灯の光線に向けて、続けざまに発砲する。懐中電灯の直後に朝倉がいると思えるらしい。

オレンジ色を帯びた閃光、紫色を帯びた閃光が次々に舌なめずりし、銃声と衝撃は朝倉の耳を痺《しび》れさせるようだ。頭が痛くなってくる。

男たちの射撃の腕は、暴力団としては正確なほうであった。無論、ほとんどの弾は天高く飛びさったり、射手自身の足許の石垣や土を削って跳弾となったが、それでも十発に一発は、懐中電灯をのばした朝倉の左方の墓石に当たって、次々に石の破片を吹きあげた。

朝倉は懐中電灯を結んだ枝を左手で一杯にのばしたまま、隠れている墓石の右側からコルト・スーパー三十八の狙いを慎重につけた。蛍光塗料のために照星がはっきりと闇のなかに浮きあがり、薄暮時と大した変わりもなく照準出来る。

追っ手を、なるべく恐怖の底に叩きこまないようにするため、朝倉は彼等のうちの一番後にいる男を最初に狙った。目の前で仲間が倒されていったら、残りの者は散りぢりに逃げまわり、一人一人を捜しだして息の根をとめているのが面倒になる。

朝倉は静かに引金を絞った。閃光を放った銃口が跳ねあがり、空薬莢が舞いあがるのと、犠牲者の額に小さな孔があくのとが、ほとんど同時であった。朝倉は第二弾で、その隣の磯川の用心棒の一人の脳天を吹っとばした。第三弾を右端の男の口のなかに叩きこむ。

生き残りの男たちは朝倉が発砲してきたことに驚き、墓石や樹の蔭に体を沈めた。拳銃だけを突きだして盲射ちしてくる。弾を節約するためか、今度は一斉射撃ではなく、一発一発が四、五秒の間を置いてくる。

こうなっては、懐中電灯の光があると、彼等は光に姿をさらすのを怖れて物蔭から出てこないであろう。朝倉は、懐中電灯を左側の墓に叩きつけてレンズと電球を割った。

その懐中電灯を捨て、三十八口径スーパーから収容能力九発の弾倉を抜いて、音のしないように三発補弾した。

思いついて、尻ポケットからワルサーPPKの小型自動拳銃を出し、弾倉を外してから、遊底を引いて薬室の弾も抜いた。

その実包をポケットに移し、弾倉を銃把に戻した。薬室が空になったPPKを左手に握って引金を絞った。

撃鉄は乾いた音をたてて虚《くう》を打った。朝倉はわざと、

「畜生……」

と呻き、弾が尽きてしまった振りをして口惜しがる。苛立ったように空射ちを続けた。ワルサーはダブル・アクションだから、必要とあれば、撃鉄が倒れた状態からでも撃発出来るのだ。

空射ちの音にだまされたらしく、植木が上ずった声で、

「諦めろ！　もう貴様はおしまいだ。両手をあげて出ないと、俺たちのほうからそっちに行ってやる」

と、叫んできた。

朝倉は、さらに罵声を漏らしながら空射ちを続けた。男たちは盲射ちをやめて、弾倉に補弾している。

朝倉はPPKを尻ポケットに仕舞った。悲鳴に似た声をたてて、墓石と墓石のあいだを縫っ

て墓地裏の有刺鉄線の柵のほうに走る。たちまち墓地の中央を横切る道を渡った。

「待て！」「逃げられやしねえぜ！」

男たちはわめきながら追ってきた。時々発砲するが、弾ははるかに朝倉から外れる。

朝倉は有刺鉄線の低い柵に着いた。その破れ目から、下の畠に跳び降りた。土煙をあげて畠の斜面を駆けくだり、FNモーゼル小銃を隠してある茶畑に跳びこむ。

ライフルと弾箱は盗まれてなかった。

朝倉は、三十八口径スーパー自動拳銃に撃鉄安全をかけてズボンのベルトに差し、弾箱から三〇—〇六弾を数発出してポケットに移した。

さらに、三発の三〇—〇六弾を左手の小指から人差し指のあいだに一発ずつはさんだ。追っ手は八人にへっているから、その指にはさんだ三発と小銃に装塡してある五発の計八発で間にあうだろう。弾頭は百八十グレインのシルヴァー・チップ、凹頭のダムダムにアルミ合金のキャップをかぶせてある。

右手で背中のうしろにライフルを隠し、朝倉は茶畑から茅が刈りとられてひらけた部分の草原によろめき出た。墓地のほうに頭を向け、足をもつらせて横向きに歩く。

植木たちは、有刺鉄線の低い柵を跳び越え、麦畑や人参畑の最上段から横に一列になって降りてこようとしているところであった。

朝倉は、わざと足をくじいた振りをして尻餅をついた。そうしてから、地面の窪みに尻を落ち着けて、ただちに膝射ちに移れる姿勢をとった。FN小銃は背後でおろして、短く刈られた茅のあいだに寝かす。

　男たちは、今度こそは朝倉を追いつめたと確信したらしい。

「手こずらせやがったな」

「もう逃さねえ。なぶり殺しにしてやる」

　などと叫び、乾いた唇を舐《な》めながら、土に踵がめりこむ畑の斜面を慎重な足どりで降りてくる。

　彼等が五十メーターほどの距離にきたとき、朝倉はライフルを持ち上げた。一挙動で膝射ちの構えをとり、安全装置を外した。左の指に三発の弾をはさんだままだが、銃の前床はその左手の掌のくぼみにすっぽりとおさまる。

　真ん中の男のズボンのベルトのバックルのあたりを狙った。小銃の照星の後にも蛍光塗料をぬってあるので、狙いはつけやすい。

　畠の上の男たちが仰天して、無茶苦茶に拳銃を乱射してきた。畑に着弾の土煙があがる。朝倉は静かにライフルの引金を落とした。

　蹴とばすような反射と拳銃とは比較にならぬ重い銃声と共に、狙われた男が吹っとんだ。低速の拳銃弾とちがってダムダム弾だから一たまりもない。弾をくらったその男の胃はパンクして、腹腔は血と汚物に満たされ、背中に拳が突っこめるような射出口が開いた。

　衝撃で動脈も破れ、完全な即死であった。

朝倉は素早く遊底を動かし、空薬莢をはじきださせて弾を薬室に移した。ライフルの狙いを、死体の右の男に移す。

男たちは、体を伏せて気が狂ったように射ち返してきた。しかし、五十メーターの距離で、闇のなかで拳銃弾を命中さすことが僥倖《ぎようこう》以外にないのとくらべ、夜間射撃用に照星を明るく浮きあがらせた高性能ライフルにとっては、五十メーターは至近距離に等しかった。

機械のように正確に、朝倉は三秒に一発の割りで一人ずつを即死させていった。装塡してあった弾が尽きると、左の指にはさんだ弾を素早く装塡する。

朝倉が七発の弾を射ったとき、七つの死体が畑を汚物と血で染めていた。あとの一人である植木だけはわざと残して、朝倉はポケットの弾を弾倉に補弾した。

植木は拳銃を放りだし、コヤシの匂いが残る人参畑の土に顔をこすりつけて啜り泣いている。

「慣れないことをするからだ。降りてこい」

朝倉は声をかけた。

植木はふらつきながら立ち上がった。朝倉のほうにくだろうとし、それから身を翻して逃げようとした。

朝倉は植木の足許に一発叩きこんだ。土煙をあげて畑を掘った弾の力に足をすくわれ、植木は斜面を転げ落ちてきた。畑の下の浅い溝に叩きつけられる。

朝倉はその植木に走り寄った。眼球がとびだしそうに見開かれた植木の眉間《みけん》に、熱く焦げた小銃の銃口を突きつけ、

「答えろ、磯川は、俺に摑まされてからよそに廻した紙幣の回収を終わったのか？」

と、尋ねる。

「は、はい。アメちゃんのところを私たちが廻って、あなたから受け取って払った分の紙幣は、安全なやつと引替えにしました。助けて……助けてくれるなら、何でもしゃべります」

植木は歯を鳴らした。

「警察の手はどこまでのびているのか？」

「磯川先生は大丈夫です。署のお偉方は買収してありますから……」

そのとき、墓地のむこうの甲州街道がサイレンの咆哮《ほうこう》に満ちた。朝倉は二、三歩植木から離れると、顔をそむけるようにして植木の顔に射ちこんだ。植木の顎から上が消失した。

朝倉はライフルを肩にかつぎ、草原の裏手の旧神田上水に向けて走った。枯草が深くなる。腿の上までとどく長靴を隠しておいた枯葦の茂みにたどりつくと、長靴と短靴をはき替えた。

ライフルを捨て、短靴を提げて旧神田上水のドブ川に出た。対岸の飯場の壁には、植木たちが放った流れ弾の弾痕が幾つかついている。飯場のなかの労働者たちは、被弾を怖れて建物のなかにひっこんでいる。

朝倉は下流からドブ川を渡り、渡りながら残りの小銃弾を捨てた。向こう岸に着くと短靴姿に再び戻り、長靴はドブ川に捨てた。長靴は大量生産のメーカー品だし、渋谷のスーパー・マーケットで混雑時に買ったものだから、それから足がつくようなことはないであろう。

ドブ川から離して駐めておいたトライアンフＴＲ４に乗りこむと、朝倉はチョークを引いてエンジンを始動させ、チョークを引っぱったまま発車させた。

永福町から井の頭通りを大宮前に出て左折し、久我山を横切ってから甲州街道の烏山バイパス工事の先に出た。烏山から南下して多摩川沿いに二子玉川に出た。

そこから用賀のオリンピック新道を通って、大廻りしながら上北沢のアジトに戻ろうというのだ。すでに朝倉は、二丁の拳銃と弾薬はシートの下に隠している。

中央にグリーン・ベルトが走るオリンピック新道には、しかし非常線が張られていた。下りの車だけではなく、上りの車までも片端から停められて調べられている。

朝倉のTR4の前にも、赤い光を放つ懐中電灯を振りながら制服警官が跳びだしてきた。グリーン・ベルトの左右にパトカーが駐まって道をせばめ、道路の左側には朝倉の前に停められた白ナンバーやタクシーが二十台ほど並んでいた。下り車線では、五十台を越す列が出来ている。

朝倉は、道の左に並ばされた車の列の最後尾にTR4をつけた。また一台停められて、TR4のうしろにつく。

十分以上待たされて、やっと朝倉が調べられる番がきた。警官が二人、窓の左右から懐中電灯を照らす。

朝倉は度胸を据えていた。タバコをくわえて左右のサイド・グラスを降ろした。

「どうしたんです。僕が何か違反でもしましたか？」

「いや、ちょっと事件がありましてね。免許証を見せてください」

右側の警官は言った。

「事件ですか？　何です」

朝倉は、改竄した冬木の運転免許証を出しながら尋ねた。

「お答え出来ません。車検証」

左側の警官が無愛想に言った。

朝倉はタバコを捨て、グローブ・ボックスから京子名義の車検証を出した。

二人の警官は、朝倉の名前や住所や本籍などについて尋ね、朝倉の渡した免許証とチェックしてみた。無論、朝倉は改竄した内容を覚えているから、まごつくようなことはない。

次いで、車検証の名義人の京子との関係を尋ねられた。親しい女友達だ、と朝倉は答えた。

警官は、いささかの乱れも見せぬ朝倉の返答ぶりにファイトを失った。どこからどこに行くのかを尋ねようともせず、免許証と車検証を朝倉に返して、

「どうぞ。行ってください。失礼しました」

と、呟く。

「どうも……」

朝倉はＴＲ４をスタートさせた。

上北沢のアジトに朝倉が戻ったときには午前二時を過ぎていた。朝倉はＴＲ４から降りると、念のために顔を薄いタオルで隠して地下室に入ってみる。ブルーバードの持主はまだ気絶を続けていた。

68　小危機

非常線が張られているので、ブルーバードの持主を捨てに出ることは危険であった。それかと言って、自分の暗い顔をその男に見られたわけでもないから、殺す必要もない。

タオルで顔を覆った朝倉は、手足をロープで縛られ、ボロ布で猿轡をされて気絶を続けるその男を見おろしていた。

その男の皮膚は冷たく湿っていた。呼吸は深く不規則だ。脳震盪からショック症状を引きおこしているから、このまま冷えきった地下室に放置しておけば、呼吸が止まってしまう怖れが十分にある。朝倉は古毛布を二枚茶の間から取ってきて、その男の体を包んでやった。猿轡を外して、呼吸するのを楽にしてやる。

二丁の拳銃と弾薬を地下室の床の隠し孔に入れて蓋を戻し、その上から、普通の男の力では動かせぬほど重い仕事机をかぶせた。京子が待っている赤堤のアパートに戻らねばならないと思うと、うんざりしてくる。地下室を出て服を着替えた。TR4に乗って赤堤のアパート赤松荘に車を廻す。うまい具合にパトカーに出くわさなかった。

朝倉が京子に対して使っている堀田という偽名の名刺を貼った、アパートの二〇五号の部屋のドアを開くと、八畳の洋室は冷えきっていた。玄関に京子の靴もない。テーブルの上に、京子が書いた紙切れが乗っていた。十二時まで待ちました。京子が嫌になったのね……と書かれてあった。朝倉は、それをタバコの吸殻があふれそうになった灰皿の上で燃やし、念のために寝室やダイニング・キッチンなどを調べてみた。やはり京子の姿は無い。ダイニング・キッチンの食卓では百匁ほどのビフテキが冷めて、脂が白く固まっていた。朝倉は、そのテキを早いスピードで貪《むさぼ》りくらった。冷蔵庫から二日ほどの食料を出して紙袋に詰め、寝室に入って自分の枕やフトンを乱れさせておく。

再びTR４を駆って、上北沢の自宅に移った。食料を冷蔵庫に入れ、服を脱いで万年床にもぐりこむ。三分もたたないうちに、朝倉は深い寝息をたてはじめた。しかし、悪夢にうなされて、開いた口から涎を垂らす。

朝倉が目を覚ましたのは、午後一時を過ぎていた。日曜だから会社に行く必要はない。朝倉は、胸のなかの虚しさを耐えるように体を起こした。枕が涎で濡れて気持ち悪い。

地下室のほうから、かすかに叫び声が聞こえた。助けを呼ぶ声だが、その声は掠れて呻きのように聞こえた。ドアに体当たりする音も聞こえる。地下室に閉じこめてある男が気絶から覚めて、何とかして逃げようとしているらしい。

朝倉は洗面し、ウイスキーを壜の三分の一ほど胃に放りこんだ。アルコールが血管に吸収されてくると二日酔いのあとのような胸の虚しさが薄らいでくる。確かに、自分は人殺しの連続に二日酔いになっていたのだ、と思った。タンスから女物のストッキングを出してそれを二枚重ね、覆面がわりに顔にかぶった。薬缶《やかん》に水を入れて地下室に向かう。今日は殺人はもう御免であった。

廊下の突き当たりから納戸に入り、急角度の階段を降りると、地下室の岩乗な樫の扉にぶつかる。

地下室に閉じこめておいた男は、見かけによらずタフな体力の男のようであった。扉に飽きることなく体当たりをくり返している。朝倉は鍵でその扉を開いた。途端に扉は大きく開き、朝倉はその扉に突きとばされそうになってよろめいた。

「殺してやる！」

閉じこめておいた男が呻いた。眼隠しのはがれた顔は血まみれだ。足のロープは解いていた。そして、腹の上で縛られてロープがまだ外れずにいる両手に、工作用のノミを握りしめていた。工作机の抽出《ひきだ》しから取り出したらしい。

朝倉は仏心を起こした自分を自嘲した。

「覚悟しろ！」

男は腹の上で握ったノミごと、朝倉に体当たりしてきた。朝倉は右に跳んだ。階段に足がひっかかって横倒しになり、コンクリートの壁に激しく右肩をぶっつけた。ガウンが破れた。

男は、その朝倉の靴を狙って右足で蹴りつけてきた。捨て鉢な表情であった。

朝倉はさらに体を倒してその蹴りをそらした。足首を摑《つか》んで一気に立ち上がった。男は脳天から逆落としになった。コンクリートに叩きつけられた頭蓋骨が、卵を踏みつぶしたときのような音をたてて砕けた。朝倉は屈《かが》みこむと、憎悪をこめた右の拳をその男の肝臓に叩きこんだ。肋骨が二、三本へし折れ、その折れ口が肝臓に突き刺さる。

朝倉はストッキングの覆面を外した。痛む拳を舐《な》めながら立ち上がる。右の肩も疼《うず》いていた。男の体を引きずって地下室に戻す。その頭から垂れる血は、次第に量を増していった。脈をふれてみたが、弱く不規則だ。朝倉は、作業机から金槌《かなづち》を出してそれで男の額を殴りつけて、とどめをさした。

男は、数万ヴォルトの電流に打たれたように全身を突っぱらせて呼吸をとめた。朝倉は足を引きずるようにして階段を登り、風呂場に入って、凍るような水を洗面器に何十杯も頭から浴びた。冷たさを通りこして、体が熱くなってくる。

粗いタオルで乾布摩擦し、新しい下着をつけた。茶の間の石油ストーブをつけ、分厚くスライスした玉ネギとチーズとバターを乗せたオープン・サンドウィッチを頬張りながら新聞に目を通す。

昨夜の、本願寺和田堀廟とその裏の草原での射ち合いの記事は、都内城南版に大きく出ていた。社会面に入れるには時間的に無理だったためらしい。朝倉を追ってきた植木たち磯川の部下、それに新宿三光組の連中――合わせて十一人は、朝倉の計算通り即死していた。三光組の連中の死体の身許はすぐに割れたが、植木たちの身許は割れてないらしい。しかし、それが割れるのは時間の問題であろう。

大がかりな捜査班が、墓地や草原を犯人の遺失物を求めて捜し歩き、旧神田上水のドブ川の川ざらいにも手をつけた、と報じられていた。

朝倉が捨てたライフルは発見されていた。メーカーと口径と製造ナンバーから、その銃の持主を割りだすのは簡単だと本庁の保安課長は断言していた。それが盗品と分かったときには課長は落胆するだろう、と朝倉は苦笑いした。

和田堀廟の入口でドアが開いたまま放置されてあるブルーバードの持主は、銅前という不動産屋の社員であることも、車検証から警察はすぐに知った。そして、銅前を重要参考人として捜している、と伝えられていた。

銅前は祖師谷《そしがや》に巣食う愚連隊立花会の幹部で、不動産会社の仕事が終わると白タクで稼いでいたらしい。したがって新聞は、郊外にまで手をのばそうとする三光組と縄張りを死守しようとする立花会に対立があって、それが、今度の事件を生んだのではないかと匂わせていた。

それから十五分ほどして、朝倉は廊下の電話で、参宮マンションの京子の部屋を呼んだ。

しばらくして京子の声が答えた。

「どなた?」

「僕だ。分かるだろう」

朝倉は言った。

「あなたね?　よく平気で電話なんかしてこられたわね」

京子の声はヒステリックであった。

「どうしたんだ?　……帰りが遅くなったのは僕の責任だ。御免よ。あやまるから」

朝倉は甘く深いバリトンで言った。

「嘘つき！」

「御免って言ってるだろう」

「あなたなんか信じない。騙《だま》されてたわたしが馬鹿だった」

京子は涙声に変わった。

「機嫌を直してくれ。これから、そっちに行こうか？」

「そっちのアパートに行くわ。どうしても、あなたに聞きたいことがあるの」

京子は電話を切った。朝倉は背広を着た。ＴＲ４に乗りこむ。チョークを引いたままＴＲ４を走らすと、エンジンが暖まる前に赤堤のアパート赤松荘に着いた。

二階の部屋に入ると、朝倉はテレビのスウィッチを入れ、ヴァーラーの石油ストーブに点火した。ダイニング・キッチンのテーブルや流しをわざと汚しておき、一度外に出て、日大のそばの古本屋で経済学関係の本を一抱え買い集め、ＴＲ４を運転してアパートに戻った。

部屋は石油ストーブで暖まっていたが、まだ京子は来てなかった。朝倉は寝室の棚に買ってきた本を乱雑に置き、枕許には二、三冊放りだした。背広をスウェーターに着替える。洋間に戻ってソファに腰を降ろし、ぼんやりとテレビの画面を眺める。軽薄なサラリーマン喜劇が終わって、三時のニュースがはじまった。

国際政治や国会関係のニュースに続いて、本願寺和田堀廟やその裏の草原が写された。アナウンサーが早口に、事件の概略と捜査の進行状態などを伝える。その間にも画面には、死体を運びだす係官の模様や朝倉が捨てたＦＮモーゼル小銃、銅前のブルーバードなどが現われる。

本庁捜査一課と高井戸警察署の合同で特別捜査本部がもうけられていた。そして、植木たち磯川の部下も、その死体から指紋が割れていた。三光組の組長や大幹部は黙秘権を使って何もしゃべらないらしいが、特別捜査本部は四谷警察署の応援を得、三光組事務所に朝早く家宅捜索《がさ》をかけて、壁のなかに塗りこめられている拳銃を十丁ほど押収したのでそれを没収し、とりあえず組長たちを銃砲刀剣類不法所持で逮捕したと出ている。

特別捜査本部は、行くえが分からず、事件の鍵の一つを握っていると思われる銅前を必死になって追っているらしい。そして、立花会の主だった連中を、無銭飲食や恐喝などの別件容疑で次々にブタ箱に放りこんでいる。磯川のほうにも特別捜査本部員が直行した、とアナウンサーは伝えていた。ニュースはコマーシャルに変わった。そのとき玄関のドアのノブが廻り、革コートにスラックス姿の京子が入ってきた。朝倉はテレビを消した。許しを請うような眼差しで京子を見つめる。京子の瞼は泣いたあとらしく、かすかに腫れていた。

朝倉は京子を抱こうとした。

「嫌……」

京子は朝倉に背を向けた。

朝倉は、その京子を背後から羽交《はが》い絞《じ》めにした。両手で胸を圧しながら、かがみこむようにして頬に頬を寄せる。

「どうしたんだ、そんなに拗《す》ねたりして。笑ってくれないのか？」

「京子、あなたにお別れを言いに来たのよ。放してちょうだい」

京子は硬い声で言った。

「本気か？」

朝倉は思わず薄笑いを浮かべた。

「本気よ。車もあなたにあげるわ。つかの間の夢を見たものと思って、京子はあなたの前から消えることにするの」

「ナルシズムはよせ。君はそんなことを言う自分の姿に酔ってるんだ」

朝倉は呟いた。京子は朝倉の腕からすり抜けようとした。朝倉はそれを許さず、京子の襟に唇を当てる。

「どうしてそんなに嘘がお上手なの？　わたしを愛してもいないくせに」

「今日の君はどうかしてるよ」

「じゃあ、言ってしまうわ。昨日、あなたと別れてから、どうしても淋しくてたまらなくなったの。あなたの声を一声だけでも聞きたくて、あなたとの約束を破って大学に電話した。叔母だということにして……」

京子は抑揚のなくなった声で言った。

「…………」

朝倉の表情が一瞬歪《ゆが》んだ。

「そしたら、大学には堀田という助手も助教授もいない、と言われたわ――」

京子は呟いた。突然、涙と共に体を震わし、自制を完全に失った甲高い声で、

「経済学部の研究室にもつないでもらったわ！　念のために英文科の研究室にも電話してみた。だれも、あなたのことを知らなかったわ！」

と、わめく。

「わめくな。せっかくの上品さが台無しだ」

朝倉は軽く唇を痙攣させた。しかし、心は居据り直っている。

「やっぱりそうだったのね！　大学の助教授だなんて京子に嘘をついて！　あなたは一体、本当は何なの！」

京子は朝倉の腕のなかで暴れた。朝倉はその京子を突き放した。ソファに倒れこんだ京子は、その背もたれで胸を打って一瞬息をつまらせたようであったが、朝倉のほうに向き直ると、乱れた髪の下から追いつめられた山猫のように瞳をギラギラ光らせ、

「よくもわたしを笑い者にしたわね。さあ、言ってよ。あなたは誰？　堀田というのも嘘なんでしょう？」

と、叫んだ。

「前途有望な大学の助手でなくて悪かったか？　僕は君に、楽しい夢を見させてやったんだ。教授夫人になる夢が崩れたからって、そう吠え狂うことはない。それとも君は、僕でなくて、教授夫人になる自分を愛していただけなのか？」

朝倉は自嘲的な笑いを走らせた。

「本当のあなたを教えてもらいたいわ。あなたは、パパの会社の秘密の情報を引きだすためだけで京子に近づいたスパイなのね？　京子は道具だったのね？」

京子の顔は誇りを踏みにじられた口惜しさに醜く歪んでいた。

「道具なんかではない。君が好きだ。だけど、そうやって憎まれ口をきいている君は大嫌いだ」

「男らしくないわ。白状なさい。あなたが考えているほど京子は馬鹿じゃないわ。あなたは、京子を中毒にさせてパパの会社のことを京子を通じてさぐりだした。その情報をどこに売ったの？」

「誰にも売りはしない。僕が自分のために使ったんだ」

朝倉は静かに言った。

「…………」

京子は瞳を大きく見開いて朝倉を見つめた。瞳からヒステリックな光が薄れていく。朝倉は、すかさずその京子の横に腰を降ろした。京子の手を柔らかく自分の掌《てのひら》で包み、

「僕は大学の助手ではない。大学を出たときは研究室に残りたかったんだが、学資が続かないんで実生活に跳びこんだ。それからは色々の事業に手を出した。成功したり失敗したりした。君にはじめて会ったとき、咄嗟に大学の助手だと言ってしまったのは、そういう理由からと、君のように高貴な女性と近づきになるには、株屋風情《ふぜい》では相手にされない、と思ったからだ」

朝倉は真摯《しんし》な調子を帯びた低い声で、京子の自尊心をくすぐった。いま京子と別れるのはまずい。たとえ今日、京子が去ったとしても、麻薬が切れれば京子は戻ってくることは分かりき

っているが、そのあいだの何日かのうちに京子がヤケ糞な行動に出たりしては困る。

「…………」

京子の瞳から憎悪も薄れていった。

「知りあったときは、君が東和油脂とどんな関係にあるのかを知ってるわけはなかったんだ。だけど君のパトロンが、経営の乱れがそろそろ隠しきれなくなっている東和油脂の経理部長だと知ったとき、君の口から東和油脂の内幕を聞きだしてもらって、その情報をもとに株で一稼ぎしようという気になったとしても、僕を責めないでくれ。ほら、君に真鶴で約束したろう。僕も早く一人前になって、君に経済的に迷惑をかけないように一生懸命になるって……そのために僕は努力したのに、君を利用しただけだなどと言われるのは心外だ。東和油脂の株で、今のところ五百万ほど儲けている勘定になる。だけど、僕等二人がこれから先、誰にも頭を下げないで生きていくには、五百万なんて端た金だ。だから僕は、自慢出来るだけの金を儲けてから、君に打ち明けたかったのだ」

朝倉は呟いた。

「御免なさい、京子って浅はかな女……許して。思いきりこの馬鹿な頭を叩いて」

京子は朝倉にしがみついてきた。朝倉の膝のあいだに顔を伏せ、唇を使って朝倉を燃やそうとする……。その夜八時、朝倉は京子を参宮マンションに送った。京子には、冬木から奪って改竄した運転免許証に書いてある冬本が本名だと言っておいた。

自宅に戻って地下室に降りてみた。死体は硬直していた。薄い手袋をつけ、その死体の胸の内ポケットから免許証を出してみる。やはりこの男は銅前という名前だ。朝倉は茶の間に戻って一眠りした。

目が覚めたのが午前三時であった。朝倉は、金槌と強い腕の力で硬直した銅前の四肢の関節を外して、全身を折りまげた。それを麻袋につめ、TR4のトランクに積んで捨てにいく。

死体をつめた麻袋を、茅が崎《ちさき》にある終夜営業の食堂のそばに駐まった大阪ナンバーの長距離トラックの最後尾の荷台の海草の積み荷のあいだに放りこんで、朝倉のTR4が自宅に戻ったときは、夜が白みかけていた。夜が明けてから朝倉は地下室を掃除し、定刻きっかりに会社に着いた。十時になって小泉部長が席に姿を現わすと、朝倉は小泉に近より、

「お話のあった営業部の販売次長のポスト、お引き受けすることにしました」

と、低く言う。営業なら時間にさして縛られずに済むし、勤務中に外出するのも自由だからだ。

「そうか、それはよかった……」

弱味を握られている朝倉と絶えず顔を合わせていなくてもよくなると思って、小泉は喜びを開けっぴろげにした。

69 営業部

それから、ほぼ一か月の日が流れていった。年が改まり、一月も半ばを過ぎた。

朝倉の新しい仕事である営業部販売課次長という職務の性質は、思っていた通り、勤務時間中でも自由な時間を勝手に持てるという点では満足出来るものであった。

営業部長の園田、それに販売課長の淡島は、朝倉が社の死活権を握っていることを知っていた。だが朝倉は、一般の課員たちにはそのことを知られたくない。その点で、いつも勤務時間中に一つ部屋に閉じこめられている経理と違って、課員たちが、セールスとして会社の製品の売り込みにいつも出歩いている販売課では、朝倉が私用で席を空けたところで少しも目立たないのだ。

販売課長の淡島は、通産省を収賄で追われそうになっていたところを東和油脂に引き抜かれた若手であった。役人出身とも思えぬほど愛想のいい笑いを絶やさぬ顔だが、眼鏡の奥の瞳は酷薄な光を隠せない。

その淡島が、営業部長と結託して接待費や機密費を大幅に水増しして荒稼ぎをしている証拠を、朝倉が摑むには大して日にちがかからなかった。そして、淡島がその金を資本にして錦糸町にクラブ形式の大きなバーを開き、二号をそのマダムに据えていることを、尾行によって朝倉は知った。

そのバーの名はグランド・キャニオンといった。一月のある日、退社時に淡島は朝倉を銀座に誘った。

「君とはまだゆっくりと飲んだことがなかったね。今夜も僕は、会社のお顧客《とくい》さんを接待しなければならないんだが、どうです、君も一緒に？　それが終わってから、二人だけでゆっくり

たになったりする。

淡島は、朝倉をどう扱っていいのか迷っているらしく、朝倉を呼ぶのが君になったり、あなたになったりする。

「結構ですね」

朝倉は答えた。

「それでは七時に、五丁目の〝あけび〟で待っていてもらいましょうか。東通《あずまどお》りにあります」

淡島は早口に言った。

〝あけび〟は超一流ということになっている会員バーであった。戸口のところでボーイが朝倉を誰何《すいか》しようとしたが、アルパカのコートとフィンテックスの生地の服を無雑作に着こなし、遊び慣れた様子で室内に足を入れる朝倉を制止出来なかった。

まだ夜は始まって間もないので、麗々しくシャガールやルオーの原画を壁に掲げた室内は空いていた。女給たちは、つい数時間前までヒモやパトロンと呻きあっていた気配などおくびにも出さず、人工的な化粧の仮面の下で、マリアかモナ・リザに見せかけようと努めていた。

朝倉はカウンターでウイスキー・サワーを飲んだ。三十分ほどして、二人の客を連れた淡島が賑やかにくり込んできた。セールスの加山という男も一緒だ。

朝倉は彼等のボックスに呼ばれた。客は化粧品メーカーの営業部長と次長であった。加山が、そのメーカーにクリームの原料を売ろうとしているらしい。朝倉は彼等を愛想よく応対した。

群がってきた女給たちの体を値踏みするように撫でさすっている二人の客は、淡島に気にいった女の名を囁いた。淡島はその女たちに耳打ちする。

その店を出るとき、淡島は勘定書きにサインした。朝倉がさり気なくそれを覗いてみると、金額は二十万近かった。少なくともその三分の二は、あとでリベートとして淡島や営業部長の園田に戻される仕組みになっているのだ。経理部長の小泉にも分け前が渡る。

それから彼等は、銀座や新橋を三軒ほど廻った。いずれも一流の店だ。そこでもやはり、淡島は水増しした勘定書きを持ってこさせた。

そして、十一時過ぎに六本木のディナー・クラブへ廻ると、そこでは〝あけび〟の女給が二人待っていた。淡島は加山に数枚の一万円札を手渡し、

「あとを頼む。朝倉君と話があるから。お客さんと女たちは、いつものホテルに送りこんでくれ」

と囁いて、朝倉と共にクラブを出た。

社の車が待っているクラブの駐車場に歩きながら、淡島は大袈裟《おおげさ》に深呼吸した。

「やれ、やれ、肩がこったな。女まであてがってやらないとならないんだから、注文取りは辛い。しかし、この取り引きが決まったら、八千万からの金が会社に入ってくることになるわけだから、交際費をケチるわけにもいかないしね——」

と、呟き、

「さて、息抜きにどこに行くことにしましょうか？　馴染《なじみ》の店があったら言ってください」

と、言う。

「錦糸町のグランド・キャニオンなどいかがです」

朝倉は言った。

淡島の足がとまった。肩のあたりが小さく震え、頬が硬ばるのが朝倉に見える。しかし、再び足を動かした淡島は、

「結構ですね、どこでもお伴しましょう」

と、愛想笑いを浮かべていた。

駐車場では、接客用のクライスラー・インペリアルが運転手にドアを開かれて待っていた。二人がヒーターの効いた後席に乗りこむと、運転手は駐車場の係員の差し出すチケットにサインした。

錦糸町に向かう車内で、淡島は販売成績をのばすには、製品自体の優秀さは大して問題でなく、交際費をいくら出すかにかかっているということを、しきりに力説していた。

グランド・キャニオンは、江東楽天地のビルの裏手にあった。そのドアは閉じられている。

「もう閉店らしい。ほかに行きましょう」

淡島は、薄笑いを浮かべて朝倉に言った。

「取り締まりを警戒してるんでしょう。店内ではまだやってますよ」

朝倉も薄笑いで答えた。

淡島の顔にかすかな怯《おび》えの表情が走った。

「もう帰ってもいい。これで飯でも食うんだな」

と、運転手に五百円札を渡して車から降りる。朝倉もそれに続いた。

グランド・キャニオンのドアには覗《のぞ》き窓がついていた。朝倉は淡島を先に立てて歩く。ノックもしないのにドアが開いたのは、ドア番のボーイが、経営者である淡島を覗き窓のうしろから認めたのであろう。

ドアから店自体のあいだの回廊には、カーテンが三か所も引いてあった。カーテンの横には、用心棒と言ったほうが似合いそうなボーイが一人ずつ佇《たたず》んで手入れを警戒している。壁には、店内に手入れを知らせるベルのボタンが嵌《は》めこんであった。

ボーイたちは淡島に深々と頭を垂れた。外套預《クローク》かりの女も淡島を丁重に扱う。淡島は腹を据えたらしく、昂然《こうぜん》と頭をあげた。

店内は百二、三十坪あった。入口に近いカウンターに立っている三十歳ほどの女が、淡島の情婦の妙子だ。淡島が素早く目配せすると淡島を無視している振りをよそおって、朝倉に職業的な笑顔を見せる。

「奥のほうが落ち着けるでしょう」

淡島は朝倉に呟き、カウンターを素通りした。奥にはボックスが二十五ほどある。照明は極度に暗く、突き当たりの壁画は滝を模して、泡だつ水を落下させている。

ボックスの半分近くはふさがっていた。ネッキングされている女給たちの忍び笑いや鼻にかかった喘《あえ》ぎは、ハモンド・オルガンと滝の音に消されて、あまり響かない。

「実はね、この店は僕の友人がやってるんだよ」

淡島は呟き、小走りに寄ってきたチーフ・ボーイに軽く会釈すると、隅のボックスに腰を降ろした。チーフ・ボーイは淡島と向かいあって坐った朝倉に、

「御指名は？」

と尋ね、気どった手つきで鉛筆を構える。

「要らない。女の子はしばらく来てもらいたくないね。この方との話しあいが終わるまではね。水を頼むよ」

朝倉は言った。

「かしこまりました」

チーフ・ボーイは怒りを殺した顔付きで引きさがった。ほかのボーイに耳打ちする。

「話というのは？」

ボーイが氷水を持ってくると、淡島は朝倉のほうに上体を傾けて尋ねた。

「あなたはこの店の持主だ。どこでそんな金を手に入れたんでしょうね」

朝倉は言った。

「税務署みたいなことを言わないでくれ。僕はこの店と関係ない」

淡島は唇を歪めた。

「なるほど。この店の経営者の名義は、佐藤妙子というあなたの愛人のものになっている。ところが登記所で調べてみると、この店の土地家屋にあなたの名で四千万の抵当権がつけられて

いる。つまり、あなたは妙子さんを信用出来ないらしい。彼女があなたを裏切ってこの店を売りとばそうと思っても、どうにもならないようにしてある」

「………」

淡島の瞳の奥で、殺意に似た光が閃き、すぐに消えた。

「水増し請求書に架空の機密費請求か。荒稼ぎしたもんだ。大したもんだ。それとも、あなたはこの店が東和油脂のものだ、とでもおっしゃりたいんですか？」

朝倉は嘲笑した。

「じゃあ、はっきり言おう――」

淡島は上目使いに朝倉を睨んで、

「この店の事実上の持主は確かに私のものだ。だけど、金の出所は会社から横領した金ではない。ほかから手に入れた金なんだ」

「じゃあ、あなたの横領の証拠を出してみろ、とおっしゃる気ですか、課長さん」

朝倉は静かに言った。

「何を言う！　変な言いがかりはよしてくれ」

淡島の声が高くなった。さり気なく円柱のそばに佇んでいたチーフ・ボーイが足早に回廊のほうに消えていく。

「大きな声を出すとは課長さんに相応《ふさわ》しくない。用心棒でも呼ぶお積りですか？」

「馬鹿なことを言うな。上役に対して失礼だぞ」

淡島の唇が細かく痙攣《けいれん》しはじめた。

「上役ね。ところが、あなたも知ってる通り、僕は社長や重役連中とはごく親しい関係にあってね」

「社長や重役たちだって、勝手なことをやってるんだ。部長だってそうだ。僕だけが甘い汁を吸ってるんではない！」

淡島は自制心を失って叫んだ。

「なるほど。だから、自分の横領は社長たちが大目に見てくれるというわけですね。分かりました。社長たちには、あなたが、社長たちが会社を食いものにしているのに、自分だけがどうしてそれに便乗してはならないのか、とこの店で広言していた、と伝えておきましょう」

朝倉は腰を浮かした。目の隅で、ボーイを兼ねた用心棒が二人近づいてくるのを捕える。

「待ってくれ。そんな積りで言ったんじゃない」

罠にかかってしまったことを知った淡島は狼狽した。

その背後に、二人の用心棒が立った。咳払いして、淡島の注意をうながす。

「飼い猿がやってきましたよ。僕を放りださせる気ですか？　もっとも、猿たちにそいつが出来たらの話だが」

朝倉は不敵な笑いを見せた。

淡島は用心棒たちを振り向いた。

「商売の話だ。退《さが》っててくれ」

と、言う。用心棒たちは肩を怒らせながら去っていった。

淡島は額に薄く汗を滲ませて考えこんでいた。掌で顔を撫でて、

「分かった。いくら欲しい。いや、いくら差しあげたら社長に内緒にしてもらえるだろうか？」

と、卑屈な表情で朝倉の顔色を窺《うかが》った。

「僕の口から言うわけにはね」

朝倉はニヤリとした。

「五百万では？　そういっても僕に現金でそれだけあるわけではないが、この店を二重担保に入れて作るから……」

「僕をそんなに安く値踏みする積りですか？」

「一千万出す」

「部長と一緒にして、その倍は払ってもらえるような気がしてたんですがね」

朝倉はタバコに火をつけ、煙を淡島の顔に吹きつけた。

「部長には君の口から言ってくれ。僕からは言えない」

淡島は呻いた。

「じゃあ、これから部長のところに二人でお邪魔することにしましょう。案内してくださいますね」

朝倉は皮肉な調子で馬鹿丁寧な言葉を使った。立ち上がると、淡島の手をとって引き起こす。

淡島はよろめきながら立ち上がった。

二人がカウンターの前を通るとき、淡島はマダムの妙子に、何も言うな、という風に目で合図した。

二人は回廊に出た。用心棒の一人が、いきなり左手で朝倉の襟を摑んだ。右の拳に真鍮製《しんちゆうせい》のブラス・ナックル——メリケン・サックを嵌めている。

「触るな」

朝倉は呟き、膝でその男の股間《こかん》を蹴りあげた。無防備であったその用心棒の睾丸は潰れた。用心棒の瞳が上瞼の蔭に隠れた。用心棒は緑色のカーペットに嚙みつくような格好で前のめりに倒れた。

「要らん忠義だてをしてくれたもんだ——」

淡島は呟き、残り二人の用心棒に、

「私のことなら心配ない。岡田を十分に手当てしてやってくれ」

と命じ、一万円札を三、四枚手渡す。

「かしこまりました、社長」

二人の用心棒は、完全に闘志を失ったようであった。

淡島と朝倉が表に出ると、ドア番のボーイが、車を廻してきましょうか、と淡島に尋ねる。

「いや、自分でやる」

淡島はこうなったら、破れかぶれだという風にズボンのライター・ポケットから鍵束を出し、江東楽天地ビルの横の駐車ロットに向けて歩いた。あたりをうろついているチンピラが、淡島に軽く腰を引いて挨拶する。すでに午前一時近かった。

淡島の車はシヴォレーの小型車コルヴェアであった。朝倉を助手席に乗せてエンジンを掛けると、淡島はハンドルにおおいかぶさるような格好でスタートさせた。空冷エンジンだからあまり暖気運転の必要はない。格好だけはスマートな二・四リッター八十馬力のこんな車も、日本に入ってくると二百二十万もする。

姿勢を見ただけで分かるように、淡島の運転ぶりは、慎重というより下手と言ったほうが正確であった。

「園田部長は、最近、彼女を取り替えましてね。いまは、その女に夢中なんです。今夜もきっと、その女のとこにいるでしょう」

と、言う。

シヴォレー・コルヴェアが着いたのは、永田町にある千代田コーポという分譲式高級マンションであった。京子が、小泉経理部長にあてがわれて住んでいる参宮マンションと同じような構えだ。ただ違うところは、地価がひどく高いために、駐車場が地下になっている。

淡島は、眠たげな眼付きの駐車場係りに車を預けた。自動エレベーターで二人は九階に昇る。

「お願いだ。君に脅迫されて、僕がここにやってきたということにしていいだろう。そうでないと、部長は僕に辛く当たるようになる」

エレベーターのなかで、淡島は朝倉に哀訴した。

「好きなように」

朝倉は肩をすくめた。

エレベーターを降りた淡島は、松下と表札の出た九〇二号室の前に立つと、インターホーンのスウィッチを押そうとした。

「待て、居留守を使われたら面倒だ」

朝倉は淡島の背後で、ズボンの裾の折り返しから、先端を潰した針金を取り出していた。淡島を肩で押しのけると、ドアの自動錠の鍵穴に針金を突っこむ。三十秒も朝倉が指先を動かさないうちに、錠のロックが解ける音がした。朝倉はゆっくりとノブを廻すと、静かにドアを開いた。暖房で熱いほどの室内の空気が顔を襲う。

入ったところが二十畳ほどの居間兼応接室であった。突き当たりの奥の左半分がダイニング・キッチン、右半分が寝室らしい。

寝室のドアは開けっ放しになっていた。女の嬌声と尻を引っぱたくような音、それに、園田の息苦しげな喘ぎを混えた笑声が聞こえる。

淡島が入ってきたのを確めて、朝倉は後手にドアを閉じた。

寝室から、園田と女が姿を現わした。二人とも素っ裸であった。便々たる太鼓腹が床に垂れそうな格好の園田が四つん這いになり、その背に小柄だが瑞々《みずみず》しく均整のとれた十八、九の女が馬乗りになり、平手で園田の尻を叩いている。

笑いふざけながら寝室から出てきた二人は、朝倉たちを認めて驚愕した。園田は思わず立ち上がり、転げ落ちた女は両乳房を抱いて寝室に駆けこんだ。仰天のあまり園田のことにまで気が廻らないらしく、内側からドアを閉じる。

「そのまま、そのまま。お盛んなことですな。服をお着けになるには及びませんよ」

朝倉は素早く園田に近づくと、肘の急所を押さえて園田の自由を奪い、革張りのソファに坐らせた。自分は、その向かいの肘掛け椅子に腰を落ち着ける。

園田はまだ硬直を解かぬ前部を両手で隠しながら、いまにも発狂しそうに喘いでいた。

70　乗取り屋

翌々日には、会社の朝倉のロッカーのなかには、園田営業部長と淡島販売課長が合同で贈った二千万円の現ナマが、レザーのボストン・バッグに詰められて置かれてあった。

ボストン・バッグには、そのほかに、園田と淡島が署名捺印した誓約書が一通入っていた。朝倉の要請によって、二人が仕方なく出したものだ。それには、これから先の毎月、二人は会社から横領した金の二割ずつ朝倉に吐きだすことを約束する旨が記されていた。

その夜、朝倉は上北沢のアジトで一人ひそかに祝盃をあげた。今の朝倉には二千万はそう大した金ではないが、誓約書を朝倉に握られていることで、園田たちはこれから先、朝倉の思うままに動かせる。

京子を通じて、小泉経理部長を麻薬中毒にした作戦もうまく運んでいた。小泉だけでなく、ほかの重役たちも麻薬の味を覚えたようだ。彼等が麻薬から逃げられなくなったとき、朝倉が麻薬の供給を断てば、彼等は薬欲しさに朝倉の前にひざまずくことであろう。

一方、磯川の部下たちと新宿三光組の拳銃使いたちが朝倉に誘《おび》きだされて殲滅《せんめつ》された事件のほうは、朝倉の思いもかけぬ方向に進んでいた。つまり、縄張り争いのもつれから事件が発生したと予想した警察に次々に捕えられたものの、アリバイの成立と証拠不十分のために釈放された祖師谷の愚連隊立花会が――七名の拳銃使いを失って戦力が手薄になった三光組に殴りこみをかけたのだ。

双方の組がそのデイリで相当な人数を失い、生き残りの連中は改めて逮捕された。その騒ぎのせいで、朝倉の存在は捜査陣の念頭に浮かんでもいないようだ。

横須賀の磯川のほうは、公安委員のほうをやめさせられた。市会議員のほうはまだやっているが、暴力という後楯を失ったいまの磯川には昨年までの勢力は無い。朝倉に掴まされた共立銀行からの強奪紙幣をいち早く焼き捨てたらしく、磯川の屋敷が家宅捜索されても〝熱い〟紙幣が一枚も出てこなかったことは朝倉にとっても好都合であった。

もっとも、熱い紙幣が見つけられたところで、磯川はそれを朝倉から手に入れたとは言えない。そんなことをすれば、朝倉に麻薬を譲ったことまでしゃべらないとならない。

東和油脂が傭った殺し屋たちと、興信所所長石井が朝倉に射殺された上に隠れ家もろとも焼かれた事件のほうも、捜査は行きづまっているようだ。捜査官はこの頃、東和油脂に姿を現わさない……。

朝倉は、ぼんやりとそんなことを考えながら、積んだ掛け蒲団《ぶとん》にもたれ、丼《どんぶり》に盛りあげた本物のキャヴィアをスプーンで口に運び、ウオツカのドライ・マルティニのグラスを傾けていた。

今夜は、正月早々から溜池の東和自動車に注文しておいた車が届く筈だ。

胸が締めつけられるような排気音が、塀の外に近づいてきたのは午後八時であった。排気音は門の前でとまる。朝倉はゆっくり立ち上がり、応接間に移ってガス・ストーブに火をつけた。門柱にボタンをつけたブザーが鳴った。朝倉はガウンの襟を立てて庭に出ると、表門を開いた。

セールスの高柳が、職業的な笑顔を浮かべて立っていた。そのうしろに、ニュー・ブルーバードとそっくりの車があった。塗装はグリーンだ。

「お約束通りに仕上げさせました。エンジンを御覧になりますか？」

高柳は言った。

「ああ、頼むよ」

朝倉は、トライアンフTR4とホンダの単車を駐めてある庭のなかにさがった。高柳は、アバルトのマフラーから深く低い排気管をたてているその車――フィアット一五〇〇ベルリーナに乗りこんだ。右ハンドルだ。四つ目のヘッド・ライトが輝き、排気音が轟然と高まると、車は庭内に突っこみ、急ハンドルを切って、応接間のポーチに横づけになった。

新しいブルーバードがスタイル上の手本にしたと伝えられるだけあって、そのフィアットは街を走り廻っているニュー・ブルーバードだと言われても、車に関心の薄い者は疑いもしないであろう。だから、朝倉はそれを択んだのであった。目立たぬ車でないと犯行には使いにくい。

朝倉は応接間のカーテンを開き、応接間の電灯の光を庭に放った。高柳は車のボンネットを開き、懐中電灯を照らしていた。朝倉はエンジン・ルームを覗きこんだ。

エンジンは、もともとこの車についている筈の一四八一cc八十馬力のもののかわりにフィアット一六〇〇Sスポーツの百馬力のものがついていた。ダブル・オーヴァーヘッド・カムのエンジンに、結晶仕上げのダブル・チョーク・ウィーヴァーのキャブレーターが美しい。

ステアリングのギア・ボックスはアバルト一六〇〇スパイダーの五速がついていた。ハンドルは二回転をちょっと廻すだけで完全に切れるから、ハンドルを握る手は手首を動かしただけでも、車は敏感にドライヴァーの意思に反応するであろう。

朝倉は車内に入ってみた。シフト・レヴァーはハンドルの脇から床に移され、スピード・メーターの脇に八千回転まで目盛ったエンジン回転計が嵌めこまれて、九百回転のあたりで小刻みに針が震えている。エンジン・スウィッチはハンドルのコラムの左にあってハンドル・ロックを兼ねているから、エンジン・キーを差しこまないとハンドルは切れず、盗難防止にはもってこいだ。

「走らせてみますか？」

ボンネットを閉じた高柳が、バケットになっている助手席に乗りこんできた。

「いや、ちょっと酔ってるし、まだパトカーがお寝んねしてないから、朝早くにする」

朝倉は言ってエンジンを止めた。

高柳は書類カバンを抱えて車から降りた。二人は飾りとてない応接間に入る。

「さっそくですが、残金のほうをお願いしたいもので……それと、お判を拝借」

書類をテーブルに並べると、高柳は揉み手した。

「いいですとも」

朝倉は立ち上がり、地下室から札束と印鑑を持ってきた。ウオツカの壜とグラスも一緒に運ぶ。

「車自体の値段が百六十万、それに改造費とプラス・アルファが七十万、合計二百三十万になりますが、もとのエンジンを下取りした差がありますから、結局二百十万ということになります。御予約金を十万お払いいただいてますので、今夜は二百万という計算です。強制保険の料金は私のポケット・マネーで払っておきました。はい……」

高柳は、朝倉が差しだした札束をほぐし、慣れた手つきで数えはじめた。少なくとも、五万は歩合いとして自分の懐に入るのであろう。


翌朝四時、朝倉は咽喉の渇きで目を覚ました。枕許には、読み返しながら放りだして眠った一五〇〇ベルリーナと一六〇〇Sの取扱い説明書が転がっている。

朝倉は台所に行き、大コップに水を満たしてヴィタミンCの発泡錠を三粒放りこんだ。それを一息に飲むと頭がはっきりする。昨夜はウオツカを一壜あけたが、頭痛は無い。

四時から七時にかけては、白バイは無論、交通専門のパトカーもほとんど通らなくなる。朝倉はジャンパーを着こみ、車検証と取扱い説明書を持って霜柱がたった庭に降りた。

フィアットに乗りこみ、チョークを引いてエンジンを掛け、二千回転でアイドリングさす。二、三分してからチョークを戻し、軽くアクセルを踏んで水温の上がるのを待った。

七分ほどしてエンジンは完全に暖まった。朝倉は門を開いてゆっくりと発進させた。バケットのシートは、すっぽりと体を包んでくれる。背もたれは水平に近く、寝かすことも出来る。

門を出るとアクセルを踏みこむ。エンジンは電気モーターのように素早く回転が上がり、二千五百回転のあたりでキャブレターの加速バレルが開き、フィアットは猛然と加速しはじめた。回転計《タコメーター》の針が止まるところを知らぬようにはね上がっていく。

慣らし運転が済めば、七千回転近くまでエンジンをブン廻しても無理ではない。しかし、今はまだまったくの新車だから、五千回転に押さえてセカンドにギアをシフトした。

住宅街の狭い十字路を五十で廻る。ロールは少なく、ミシュランのタイヤは泣かない。朝倉はパッシング・ライトのスウィッチを入れて、ライトを自動的に上下に切り替えて跳びだしの車に警告を与えながら、制限速度二十五キロの一方通交路をサードで八十で飛ばして甲州街道に出ていく。

凄《すさ》まじい排気音が左右の塀に反響して朝倉に快感の身震いを起こさせた。しかし、排気音で交番の警官の注意を引くのもまずいから、サイド・ブレーキのそばに取りつけさせたマフラーのカット・アウトのレヴァーを引いた。排気音が急に静まり、マフラーの背圧でエンジンの力が五％ほど失われる。

甲州街道も、この時刻には、数えるほどしか車が通ってなかった。調布バイパスに出ると、朝倉はカット・アウトのレヴァーを外し、各ギアで五千回転まで踏みしめてみる。ローで四十五、セカンド七十五、サード百二十、フォース百四十といったところだ。七千回転までエンジンを廻せばサードで百三十五は出せるであろう。

調布バイパスでは恋人を乗せて朝帰りらしいプリンス・スーパー・シックスとベレルのツゥィン・キャブが、抜きつ抜かれつの競走をやっていた。朝倉はその二台に追いつくと、急に右の車線に出て一気に追い越すと、そのままピッと横に滑るようにしてもとの車線に戻った。本格的なスポーツ・チューンのサスペンションを持った車でないと、百数十キロでこのようなことをやれば大きく流されて危険だ。

ブルーバードに抜かれたと思ってか、二台の車はハッスルした。アクセルを床まで踏みこみ、クラクションをわめかせて追撃してくる。朝倉はフィアットのエンジンをはじめて五千五百回転にまで上げ、一気に逃げきった。

八王子を過ぎ、高尾からの曲がりくねった狭い登りの山道にかかると、千六百スポーツのエンジンを積み足廻りを硬く補強したフィアット・ベルリーナは、一流のスポーツ・カーに匹敵するロード・ホールディングで七十から百十キロを保って相模湖まで駆け登った。

そこで、工事現場に尻を突っこませて車首を反対に向け、一休みしてから、来た道を戻っていく。

上北沢のアジトに戻ってから朝食をとり、再びフィアットに乗って京橋の会社に向かったのは午前八時であった。

上りの車線は、その時刻にはラッシュで交差点ごとに信号を二、三回待たされた。どんなに早い車でも動けない。朝倉は遅刻したところで何ということもないのだから、焦らずに大人しく車を進めた。

京橋の東和油脂に着いたときは九時三十五分であった。社のある新東洋工業ビルの裏庭の駐車場に車を突っこむ。文句をつけようと近づいてきた駐車場係りは朝倉が身分証明書を出すと、

「次長さんでしたか。これは、どうも、どうも。車で出社してくる方が多いので、役付きの方でないとこの駐車場を使うのは遠慮させてくれ、と言われますので」

と、弁解する。

東和油脂の営業部は六階にある。営業部の販売課の部屋に入ってみると、いつものように、七十数名の課員のうちの三分の二ほどしかデスクについてない。セールスマンと同じで、販売課の連中は出歩くのが商売だ。

部下たちの挨拶に答えて朝倉が次長席のデスクに近づくと、その横の淡島課長がバネ仕掛けのように立ち上がった。朝倉の耳に唇を寄せて、

「社長がお呼びです」

と、囁く。

「何のことだろうな」

「さあ……重要な話だから、重役会議室に来るようにと言うことで。まさか、例のことがバレ

たのでは……」

淡島の瞳は不安に揺れていた。

「心配しなさんな。そんなことだったら、僕がうまく丸めこんでくるよ」

朝倉は器用に片眼をつぶってウインクした。

「お願いします」

淡島は朝倉にすがりつきそうにした。朝倉は自動エレベーターで七階に昇った。七階の廊下には、警備課の連中が歩きまわっていた。エレベーターを降りた朝倉を認めて、警備員の一人が重役会議室に案内する。

広い重役会議室はカーテンを閉め切っていた。タバコの煙とそれに混った麻薬の煙がエア・コンディショナーに吸いこまれている。長方形の巨大なテーブルの奥で、社長の清水が唇をへの字型に曲げて瞼をつぶり、テーブルの左右に並んだ重役たちは、それぞれが疲れと苛だちを混えた表情で煙を吹きあげている。

「遅くなりまして」

朝倉は後手にドアを閉じ、礼儀正しく一礼した。

社長は物憂げに瞼を開いた。重役たちは、わざとらしい重々しさで朝倉を眺める。折れた鎖骨がやっと癒着した秀原監査部長の顔も見える。

社長がシミの浮いた手で、自分の向かいの末席を示した。朝倉はその席に腰を降ろした。

「困ったことになった――」

社長は呟き、

「年が明けてから、うちの会社の株がえらく派手に動いておるのだ。今は一株九十円に値上がりしている」

「それがどうかしましたか？」

朝倉は尋ねた。

「仕手株でもないうちの会社の株が、どうしてそんなに動くのか見当がつかなかった。ところが昨日、東亜経済研究所の鈴本から一挙に四百万株の名義書替え請求が出されたんだ。うちの会社の全株のうちの約一割三分もの株だ！」

社長は呟いた。

「東亜経済研究所の鈴本と言いますと、あの乗っ取りで有名な？」

朝倉は呟いて見せた。

「そうだ、あの乗っ取り屋だ。うちの会社は二月二十五日から決算期に入る。それから二か月後の定時株主総会までのあいだは、株式の名義書替えが停止される。だから鈴本の奴、いまのうちに、これまで沢山の名義で買い集めた株を自分の名義に替える積りなんだ。ただ新株主としての権利を行使するだけなら、名義書替え停止中でも、前の株主の委任状さえ持っていれば株の力にかわりはないが」

「なるほど。鈴本は威嚇の意味も持たせてるんですね。自分はすでにこれだけの株を集めた。これから自分の出す要求に答えないと、実力でこの会社を乗っ取ってやると……」

朝倉は薄笑いした。

「我々もそう考えている。何とかして、これ以上の株が鈴本の手に渡らないようにしないことには」

「なぜ、鈴本はうちの会社に狙いをつけたんでしょう?」

朝倉はとぼけて、意地の悪い質問をした。

社長は返事に窮した。小泉が朝倉に向かい、

「それは君、うちの会社が大いに発展性があると奴が見込んだからだろう。そんなことより君が持っている二百万株を絶対に鈴本側に売らないでもらいたい」

と、言う。

「それはまた、虫のいいお話ですな」

朝倉は鼻で笑った。

小泉が顔を歪めた。

「頼む。そんなことを言わないでくれ。うちの会社の全株は三千万株。そのうちの二百五十万株を社長、三百万株を重役たち、そして二百万株を君が持っている。安定株主として新東洋工業が一千万株、共立銀行が五百万株持っているから、市場に流れているのはわずかに七百五十万株なんだ。鈴本が市場に出ている株を全部買い占めたとしても、社長と私たち重役の株と君の分を合わせれば、我々は十分に鈴本に対抗できる。たとえ銀行が寝返りを打ってたとしてもだ。それなのに、君の持株が鈴本に渡ったりすると大変なことになる」

「しかし、株と言うものは、安く買って高く売るべきものでしょう」

朝倉はふてぶてしい笑いを浮かべた。

「そういじめないでくれ。君は重役になりたいんだろう？　株が無くては重役になれないんだよ」

小泉は必死に朝倉を口説いた。

「金か地位か、と言うところですな。もっとも鈴本は、自分がこの会社を乗っ取ったら僕を重役に据えるから、と言って誘惑してくるかも知れませんがね」

朝倉は言った。

「冗談はよしてくれ。無論、我々だって君に強制一本槍でいってるんじゃない。君の持っている全株について、鈴本が出そうというより何円ずつか高くプレミアをつける。その額はその時の相談だが……」

「プレミアは、その場で払ってくれるわけですか？」

「勿論だ」

「その金はどこから出るんです。余計なことですが」

朝倉は尋ねた。

社長がはじめて胸を反《そ》らした。

「その点なら心配ない。うちには、新東洋工業というバックがついていることを忘れないでくれ」

「なるほど、よく分かりました」

朝倉は呟いた。黙っていても金が転がりこんでくるようになるらしい。

「それから君——」

小泉が口をはさみ、

「鈴本がうちの会社に目をつけた以上は、奴はうちの会社に不正があると痛くもない腹をさぐってきていることだから、君も用心して迂闊なことは何一つしゃべらないように気をつけてくれたまえ。それに、身辺にも気をくばって、暴力でしゃべらされる羽目に落ちないように」

と、重々しく言った。

71　絵理子

一月二十三日、鈴本の東和油脂の持ち株は五百万株を越えた。株価は百円に迫った。

一月の末日、東和油脂も買いに出た。そして、株価は一挙に百五十円に跳ねあがった。

二月に入った早々の午後、営業部販売課の自分のデスクに足を投げだして、のんびりとタバコをふかしていた朝倉は、デスクの上で鳴った外線からの直通電話に舌打ちした。足をデスクから降ろして受話器を取り上げる。

「販売の朝倉ですが」

「私だ。小泉だ。ほかの者に私からの電話を知られてはまずいから、顧客《おとくい》から掛かってきた電話の積りで返答してくれ」

営業部長は言った。

「分かりました。何の御用でしょう？」

「今夜八時、社長の宅に来てくれないか、飯でも一緒に食いながら、君に頼みを聞いてもらいたい、とおっしゃられるんだ」

「なるほど。それでは、のちほどお伺いします。よろしくお伝えください」

「じゃあ、頼んだよ」

小泉部長は電話を切った。

朝倉は受話器を戻すと、部下の運んできた書類に目を通しはじめた。判を押してから、それを課長の淡島に廻す。淡島は素早く朝倉に愛想笑いを向けた。

やがて、五時の退社時間が来た。朝倉は社の駐車場に駐めてあるフィアット・ベルリーナ・スペシャルに乗りこむと、ラッシュの街を上北沢のアジトに向かう。朝倉はこの車を買った翌日の夜、フィアットの一六〇〇のエンブレムを外しておいた。それだけではなく、新宿西口の新ビル街工事現場のそばに路上駐車していたM・Gマグネットのナンバー・プレートと車検証を盗んできて、その二つを改竄してフィアットにつけてある。

尾行車があることに朝倉が気付いたのは、三宅坂《みやけざか》を左折して工事中の道を赤坂見附のほうに向かっているときであった。

尾行車は褐色のクラウンであった。あまり尾行がうまくないのと、交差点の信号が青になっても一度では通り抜けられないほど車がつながっているせいか、朝倉のフィアットのうしろに、ぴったりとくっついている。

フィアットの横に一台分には十分な隙間が出来ても、そのクラウンは割りこんでこなかった。おまけに、顔を見られたくないからか、信号待ちのときでも四つ目のヘッド・ライトを消さない。朝倉に光の目つぶしをくわせている積りらしい。

朝倉はナンバー・プレートを取り替えておいたことを心の中で確かめて微笑した。赤信号が青に変わり、車の列は動きだしたが、朝倉は交差点のすぐ手前の横断歩道のところでブレーキを踏んだ。

尾行のクラウンのうしろにつながった車はクラクションをわめかせたが、クラウンだけは黙っていた。

これで、完全に尾行車だと朝倉は確信を持った。信号が黄色になっても朝倉は車を動かさず、信号が赤に変わった途端、三千八百回転までエンジンの回転を上げておいて、巧みにクラッチをつないだ。

ミシュランXのタイヤが青い煙を吐いた。フィアット・スペシャルは凄まじいダッシュで跳びだし、一気に交差点を渡った。一六〇〇Sの百馬力エンジンをつけただけのことはある。

クラウンも続いて跳びだしたが、交差路の左右から進んできた車にはさまれて立ち往生した。

朝倉は振り返って尾行のクラウンのナンバーを素早く読みとり、左右の車に照らされて浮きあがったその車内の二人連れの顔を網膜に焼きつけると、フィアットを左に寄せて横丁の通りに突っこませた。

廻り道して、朝倉が上北沢のアジトに着いたときは六時半を過ぎていた。撒《ま》かれたことを知った尾行車がフィアットのプレート・ナンバーを手がかりとして俺のアジトをさぐろうとしても、徒労に終わるであろう。

そう思うと少しは気が楽だが、それにしても、尾行車に乗っていたのは誰なのかを知りたいものだ。見覚えのない顔であったが、警察の者ではないような感じがした。車のナンバーも〝た〟行でない。

明日にでも、会社を抜けだして陸運局に出かけて、あの車の持主を調べてみよう、と思いながら、朝倉はフィアットを門の外に駐めて、自分だけ門をくぐった。フィアットを手に入れてから、トライアンフTR4のほうは赤堤に京子が借りてくれてある高級アパートの駐車ロットに置いてあるので、アジトの庭には見えない。

家のなかに入ると、朝倉は髭《ひげ》を当たり最上級の服に着替えた。ズボンの下の臑《すね》に、ワルサーPPKの小型自動拳銃をくくりつける。尾行車のこともあったし、今夜、夕食に呼んでくれた社長の肚が分からぬから、用心するに越したことはない。

威力の大きなコルト・スーパー三十八は、フィアットのトランクのなかに収めたスペア・タイヤの下に隠してあるが、それは完全に追いつめられたとき以外には使えない。三光組の連中と磯川の部下を射殺するのに使ったので、ライフル・マークが警視庁の拳銃台帳に登録されているのに決っているからだ。

早くそのコルト・スーパーを廃棄して、かわりの威力の大きな拳銃を手に入れないとならない。

ズボンの尻ポケットに薄い手袋を突っこみ、ジャンパーやラバー・ソールの靴、それに作業ズボンなどを抱えて、朝倉はフィアットに戻った。トランクを開いて、抱えてきたものを放りこむ。

中目黒から古川橋に出て、社長の邸宅がある芝伊皿子町にフィアットが着いた時は八時を少し過ぎていた。

英国貴族の館《やかた》のように宏壮《こうそう》な社長の大邸宅の正門は細目に開かれていた。正門に車首を向けた朝倉がクラクションを鳴らすと、学生服を着た門番兼用心棒が姿を現わした。

朝倉はライトをスモールに切り替えて、車窓から首を突きだした。門番は不審気な表情を解き、門を開く。

朝倉は前庭に車を乗り入れた。築山の横を廻って、玉砂利をはねとばしながら、石造り三階建ての玄関ポーチの前に車を駐めた。

二台の米車の姿が見える。一台は小泉用のクライスラー・インペリアル・ルバロン、もう一台は小佐井重役のフォード・ギャラクシーであった。そのそばだとフィアット・ベルリーナのボディは、ミニカーのそれのように小さく見える。

玄関ホールには、社長の個人秘書の姿が見えた。朝倉が車から降りると、庭に走り出て朝倉に深々と頭を垂れる。朝倉の手を引かんばかりにして、建物のなかに案内していった。

今夜の朝倉が案内されたのは、一階の食堂であった。シャンデリアがぶらさがり、壁に嵌《は》めこみになったガラス戸の棚に東欧や南欧の中世の陶器やカット・グラスの食器が飾られたその食堂には——すでに社長の清水、小佐井重役、小泉経理部長が席に着いて待っていた。

「遅くなりまして」

朝倉は詫びた。

「なに、遅刻と言っても十分かそこらだ。まあ、掛けたまえ」

社長は自分の向かいの席を示した。

「では、お許しをえまして……」

朝倉は、給仕が引いてくれる椅子に腰を降ろした。自分の右隣の席が一つ空いているのに気がつく。

「食事中は仕事の話は一切抜きだ。消化に悪い」

社長は下手なウィンクをすると、給仕に目配せを送った。給仕は配膳室のほうに退っていった。

それと入れちがいのように食堂のドアがノックされ、モス・グリーンのイヴニングを着けた女が挑《いど》むような視線を立ち上がった朝倉に投げて入ってきた。

女の年は二十六、七であった。しかし、小柄なのと表情が豊かなためとで、年より若く見える。整った美女ではないが、妖精じみた魅力が無いでもない。腰と胸は十分に発達していた。

女は朝倉が引いてやった、隣の椅子に腰を降ろした。朝倉を歯牙にもかけぬような態度で顎をしゃくる。

「紹介しよう。うちの末の娘の絵理子だ。こちらは、将来有望な若手社員の朝倉君」

社長は言った。

「よろしく」

朝倉は立ったまま、絵理子に向けて典雅に頭をさげた。

「ハンサムね。それに強そうだわ。でも、それは見かけ倒しなんでしょう」

絵理子は言った。

「手きびしいですな」

朝倉は苦笑いして腰を降ろした。

給仕が氷で冷やしたシャンペンを入れた銀のバケツを運んできた。三人の女中が、オードブルを運んでくる。

シャンペンが抜かれた。十分に冷やされているので、あまり泡はたたない。給仕が皆にそれを注ぎ終わると、

「東和油脂の安泰を願って」

と言って、社長がグラスを挙げた。

みなはそれに和した。絵理子だけはグラスをそのまま口に運んだ。

乾盃のシャンペンを朝倉が一息に飲み干すと、給仕が朝倉の注文を尋ねた。朝倉はウオツカ

のドライ・マルティニを頼んだ。

オードヴルはイノシシの燻製《くんせい》の薄切りと、メキシコ湾でとれた巨大なアワビの乾物であった。

絵理子はマンハッタンのカクテルを飲みながら、

「毎日、パパや小泉さんのような分からず屋の御機嫌うかがいをしていたら、いい加減いやにならない？　あなたも男なら独立して、本当の生きるか死ぬかの戦いをしてみたら？　そしたら、あなたを男として認めてあげるわ。でもね、わたし本当のこと言うと、競走自動車のレーサーのように、絶えず死と対決しているような男にでないと興味がわかないの」

と、朝倉にしゃべる。朝倉の正体を父から聞いてないのであろう。

「僕はのんびりと生きるのが好きでして」

朝倉は笑った。

「あたし、ポルシェを持っているの。腕を真っすぐにのばして、後に倒したシートに背中を押しつけて飛ばしていると、スターリング・モスかジム・クラークになったような気がするわ。あなたに分かる？　あなた運転出来るの？」

「もっぱら安全運転です」

朝倉は絵理子をあしらった。

やがて、ブドー酒と料理が運ばれてきた。真鴨《まがも》のスープ、バラを嘴《くちばし》にくわえたキジのミラネーズ、鹿のステーキ、熊の子の丸焼き、ウズラのパイといった調子であった。

朝倉は、旺盛《おうせい》な食欲でそれを平らげていった。絵理子が、朝倉を怒らすような事をしゃべり続けても相手にしない。

無論、朝倉は腹一杯に食物や液体を詰めこんだとき胃に一撃をくえば苦悶が激しいことは知っている。しかし、今夜の社長たちがカポネ時代のギャングのように朝倉を御馳走ぜめにしておいてから片付けようとしているとも思えなかった。

「それで、あなたは何を生き甲斐にしているの？　勿論食べることと上役の御機嫌をうかがって出世することは別にして……」

もぎ外した小熊の腿にかぶりつく朝倉を眺めながら、絵理子は苛立った声を出した。

「勿論、あなたのように可愛らしい女と、つつましい家庭を築くことです」

朝倉は絵理子のほうを見もせずに、ぬけぬけとした口調で答えた。

自分のほうが揶揄《からか》われていたことをはじめて知った絵理子は、一瞬蒼ざめ、山猫のように瞳を光らせた。

食事のデザートが終わったのが十一時近かった。社長は娘の絵理子に、

「お休み。これから、仕事の話があるんでな」

と、言って立ち上がる。朝倉も立ち上がった。

社長と小佐井、それに小泉と朝倉は、二階の小ぢんまりと落ち着いたスモーキング・ルームであった。飾り棚には、パイプや水ギセルなどの収集品が並べられている。

テーブルには、すでに濃いコーヒーの大カップが置かれてあった。四人は、背もたれの高い

昼寝用の肘掛け椅子に体を埋めた。

社長が皆に、トルコ葉巻きを勧めた。小泉はそれを断わり、シガレット・ケースから紙巻きを出した。三人が吐くきつい葉巻の煙に混って、小泉の紙巻きに入っているヘロインの匂いが漂う。

「どう思うね、絵理子は？」

咳払いして、社長は尋ねた。

「チャーミングな方です」

朝倉は素っ気なく言った。

「あの通りの我がまま娘なんで、二十六にもなりながらまだ独り身だ。何べんも見合いさせたが、あの調子で相手を怒らせてしまう」

「…………」

「しかし、君のような男なら、あのジャジャ馬を馴らすことが出来る。出来ないわけはない」

社長は言った。

「どういう意味です？」

「恥ずかしがることはないだろう。つまりだね、絵理子を嫁にもらってくれないか、と私は思ってるんだよ」

「困りましたね。僕には自信がない。お断わりします。それに独身のほうが気楽だし」

朝倉は言った。

「そう言わずに頼むよ。この通りだ」

社長は頭を下げた。

「朝倉君、願ってもないチャンスじゃないか」

「私が君なら、このチャンスを逃がしはしないよ。考えることは無いじゃないか」

小佐井と小泉が口をはさんだ。

「ダボハゼのように、この話に跳びつけと言われるんですか？」

朝倉は唇を歪めた。朝倉に売れ残りの自分の娘をあてがって、縁戚《えんせき》関係を結ばせ、朝倉の狼の牙を抜こうとしている社長の考えは明白だ。

「頼むよ、君。あの娘《こ》も、あれで強がりを言ってるだけで、本当は優しいところがあるんだ。そのうち君も分かってくれる。どうだね、つき合って、どうしてもあの娘が気に入らんと言うのなら、その時はその時だ。形式だけでもいい、娘と婚約してくれないか？　今度だけは娘に嫌とは言わさぬ」

社長は言った。

「…………」

朝倉は黙っていた。

「朝倉君、君は分かっていないようだね。社長のお嬢さんの未来の旦那様ということになれば、君を重役に仕立てる理由がつくじゃないか。大株主の共立も納得してくれる」

小泉が、怒りを圧《お》し殺した声で言った。

朝倉は少しのあいだ考えていた。確かに小泉の言うことにも一理ある。

「分かりました。お引き受けしましょう。婚約のことだけでしたら」

朝倉は答えた。

「そいつは有難い。乾盃だ」

社長はコーヒーのカップを挙げた。四つのカップが鳴った。

「株主総会のある前に、折りを見て婚約披露のパーティでも開くことにしよう。まあ、それまでは、気が向いた時でもいいから絵理子の相手をしてやってくれ――」

社長は言った。コーヒーで喉を湿すと、

「さてと、小佐井君と小泉君が君に仕事の話があるそうだ。私はしばらくのあいだ唖《おし》になるから、三人で話しあってくれ」

と呟き、椅子を壁のほうに向けて瞼を閉じた。

椅子の背もたれの頭が当たる部分には枕がついている。

「乗っ取り屋の鈴本が、内容証明郵便で経理帳簿の閲覧を要求してきた」

小佐井が言った。

「奴の持株は全体の一割を越えているから、その要求を断わることは会社に出来ない。奴の名目は、うちの会社が奴の買い占めに対抗するために自分の社の株を買っている疑いがある……つまり、商法二百十条に言う自己株式取得の禁止に違反している、というわけだ。商法では、会社が自分の社の株を持つことは投機に利用される恐れがあるからというので、特例をのぞいて自社株を持ってはならないとしている」

　小泉が説明した。

「しかし、こっちはそんなことは心配ない。うちの会社で買い取った株は、親会社の新東洋工業の名義にしてあるからな。それに、経理帳簿のほうは、誰から見られても慌てないで済むように細工してある。だから、鈴本の要求は大して怖いもんじゃない」

　小佐井が言った。

「…………」

　朝倉は黙って聞いていた。

「鈴本は帳簿の閲覧要求の理由として、そのほかに、役員の特別背任や横領の疑いがあるとしている。これも、帳簿を覗いたぐらいでは分かりはしない」

「じゃあ、何も心配することはないわけですね」

　朝倉は眉を軽く吊りあげた。

「そう言いたいところだが、相手は鈴本だ。帳簿の閲覧なんていうのは表向きの作戦で、蔭では、重役陣の切り崩しにかかっている。鈴本に協力すれば、鈴本が東和油脂を乗っ取ったときには、さらに、地位を上げてやるという約束と、実弾戦法で重役たちを味方に引きこみ、我々の不正行為の証拠を握ろうとしているんだ」

　小泉が言った。

「どうしてそのことが分かったかと言うと、私にまで誘惑の手がのびてきたからだ。私はその手に乗ったように見せかけて、すでに鈴本側に身売りした裏切者の名前を聞きだした」

　小佐井が言った。

「誰です？」

「人事担当の重役宝田だ。重役のうちでは一番の冷飯食いだし、人事担当だから、会社からも ぎ取る金だってタカが知れている。だから、鈴本の誘惑に負けたんだ」

「人事担当なら、経理のカラクリにはあまり明るくないでしょう」

　朝倉は言った。

「そうなんだ。だからこそ君に、宝田を片付けてもらいたい。奴が裏切ったところでこっちには大して痛手はないが、奴がこの世から消えてしまったら、宝田のように鈴本に身売りしようと計算してた連中は考え直すに違いない。無論、宝田の死は事故に見せかけてもらいたいんだが……」

　小泉は朝倉の瞳をのぞきこんだ。

72　深夜のレース

「宝田重役を消してくれ、と言うわけですね。直接に手を血で汚すのは、いつも僕だけだ」

　朝倉は呟き、瞳孔《どうこう》が縮まった小佐井の瞳を覗《のぞ》き返した。

「そう言わないでくれ。出来れば、私達で宝田の始末をつけたい。だけど、私達には自分で人を殺すだけの勇気がないんだ。分かってくれ」

小佐井重役が呻《うめ》くように言った。

「それに、自分の手で人を殺すほどの馬鹿でもないし、と言いたいんでしょう？」

朝倉は乾いた声をたてて笑った。

「頼む、朝倉君。機嫌を直してくれ」

小泉が卑屈に言った。

「猫撫で声を出されても、感激の涙を流したりはしませんよ。それで、その仕事をやったら、いくら払ってくれる気です？」

「いくら払うかって？　こんな場合にそんなことを言われても困る」

小佐井が言った。

「じゃあ、降りさせてもらいましょうか。僕はタダ働きは嫌なんだ」

「そんなことを言ってる場合じゃない。君にとっても他人事《ひとごと》じゃない筈だ。君が、石井たちを片付けるように命令されたとき、宝田も同席していたことを忘れては困る」

「…………」

「宝田は乗っ取り屋の鈴本に、君の人殺しのこともしゃべるだろう。それを鈴本が知れば大変なことになる。私たちは殺人教唆の罪で追及されても、証拠がないからいいようなもの……」

「本当にあなたたちは安全圏にいるんですか？　僕が捕まったり殺《や》られたりしたら、あなた達のやってきたことが明るみに引きずり出される仕組みになっていることをお忘れのようですな」

朝倉はふてぶてしい笑いに戻っていた。

「分かってる。分かってるよ。でもね、君はいずれ社長の義息《むすこ》になる身だ。今度だけは何も言わんで仕事を片付けてくれないか？」

小泉が頭をさげた。

「なるほど、さっきは交換条件の積りで社長のお嬢さんを僕にくれる話を持ち出したわけだったんだな。僕の餌へのくいつきが悪くてお気の毒でした」

「朝倉君、社長の御子息は芸術家だ。彫刻をなさっていて、会社経営には少しの興味も持っていらっしゃらない。絵理子さんと結婚したら、君はのちのち社長の椅子に坐れるということを考えたことはあるかね」

「…………」

「ここで社長に恩を売っておくんだ。大いにね。社長は必ず恩にむくいる方だ。君にとっても大きなチャンスじゃないか」

小泉は熱弁をふるった。

「それで、宝田を片付ける手筈は？」

しばらく沈思したあと、朝倉は尋ねた。

「じゃあ、引き受けてくれるんだね。有難とう。社長も君の恩を忘れないだろう」

小泉は、濁った色の歯茎を剥きだしにして笑った。

「私たち重役連も、君の恩を忘れたりはしない。君がいなかったら、東和油脂は潰れてしまう。潰れてしまったら、いくら株を持ってたって、株券なんて紙屑同然になる。鼻がかめないだけ、ただの紙屑よりもたちが悪い――」

小佐井が言った。

「私たちは君の腕を信頼している。だから実行の方法は君にまかす。ただ、お願いしたいことは、さっきも言ったように、宝田の死をあくまでも事故死に見せかけることだ」

と、言う。

「それと、もう一つ大事なことは、片付ける前に、奴がどの程度のことを鈴本にしゃべったかを尋《き》きだしてもらいたいのだ。奴は心臓の病気を持っているから、君が責めたらすぐにしゃべるだろう。ただし、体に責め傷を残してはまずいが……ともかく、あんまりのんびりとは待っていられない。三日以内に片付けてもらいたいんだ」

小泉が言った。

「じゃあ、宝田の私生活をくわしく教えてもらいたいもんですな。参考にします。それと、国産車を一台貸してもらいたい」

朝倉は、火の消えた葉巻きに再び火をつけた。

小泉と小佐井は、かねてから用意してあったらしい写真まで並べて、宝田人事担当重役の私生活をしゃべりはじめた。質問をはさみながら、半時間以上も二人の話を聞いた朝倉は、

「それで、場合によっては、会社のほうでも手を貸してくれるでしょうね。手を貸すと言って

も、宝田をどこかにおびき出す電話を掛けてくれるといった程度のことでいいんだが」

「仕方ないだろうな。その程度のことなら」

小佐井は頷いた。

朝倉は、クラウンに乗った尾行者のことを二人に話してやろうと思ったが、辛うじて思いとどまった。もしかして、尾行者は東和油脂が傭ったのかも知れないからだ。

会談が終わると、スモーキング・チェアで瞼を閉じていた社長が、いまになって目を覚ました振りをした。

社長、それに小佐井と小泉は、二階の階段のところまで朝倉を送った。それから玄関の先までは社長の秘書が朝倉についてきた。

零時が近かった。玄関の前に駐めた朝倉のフィアット・スペシャルの横に、銀色のポルシェ一六〇〇スーパー九〇の姿があった。

革のレーシング・ジャケットとロー・ヒールの靴をはき、スカーフを首に捲いた絵理子が、二台の車のあいだに立っていた。

「お休み、お嬢さん」

朝倉は優雅に一礼し、百馬力エンジンを積んだ小さなフィアット・ベルリーナの改造車のドアに手を掛けた。

「エンジンが暖まるまで待ってあげるわ。運転のし方を教えてあげる。わたしの車について来られるもんなら、ついて来てごらんなさい」

絵理子は競走を挑んだ。

「怖いな。この車はまだ慣らし運転が済んでないし、スピード違反で捕まりたくないんですよ」

朝倉は答えた。

「エンジンがこわれたら、新しいのをつけさせてあげるわ。それに、わたしの親友が警視庁で二番目か三番目に偉い人の娘なの。だから、捕まっても大丈夫よ」

「お手柔かに願いますよ」

朝倉は言ってフィアットに乗りこみ、エンジンを掛けた。


朝倉は軽くアクセルを踏んで、千五百回転で静かにエンジンを暖めながら、絵理子の乗りこんだ左ハンドルのポルシェSを眺めた。朝倉はまだマフラーのカット・アウトを閉じて、排気音を低く静粛にさせ、ボンネットの下に積んだ高性能エンジンを絵理子に感づかれずに済ませている。

一六〇〇cc九十実馬力のポルシェ三五六Bスーパーの実力は、その後発表されたCタイプ・スーパー九五馬力と大体同じく、0《ゼロ》発進して四百メーターを走り切るまでのスタンディング四分の一《クオーター》マイルは一七・五秒から一八秒といったところだ。

だから、スタンディング四分の一マイルについてはフェアレディ一六〇〇と等しいが、非常にギア比が高く、サードで百五十キロまでも引っぱれるから、フェアレディのサード・ギアの限度である百三十キロを越えてからはS九〇のほうが圧倒的に早くなる。

しかし、朝倉は空気抵抗と新車のために固いベアリングを計算に入れても、自分のフィアット・スペシャルは、七千回転までエンジンを廻せば四速で百六十、五速で百八十は出せると思った。

絶対的なスピードではポルシェのほうが早いだろう。しかし、さえぎるもののない広々とした直線道路である筈のない都内で、最高速度が出せるわけがない。

それに、ポルシェの特長であり草レース場では利点であるが、日本の公道上での一番の欠点は、その極端なオーヴァー・ステア——しかもそれが、ある速度と曲度の限度を越えると突如として起こることだ。軽くハンドルを切った積りなのに、完全に一回転して後向きになり、キモを冷やした経験を持つポルシェのドライヴァーは少なくないと言う。逆ハンドルを切ってカーヴを廻るテクニックも、そのカーヴが見通しのきかぬカーヴの場合には命取りになりかねない。

絵理子の運転技術はどの程度のものか知らないが、アクセルの踏みこみ加減とハンドルの切り具合で思った通りにカーヴを廻れる自分のフィアット・スペシャルに勝ち目があることを、朝倉は確信した。レース場のサーキットで飛ばすわけでないのだ。

やがて、朝倉の車の水温計は八十度Cを示した。朝倉は絵理子に合図し、腰の安全ベルトをつけた。絵理子はヘルメットをかぶり、腰掛けの安全ベルトで武装した。玉砂利の道を門の外までゆっくりと走らす。

門の外に出ると、絵理子は一度ポルシェを停めた。横に車を並べた朝倉に、

「行くわよ」

と声を掛け、急発進させた。有効トルクが高い回転数のところにあるので、アクセルを猛烈にふかして、クラッチをスリップさせながらつなぐ。轟音と共にクラッチの焦げる匂いが流れた。朝倉はそれを追った。すぐにマフラーのカット・アウトのレヴァーを外して、排気が抵抗無しに吹き抜けるようにする。

絵理子はポルシェのオーヴァー・ステアを利用してうまく角を曲がった。が、朝倉は、その五メーター後をぴったりくっついていた。

第一京浜に出たとき、絵理子の顔には焦りの表情があった。無謀なスピードで横浜に向かう。何度もタクシーと接触寸前になった。

朝倉は楽々とそれを追った。エンジンは六千五百回転で度々廻して見たが、何の異状な反応も起きなかった。

六郷橋を越えて多摩川橋を渡ると、下り車線一杯に並んで道をふさぎながらのろのろと走っているホンダの新車輸送の超大型トラックに、その特長のあるクラクションをビーッ、と浴せている絵理子のポルシェの左に朝倉は廻りこんだ。

「先に行っていいですか？」

と、絵理子に怒鳴る。

「どうぞ」

絵理子は、ヒステリーの発作寸前の顔をしていた。

「川崎で引っ返しましょう」

朝倉は言った。

ポルシェの後に廻ると、右ハンドルの見通しのよさと確実なハンドルを利し、ギアをセカンドにブチ込むと、右に出て、対向車の波と超大型トラックのあいだをすれすれに抜いて、トラックの前に廻りこんだ。

一瞬にして抜きながらも、トラックの前輪の向きから視線を外さないのは、トラックが急に右に寄ったときにそなえてだ。

朝倉は七十にスピードを押さえて、ゆっくりと走っていた。左ハンドルのために視界を閉ざされ、右に出ては車線の対向車にはばまれてトラックの後に戻っていたポルシェはやっと二分ほどして朝倉の車に追いついてきた。

そこで朝倉は、はじめて七千までエンジンの回転を上げてみた。予想外に、直線での加速性能までが朝倉の特製車のほうがはるかに早かった。スタンディング四分の一マイルは恐らく十六・五秒程度であろう。

絵理子のポルシェを再びバック・ミラーに捕えるために、朝倉はしばしばブレーキを踏まなければならなかった。ディスク・ブレーキなので吸いつくように効く。朝倉がエンジン・ブレーキを効かせてスピードを殺すかわりに、わざわざフット・ブレーキを踏んでブレーキ・ライトを輝かすたびに、絵理子の驕《おご》った心はなえていくことであろう。

すぐに、左右に川崎のビル街が見えてきた。道幅はひろがり、道の中央にグリーン・ベルトがある。朝倉はポルシェが百五十で追ってきていることをバック・ミラーで確かめ、右にフラッシャーを出しながら百にスピードを殺すと、グリーン・ベルトの切れ目のあいだから直角に近く車を上り車道に突っこませると、さらにハンドルを切って東京方向に車首を向けた。

さすがに車は外側に流される。タイヤは青黒い煙を吐く。朝倉はハンドルを軽く戻してスピンから立ち直ると、歩道に寄せて車を停めた。こんなことを続けていると、絵理子は死んでしまう。

後続の絵理子はドラム・ブレーキのついた車のせいか、朝倉より早い速度で上り車線に突っ込んできた。

その途端、操縦性の限度がきて、凄まじいオーヴァー・ステアが発生した。ポルシェは異音をたててコマのように回転した。そのそばをクラクションをわめかせて、長距離トラックが危うくすり抜けた。

少なくとも五回は回転したポルシェは、真横を向いてとまった。朝倉は、掌の汗をズボンにこすりつけてポルシェに走った。血の気を失った絵理子は失神していた。安全ベルトとヘルメットのために怪我はしてないらしい。

エンジンは無論とまっていた。朝倉は絵理子の安全ベルトを外し、その体を軽々と助手席に移した。自分はハンドルのうしろに坐り、エンジンを掛けようとしたが、エンジンは息を吹き返さない。朝倉はギアを中立にして車を降り、左手で車の外側からハンドルを操作しながら、歩道のわきまでポルシェを押していき、自分の車のうしろに停めた。

ポルシェに乗りこみ、絵理子のヘルメットを外してやると、軽く絵理子の頬を平手打ちした。絵理子は、あどけないほどの寝顔を見せて気絶を続けている。

通りすぎる車のライトが絶えずかすめすぎたが、夜は深く、深いポルシェのシートのなかにまでは光は射しこまなかった。

朝倉は、前の二つのシートの背もたれを水平に近く後に倒した。

革のレーシング・ジャケットを脱がして絵理子を寝かし、ブラウスのボタンを外した。

絵理子は、ブラウスの下にブラジャーしかつけてなかった。ブラジャーを取ると、まだ処女のような、小さくしまった形のいい乳首が姿を現わした。

ヒーターの余熱でまだ暖かい車内で、朝倉は絵理子の胸に耳を寄せた。心臓の音は弱くなかった。

淡い香水と体臭を胸一杯に吸いこんでいるうちに、朝倉の男性が疼《うず》いてきた。絵理子の乳房をくわえる。

しばらくして、絵理子の息が荒くなった。朝倉はその胸から唇を離し、顔と顔を近づけた。

絵理子は瞼を開いた。瞳の焦点が合ってくると、目尻から涙の粒がこぼれ落ちた。

「あなたの勝ちよ……あなたの好きなようにして」

絵理子は呟いた。捨てばちな口調ではなかった。素直な子供のような声であった。

「君は立派に闘ったよ。もう少しで君の命は無くなるところだった」

朝倉の声も優しくなった。

「わたし……はずかしい」

絵理子は、朝倉の首に両腕を捲きつけた。激しく泣きじゃくりはじめる。冷たかった頬が燃えるように熱くなる。

「泣くんだ。思いきり泣いて怖さを忘れるんだ」

朝倉は絵理子の涙を吸い、その唇を絵理子の唇に近寄せていった。舌がからみあい、絵理子の腰が芳香を放つ。通りすぎる車のライトが、ポルシェの窓や天井を薙《な》いで消えていった……。

翌日の昼近く、朝倉はベッドで眠り続けている絵理子を残して、川崎富士見公園のそばにあるホテル富士見を出た。夕方までの絵理子の料金も払っておく。

死に直面し、死神の靴音さえも聞いたに違いない絵理子が、心中前のような激しさで一晩中朝倉を求めたので、朝倉の体の節々には、まだけだるさが残っている。

ホテルを出ると、スモッグに汚れた空さえも眩《まばゆ》かった。

フィアット・スペシャルに乗りこんだ朝倉は、第一京浜に向かった。昼間の第一京浜は混んでいる。

絵理子のポルシェは昨夜のままになっていた。

絵理子が目を覚ましたら、修理屋を呼ぶであろう。

会社には寄らず、朝倉は新宿のほうに車首を向けた。四谷の陸運局に行って、尾行車のクラウンが誰に登録されているか調べようと思った。

四谷に着いたときは午後一時を過ぎていた。

そして、それから三時間後に朝倉は、戸塚一丁目の都電通りに面した薄汚い木造二階建ての建物を、通りの反対側から見つめていた。黒部経済調査局と看板が出ている。尾行のクラウンは、高田豊川町に住む大川という男に登録されていた。

そして、火災保険の勧誘員をよそおって大川の家の近所を聞きこみに歩いた結果、大川が、戸塚一丁目の黒部経済調査局という興信所に勤めていることが分かった。

大川は、大した役職ではないらしかった。庭に簡単なカー・ポートがあるから興信所が車庫証明を取る関係で、大川に名義を借りたのであろう。

黒部経済調査局に出入りする者は多かった。バーテン風の男から、金をためて隠居した商店のオヤジといった老人まで、さまざまな人々が出入りしている。表は駐車禁止だが、その横にある私営の有料駐車場と黒部のところが特別契約しているらしく、車で来る黒部の客はみんなその駐車場に車を入れる。タダになるらしい。

その駐車場に目ざすクラウンは無かった。東和油脂のほうに廻って、また朝倉を待っているのかも知れない。

朝倉は、表通りを三分ほど歩いたところに駐めてあるフィアットに戻った。車のトランクを開き、高田豊川町で聞きこみに使うために買ったカバンを出した。

黒部経済調査局の向かいに戻る。しばらくして、調査局から零落《れいらく》した感じの初老の男が、裾のすり切れたオーバーの背を丸めて出てきたのを見た。

男は高田馬場駅に向けて歩いた。朝倉は自分のほうが尾行されてないことを確めながら、その男を追った。ロシア料理の店が近くにある場所でその男の肩を叩く。

はじめは警戒していたその男も、ある火災保険会社の者だが、と名乗った朝倉がロシア料理店に誘うと、忙しがりながらもついてきた。

そして、その男は、鮭《さけ》の燻製《くんせい》のザクースカで和製ウオツカを三杯ほど空けると、

「黒部のところなら大丈夫だ。うん、何しろ有名な鈴本先生の経済研究所の支店のようなものだからな。保険金目当てに自分のとこに火をつけたりはしないさ。そんな心配はない。あの事務所の本業は、色んな会社の情報を鈴本先生のために集めることだが、近頃はアルバイトに、娘たちの持ち寄った金で小豆《あずき》相場にも手を出している。いや、予想がピタピタ当たって、この調子なら儂《わし》も今に楽になりそうだ」

と、しゃべりたてる。

73　裏切り

ロシア料理店を出て、駐めてあるフィアット・スペシャルに歩きながら朝倉の瞳は暗かった。

このところ、自分を尾行しようと努めている連中は、乗っ取り屋鈴本の部下らしいことが分かったからだ。どうして鈴本が自分を狙っているのか、また、どの程度、鈴本が自分のやってきたことにカンづいているのか、と考えると朝倉の心は重かった。

五分ほど歩いてから車に戻ると、朝倉はゆっくりと発進させた。宝田人事担当重役を始末するための下調べをしておかないとならない。

宝田の本宅は渋谷鉢山町、妾宅《しょうたく》は大田区南千束《せんぞく》にある。朝倉は渋谷のほうにまず車を向けてみた。

環状六号の山手通りは混んでいた。それでも、フィアットは四十分後には放射四号を横切り、南平台を過ぎたところで左に折れ、鉢山町の高台に登っていく。

宝田の本宅はすぐに見つかった。二百坪ほどの敷地を持つ、近代的な構えだ。門は鉄柵だし、塀は金網だから、芝生と花壇の庭と、ガラス窓を大きくとった鉄筋二階建ての建物が見通せる。

フランス窓にカーテンが降りているので建物のなかまでは見えないが、夕陽に赤く染まった芝生の庭では十歳ほどの男の子がボクサー犬とたわむれていた。宝田の末っ子だ。それを見たとき、朝倉の心はかすかに痛んだ。

朝倉は大通りから宝田家に通じる細道をすべて車で廻ってみて地理をしっかりと頭に刻みこんでから、環状六号をくだり、五反田から中原街道に入って千束に向かった。

シーズン・オフで岸に上げられた貸ボートが並ぶ洗足池が、中原街道の右手にひろがっていた。朝倉は池を過ぎたところで右にハンドルを切り、目蒲線《めかません》大岡山駅に向から商店街に入っていった。

宝田の妾《めかけ》は、東日ストアというスーパー・マーケットの横を右に入っていって三百メーターほどのところだ、と朝倉は教えられていた。朝倉は軽トラック三輪が道をふさぐようにしているその通りを進んでいく。

百メーターほど入ると、急に商店が途切れ、木造アパートや庶民的な小住宅の並びになった。買物籠をさげたり、乳母車《うばぐるま》を押したりしながら主婦や娘たちが行き来し、そのあいだを縫って配達の自転車が走っている。

渡辺と表札の出た宝田の妾宅は、二十坪ほどの平屋と狭い庭を持っていた。ブロック塀と、小さな門が建物のなかを覗きこむ視線をさえぎっている。

その妾宅と六メーター幅の道路をへだてて、ブランコや滑り台などが置かれた小公園があった。朝倉は、宝田の本宅を調べたときと同じように妾宅のまわりを車で廻ってから、公園の裏手にフィアット・スペシャルを駐めた。

コートを着て車から降りる。小公園のなかに入る。まさに小公園であって、五百坪も広さは無いであろう。

しかし、忍び寄ってきた夜の暗さと要所要所に生えた樹や、それにこわれた常夜灯などによる暗さが、ブランコに腰を降ろした朝倉を包んだ。

朝倉はコートの襟を立て、宝田の妾宅の門灯のあたりに視線を投げていた。寒い。手袋をはめた掌で覆ってタバコを吸っていると、火口の熱ささえもが気持ちよい。

買物や会社帰りの人々は刻々と減っていった。風が、枯葉を朝倉の足許に吹きつける。洗足池を追われたらしいカル鴨のアベックが、鈴のような羽音をたてて朝倉の頭上を通っていった。

シヴォレー・コルヴェアの四ドア・セダンが、朝倉の目ざす家の塀に寄せてとまったときは午後九時近かった。

その車の運転席から降りたのは宝田であった。朝倉は軽く口を開いた。宝田が自家用車を持ち、しかも、それを自分で運転することなど、朝倉は、小泉や小佐井たちから聞かされてなかった。あるいは、宝田のほうで内緒にしていたのかも知れない。

助手席側の右ドアから降りた宝田はドアに鍵をかけ、妾宅の門柱についたベルのボタンを押した。

二分ほどの間を置いて、門が内側から開かれた。芸者上がりと一見して分かる二十五、六の女が、溶けるような色気を瞳にこめて宝田を迎える。地味造りの和服を粋《いき》に着こなしている。

二人は塀の内側に消え、門は再び閉じられた。朝倉はクラウンやセドリックとさして大きさの変わらぬコルヴェアを見つめながら、眉を寄せて考えこんでいる。

社用と送り迎え用に、宝田は社からビュイック・スペシャルをあてがわれている筈だ。その宝田が、個人用にコルヴェアを買って自分で運転しているとは新事実であるが、その車を使って宝田を始末出来るかも知れない。

三十分ほど待って、朝倉は小公園を出た。すでに道を通る人は絶えている。妾宅の塀に沿って駐まっているコルヴェアに近づいたとき、朝倉は、その車が米国車には珍しく空冷リア・エンジンを積んでいることを思いだした。

つまり、ワーゲンやルノーのように後部にエンジンがあるから、普通の車のエンジンがあるべき前部ボンネットの下がトランク室になっているのだ。そのことを利用してみるのも悪くない。

朝倉は車内を覗きこんでみた。自動変速装置付きで、シートはベンチ型であった。後のシートの背もたれは、今は水平に前に倒されて、その後のくぼみと共に荷物室代わりになっている。宝田に見つからずに車室内に体を隠すとすれば、背もたれを後に戻して正常の位置にし、その後部シートの前と床とのあいだにもぐりこむほかないが、背もたれの位置を変えては、宝田にカンづかれてしまうに違いない。

朝倉はそのコルヴェアの前に廻ってみた。ズボンの裾の折り返しから、先端を潰した針金を取り出している。

車の前部トランクの蓋のロックを針金で解いた。トランク・リッドを開いてみる。片眼は、妾宅の門のほうに向けてみた。

車室寄りに斜めに立てて積まれたスペア・タイヤやガソリン燃焼式のヒーターなどで、そのトランク室の空間は小さかった。朝倉は口のなかで罵った。スペア・タイヤをルノー・フロリドのように床下に収めるようにしなかったジェネラル・モーターズ・シヴォレー部門のデザイナーに対してだ。

それでも、門の内側の物音を警戒しながら、朝倉はそのトランク室にもぐりこんでみた。体をエビのように曲げると、やっとその空間におさまることが出来たが、剝きだしの鉄板の角やライトの内側の出っぱり、それに、ヒーターの補機や工具箱などが体を痛めつける。

朝倉はトランク室から出る。トランクの蓋のロックが、ドライヴァーさえあれば内側からなら簡単に外せることを確かめる。工具箱にプラスとマイナスのドライバーが揃っていることも確かめてから、朝倉は静かにトランクのリッドを閉じた。

朝倉はフィアット・スペシャルに戻った。フィアットをスタートさすと、宝田のコルヴェアの後方百五十メーターほどにある幼稚園の塀に寄せて停めた。エンジンはとめない。

やがて、ラジエーターの水温があがってきた。朝倉はヒーターを掛けて体を暖める。室内が十分に暖まるとエンジンとヒーターを切り、冷えてくると再び両方を掛けるということをくり返した。

緊急重役会議などの特別の場合をのぞいて、宝田は妾宅に寄った場合でも午前一時までには本宅に帰る習慣がある、と小泉が言っていた。そして、本宅に戻る前には、必ず妾宅に寄るのもここ一年ほどの習慣だそうだ。妾宅では安眠できないので、心臓に悪いらしい。

妾に見送られて、宝田が出てきたのは、午前零時近かった。妾に手を振ってコルヴェアに乗りこむ。

宝田は堅肥りした中背の男だ。五十を過ぎているが、髭の剃りあとが青々として精力的だ。情事のあとを風呂で洗い流したらしく、髪がまだ乾ききってなかった。見たところでは心臓が衰えていそうにはみえない。

宝田はエンジンを掛けると、すぐにコルヴェアをスタートさせた。朝倉はそれを追った。妾宅と本宅のあいだの宝田のコースを覚えておかないとならない。誰でも毎日通るコースは大体崩さないものだ。

コルヴェアは少し行くと左に曲がり、住宅街を今度は右に折れて、洗足池の北側を一廻りしたような格好で中原街道に出た。しかし、中原街道を五反田に向けて二キロも走らぬうちに荏《え》原《ばら》の富士銀行支店横を左に折れ、少し行った三叉路《さんさろ》に突き当たると右の道を択んだ。くねくねと曲がる住宅街のなかの道を抜けると、大鳥神社の脇から碑文谷《ひもんや》街道に出た。そこで右に折れ、環状六号との交差点を左折する。

コルヴェアは、中目黒で環状六号から外れ、右に折れた。下通り五丁目で左に折れて八幡通りに入ると、猿楽町を抜け、鉢山町の自宅に戻っていった。

つまり、宝田のコースはなるべく幹線通りを避けるように気を使っているわけだ。朝倉のフィアットの尾行を感じて振りきろうとしたのか、それとも、なるべく人目につかない道を択《よ》って車を走らすのが習い性になったのか、朝倉にはよく分からなかった。尾行に気付いたからではないと思うが、確信は持てない。

いずれにしても、宝田が人気のない淋しい住宅街のなかを択って走ってくれるのは、朝倉にとって好都合であった。朝倉は宝田のコルヴェアが本宅の前でブレーキ・ライトを光らせたのを見とどけて、左の脇道に自分のフィアットを外《そ》らせた。

それから二十分後、朝倉は上北沢のアジトの庭にニュー・ブルーバードとそっくりのフィアットを突っこんだ。

家のなかに入ると、廊下の電話の受話器を取り上げ、小泉の自宅にダイヤルを廻した。

しばらくして、女中のものらしい眠たげな声が答えた。

「もし、もし、小泉の宅ですが……」

「部長を呼んでください。こんな時間に電話するなんて常識を外れてることは重々分かっているんですが、会社のことで、ぜひ……」

「旦那様は、まだお帰りになっていらっしゃいませんが。お帰りになったらお伝えしておきますから、御用件とそちら様のお名前をおっしゃってください」

「いや、直接でないと話せないことです。失礼しました。ほかを当たってみます。お休みなさい」

朝倉は電話を切った。小泉は、京子のマンションにでも泊りこんでいるのだろう。それかといって京子の部屋にダイヤルを廻して、小泉部長を電話に出してくれ、とも言えない。

朝倉は電話帳をくって、小佐井重役の自宅の番号を調べた。ダイヤルを廻す。

小佐井は在宅していた。取りつぎの女中に変わって電話に出た小佐井は、不機嫌の極にある声を出した。

「誰だ、君は？　いま何時だと思う！」

「失礼。朝倉です」

「何だ、君か」

小佐井は鼻白んだ。

「うまくいけば、明日は御依頼の仕事を片付けることが出来ると思います」

「頼んだよ。それで、こっちは何をすればいい？」

「計画を少し変えました。東和油脂と関係のない、目だたなくて小さな車を一台都合してくればいい」

「心がけてはいたんだ。いつまでに君に渡したらいい？」

「明日、僕が会社の仕事を終えて退社する時刻までに。ただし、その車はうちの会社の駐車場に置いたんではまずい。あそこで僕がその車に乗りこむのはまずいんだ。だから、どこかほかの駐車場に置いといてもらいたい。そして、車のキーと駐車券は午後五時五分過ぎに、六階のトイレであなたから僕は受け取ることにする」

朝倉は言った。

「分かった。頼むよ。こっちのほうも責任もって協力するから」

小佐井は電話を切った。

翌日十一時半、朝倉はフィアット・スペシャルをアジトに残してバス通りまで歩いてタクシーを拾った。そのベレル・ディーゼルのタクシーで会社に向かう。

十時間近くも眠りをむさぼったので体は軽かった。しかし、頭のほうは少しぼんやりしている。内ポケットには、かつてタクシー運転手冬木から奪って改竄《かいざん》してあった運転免許証が入っている。

会社に着いたときには、まだ昼休みの時間であった。朝倉は遅い朝食を抜いてきたので、会社の近くのグリルに入り、三杯のウオツカ・マルティニで舌を洗いながら、一キロの特大サーロイン・ステーキと洗面器に一杯ほどの生野菜を平らげた。

タバコに火をつけて満足気に煙を吐きだす。ライオンでも、一殴りで叩き殺せるほどの力が湧いてくるような気がした。

会社に戻り、営業部販売課の部屋にある次長席に朝倉が着いたのは一時半であった。部下たちが愛想笑いを投げてくるが、課長の淡島もしきりに朝倉の御機嫌をうかがった。

廻ってくる書類に適当に判をついたりしているうちに、午後五時が来た。終業のブザーがスピーカーから流れてくる。朝倉が立ち上がってアクビと共に背のびをすると、部下の数人がそれをならった。

「じゃあ、お先に失礼します」

朝倉は、デスクを片付けている部長に軽く頭をさげた。

「ど、どうぞお構いなく」

部長の返事は、まるっきり目上の者に対するときのようであった。

廊下に流れ出た社員たちに混って朝倉は廊下を歩き、トイレに入った。

広く清潔なトイレは満員であったが、すぐに空に近くなった。朝倉はのんびりと放尿《ほうにょう》しながら、背中に神経を集める。

聞き覚えのある足音が、トイレに入ってきた。朝倉の横に小佐井が立ち、右手でズボンのジッパーを開きながら、左手でポケットから掴みだした封筒を朝倉のポケットに滑りこませた。

「車はコロナ。色は黒だそうだ。N……ホテルの地下に置いてある。駐車料も同封しといた。よろしく頼むよ」

小佐井は壁に顔を向けたまま囁いた。

「オーケイ」

朝倉は短く呟き、アサガオから離れた。大のほうのクローゼットに入り、内側から鍵をかけて、封筒を開いてみる。二本のキーとN……ホテル駐車場の駐車券、それに十枚の一万円札が入っていた。

封筒には小佐井の指紋が残っている筈だが、しかし、封筒と中味を結びつける証拠はないのだから、小佐井が裏切ったとき封筒を突きつけてみたところで何にもならない。朝倉は封筒を細かく破って水洗で流した。

クローゼットから出てみると、小佐井の姿はもう見当たらなかった。廊下に出ると、退社をいそぐ人波が、まだエレベーターや階段に向けて流れている。朝倉は彼等に混ってビルから吐きだされた。

尾行者があったところでそれを撒《ま》いてしまう積りで、朝倉は電車やタクシーを次々に乗り替えては大廻りし、地下鉄工事で醜い日比谷《ひびや》に来た。

日比谷の交差点に建つN……ホテルのロビーには、インド系の男女の姿が目立った。ロビーを突っ切った朝倉は、下にさがるエレベーターに乗りこんだ。緑色の制服を着たゲイのようなエレベーター・ボーイは、あまり愛想がよくなかった。

エレベーターには先客がいた。特徴のある鼻と黒い髪で、ユダヤ系と分かる四十ぐらいの脂ぎった男だ。エレベーター・ボーイにぴったりと身を寄せて鼻の孔をふくらませている。外人にはホモ・セクシャルが多いのだ。

「駐車場」

朝倉は命じて目を軽く閉じた。外人はさっそくボーイの胴に腕を廻すが、ボーイはうるさそうにそれを押しのけようとする。チップの額が少なすぎたのであろう。

地下駐車場は、右から左への一方通行になっていた。中央の手前、エレベーター・ホールのそばに事務所がある。

駐車ロットの番号が駐車券にも書かれてあるので、目ざすコロナ一五〇〇はすぐに見つかった。朝倉は手袋をはめて車に乗りこむと、ボンネット・ロックを解いてエンジンを掛ける。

一発でエンジンは始動し、鈍い音をたてはじめた。朝倉は車から降りてボンネットを開き、アクセル・ワイヤーの連結具合やブレーキ・オイルなどを点検する。乗用車エンジンだから、少々冷えていてもエンジンの回転は滑らかだ。

駐車料金は三十分につき百円の割で取られた。朝倉は一万円札を出して五百円の料金のお釣りをもらい、スズカ・サーキットのスプーン・カーブそこのけに急角度に曲り続ける廻廊をセカンドで五十五キロまで踏んで駆けのぼった。タイヤは意気地なく悲鳴をはり上げ、内輪は浮きあがったが、思ったより後輪は踏んばって流されない。この調子だと、コルヴェアより操縦性能は上等だ。

路上に出ると、神田のターキー・ブラザースという薬品を主にした安売り屋で注射器を買った。注射器を買うのを不自然に見せないため、ヴィタミンBの注射用アンプルも一ダース求めた。

74 注射器

黒塗りのコロナに乗った朝倉が、アジトに戻ったときは七時近かった。コロナを庭に突っこんでフィアットと並べると、門の鍵をおろし、朝倉はしばらく体の屈伸運動をやった。

コロナのドア・ポケットに突っこんであった注射器とヴィタミンのアンプル入りの箱を取り出し、それを持って家のなかへ入った。

万年床を敷きっぱなしにしていた茶の間に入り、パーフェクションの石油ストーブに火をつけてから服を脱いだ。キルティングのガウンをまとって、フトンの上に倒れこむ。疲れはなかったが、行動に移るときまで体力をたくわえておかねばならない。夜が更けるまでには、まだ時間がある。

タバコをくわえ、ストーブの熱に乱されながら、天井に向けてのぼっていく煙を見つめ、朝倉は放心したように動かない。不意に、高校生のときはじめて体を知った女の子のことを想いだして、胸が甘くしめつけられる。

あの頃の俺は、川越の伯父の家に寄宿しながら、新聞の勧誘や配達のアルバイトをやって生活費をかせいでいた。豪雨でぬかるんだ道を、新聞を積んだ自転車を押して歩いているとき、当時の高級車であったパッカードが泥のかたまりを朝倉に撥ねつけて通り過ぎたことがあった。女は、そのパッカードの後の座席に乗っていた、ある大工場の経営者の娘であった。朝倉より上級生であった。

俺は、はじめは金持ちへの憎悪を復讐《ふくしゅう》の行動に移すため、あの女に近づいたのだ。だが女は、陶器のようにもろく可憐であった。

星夜のもとで小さな蝙蝠《こうもり》とホタルが飛び交う入間川《いるまがわ》の堤で、朝倉があのはじめての女を犯したとき、女は、苦痛に身をよじりながら土手の上までずりあがったのだ。セーラー服の背とスカートが夏草の汁に染まった。

若い朝倉は、それからは時も場所も無視して、あの女を求めた。

昼間の空いた映画館の隅に立たせたまま……授業中の学校のプールの蔭……冬は農家の乾草小屋……禁断の実の甘美さを覚えた女は、こばまなかった。それどころか、逸《はや》りすぎる朝倉を遅らそうと、糸で縛るほどになっていた……。

タバコの灰が顔に落ちて、朝倉は追憶から覚まされた。かなりたってから立ち上がって、注射器を入れたケースと女物のストッキングを革コートのポケットに突っこんだ。分厚いデニムのズボンをはいて、手袋とナイフを尻ポケットに入れた。

地下室に降りると、古毛布、細いロープ、ワルサーＰＰＫの自動拳銃、それに念のためにプラス・ドライヴァーなどを隠し孔から出した。拳銃は腰のバンドに差し、あとのものは毛布と一緒に庭のコロナまで運んだ。

　一度、家のなかに戻ってストーブを消してから庭に出た朝倉は、薄い手袋をつけていた。素手の触れた車の部分を手袋の手で拭うと、車に乗りこんでスタートさせた。午後九時近い。

　大田区南千束――洗足池近くにある宝田の妾宅に朝倉がコロナを近づけたのは、それから三十分ほどたってからであった。妾宅の塀の横には、前夜のように宝田のシヴォレー・コルヴェアが駐まっている。

　朝倉はエンジンを止め、ギアをニュートラルにし、惰性でコロナを走らせてコルヴェアのうしろに近づけた。柔らかくブレーキを踏んで静かに車を停めた。

　しばらくのあいだ、朝倉は待った。シートに斜めに寝るようにして体を低くしてだ。十時半を過ぎると人通りは絶えてくる。

　朝倉はコロナから降りた。さり気ない足運びでコルヴェアの前に廻り、素早く体を折って、ズボンの裾から先端を潰した数本の針金を取り出した。

　手袋をつけてはいたが、それは朝倉の鋭い指の感覚を大して鈍らせなかった。朝倉は、左手でコルヴェアの前部トランクの蓋を軽く押さえながら、右手の針金をトランク・ロックの鍵孔に突っこむとロックを解いた。鉄板の鳴る音をたててバネの力で数センチほど勢いよく開こうとしたトランクの蓋は、朝倉が左手を添えているので、ゆっくりと開いた。したがって音は小さい。

　朝倉はコロナに戻って毛布を取ってきた。ドライヴァーと万年筆型の懐中電灯は左の尻ポケットに入れた。

コルヴェアの前部トランクの蓋を今度は完全に開く。スペア・タイヤや工具箱など、昨夜と同じものがトランク室に入っている。朝倉は、トランク室の金属板がむきだしになった床に古毛布を敷いた。

トランクの蓋を閉じるが、自動的にロックがかかるほど完全にではなく、少し隙間がある程度にだ。

急いでコロナに乗るとエンジンを掛け、少しバックさせてから右折し、宝田の妾宅と向かいあった小公園の裏手に車を廻す。車の各ドアを厳重にロックしてから、小公園を横切ってコルヴェアのほうに戻っていく。中華ソバやスシ屋の出前を植込みの蔭に隠れてやりすごした。

コルヴェアに戻ると、トランク室の蓋を開き、古毛布を敷いておいたトランク室にもぐりこみながら、内側からトランクの蓋を閉じた。窮屈な姿勢だが、右手はトランクのロックにとどかせることが出来る。古毛布のクッションのせいで、昨夜ほどは鉄板の角が体にくいこまなかった。

狭いスペースなので、トランクの蓋を閉じてしまうと、工具箱を開くだけの体の自由はきかない。朝倉はポケットにドライヴァーを用意した慎重さを悪霊の神に感謝した。

待った。真っ暗ではあったが、左手首にはめたローレックスの腕時計の蛍光が正確な時を示して朝倉を力づけた。車の外に宝田の話し声が近づいたのは、午前零時十分ほど過ぎであった。

「いつもより遅くなってしまった。つい一眠りしてしまったとは、やっぱし年だな」

「パパはまだ若いわよ。今夜だって、すごく激しかったじゃないの。奥さんに遠慮ばかりしてないで、たまには朝までゆっくりしていってよ。これでは、千景がたまんないわ」

　女が鼻を鳴らした。宝田の二号だ。

「どんなに遅くなっても、一度は家に戻る。これが、私のルールなんだ」

「心臓がお丈夫でないんですから、無理なさることないのに」

「だから、無理してでも家に帰るのさ。大体、発作は明け方近く起こるもんだからな。お前のところで私が倒れたりしたら、子供たちにも恥をかかせることになる」

　宝田は言った。

「縁起でもないことを言わないでよ」

「言いだしたのは、お前のほうからじゃないか……やめよう、そんな話。それより、今度暇になったら、一緒に蔵王《ざおう》の温泉で二、三日ゆっくりしてみたいな。あそこの温泉はぬるいから、心臓にもいいそうだ」

「うれしいわ」

「さあ、寒いから、もう家のなかに入ってろ。また明日寄る」

　宝田の足音がコルヴェアの前を廻り、車のドアが開閉する音が続いた。

　車の後部のエンジンが唸《うな》った。震動が前部トランク室の朝倉に伝わってきた。次いで、朝倉の背中に当たっているスペア・タイヤの後側で、ミッションの唸りとは別種の、バーナーが炎を吐くような音がした。焦げくさいと言うよりは、石油ストーブが不完全燃焼するときのような悪臭がした。

　それが、ガソリン燃焼式ヒーターの音と匂いだと朝倉が気づいたときには、コルヴェアはスタートしていた。パワー・グライドと称する、トルク・コンヴァーターと高低二つのギア利用の自動変速機付きだから、ゆっくりとではあるが、スムーズに発進する。お蔭で朝倉は鉄板の角に体のあちこちをぶっつけられないで、済んだ。それに車の懸架バネが柔らかいから、少しの路面の窪みにもいくじなく車体が煽られるが、ゴツゴツ骨にひびくようなショックは少ない。

　車が走りだすとすぐに、朝倉は左の尻ポケットから万年筆型の懐中電灯とプラス・ドライヴァーを取り出した。懐中電灯で照らしながら、トランク蓋のロックの枠のネジをドライヴァーでゆるめはじめた。枠をとめている数本のネジはすぐにゆるみ、あとは指で少し廻せば外せるだけになった。朝倉のカンでは、車は昨夜と同じコースをたどって、渋谷鉢山町にある宝田の自宅に向かっている。

　しかし、窮屈なのは我慢出来るとしても、ヒーターの燃焼室から伝わってくる熱は、暖かさを通りこして、朝倉の体から汗を滲ませた。まるで天火のなかに入れられてるようだ。そのうえ、燃焼の排気の一部がトランク室に逆流してくるらしく、朝倉の頭は重く痛みだした。

　やがて、舗装から車輪に伝わってくる感じと車のクラクション、それに大型トラックのクラクションの咆哮《ほうこう》などによって、コルヴェアが中原街道に出たことが分った。

　幾度か赤信号のためにとまったりしながら、次に車は左折した。富士銀行の横の通りに違いない。住宅街のあいだを抜けて碑文谷街道に出るらしい。

それから約三分待って、朝倉は汗まみれの顔に女物のナイロン・ストッキングをかぶって覆面した。

呼吸がさらに苦しくなる。朝倉はドライヴァーの先で、口と鼻のあたる部分のストッキングに切れ目を入れた。トランク室のロックの枠のネジを全部外した。

トランク室の蓋が数センチ開いた。朝倉はその隙間に顔を寄せる。トランクの蓋が頭にぶつかるが、流れこむ新鮮な空気のうまさに較べると、少々の痛みなどは問題でない。

思った通り住宅街の真ん中であった。朝倉は、さらにトランク室の蓋を持ちあげた。

宝田は、前窓の前でトランクの蓋——普通のフロント・エンジンならエンジン室のボンネット——が開きだしたので、あわててブレーキを踏んだ。ほったらかしておけば風圧でさらに開き、宝田の視界は閉ざされる。口のなかで罵りながら、宝田は車から降りた。車の前に廻ってトランクの蓋を閉じようとした。

朝倉は、トランク室の蓋を一気にはね開けて立ち上がった。ドライヴァーはポケットに収め、かわりに右手をズボンのバンドに差した拳銃の銃把に添えている。革コートの前ボタンは外してあった。

深夜の住宅街なので、人通りは無かった。宝田は呻《うめ》くような声を低く漏らすと、口を開いたまま心臓の上を両手で押さえてよろめいた。顔色が急激に黄色っぽくなっていく。

朝倉はトランク室から静かに降りた。膝をつきかけた宝田の体を支えた。宝田は、そのままズルズルと崩れ折れようとする。両眼は閉じられ、額や鼻の下に冷たい汗の粒が吹き出ていた。朝倉はその宝田を抱えあげた。十七貫はあるから、かなり重い。しかし、朝倉は六、七歳の少年を扱うかのように楽々と、宝田の体を車の助手席に移した。

車のエンジンは、かかったままであった。ストッキングの覆面をとった朝倉は、細いロープを使って応急的にトランク室の蓋とバンパーを結び、風圧でトランクの蓋が開かぬようにした。運転席に乗りこみ、スタートさせる。自動変速機付きだから、セレクターのレヴァーをDレンジに移してアクセルを踏みこむだけでいい。

朝倉がコルヴェアを停めたのは、それから二分ほどしてからであった。目黒不動に近いドブ川のほとりの空き地だ。

その空き地は無料駐車場がわりに、商店の小型トラックが二十数台とまっているが、そのまわりは幾つもの寺の塀であった。少々の悲鳴は聞きとがめられないであろう。

朝倉は宝田が苦悶《くもん》しているのを横目で見て、駐車している小型トラックや軽トラックの運転台を覗きこんで歩いた。誰も乗っていない。

コルヴェアに戻ると、宝田は痙攣《けいれん》するように、内ポケットから内服薬の包みを取り出そうとしているところであった。包みを取り出すと、オブラートに包まれた中味を開いて無理やりに呑みこんだ。再び瞼を閉じて、喘いでいる。

朝倉はシートの背もたれに腕をかけ、宝田の表情を見守った。宝田の呼吸が少し楽になったらしいのを見とどけると、内ポケットから注射器のケースを取り出した。それを、背もたれを畳んで平らにして荷物室に変えてある後部シートの上に置く。

「宝田さん、僕だ。分かりますか？」

朝倉は静かに声をかけた。

「頼む。乱暴はしないでくれ。欲しいものがあるなら、何でも差しあげる。私にとってはこれからが人生なんだ。殺さないでくれ」

宝田は苦しげに呟いた。まだ瞼を閉じている目尻から涙がこぼれ落ちる。

「死にたくない気持はよく分かった。あんたが死なないでも済むようにしたいもんだ」

朝倉は言った。

「ど、どうしたら助けてくれる！」

宝田は充血した瞳を一瞬開いたが、体を震わせて、前よりも固く瞼を閉じた。

「簡単だ。しゃべってもらいたい。本当のことさえしゃべったら、命は助けるようにと社長から言われている」

「やっぱし、社長の差し金か……」

「ただし、一応あんたの話を聞いてからも、それが事実かどうかを確かめるあいだは、あんたの身柄は僕が預っておくようにと言われている。そして、あんたがしゃべったことに嘘があることが分かったら、すぐに始末するようにとも言われている」

朝倉は低いゆっくりした声で言った。

「君が人殺しを平気でやれる人だということはよく知っている。私が一つでも嘘を言ったら、君は私を鶏のように絞め殺すだろう。しゃべる。何でも本当のことをしゃべるから……」

「あんたは会社を売って乗っ取り屋の鈴本に寝返りを打った。認めるな?」

「許してくれ。私は、ほかの重役のように会社の金を勝手に横領出来る立場になかった。千景には金がかかる。その私の弱味を見こして、鈴本が甘言で私を釣ったのだ。東和油脂の上層部についての情報を教えてくれたら、月に五十万の金と、乗っ取りが成功したら総務担当重役にしてくれる、という約束で」

左胸の上で握った宝田の両手が、細かな痙攣を示していた。

「許すも許さぬもない。ほかの重役たちが好き勝手に会社の金を懐に捻じこんでいるのに、あんただけ分け前が少ないんじゃアタマにくるだろうさ。俺が尋《き》きたいのは、どんな情報を鈴本に渡したか、ということだ」

朝倉は薄く笑った。

「重役たちのやっていることだ。だけど、まだ証拠書類は一枚も渡してない。信じてくれ。大体、私はその証拠書類を会社から手に入れることさえ出来ないんだから。ともかく、金が欲しくて、重役たちの悪事をしゃべりちらしただけなんだ」

「このシヴォレーは、鈴本からもらった金が化けたんだな?」

「そうなんだ。私だって、鈴本が目的のためには手段を択ばない人間であると同時に、目的さえ達成したら、手段として使った人間なんかボロ屑のように捨て去る男だということが分かってきた。だから、もし、鈴本が東和油脂を乗っ取ったら、私を総務担当重役にするどころか、たちまちクビにする積りだ。それが分かってきたから、私は証拠のない情報ばかし流して鈴本から金を稼いでいるんだ。だから、東和油脂が鈴本のものになったら、真っ先に困るのは私なんだ！」

「それで、俺のことを鈴本にしゃべったんだな？　俺を売って、いくらもらった」

朝倉はカマをかけてみた。

「済まない。だけど、どうしてそのことが分った？」

宝田の唇が震えた。

「言ってくれ。俺のことを、どう鈴本にしゃべったんだ」

朝倉の瞳が、酷薄な光を帯びて細められた。

「私から言いだしたのではない。鈴本のほうから尋ねてきたんだ。朝倉という青年が、東和油脂の株を突然二百万株も手に入れている。しかも、その青年は東和油脂の販売次長で、つい先ほどまでは経理部の平サラリーマンだったそうじゃないか。この朝倉という青年について知りたい、と言って……」

「何と言った」

「嘘をついても仕方がない。話すよ。この朝倉という次長は、会社の命令で会社のためにならない人間どもを片付けたから、そのボーナスが二百万株と出世街道なのだと教えてしまった」

「俺が片付けた相手の名前もしゃべったな？」

「三百万円の誘惑には勝てなかった。正直に言わせてもらおう。その上に、私には君がねたましくてならなかった」
　宝田は深く息を吸った。
「まあ、いい。証拠は無いんだからな」
　朝倉は呟いたが、口のなかがカラカラに乾いていた。ひび割れはじめた下唇を舐《な》めて、
「それで、俺が片付けた連中は、どうして会社のためにならない男たちだったのか、というこ
とも鈴本にしゃべったんだな？」
「ただ、重役たちや社長の腐敗をタネに法外な金を東和油脂から捲きあげようとしてた連中だ、
という話にしておいた。奴等が桜井を殺したことは言わなかった。桜井のことを尋ねるときの
鈴本の目付きが怖いほど真剣なので、桜井が東和油脂の傭った殺し屋たちに射ち殺されたのを
鈴本が知ったら、何か大変なことが起こりそうな予感がしたからだ……今まで君に言ったのは
みな本当のことだ。命は助けてくれるね？」
　宝田は瞼を開いた。かすかに血色が甦《よみがえ》っていた。朝倉は後の座席に手をのばし、ケースを開
いて注射器に針をねじこんだ。宝田に見えるようにポンプを引いて注射器に空気を吸いあげた。
「何をする！」
　宝田がわめいた。心臓が喉からとびだしそうな表情になっていた。

75　事故

「済まないとは思う。だが、あんたには死んでもらわないことには仕方がない――」

朝倉は、優しいとも言えるほどの声で呟いた。宝田の腕を柔らかく摑み、

「心配しないでも、すぐ楽になるよ。血管に空気を注射するんだ。すぐに心臓はとまる。そうでなくてもあんたの心臓は弱っているのだから、そろそろ永久に休ませてやらなければ可哀想だし」

「…………」

宝田は声が出なかった。

「空気注射でやられたことをはっきりさせるには、水のなかで慎重に心臓を解剖するほかないそうだ。だけど、そんな面倒なことをやるのは、よほど死因に疑いが持たれたときだけだろうな。あんたが心臓麻痺で死んだところで、みんながあんたの心臓が弱ってたことを証言するだろう。心臓発作を起こす一歩手前だったことをな。さあ、大人しく腕をまくって……ノミに刺されたときほど痛くはないよ」

朝倉は子供に言い聞かせるように囁き続けながら、左手で優しく宝田の腕をまくろうとした。

そのとき、宝田の様子が急変した。全身を痙攣が走ると、顔色は蒼白を通りこして緑色がかってきた。首がガックリと垂れ、体じゅうから力が抜けていく。

朝倉は溜息をついて緊張をゆるめた。左の手袋を脱ぎ、その手で宝田の手首の脈をさぐってみた。脈は無い。心臓麻痺が起こったらしい。

朝倉は再び手袋をはめた。注射器を分解してケースに仕舞う。エンジン・キーを抜いて車を降り、前部トランクの蓋を簡単にしばっていた針金を外した。

トランク室の蓋を開き、それについてきたロッキングの枠をキーで外した。トランク室のなかを万年筆型の懐中電灯でしらべ、転がっている数本のネジを拾った。そのネジで、ロッキングの枠をもとの位置に締めつける。

トランク室に敷いておいた古毛布を出してトランクの蓋を閉じ、キーでロックした。古毛布はドブ川に捨てる。

毛布は、しばらくのあいだ浮いていたが、水を吸って泥に沈んだ。朝倉はコルヴェアの車に戻ると、もう一度宝田の脈をさぐってみた。

脈は完全に無かった。朝倉は宝田の死体を助手席に坐らせて、頭を眠っている格好に窓とシートの背にもたせ、コルヴェアのエンジンを掛けた。

車を、さきほどの、いつもの宝田のコースの道に廻した。人影は無い。

車首を碑文谷街道のほうに向けて、車道の真ん中で車を停めた。エンジンを掛けたまま一度車から降りると、宝田の死体を運転席に移し、自分の手袋で宝田の指紋が消えたハンドルに、宝田の左右の手指をおしつける。

まだかすかに暖かみの残る死体の手をハンドルにかけ、右足をアクセルに乗せさせた。そうしてから、朝倉は跳びさってドアを閉じる。変速レヴァーはDレンジに入れたままだ。

自動変速機付きのノー・クラッチ車なので、アクセルに置かれた宝田の足の重みでエンジンの回転があがると、コルヴェアは静かに発進した。ヨタヨタと進んでいく。泥酔してグロッキーになった者が運転しているようだ。

ゴミ箱にもぶつからずに、コルヴェアは百メーターほど進んだ。スピードは四〇キロぐらいにのぼっている。

そして、そのスピードで、コルヴェアは溝《みぞ》に前輪の片側を突っこますと、コンクリートの電柱に激突した。

轟音《ごうおん》と共にコルヴェアのボディが歪み、窓ガラスが飛び散るのが見えた。次いで電柱が傾き、トランスがスパークした。あたりの家の門灯が消えた。トランスがショートして停電したらしい。

家々の二階の窓が開かれる音を聞き、朝倉は街灯も消えたその一郭から足早に歩み去った。

環状六号の大通りに近づいたとき、朝倉はパトカーや救急車のサイレンを聞いた。そんなことにはかまわずに大通りに出て、流しのタクシーを拾った。

タクシーをわざと何台も乗り替え、大廻りして南千束の宝田の二号の家の近くに戻ったときは、午前一時半を過ぎていた。

乗ってきたタクシーのテイル・ライトが闇《やみ》のなかに消えていくのを見とどけ、朝倉は小公園の裏側に駐めておいたコロナ一五〇〇まで歩いて、それに乗りこんだ。

五分ほどエンジンを暖めてからハンド・ブレーキをゆるめる。中原街道に車を出して多摩川のほうに車首を向け、キナ臭くエンジンを焦がして素っ飛ばしているタクシーよりも少しスピードを落としてコロナを走らせながら、朝倉は宝田の言ったことを頭のなかで反芻《はんすう》してみた。

乗っ取り屋の鈴本が、自分に目をつけていることは間違いがない。自分の暗い素顔をある程度知っているらしい。

相手として、鈴本は決して、扱い易い男ではない。朝倉の計算が崩れる時がくるとすれば、それは骨抜きになった会社の首脳部の力によってでなく、鈴本の手によってであろう。だが朝倉は、戦いも挑《いど》まずに鈴本に屈服する気はない。自分の身が危うくなってきたことは確かだが、それにはそれなりの対策をたてることだ。逃げ道を用意しておくことも考えておいて無駄ではない……。

多摩堤通り、玉川通りと大廻りして朝倉が上北沢のアジトに戻ったのは、午前二時二十分であった。

家のなかに入って万年床の上に腰をおろすと、朝倉は急に空腹を覚えた。立ち上がって台所に行き、冷蔵庫を覗いてみたが、干からびたチーズと、乾魚の臭いが移ったベーコンの切れ端しか残っていない。

朝倉はテーラー〝バーミンガム〟で作らせたフィンテックス生地の服の一つに着替えた。ワイシャツは細い鼠色の立て縞、ネクタイはドーヴ・グレイのシルクだ。

念のためにワルサーPPKは腰につけ、朝倉はコロナに乗りこんだ。今夜の仕事の報告は、朝倉がしなくても宝田の女房が会社の首脳部に伝えてくれるであろう。運転中に宝田が心臓麻痺を起こし、電柱に車をぶつけて死んだと言って……。

赤堤の〝赤松荘〟の近くでコロナを捨て、朝倉は、その高級アパートの二階に京子が借りてくれている部屋の錠を外した。ドアを開く前から、その部屋のなかに京子がいる気配があることを朝倉は直感していた。

やはり京子が待っていた。ヴァーラーの石油ストーブが青く燃える居間のソファに仰向けになり、足許に毛布を捲いて顔の上にファッション雑誌を開いて伏せている。居眠りしているようであった。

朝倉は肩をすくめた。ドアの自動錠のボタンを内側から押し、ダイニング・キッチンのほうに足を運んだ。

ソファの前を通るとき、京子が跳ね起きた。寝乱れた髪が額に垂れさがり、額には無気味なほどの光がある。

「ああ、ベイビイ。御免ね、勘弁してくれ。君に黙って仕事で遠くに行ってたんだ」

朝倉は、輝くばかりの笑顔を見せて京子のほうに手をさしのべた。

「朝倉さん」

京子が感情を極度に殺した声で言った。

「…………？」

朝倉の笑顔が頬にへばりついた。そんな筈はない。京子が俺の本名を知ったなんて。

「朝倉さん。それがあなたの本当の名前ね。いままで絵理子さんとお会いになってたのね。京子を一週間も待たせて」

京子の瞳から無気味なほどの光が消え、諦めを混えた哀しげな光に変わってきた。朝倉は言い逃れはよすことにした。

「今日は会ってない。疲れた。飲む物と食う物を頼む」

と言って、ソファの端に腰をおろした。

京子は無言で立ち上がった。台所に消える。フライパンや皿の音に混って、長いあいだ京子の啜《すす》り泣きの声が聞こえていた。朝倉は、これまでの短い人生に、これと同じような場面を何度も経験したような気がしていた。泣きやんでからしばらくして、少し熱を加えすぎたビーフ・ステーキとウオツカを盆に載せて運んできた京子は、化粧を直していた。泣いたあとは、腫れぼったくなった瞼でしか分からない。

「御免なさい、焦《こ》がしちゃったわ」

京子は料理と酒をポーカー・テーブルに置くと、朝倉の横に腰を降ろした。絵理子には無い、成熟しきった体だ。

「いいんだよ。君が作ってくれたものなら何でもうまく食える。僕は弁解はしないよ」

朝倉はコップに注いだウオツカにレモンを絞って一息に飲み干した。胃が燃える。

「京子、もう怒ってはいないわ。あなたを失うのが怖いだけ。召しあがりながら、京子の話を聞いてくださる？」

京子は瞼を閉じた。

「ああ……夜が明けるまで、まだ時間がある」

朝倉はステーキにナイフを入れた。

「この頃、パパ——小泉が朝倉っていうパパの会社の部下のことをよく話してくれるの。朝倉という平社員だった若い男が、どうやって社長のお嬢さんと見合い出来るほどにまで出世したかの話よ……」

「…………」

朝倉は強い顎で肉を噛みしめた。

「その朝倉という人の話を聞かされているうちに、その人のイメージとあなたのイメージが重なったの。女のカンね。それで、うまくパパに言って、朝倉という人の写真を見せてもらったの。パパは、三年前の慰安旅行のときにとった経理部の人たちの写っている写真を持ってきてくれたわ。これが朝倉という男だ。こんな男に女が惚れたら、最後に待っているのは恐ろしいほどの不幸だ、とパパが言って指さしたところに、あなたの顔が写っていたわ」

「どうする、僕のことを警察に密告でもするのか？」

朝倉は冗談めかして言った。

「そんなことする筈がないでしょう？　それに、もし京子がそんなことをしたら、あなたは京子を殺すわ」

「死ぬのは怖いか?」

「もう怖くないわ。それよりも、生き長らえて、あなたを失った淋しさにさいなまれ続けるほうがよっぽど怖いの。殺すなら殺して。警察に遺書を送ったりはしないわ」

京子は瞳を開き、朝倉はナプキンで唇をぬぐい、京子を見つめ返した。

「金も毛並みも後だてもなかった一匹狼の僕が、ブタどもが食いものにしている社会でのし上がるには、お上品な手段では駄目だった。だから手段を択ばなかった。君に近づいたのも、もともとは君を通じて小泉と会社の情報をとるためだ。だけど今は君無しでは、何のために僕が闘っているのか分からなくなるほどだ。それほど僕にとって君は大事なんだ」

と、吐きだすように言う。その表情はひどく男性的であった。

「絵理子さんのことは? あの女のことも手段なの?」

「あのことは社長から押しつけてきたんだ。僕を懐柔して牙を抜こうとしてな。そして、あの女が僕に惚れただけのことだ」

「…………」

「無論、僕は、あの女と結婚する。会社の実権を握って、一匹狼にもどれだけのことが出来るかをブタどもに教えてやるためにな。だけど、僕が愛しているのは君だけだ。もう二度とは言わない」

「これからも、ときどきは京子と会ってくださる?」

「そうでないと気が狂う。特に失意のときは、君の胸に顔を埋めていると勇気が甦ってくるんだ」

「朝倉さん！　あなたを信じるわ。どんなにだまされても信じたい。もう、女の愚痴であなたを悩ましたりはしない。あなたが生きていることだけで京子は倖せなの。死んではいや！」

京子は突然乱れた。再び頬に涙があふれ、感動と欲望に体が震えだす。朝倉にしがみつき、狂ったように唇を求める。

朝倉は激しく応じた。熱くなった京子を優しく押しのけて立ち、ズボンとその下のものを脱いだ。臑にくくった拳銃も一緒にだ。そうして、

「今日は絵理子とは会っていない。君のためにとっておいた。調べてごらん」

と、呟く。京子はむせび泣きながら、朝倉の膝のあいだに唇を寄せてきた。小泉は、今夜の朝倉の殺しについては京子にしゃべってないらしい。


カーテンの隙間から、朝の陽が斜めに射しこんでいた。朝倉は眠りたりない眼をこすって半身を起こした。冷えきった空気に身震いする。

枕許のロ一レックスを手首にはめた。午前八時半だ。いつものときなら会社をさぼってもいいが、昨夜の仕事のあとだから、会社に出たほうがいいだろう。

「寒い……」

京子も目を覚ました。

「会社に出る。君は寝てなさい」

「朝御飯の仕度をするわ」

京子も起きた。朝倉の朝食は、大きなモーニング・カップに半分ほど注いだ濃いコーヒーに四分の一ポンドのジャージー・バターを落としたものと大鉢の野菜サラダ、それに半熟卵三個であった。

「これからもう一度一眠りしてから青山の自動車練習所に行くわ。この頃、昼間の暇潰《ひまつぶ》しに運転を習っているの。もう少しで仮免なの」

と言う京子をアパートに残し、朝倉はトライアンフTR4に乗って会社に向かった。しばらくこの車に乗ってなかったのでバッテリーがかなり放電しているから、信号待ちのあいだは軽くアクセルを踏んで充電してやらなければならない。

日比谷の有料駐車場にTR4を突っこみ、歩いて京橋の会社に向かう。営業部販売課の部屋に入ったときは十時近かった。デスクに着くと、隣のデスクの課長の淡島が朝倉に顔を寄せた。

「重役の宝田さんが昨夜お亡くなりになって、園田部長はお悔みに行かれています」

「お気の毒に。病名は？」

「何でも、運転なされている最中に心臓麻痺が起きて、車ごと電柱に突っこんだそうで。車は私のと同じコルヴェアだそうです。私も気を付けないと」

「死んではおしまいだからな」

朝倉は、肩をすぼめて書類を取り上げた。小佐井重役から外線電話がかかってきたのは、正午近くであった。

「さっき、宝田の家から戻ってきたところだ。うまく仕事をやってくれた。礼を言うよ。宝田のかかりつけの医者が、宝田の心臓のことを警察にしゃべってくれたんで、警察のほうは問題ない。宝田のところでは、本妻と二号が摑《つか》みあいのケンカをやって大変だったがね」

「そいつは、どうも」

「ところで、君には有難迷惑か知らんが、社長のお嬢さんが君に熱くなってしまったらしい。今夜六時、赤坂葵町のホテル・ミツイの千百十六号室に寄ってくれないかと社長がおっしゃっている。この前、君も行ったことがある部屋だ。そこで、社長が君に渡したいものがあるそうだ」

「分りました。ところで、例の車は？」

「そうだな。この前のところに戻しといてくれ。安西という駐車係りにキーを渡したらいい」

小佐井は電話を切った。

朝倉は受話器を戻すと、

「ちょっと出かけてくる。もしかしたら、今日はここに戻ってこないかも知れない」

と淡島に言い、部屋を出た。

TR4に乗って上北沢のアジトに着いた。赤松荘の近くまで行き、京子に見つけられずに、アパートの近くに駐めてあったコロナに乗りこんだ。そのコロナを日比谷にあるN……ホテルの地下駐車場に突っこみ、安西という配車係りにキーを渡したときが二時近くであった。

六時までには、まだ時間がある。朝倉はホテルのロビーに昇った。赤電話のそばに積まれた電話帳のうちの、職業別のほうを取り上げ、興信所の欄を開いた。

興信業——探偵業を含む——として十頁近くにわたって種々の事務所がのっていた。そのうちから、電話帳に広告を出している大手筋を朝倉はピック・アップして検討してみた。

地理的に言って朝倉のアジトや東和油脂とは反対の方角にある、池袋の国際クレジット・サービスを試してみることにする。電話番号を十ほどのせているから、あまり小さな事務所ではなさそうだ。

朝倉はタクシーで池袋に廻った。国際クレジット・サービスは春日通りの、都電池袋東一丁目に近い貸しビルの三階全部を占めていた。待合い室の奥に受付けがあった。朝倉は偽名を名乗った。やがて、デスクが二十ほど並んだ大部屋の横の応接室の一つに通された。

名刺を手に現われた、人当たりは柔らかいが、狡猾《こうかつ》な素顔がときどき覗く四十男が、調査副主任の南村だと名乗った。

「私のほうの本名と住所は勘弁してもらいたい。したがって、連絡は私のほうからの一方通行だ。そのかわり金はキチンと払う。とりあえず、これが手付けだ」

朝倉は、二十枚の一万円札をテーブルに置いた。

「なるほど。そして、御依頼の用件は？」

南村はヤニで染まった歯を見せて笑った。

「私と似た男を捜してもらいたい。事業の上で影武者が必要なんだ。だから、相手はなるべくなら、仕事がなくて困っている者とか生活が楽でない者がいい。給料次第で私のために働いてくれやすいように」

朝倉は言った。

76　山　荘

赤坂葵町のホテル・ミツイのロビーに朝倉が入ったのが、午後六時五分前であった。朝倉はエレベーターで十一階に昇った。

社長が待っている千百十六号室は、以前に朝倉がそこに呼び寄せられて、東和油脂が傭って裏切られた殺し屋を壁の孔から観察させられた部屋だ。

朝倉は、その千百十六号室のドアをノックした。ドアが細目に開き、社長の個人秘書が顔を覗かせた。朝倉を認めると、大きくドアを開いて腰をかがめる。

千百十六号室は二間続きであった。居間兼客間と寝室になっている。社長の清水は、朝倉が居間に入ると、ガウンのベルトを結びながら寝室から出てきた。

「やあ、よく来てくれた。今日は宝田のことで朝早くから叩き起こされたんで、ここで一休みしてたんだ。まあ、掛けたまえ」

と、朝倉にソファを示し、自分もそれに向かいあった肘掛け椅子に腰を降ろす。秘書は電話でルーム・サービスの係りに紅茶を注文すると、部屋から出ていった。

「いかがでしたか、私の仕事振りは？」

朝倉は、テーブルの上のディプロマットのタバコを一本取り上げ、それに火をつけた。チョコレートのようなトルコ葉の香りが部屋にひろがる。

社長は呟《つぶや》いた。

「文句のつけようがない。怖いぐらいだ」

「もっとも、私にしても、ああうまく心臓麻痺が起こるとは思っていませんでしたがね。ところで、私に御用とは？」

朝倉は煙を吐いた。

「うん。これなんだ」

社長はガウンの内ポケットに右手を突っこんだ。朝倉の筋肉がかすかに引き緊る。もうお前には用が無くなった、と言って社長が拳銃でも突きつけないともかぎらぬ。

そのとき、ドアにノックの音がした。ボーイです、と呼びかける。

「開けてくれないか？」

内ポケットから手を離して、社長が朝倉に言った。朝倉は斜めに歩き、常に社長を視線の隅から外さずにドアに近づいた。壁に身を寄せてドアの自動錠のノブを廻す。

入ってきたのは刺客ではなかった。ホテルのベル・ボーイだ。紅茶のポットと紅茶を二つずつのせた銀盆を捧げもっている。

朝倉は肩をすくめてソファに戻った。社長はボーイにチップをやり、伝票にサインする。

ポットの脇には輪切りのレモンとコニャックのグラス、それにミルクが別々に置かれてあった。朝倉は紅茶にコニャックを落とし、社長はミルクを混ぜる。

「あ、そうだった……」

しばらく黙りこんで紅茶を味わってから、社長は呟いた。ガウンの内ポケットに再び手を突っこむ。社長が取り出したのは、宝石の入っているらしいケースであった。

「エンゲージ・リングだよ。君が見立てたことにして、絵理子の指にはめてやってくれたまえ」

と言って、小さなケースを朝倉に差しだす。

「済みません」

朝倉は無造作にケースの蓋を開いた。

次の瞬間、朝倉は息を止めた。

ダイアの指環であった。三カラットぐらいだから、そんなに大きなものではない。しかし、鍛えぬいたハガネのように蒼黒《あおぐろ》く冴えたそのダイアの芯《しん》からゆらめく無限の炎には、朝倉の魂を吸いよせる魔力が確かにあった。

「ブラック・スチールのダイアだ。これだけのものは滅多にないね」

社長は呟いた。

朝倉はそれに答えず、ダイアの目くるめく炎を見つめていた。それが何百万円するのか、一千万を越すのか朝倉には分からない。しかし、この現実のものとは思えないほど美しいダイアのために、生きて死んでいった人々の情熱だけは理解できた。

「君たちの婚約発表の披露宴は、来週の土曜日を予定している。だが、絵理子はそれまで君を待ちきれないだろう。あの娘が、こんなに男に夢中になるなんて奇跡としか思えないほどだが」

「…………」

「絵理子は、いま伊豆山の別荘で君を待っている。二人きりのところで、君の気持ちをはっきりと聞きたい、と言うんだ。早く行って、君の口から結婚を約束してやってくれまいか」

「分かりました。御期待に添いましょう」

朝倉はダイアのケースの蓋を閉じた。

「有難とう。それから対外的には、君と絵理子はドライヴァーズ・クラブで知りあったことにしておくが、構わないだろうね？」

社長は言った。

「適当に言っておいてください」

「それでは、絵理子をよろしく頼む。帰りはいつになってもいいから」

社長は別荘への道順を書いた紙片をテーブルに置いた。

「では、失礼します」

朝倉は立ち上がった。

廊下に出ると、エレベーター・ホールで暇を潰していた社長の個人秘書が朝倉に頭をさげ、千百十六号室に戻っていった。

朝倉はロビーに降りると、赤電話で参宮マンションの京子の部屋を呼んだ。二、三日東京を離れるかも知れないが心配しないように、と言う積りであった。

しかし、電話に出たのは京子でなく、小泉の声であった。朝倉は咄嗟《とっさ》に鼻をつまんで声を変え、

「花村だけど、頼んであった大盛り焼きソバ、まだ出来ないのか？」

と、言う。

「気をつけろ、うちはソバ屋でないんだ」

小泉は電話を切った。

朝倉は駐車場に廻って、駐めてあるフィアット・ベルリーナのスペシャルに乗りこんだ。池袋の国際クレジット・サービスを出てから一度上北沢のアジトに戻ってこの車に乗ってきたのだ。

それから二時間ほどのち、アバルトのマフラーから轟音を響かせながら、朝倉の運転するフィアットは真鶴有料道路を百三十キロで飛ばしていた。有料道路を過ぎ、熱海に近づくと、ところどころ工事中の砂利道が残り、道幅は狭まる。朝倉はスピードを落とした。

左手の海沿いの松林のなかに、ウニやアワビやサザエなどを料理する店が点々と続いた。朝倉は五軒目の店の手前で右折し、踏切りを渡った。

小石を跳ねとばしながら、フィアットは山道を登っていく。清水社長の別荘は、伊豆山の町から大分離れているのだ。

七分ほどセカンド・ギアで登ったところで、林のなかの曲がりくねった砂利道はT字型に分れ、右手の道に清水荘、左手にはSデパート寮と矢じるしがしている。朝倉は右にハンドルを

切った。坂の角度はさらにきつくなる。それから三分ほどして、フィアットは古びた樫の門に突き当たった。門の右は一キロも続くかと思えるような土塀だ。左手は一段と高い山肌であった。

鈍い門灯が清水という表札を照らしている。その門の前で車を停め、エンジンのスウィッチを切ると、急に山の静寂が襲った。静まりかえった夜気のなかに、滝の音がかすかに聞えてくる。クラクションを鳴らそうとして、朝倉は門柱にインターホーンが掛かっているのに気がついた。車から降りてインターホーンのスウィッチを押す。

「どなた様でしょう?」

初老の男の声が尋ねた。

「朝倉と言う者です。お嬢さんは、いらっしゃいますか?」

「少々お待ちください。いま門を開けに参ります」

男は答えた。

その少々の時間が、実際には十分以上かかった。足音が近づき、潜り戸の閂《かんぬき》が外され、法被《はっぴ》を着た五十ぐらいの男が姿を現わした。

「別荘番でございます。遠いところをわざわざお出かけくださいまして……お嬢さまは大変なお喜びようでございますよ」

と、言う。門の内側に戻って正門を開く。朝倉は門の内側に車を突っこんだ。起伏のはげしい山と谷と森の庭は、どれほどの広さがあるのか見当がつかない。門の左手に小屋があり、右手のカー・ポートに瀟洒《しょうしゃ》なメルツェデス一九〇ＳＬのフィックスド・クーペが置いてあった。

朝倉はその一九〇ＳＬの横に自分の車を駐め、車から降りた。門を閉じて門を降ろした別荘番が、

「足許にお気をつけてください」

と言って、懐中電灯を一本、朝倉に渡した。自分は朝倉の足許を照らす。

石段と玉砂利の道を二人は登っていった。道の左右は築山だ。滝の音が次第に高まってくる。

「広いもんだね」

朝倉は素直に感想をのべた。

「五万坪ございます。完成までに十五年もかかりました。私は工事にかかりましたとき、庭師をやっていましたので」

別荘番は誇らしげに答えた。

滝と谷川は、庭を斜めに横断するような格好で流れていた。その谷にかかった橋を渡って三分ほど歩くと、植込みのある芝生のスロープの上に建つ、百坪ほどの平屋建ての灯が見えてきた。その芝生を、懐中電灯の光が揺れながら駆け降りてくる。その懐中電灯を持っているのは絵理子だと、朝倉は直感して足を早めた。

やはり絵理子であった。渋い結城紬《ゆうきつむぎ》の普段着に体を包んでいる。上気した絵理子の頰と、洗いざらして底光りした結城紬に包まれた体が、朝倉には途方もなく新鮮に見えた。

「来てくださったのね！」

絵理子は朝倉の胸に倒れこんだ。化粧品の匂いが、かすかに絵理子の髪から漂った。

「淋しかったよ」

朝倉は小柄な絵理子を抱きしめた。

「あ、あっしはお先に失礼して……」

別荘番は逃げるようにして建物のほうに去っていく。

「今夜は大事な話で来た。君の返事をもらいにきたのだ」

紬の着物越しに絵理子の体が熱く掌に伝わってきた頃、朝倉はかすれたような声で囁《ささや》いた。

「本当?」

絵理子は星の宿った瞳を挙げた。突然、朝倉から身をふりほどくと、建物の左手の東屋《あずまや》のほうに向けて走りだした。

朝倉は、わざとゆっくり絵理子を追った。その目の前で、和服の裾からこぼれた絵理子の白いふくらはぎが閃《ひらめ》く。

芝生のスロープの頂上にある東屋で、朝倉は絵理子を摑まえた。こいつめ、と明るく言って、後から羽交いじめにする。

そこまで来ると視界はひらけていた。芝生の先の断崖の向こうに暗い海がひろがり、右手に熱海の灯、左方遠くには真鶴半島の灯が宝石をばらまいたように輝いていた。

朝倉は、そのままの姿勢で絵理子の喘ぎが鎮まるのを待った。

朝倉の掌の下で、絵理子の乳房が固く隆起するのが分る。

「好きだ。妻になってくれ」

朝倉は囁いた。

「もう一度言って。大きな声で」

絵理子は朝倉に向き直った。

「結婚してくれ」

絵理子の両肩に重く力強い手をかけた朝倉は、叫ぶように言った。

「愛しているわ！　私はあなたのもの」

絵理子は、背のびして朝倉の首に両腕を捲いた。二人の歯がぶつかる。

長い時間が過ぎて二人が唇を離したとき、唾液の糸が銀糸のように光った。朝倉は内ポケットから宝石ケースを取り出し、エンゲージ・リングを絵理子の指にはめた。絵理子がそれをかすかな星明りにかざすと、スチール・ブラックのダイアは虹の炎を燃えたたせた。

堅木のフロアリングにペルシャ絨毯《じゅうたん》の敷かれた別荘の居間は、フランス窓になっていた。いつもなら裏庭の防風林の先の海が見おろせるが、今は暖炉で燃えるブナの熱でガラスが曇っている。

絵理子と朝倉がその部屋に入ると、別荘番の女房が挨拶に現われた。もとは温泉場の女中でもしていたらしく、化粧や着こなしが泥臭くない。

「このかた朝倉さん。びっくりしないでね。私の未来のハズよ」

絵理子ははしゃいでいた。

「あれ、まあ……お芽出とうございます。本当にお似合いですこと」

「本当にそう思う?」

「男らしいお方。亭主がいなければ、わたしも夢中になりそうですわ」

女は笑った。

「誘惑しないでね」

「冗談でございますよ。それに、お嬢さまも女らしくなられて……御料理はすぐにお持ちしましょうか? 手料理でお口にあわないかとも存じますけど」

「ええ。でも、その前に、氷と何かつまむものを持ってきて。すぐにね」

「かしこまりました」

女は引きさがった。三分もたたないうちに氷とキャヴィアを運んできた。

「何をお飲みになる?」

絵理子はホーム・バーに近づいた。

「ウオツカ・マルティニ。ドライにして」

「私もそれにするわ」

絵理子はシェーカーと大きなグラスを氷で冷やし、シェーカーの氷を換えてから、ストリヒナーヤのウオツカ四に対してマルティニのヴェルモット一の割りで注ぎ、器用にシェークする。かすかに泡だつそのカクテルをグラスに注ぐと、マッチに火をつけた。グラスの上でマッチをかざし、それにレモンの皮の汁をとばす。汁がはじけ、芳香がかすかにカクテルに移った。

朝倉は暖炉の前の寝椅子に体を沈めて絵理子と肩を寄せあい、よく冷えてグラスが汗をかいたウオツカ・マルティニと黒海のキャヴィアと絵理子の唇を交互に味わう。週末をこうやって毎週過ごせるような身分になるのも悪くない、と思った。緊張がほぐれ、アルコールが素直に体に廻っていく。

やがて料理が運ばれた。黒鯛《くろだい》やエビの生き造りをはじめ、近くの海で獲《と》れたものが多かった。絵理子が、料理を朝倉の口に箸《はし》で移してくれる。朝倉の食欲と味覚は十分に満足させられた。

「この前、はじめてお会いしたとき、あなたの気にさわることばかし言って御免なさいね。でも、あれは照れかくしだったのかも知れないわ」

絵理子は呟いた。

「いいんだよ……今夜は久しぶりに酔った。これから車を運転して帰るのは大儀だな」

朝倉は言ってみた。

「意地悪。帰さないわよ。どうしても帰ると言うのなら、タイヤの空気を抜いてしまうから」

「降参、降参」

「お部屋は用意させてあるわ。お疲れになったでしょう。お休みになる前にお湯に入られたら？　野天風呂だけど、パイプで温泉を引いてあるの。私が案内するわ」

「素晴らしい」

「ちょっと待っててね。着替えを持ってきてあげる」

絵理子は、朝倉の額に唇を押しつけてから立ち上がった。

居間に戻ってきた絵理子は、ユカタや丹前、それにタオルなどを抱えていた。朝倉も立ち上がった。酒を飲んで足がふらつくのは何年ぶりのことであった。

下駄を突っかけた二人は庭に出た。懐中電灯を照らしながら、芝生を横切り、先ほどの東屋を過ぎて築山を抜けた。その先の十メーターほどの高さの断崖に、鉄の手すりがついた石段が斜めに登っている。そのあたりにくると、懐かしい温泉の湯気の匂いが感じられる。

石段を登ると、林のなかに湯煙が立ちこめていた。海に面した林はひらけ、小さなプールほどある岩風呂を裸電球の鈍い光が照らしている。滝の音が、深山の隠し湯にでも来ているような錯覚を与える。中央に白砂の島があるその岩風呂のそばには、小川が流れていた。

「毎年お正月は、ここのお湯につかって初日の出を拝むの。ヨーロッパ旅行していたときは別だったけど」

絵理子は呟いた。

「来年は二人で拝もう」

朝倉は言った。甘い生活に溺《おぼ》れかかる自分に、急に理由もなく腹がたってきて手早く服を脱ぐと、しぶきをあげて湯のなかに跳びこみ、イルカのように泳ぎまわる。絵理子は、笑いながら、朝倉の脱ぎ捨てたものを岩のあいだに張ったスノコの上に重ねた。中腰になって、いたずらっ子を見守る母のように朝倉を見つめているのが、湯煙のヴェールを透して朝倉に見える。

朝倉の怒りは鎮まってきた。

「君も入らない？　ここなら、誰からも覗かれたりしないだろう」

と、呼びかける。

「むこうを見ていて」

絵理子が忍び笑いの声をたてた。

朝倉は海寄りに廻った。湯のなかに仰向けになり、星屑《ほしくず》に視線を放っている。これが本当の人生なのかも知れない。

静かに泳いできた絵理子が、朝倉の顔に湯しぶきをはねかけた。それからは湯のなかでの鬼ごっこ……しぶきの引っかけあい……そして、朝倉は絵理子を摑まえ、暖かな砂の島で二人は互いの体を貪《むさぼ》りあった。溶かしたバターを塗ったように膝の上まで光らせた絵理子は、何度目かの痙攣のあと、朝倉の背に爪をたてたまま湯のなかに転がりこむ。

77　捕われ

翌日の土曜日、朝倉と絵理子は、網代《あじろ》につないである清水社長のクルーザーに乗りこんだ。

その全長七メーターの小さなクルーザーには、ヴォルヴォの百馬力ガソリン・エンジンが二つ付いていた。狭いが、キャビンもある。二人は初島と真鶴のあいだにボートを漂わせながら、釣りあげたブリを刺身にして食ったり、寒風をさけてキャビンのなかで抱き合って揺られたりした。

日曜日は絵理子のベンツ一九〇SLで、伊豆をゆっくりと廻った。絵理子はカメラを車に積んでいた。

石廊崎《いろうざき》で昼飯をくい、西海岸から土肥峠《といとうげ》を越えて、船原ホテルの陣屋で、お狩場焼きを味わった。その夜は、修善寺《しゅぜんじ》の桂川《かつらがわ》沿いの宿に泊った。

翌日月曜の昼近く、朝倉は絵理子を伊豆山の別荘に送りとどけてから、自分のフィアット・スペシャルに乗り替えて東京に戻っていった。

この三日で、体も精神もなまってしまったような感じだが、都内の交通ラッシュの渦のなかに捲きこまれると、たちまち体が引きしまってくる。快適であった安楽の時間のことも、脳裡から消しとんだ。

朝倉が京橋にある東和油脂本社の駐車場に車を突っこんだのは、午後三時近かった。販売課の部屋に入ってデスクに着くと、何か留守中に変わったことはなかったか、と課長の淡島に尋ねる。

社長の秘書が今朝から二、三度この部屋を覗きに来たほかは、何も変わったことはない、と言うのが淡島の返事であった。朝倉は頷き、デスクの上の金網にたまっている書類に目を通しては判を押していった。

一息つくと六階に登り、社長室のドアをノックした。もっとも、社長の個室に入るまでには、秘書課の部屋と二つの応接室を通らないとならない構造になっているから、正確に言えば秘書課のドアをノックしたことになる。

秘書の一人がドアを開き、朝倉を認めて素早く頭をさげ、部屋のなかに招き入れる。社長の個人秘書がデスクから立ち上がって、愛想笑いを浮かべながら朝倉に近づいてきた。

「お帰りになりましたのですか？」

と、腰をかがめる。

「さっきね。何か僕に？」

「いえ。私ではございません。社長が……」

社長の個人秘書は言って、奥の応接室のほうに朝倉を連れていく。

フランス王朝時代のサロンのような、その応接室の革張りのソファに体を沈めた朝倉が、卓上のゲルベゾルテをくわえて一本の半分ほど灰にしたとき、社長室のドアが開いて清水社長が姿を現わした。

腰を浮かしかけた朝倉を手で制し、朝倉の向かいのソファに腰を降ろした社長は、

「有難とう。伊豆山の絵理子から電話があったよ。楽しかった、と言ってた」

と言う。

「僕のほうも楽しみました」

朝倉は答えた。

社長は、朝倉に特に用があるわけではないようであった。朝倉は、結婚披露のときの服装などについて二十分ほど社長と話をかわし、自分の課の部屋に戻った。

やがて五時がきた。退社時刻だ。朝倉はデスクを片付け、働き蟻《あり》の波に揉まれてビルから吐

きだされる。ビルの裏庭の駐車場に廻った。

駐めておいたフィアットに乗りこみ、スタートさせた。上北沢のアジトに向かう。

尾行車に感づいたのは、赤坂見附を過ぎて青山通りに入ってからであった。以前の尾行車と違って巧みなので、朝倉がそれに気付くまでには時間がかかったのだ。おまけに相手のクラウンは、どういう仕掛けをしているのか、ヘッド・ライトの光の強さを色々に変える。

そのクラウンには、四人の男が乗っていた。いずれも、朝倉が見たことのない男だが、朝倉には動物的なカンが働く。

朝倉は舌打ちした。絵理子のところに行っていたので、拳銃を身につけてない。トランク室のスペア・タイヤのなかにコルト・スーパー三十八自動拳銃を隠してはあるが、こいつは大きすぎてズボンの裾に隠すわけにはいかない。

それに、道のほうの混みようもひどいから、一気にクラウンを引き離すことも出来ない。おまけに、道の脇は共同溝の工事でえぐられているから、交差点以外でないと脇道に入ることすら出来ないのだ。

朝倉は度胸を決めた。相手の出方を待つのだ。アジトは尾行車に絶対知られたくないが、上目黒のアパートのことなら、奴等はすでに調べだしているだろう。

念のために車のグローヴ・ボックスから安全カミソリを取り出してワイシャツの左袖の折り返しに隠し、もう一枚の刃は背広の襟の裏側に作らせてあった小さな隠しポケットに入れた。残りのカミソリの刃は、車の床のマットの下に突っこむ。ドア・ポケットに突っこんであったモンキー・レンチをズボンのバンドに差した。

放射四号の青山通りを直進し、渋谷を抜けて大橋車庫のあたりで右折した。尾行の車が車窓からトランシーヴァーのアンテナを突きだしたが、カーヴを曲がる朝倉のフィアットのバック・ミラーにはそれが写らなかった。

曲がりくねったその坂の途中に、右手に分れる道がある。朝倉が会社に届けてある住所は、その道に面して、屋敷と屋敷にはさまれた粗末な木造二階建てのアパート清風荘なのだ。道をへだてた花屋が家主だ。

朝倉は家主に見つかって話しかけられるのを避けるため、アパートの三軒ほど手前の屋敷の横に車を突っこんだ。

その塀に寄せて車を駐め、アパートの裏口に廻っていく。部屋代を月に一度郵送するだけで、朝倉はもう何か月も清風荘に戻っていない。

尾行のクラウンは、ここまでは追ってこないようだ。朝倉は一度車に戻って、スペア・タイヤの下に隠した大型自動拳銃を取りだそうかと迷ったが、アパートの裏手の非常階段を登っていった。

尾行者は、乗っ取り屋の鈴本の命令を受けている者たちに違いない。東和油脂の社員名簿で、朝倉の住所が清風荘になっているぐらいは簡単に知れるだろうから、アパートの部屋のなかを引っかきまわして何かをさぐろうとしたかも分からぬのだ。

非常階段から二階に上がった朝倉は、足音を忍ばせて、左の端の自分の部屋に近づいた。ド

ア の前で耳を澄ましてみてから、鍵束のうちの一本でドアの鍵を解いた。
ドアを開く。廊下の鈍い明りが、雨戸を閉めきった真っ暗な部屋の一部に弱く射しこむ。朝倉は狭いタタキで靴を脱ぎかけたが、長いこと掃除もしないので床に埃《ほこり》が積んでいると思って、靴のまま上がりこんだ。

その途端――朝倉は、右の背後の押入れに気配を感じた。素早く床に片膝をつきながら、振り向こうとする。

一瞬おそかった。朝倉は、頭に激しい衝撃を受けて尻餅《しりもち》をついた。かすむ瞳に、押入れのなかから跳び降りた男が、バットのように細長い麻袋のなかにパチンコの玉を詰めたらしい凶器を鋭く振りおろすのがぼんやりと写ったが、次の瞬間には、前に数倍する衝撃と激痛が頭から足の先まで走って、意識が完全に断絶した……。

次に朝倉が気付いたとき、あたりは真っ暗であった。吐き気がする。体が揺れていた。

次第に意識がはっきりしてくると、頭のなかにドリルを突っこまれているような苦痛が強くなってきた。

手も足も動かせない。体が痺《しび》れてしまったのかと思ったが、そうでなくて手足を縛られているらしい。息が苦しい。エンジンの音が聞こえていた。

罠《わな》におちて、捕えられたのだ。朝倉の体に汗が吹きでる。しかし、真っ暗なのは何のためだ。ここは車のなかでないのか。

息苦しさはつのってきた。それに熱い。やっと朝倉は、自分が寝袋のなかに頭まで包まれていることを知った。寝袋に包まれて車で運ばれているらしい。仰向けに寝かされているのに、両手は背後で縛られているから、上体の重みが不自然にかかった腕に鈍痛がする。

車のなかには何人かの男がいると思えるが、話し声は全然聞こえなかった。車が交差点かどこかで急停車したとき、朝倉ははずみをつけるようにして寝袋ごと上体を起こそうとした。

強い力が、その朝倉の上体を車の床に突き戻した。

「じっとしてろ。お前には運悪く、この車は食品運搬車だ。だから、この荷台には窓がない。暴れて、ほかの車の注意を引こうとしたって無駄骨だぜ。大人しくしてるんだな」

はじめて、男の声が聞こえた。

朝倉は唸った。バネが硬いと思ったら、パネル・ヴァンの小型トラックであったのか。朝倉は、なるべく体を楽にするために、寝袋のなかで横向きになった。五、六度蹴られたが、割れそうな頭の痛みと寝袋の羽毛のクッションのせいで、蹴られても痛みは感じない。

車は、それから三十分ほど走った。街の騒音が徐々に遠のいていく。朝倉の頭痛も鎮まってきた。

車が停まり、鉄柵の門が開く音がした。車は再び動きだしたが、今度は路面から伝わる音で玉砂利の道に入ったことが分かった。どこかの屋敷のなからしい。

車が再び停まり、荷台の扉が開く音がした。何人かの足音が荷台のなかに反響し、次いで朝倉の体は、寝袋に入ったまま持ちあげられた。低い掛け声と共に運ばれていく。

朝倉の体重について罵声《ばせい》を漏らす者もいた。朝倉は手首を縛られたままの右指を曲げて、ワイシャツの左袖の折り返しをさぐってみた。そこに隠したカミソリの手ざわりを袖の生地の上から感じると、闇のなかで狼のような笑いを浮かべた。

朝倉を運ぶ男たちは、一度階段を登り、少し動いてから今度はさがっていった。地下室らしく、物音が強く反響する。

朝倉の体は、乱暴にコンクリートの床の上に放りだされた。

「御苦労だった、引き返せ」

どこかで聞いたような、凄味のきいた初老の男の声が聞こえた。

「承知しました」

若い男の声が答え、寝袋の紐とジッパーが開かれた。朝倉の体は寝袋から引きずりだされた。まぶしさに朝倉は顔をしかめる。その朝倉を、男たちが四人がかりで壁ぎわに固定された鉄パイプの骨組みの椅子に運んだ。椅子と朝倉をロープで捲き、縛る。

四面が粗いコンクリートの地下室であった。朝倉と向かいあった反対側のソファに、五十六、七の大柄な男が悠然と坐っていた。鈴本だ。経済問題の解説などでテレビにもときどき顔を出すから、朝倉は鈴本の顔もよく覚えている。身だしなみのいい最高級の背広の上の精悍《せいかん》な顔が、いま朝倉を見つめて不気味に光っている。

朝倉は、唇の端に歪んだ笑いを彫りつけ、ゆっくり左右を見廻してみた。ここが自分の墓場となる可能性は少なくないのだ。

殺風景な部屋で、飾り物は何もない。朝倉の左側のポーカー・テーブルの上でテープ・レコーダーが静かに回転し、右側にはステレオが置かれてある。ステレオに差しこまれたイヤホーンのコードが床の上でとぐろをまいている。鈴本の右側に、三脚に乗せられたサーチ・ライトが置いてある。まだそれは点灯してないが、大口径のボッシュのレンズは朝倉を睨みつけていた。

部屋には、鈴本のほかに、朝倉をここに運んできた四人の男がいた。いずれも、三十から三十五歳ぐらいのあいだの頑強そうな男性たち揃いだ。

「栗原、お前はここに残れ。あとの者は、上に行っててくれ」

火をつける葉巻の端を噛み潰しながら、鈴本が呟いた。三人の男が地下室を出ていき、冷たく澄んだ瞳と傷跡だらけの顔、それに雄牛のような体を持つ男が一人残った。

「苦労しました、捕まえるまでは。もっとも、こいつが罠にはまってからは簡単でしたが」

と、言う。車のなかで朝倉を押さえつけた男だ。アパートの部屋で押入れに隠れていたのも、この栗原という男であろう、と朝倉は思った。

「お前は失敗したことがない。お前の腕を私は信用して裏切られたことはなかった」

鈴本は重々しく呟いた。

「おそれいります」

栗原は鈴本が掛けているソファに近づき、ライターの炎をのばして、鈴本がくわえている葉巻に火を移してやった。煙を吐きだした鈴本は、軽く栗原に頷き、朝倉に瞳を据えた。

「これから裁判をはじめる。判決はすでに決まっている。死刑だ」

「茶番劇はよしてもらおう」

朝倉は呻いた。右手の指を二人に見えないように動かして、左の袖の安全カミソリの刃を取り出そうとする。うまくいかない。

「それでは、死刑の判決の理由をのべる。一つ、君は私の息子を殺した。桜井と名乗らせてはいたが、あれは私の庶子だ。そのことは君も知っていたはずだ」

鈴本の瞳から涙が垂れた。

「殺した覚えはない」

朝倉は呟いた。必死にカミソリを取り出そうとする。

「二つ。君は一緒に息子を殺《や》った仲間を始末して、東和油脂の株を大量に褒美にもらった」

「…………」

やっと、朝倉の右指はカミソリを引っぱりだした。

「判決理由の三、君は私の情婦石川朱美を犯した。朱美が白状したのは最近のことだ。いま朱美は精神病院に入れてある」

「…………」

朝倉は憎悪に燃えてきた鈴本の瞳を見つめ返しながら、手首を縛ったロープの一本一本にカミソリで切れ目を入れていこうとする。腋の下は汗で濡れ、下腹も冷たく湿っている。

「その四。君は私の陣営にくだろうとした宝田重役を殺した」

「証拠でもあるのか？」

朝倉は冷笑した。やっと一本目のロープに切れ目が入った。

「証拠はない。だが、すぐに自分の口から白状して、私の許しを請うようになる。そのときの君の苦しむさまを、私はゆっくり見物させてもらうよ。幸い、君の肉体と精神は野獣のように頑強に出来あがっているようだから、簡単に発狂したりして、私の楽しみを奪ってしまうようなことはなかろう」

「あんたが、サディストだとは知らなかった」

朝倉は犬歯を剝きだしにして笑った。

「黙れ！　私はそんな穢《けが》らわしい言葉は聞きたくない。私が君を狂死させるのは、復讐と実益のためだ」

「芝居気たっぷりですな」

朝倉は言った。一ミリ、一ミリと背後で縛られた腕を上にずりあげていく。右の人差し指と中指にはさんだ安全カミソリの刃が、椅子と朝倉を結んでいるロープの一本に触れた。

「判決理由の第五。これが、実益のために君に死を与えるゆえんだ。君が持っている東和油脂の株二百万株が、私にとってどんなに大事なものか分るだろうな」

「あんたの今の持株は五百万株を越えている。それがこっちの二百万株を合わせるとすると、東和油脂全株の三千万株の四分の一にもなる。そうなると、あんたは東和油脂を乗っ取るにせよ、高く株を買い戻させるにせよ、絶対に有利だ。だけど、どうやって俺の株をそっちのものにする?」

朝倉は言った。椅子とロープを結んだ五本のロープも、少しの力を加えるだけで切れてしまうまでになった。

「拷問に耐えきれなくなって発狂する前に、君は何もかもしゃべってしまうだろう。君の隠れ家のことも、株券の隠し場のことも、印鑑の仕舞い場所も。私が、君の株券に君のハンコのついた委任状か譲渡証をつけて東和油脂に持っていったときの、奴等の狼狽ぶりが目に見えるようだ――」

鈴本は低く笑い、

「さて、私は死体に傷を残すようなヘマはやりたくない。やむをえないとき以外にはな。これから君に加える処刑は、ナチが捕虜の口を割らすとき使った手の一つだ。君の耳にはそのイヤホーンを差しこむ。ステレオからヴォリュームを一杯にあげた美しい音楽が君の耳に流れこむわけだ」

「…………」

「そして、この強烈なライトは君の目を照らし続ける。君は一瞬たりとも目をつぶることは許されない。無論、眠ることなど論外だ。君が眠ろうとしたら、嫌だがこれを使わないとならない――」

鈴本は内ポケットから真珠を銃把に埋めた〇・二五口径の小さな洒落《しゃれ》た自動拳銃を取り出し

た。それをソファに置き、

「君の体と神経が何時間もつか何日もつかは知らんが、私としては一分でも長いことを望むね。まあ、栗原に殴られた頭のコブが引っこむまでは生きていてもらいたいもんだ」

と笑って、栗原に顔を向けて片目をつぶった。栗原が無表情に朝倉に近づいてきた。床に落ちているイヤホーンを拾いあげようとする。朝倉は深く息を吸うと、上半身の筋肉を急激にふくらませた。

78　地下室

コブのように盛りあがった筋肉の力で、切れ目を入れておいたロープは切れて飛んだ。朝倉は椅子に坐ったまま、ポーカー・テーブルの上のテープ・レコーダーを摑んだ。それを、栗原に向けて叩きつける。

一貫目を越すテープ・レコーダーは、朝倉に突進してこようとする栗原の顎に命中した。機械の角が、嫌な音をたてて栗原の顎から歯を砕く。

朝倉は、左手に移してあったカミソリの刃で、脚を縛っているロープを切断した。

茫然としていた鈴木は我に返り、横に置いた〇・二五口径のオモチャのような自動拳銃に、手をもがくようにのばした。

朝倉は立ち上がると横に跳んだ。俯向けに倒れて意識を失っている栗原を抱えあげた。その体を楯にする。

「動くな!……いや、まず栗原から手を離せ」

鈴本は呻いた。小さな自動拳銃の安全装置を外して、銃口を朝倉たちのほうに向ける。銃は電気アンマ器のように震えていた。

「射てるもんなら射ってみろ、まず弾は栗原に当たる。栗原を殺す気なら射ったらいい。だけど、栗原を貫いた弾が俺にも当たってくれるなんて思ったら、あんたは大馬鹿だ。二十五口径のハジキの弾なんて、二十二口径の弾よりも威力が少ないんだ。弾速が遅いからな」

朝倉は言った。

栗原を楯として抱えたまま、鈴本に迫っていく。

「寄るな! 近寄るとブッ放す」

鈴本は金切声をあげた。

「やってみたらいい」

朝倉は狼の笑いを浮かべた。

鈴本は目を固く閉じて顔をそむけた。首筋にまで顎を伝った唾がたれている。唸り声をあげると、狙いもせずに〇・二五口径ブローニングの引金をガクンと引きしぼった。

朝倉の腕のなかで、栗原がギクンと上体を反らすのが分った。朝倉はそのまま鈴本に突進した。全身の血が逆流していた。

鈴本は発射の轟音と反動に自分で驚き、ブローニングを放りだして頭を抱えた。マラリアの発作のように震えている。

射たれた激痛で、栗原は気絶から覚めていた。悲痛な呻きを漏らしている。朝倉はその体を鈴本に放りつけ、床に落ちているブローニングを靴先で蹴とばした。

栗原の体重を受けてソファの上に転がった鈴本は、ほとんど正気を失っているような様子であった。栗原に抱きつき、

「し、死なないでくれ！　生きていてくれ、射つ積りはなかったんだ」

と、涙をこぼす。

朝倉はポケットに残されたハンカチで〇・二五のブローニングを包んで拾いあげ、それをポーカー・テーブルの上に乗せ、手首をマッサージした。

栗原の背に射出孔は無かった。右の胸の射入口のまわりに火薬カスと血のシミがひろがっている。威力の小さい弾は、盲管となって肺のなか脊髄《せきずい》にとまっているのであろう。

再び意識が薄れていくらしく、霞む瞳を見開いた栗原は、血を咳きこんで鈴本の顔に吐きつけながら、鈴本の首を絞めつけようとする。鈴本は悲鳴をあげて床に転げ落ちた。

朝倉はぐったりした栗原に近づき、その体をさぐった。左腋の下の革ケースに、ワルサーP38の自動拳銃が入っていた。

朝倉はそれを奪った。薬室に装塡されている証拠に、指示ピンが遊底の後に突きだしている。弾倉を抜いてみると、弾倉には七発の九ミリ・ルーガー弾が入っていた。

朝倉がその弾倉を銃把の弾倉枠に叩き戻したとき、ドアの外の階段を荒々しく駆け降りてく

る数人の足音が聞こえ、続いてドアが乱打された。

「どうしました、所長」

「銃声が聞こえたが、何が起こったんです！」

ドアの外で男たちがわめいた。

朝倉は鈴本に近寄った。ワルサーの撃鉄を親指で起こして、銃口をその頭に圧しつけた。

「威嚇射撃しただけだ、と言うんだ。みんなに戻ってろと命じないと、あんたをなぶり殺しにする」

と、囁く。

鈴本は痙攣するように頷いた。

「お、嚇《おど》しでブッ放しただけだ。呼ぶまで上で待ってろ」

と、震えを帯びた声で叫ぶ。

「本当ですか？」

「言われた通りにしろ」

鈴本は呻いた。膝から震えが這いあがってくる。

ドアの外の足音は階段を荒々しく登っていった。ドアの外に残った男はいないらしい。

朝倉は、ピストルの安全弁を親指で安全の位置に押しさげた。撃鉄は自動的に安全位置まで倒れる。

その金属音を聞いて、鈴本は射たれた猫のように跳びあがった。喉の奥から悲鳴さえ漏らす。

朝倉は、その鈴本の襟首を左手で摑んで、ソファの上に倒れている栗原の横に坐らせた。栗原はすでに呼吸をしていないようであった。

「あんたは人殺しだ。しかも、自分の忠実な部下を殺《や》った。このことが世間に知れたら、あんたの破滅だ」

朝倉はゆっくりと鈴本に言った。

「殺る気はなかった！　もののはずみだ。見逃してくれ！」

鈴本の震えは、顎にまで這いあがっていた。

「裁判長があんたの言い分を認めると思わんね」

朝倉は嘲笑《あざわら》った。

「わ、分かった。何でもあんたの言うことを聞く。許してくれ」

「俺がかけられそうになった拷問にあんたをかけてやったっていいんだ。面白そうだな。テープ・レコーダーは壊れたが、サーチ・ライトとステレオとイヤホーンは無事だ」

「頼む、許してくれ！」

鈴本は、今にも絶叫をあげそうであった。

サーチ・ライトの横に、キャメルのタバコの箱とダンヒルの銀ライターが置かれていた。朝倉はキャメルに火をつけて肺一杯に煙を吸いこみながら、先ほどまで体を縛りつけられていた鉄パイプ製の椅子に腰を落ち着け、鈴本の震えが鎮まるのを待つ。ワルサーP38は、右手から離さなかった。

やがて、鈴本の震えは鎮まった。そして、徐々に冷酷な素顔が甦ってくる。

朝倉はそのときには、三本目のタバコを灰にしていた。再びワルサーの撃鉄を起こし、

「俺はあんたを殺しはしない。あんたが、俺の質問にまともに答えてくれさえすればな。そうでないときは、あんたを生ける屍にしてみせる。このまま生き続けるよりは死んだほうがよっぽどましだ。とあんたがいつも思わないとならないような……」

と、淡々とした声で言った。

「私の負けだ。悪あがきはしない。一生ギブスにくくりつけられて身動きも出来ないような目にあわさないでくれ」

鈴本は呟いた。

「よし、その調子だ。あんたは、栗原を殺したことを認めるな？」

「認める」

「それでは尋く。どうして俺が桜井を殺したなどと考えた」

「殺さなかった、とでも言うのか？」

「殺さない。今の俺は、あんたを殺すも生かすも勝手に出来る立場にある。その俺が嘘を言ったところで仕方ないだろう」

朝倉は言った。

「じゃあ、息子を殺したのは東和油脂が傭った二人の殺し屋と石井だけでか？」

鈴木は呻いた。

「そのところは、俺の口からは言えない。ともかく、俺は桜井を殺したりはしなかった」

「…………」

「桜井を尾行《つけ》てたのは、彼が、東和油脂の乱脈な経営ぶりの証拠を集めていたから、そいつを横取りしようと思ってだ。ところが、俺より先にその仕事をやってのけた連中がいた、という次第だ」

「石井や殺し屋だな」

「ともかく、桜井を殺した連中は、居坐り直って東和油脂に莫大な口止め料を要求してきたらしい」

「それで、今度は君が殺し屋として東和油脂のために働いたんだな?」

「想像にまかせる、と言ったろう――」

朝倉はニヤリと笑い、

「ともかく、俺が今、東和油脂の株を二百万株持っていることは事実だ。そして、俺の二百万株が会社の死活を左右することもな。あんたは俺の二百万株を暴力で奪おうとした。感心出来ぬやり方だ。落とし前をつけてもらわぬことには、俺はあんたの殺人を警察に届けないわけにはいかなくなる」

と、言った。

「私が栗原を殺したことを警察にしゃべったら、私のほうでも君のやった宝田殺しをブチまけないわけにはいかなくなる」

「御勝手に。こっちのほうは何の証拠もないんだ。それに、俺はせっぱつまったら、株を東和油脂に引き取らせて現金を摑み、ホンコンにでもチューリッヒにでも飛ぶことが出来るんだ。足手まといになる者はついていてないからな」

朝倉はふてぶてしく笑った。

鈴本はしばらく黙りこんでいた。突然、栗原の血がこびりついた顔に愛想笑いを浮かべると、

「分った。栗原の死体は二度と浮きあがらないところに沈める。君は、私が引金をひいたときのことを見なかったことにしてくれ。それに、君を手荒に扱ったことに関しても後悔している。落とし前は十分に払わせてもらうから、どうか何もかも水に流してくれ」

と、頭をさげた。

「いくらで？」

「君は話がわかる。どうだろう。君の株を全部時価の倍額で引き取らせてもらう。それなら満足してもらえると思うが」

「馬鹿な。そんなケチな話なら、東和油脂のほうから、先に口がかかっている。お断わりだ」

朝倉は鼻で笑った。

「三倍では？」

「ちょっと気を引かれる話だな」

「勿論、今すぐでなくてもいい。いや、それより株主総会の直前のほうが有難い。東和油脂に

ガーンと一発大きなショックを与えることが出来る」

　鈴本は、もう完全に事業家の表情になっていた。

「話はそれだけかね？」

「いや、今日はとりあえず君に千五百万を贈る。出来たら、そいつを資本にして東和油脂に嫌気がさしている重役から株を買ってくれ。いくらで買うかは、君の腕次第だ。いずれにしても、五万株以上まとまったのを私に廻してくれたら、君には時価の倍半の金を払う。五万株以下でも倍の金を出す」

　鈴本は熱心に言った。

「あなたの黒幕は？　経済研究所を通じて信者の金がかき集められる、と言っても、それには限度がある」

　朝倉は鈴本の瞳を覗きこんだ。

　鈴本は唇を舐めた。頰に引きつけるような笑いを走らせ、

「Y……先生だ。大臣をやっている」

　と、自分のことのように昂然と頭をあげた。

「Y……？　次期総裁を狙っているY……か。今は道路工事のスピード・アップをやらせて国民の人気を集め、蔭では大がかりな汚職の専門家で、警察権を手中におさめようと策動している」

朝倉は呟いた。

「先生が総裁になられたら、栗原殺しのことなんかたちまち揉み消してくださる」

鈴本は言った。

「よし。それでは、千五百万の話に戻ろう。現ナマでよこさないかぎり、話には乗らない」

「分かってる。そのかわり、東和油脂の首脳部の動向を調べて、ときどき報告してくれ。無論、情報にふさわしいだけの金は払う」

「ああ、分かったよ」

「それでは、私の拳銃を返してもらおうか」

「金を受け取ってからだ」

朝倉はハンカチに包んだブローニングから弾倉を抜いて、拳銃と弾倉を別々のポケットに収めた。ブローニングの実用自動拳銃にはすべて、弾倉安全装置がついていて、弾倉を抜くと薬室の弾も発射出来なくなる。

「金庫は上の部屋だ。私の部下のことが心配なら、私に拳銃を突きつけて階上に登ってもいい」

鈴本は言った。

「じゃあ、お言葉に甘えよう。その前に俺のポケットから取りあげたものを戻してもらおう」

「吉松が……階上の部屋にいる吉松が預かっている」

鈴本はよろめきながら立ち上がった。

ドアを開いて一階に続くコンクリートの階段を登る鈴本のうしろに、背広の裾で重くワルサーP38の銃身を覆うようにした朝倉が続いた。試射をしないので正確な弾着は分からないが、十メーター以内ならば、人間の大きさのものに命中させることは容易に思えた。

階段を登りきった突き当たりのスチールのドアを開くと、タバコの煙がたちこめたなかでポーカーに熱中していた三人の男が、あわてて立ち上がった。顔色を変えて、ポケットや腋の下の拳銃をさぐる。

「心配ない。慌てるな。今日からこの男は我々の同志だ」

鈴本が言った。

「所長！」

「手出しをするんじゃない。これは私の命令だ」

鈴本は、いきりたつ部下たちを叱咤《しった》した。部下たちは渋々ポケットや腋の下から手を離した。

「栗原が暴発事件で死んだ。惜しい男だった。みんなで、遺体を安置してやってくれ」

鈴本は言った。階段を駆け降りようとする男たちのなかの一人吉松に声をかけ、朝倉のポケットに入っていた中味――フィアットのキーや運転免許証入れ――などを返させた。

その部屋を出ると、幅の広い廊下が長く続いていた。鈴本は、二十数畳ほどの広さがある書斎に朝倉を案内する。書斎の壁の棚は分厚い法律の本で一杯であった。

デスクについた鈴本は、受話器を取り上げて銀行を呼んだ。朝倉は鈴本に銃口を向けたまま、窓の分厚いカーテンをはぐってみる。

月の光を淡く浴びた洋風の庭のむこうに高い塀がそびえている。

鈴本の電話の相手は、不二銀行の玉川支店の支店長の自宅であった。相手が出たらしく、

「こんな時間に済まん。とっくに銀行が閉まっていることは分っているが、俺と君の仲だ。何とかして、これから現金を七百万届けてくれないか？」

と、鈴本は言っている。やがて、よろしく頼む、と言って電話を切った。書斎の隅のカクテル・コーナーに近づいて朝倉に酒の注文を尋く。朝倉は安楽椅子に坐ると、コニャックを頼んだ。

鈴本はラスターで顔を拭い、スコッチをダブル・グラスで続けざまに三杯、喉の奥に放りこんだ。たちまち顔に艶がでてきた。今度は大きなコップにスコッチを水割りして、朝倉と向かいあった椅子に体を沈める。

朝倉はワルサーP38に安全装置を掛けて、ズボンのバンドに差していた。

「首脳部が勝手に私腹をこやしている東和油脂に乗っ取りの狙いをつけたのは大出来だ。だけど、東和油脂には新東洋工業という親会社がついている。そのことは、計算に入れてあるんでしょうな？」

朝倉は鈴本に言った。

「分っている。しかし、新東洋工業のほうも今にボロを出してくる。そうすると次の目標は、新東洋工業ということになるわけだ」

鈴本は唇だけで笑った。

「それがY……大臣の考えかね？」

「え？——」

鈴本は狼狽を一瞬さらけだし、

「東和油脂は火薬、新東洋工業は銃器。この二つの生産を握っておけば、第二の朝鮮戦争が起こったときに一稼ぎ出来る」

と、早口に呟いた。

「日本で内乱が起きたときにも、火薬と銃の生産を握っている者は強いでしょうな。警察と自衛隊を私兵とした独裁者が誕生出来るかも知れない。そのときは、あんたは大蔵大臣ぐらいにしてもらえそうですね」

朝倉は笑った。

「君、滅多なことを言うもんじゃない——」

鈴本は怯えた表情になり、

「君のことは、Y……先生には極力内緒にしておく。しかし、二度と変な考えを持たないようにしたほうが君のためだ。先生を敵にしたら、君なんかすぐに蒸発させられてしまう」

と、忠告じみた口調で言った。

それから二十分ほどして、家政婦に案内されて不二銀行の行員が二人入ってきた。一度帰宅していたところを呼び出されたらしい。

二人は現ナマを持ってきていた。鈴本は壁の本棚の一部を引っぱって、その奥の隠し金庫から通帳と印鑑、それと八百万の札束を取り出した。

行員たちは、鈴本の通帳を預かると早々と引きあげていった。鈴本は千五百万の一万円札の山を朝倉の前に積み、

「これが約束の金だ。あんたのほうも、私の拳銃を返してくれ」

と、言った。

朝倉は〇・二五の自動拳銃の薬室からも弾倉からも弾薬を抜いた。ハンカチで自分の指紋をぬぐって、その拳銃を鈴本に差しだした。

79 苦悩

翌日の朝、アジトで目を覚ました朝倉の体には鈍痛が残っていた。しかし、頭の痛みは消えているから気は楽だ。

軽い唸りを漏らして立ち上がり、朝刊と冷蔵庫のジュースを持って寝床に戻った。タバコを吸いながら新聞を読んでいるうちに、再び眠気が襲ってくる。体が休息を要求しているのだ。

次に目を覚ましたときは、午後一時を過ぎていた。体の痛みは大分楽になっている。朝倉は、廊下の電話で池袋の興信所国際クレジット・サービスを呼び出し、

「調査副主任の南村さんを頼む」

と、交換嬢に言う。

すぐに南村が出て、こちらの名を尋《き》いた。

「金曜日に、影武者を捜してくれるようにお願いした者です」

朝倉は言った。

「ああ。見つかりましたよ。多分、御満足いただける筈ですが」

南村はあっさりと言った。

「それでは、三時頃に伺います」

朝倉は電話を切った。風呂場で冷水摩擦してから、ボロニア・ソーセージと分厚いチーズをはさんだサンドウィッチで食事をする。

栗原から昨夜奪ったワルサーP38は、枕の下に突っこんだままであった。鈴本から捲きあげた千五百万は押入れのなかだ。朝倉は、それらを地下室の隠し孔に仕舞った。十五万だけは財布に移す。

バス通りまで歩き、タクシーを拾って池袋に向かった。国際クレジット・サービスの事務所に入ると、南村が愛想笑いを見せてデスクから立ち上がった。

朝倉は、この前と同じような狭い応接室に招き入れられた。南村は大型の封筒から三枚の写真を取り出して、無言で朝倉に渡した。

それは朝倉によく似た若い男の、正面から撮った顔と横顔、それに全身像であった。ただし、似てはいるがその写真の男には、精気がとぼしい。

「どうやって捜した？」

「人海戦術ですよ。あなたの写真を所員やチェーンの興信所に持たせましてね」

南村はニヤリと笑った。

「私の写真?」

朝倉の顔は硬ばった。

「失礼。このあいだいらっしゃったとき、盗み撮りしたんですよ。焼き捨てますから、気にならないで」

南村は、封筒から朝倉の正面と横からの顔写真を十五組ほどと、二枚のネガを出した。灰皿にそれらを乗せて、マッチの火を移そうとする。

「もらっておくよ」

朝倉は、それらを内ポケットに仕舞った。

「影武者を何のためにお使いになるんです? まさか、人殺しのアリバイ作り用じゃないでしょうね?」

南村はニヤニヤした。

「君も口が悪いね……そうだな。ここにAとBというライヴァル会社があるとする。私はAの社長としよう。そして、ヨーロッパのある国のCというメーカーが、そうだな、例えば石炭を簡単にダイヤに変える方法を発明したとする。もっとも、そんな発明なんてありっこないけど、これはあくまで例えばの話だからね……」

「…………」

「AとBの会社は、この特許使用権を買いとることを検討している。ところが、AはBより一歩先んじてCに飛び、特許使用権の買いとり交渉をはじめようというわけだ。ところが、そのことがBに漏れたら、Bもあわててに駆けつける。そうなると特許使用料は吊りあがる一方だし、Bのほうが契約に成功してしまうかも知れない。だから、私がCとの交渉のために日本を留守にしているあいだ、私のデスクに坐っていてくれる人間が必要なんだ」

朝倉はもっともらしく言った。

「なるほど、それであなたは、本名も住所も教えてくれないんですか。うちはこれでも一流なんですから、小さいところのように依頼人の秘密をタネに一稼ぎしようなんて気は無いんですがね」

南村は肩をすぼめた。

「それは、分かってるけどね」

「あなたの影武者は、若月淳という名で今年二十七歳。独身。郷里《くに》は静岡だが、両親も兄弟もない。本人は、先月まで小さな商事会社にいたんだが、金融引き締めのアオリでその会社が潰れたんで、しばらく退職金と失業保険でのんびりと暮らすらしい。求人難の時代だから、その気になれば新しい仕事はすぐ見つかるだろうし、この頃の若い人は失業したといっても、あまり悲壮感は無いらしい。荻窪《おぎくぼ》のアパートに一人で住んでますよ」

南村は暗誦するように言った。

「体つきは？」

「目方はあなたより少し軽いかな。背は六尺だから同じくらいだな」

「その男を見せてもらおうか」

朝倉は言った。

「部下に案内させます。あなたがここに戻られる時までに、詳しい報告書と請求書を作っておきますよ」

南村は立ち上がった。

応接室を出ると、南村は二十七、八の若い男を呼んだ。野武と名乗って名刺を出したその男が、朝倉をビルの裏手の有料駐車場に連れていった。

そこに駐まっているベレットに二人は乗りこんだ。車には無線機が積まれている。野武の運転で荻窪に向かった車は、まだ夕方のラッシュ前なので、半時間ほどで目的地に着いた。

野武は駐車しやすい南口にベレットを駐めた。二人は歩いて北口に廻り、中央線と青梅街道にはさまれた迷路のような歓楽街に入っていった。バーや飲み屋は、まだ戸を閉じているところが多い。

野武はパチンコ屋を一軒一軒入っていった。三軒目のパチンコ屋で、表で待っている朝倉に合図すると、自動販売機に五十円玉を入れて流れ出る玉を掌に受ける。

野武に続いて、朝倉は騒音に満ちたその店のなかに入っていった。六列に台が並んだ店内の左奥のほうで、野武は背の高い男の後で足をとめた。

その男——若月は、こちらに左の横顔を向けて機械的に玉をはじいていた。確かに朝倉に似ている。パチンコの腕は仲々のものらしく、受け皿には玉があふれそうになり、足許の三つの箱にも玉が詰まっていた。

若月の左の台が空いたので、野武はその台に向かった。右側の若月に何か話しかける。若月は無愛想に野武のほうを向いたが、そのために、朝倉は若月の顔を正面から眺めることが出来た。

一瞬、朝倉は鏡と向かいあったのではないかと思ったほどであった。無論、顔の造作の一つ一つは自分とは違うが、全体としての印象は雌伏時代の自分とよく似ているものだ、と朝倉は唇を歪めた。


その夜、朝倉は青梅街道に面し、荻窪の陸橋の近くにあるオデン屋〝たこ平〟のノレンをくぐった。内ポケットには、焼き捨てた自分の写真のかわりに、国際クレジット・サービスから受け取った報告書が入っている。

その報告書には、何か特別の事情がないかぎり、若月はこの店に毎夜寄る習慣であることが書かれてあった。そして、オデン種では豆腐と卵が好きなことも。この店と若月の住んでいるアパートは歩いて二分の距離だ。

コの字型のカウンターには、先客が二人いた。お世辞にも美人とは言えぬ四十過ぎの女将《おかみ》が朝倉を見て、

「淳さん、今夜は……」

と言いかけて、困惑した表情で口を噤《つぐ》む。

「若月君はまだですか。僕、従兄弟《いとこ》の塩沢というものです」

朝倉は考えてきたセリフをしゃべり、カウンターについた。報告書では、静岡の支局に調査をさせたところ、若月には塩沢という従兄弟があり、その男とは少年時代から会ってないことが判明した、とのことだ。

「あんまり似てらっしゃるんで……映画でも御覧になってるんでしょう。もうすぐいらっしゃると思いますから、ゆっくりしていって」

女将は精一杯の媚《こび》を浮かべた。

朝倉は酒を頼み、ガンモを突っついた。二十分も待たぬうちに、若月が長身を折って入ってきた。

お客様がお待ちかねよ、と言う女将の声より先に、若月は朝倉に視線を針づけにする。信じられぬ、と言いたげな表情が顔をおおう。

「静岡の塩沢です。久しぶりだね」

朝倉は立ち上がった。

「あ、あなた本当に塩沢さん？　変わったな……よくここが分かりましたね？」

若月は言った。声も少しは似ている。

「アパートの人に尋ねたら、ここが行きつけの店だと……」

朝倉は答えた。

若月は朝倉の隣に坐りこんだ。女将にビールとグラスを二つ頼んだ。それがくると、朝倉の

ほうにもグラスを一つ廻し、

「乾杯といきましょう。本当に血は争えない。どうだい、ママさん？」

と、自分のグラスも持ち上げる。

「双子みたい」

女将は首をかしげた。

「座敷はある？」

一気にグラスを干すと、朝倉は尋ねた。座敷があることは知っている。

「どうぞ、どうぞ……」

女将は歌うように答え、カウンターから出て朝倉たちの背後の格子戸を開いた。その奥の左側がトイレ、右のタタキが座敷の玄関につながっている。座敷に入った女将はガス・ストーブに火をつけて二人を呼んだ。

「ジャンジャン酒を持ってきて。オデンも」

朝倉は言った。

アルコールとオデンが運ばれる。若月は早いピッチで飲み、

「景気よさそうですね？　実は僕、会社が潰れちゃってね」

と、朝倉の一着七万の服に視線を向ける。

「金を稼ぐには働くだけが能じゃない。君、金は欲しい？」

朝倉は言った。

「当たり前でしょう？」

若月の頰にチラッと怒気がさした。

朝倉は十万円を若月の前に置いた。若月はグラスを落としそうになる。

「手付けです。無論、君の新しい仕事のね。もっとも、仕事といったって、ただ僕のかわりに坐っているだけでいい。実を言うと、僕は塩沢ではない。僕に似た男を捜していたんだ」

朝倉は、相手の瞳を見つめて低く言った。

「どうも変だと思ってた……僕は影武者にならされるのか」

若月はカンがよかった。溜めていた息を大きく吐く。

「君には一日一万円の割りで支給する。そのほかに月給十万」

「話がうますぎて、信用出来そうにない。いい気になってたら、身に覚えのない罪で逮捕されたりしたんでは引き合わない」

若月は呟いたが、視線は十万円の札に据えていた。

「三文探偵小説じゃないんだ。僕と君とは指紋が違う。それに、君だって一生のうちの何か月かを宛《あてが》いブチで遊び暮らしたいと思わないのか？　そのうえ、その仕事が終わったら、今度は課長待遇で社に採用することを約束する。しばらくしたら、すぐに部長のお鉢が廻ってくるからな──」

朝倉は言い、興信所の南村に言ったと同じような筋書きをのべて、若月の納得を求めた。

「分りました、社長。それで、会社の名前は？　僕にだけは打ち明けてくれませんか？」

「もう少し待ってくれ。それまでに、君は毎日、ホテル暮らしをして、貫禄をつけておいてもらわないと困る。明日は三十万を特別に届ける。それで、服や身のまわりの品を整えるんだ。分かってるだろうが、僕の依頼のことを誰にもしゃべってはならない。そんなことをすれば、すぐに君はクビだ。次のロボットを捜させる。君を掘り出すのに一日しかかからなかったんだから、次の男も早く見つかるだろう。金の力は大したものだ」

朝倉の声が冷たくなった。

「分かっています、社長」

若月は頭をさげた。

「それから、この店には、あくまでも僕と君は従兄弟ということにしておいてもらいたい。まあ、明日からは、なるべく赤坂や六本木といったところで遊ぶようにしてもらいたい」

朝倉は言った。自分が賭けに敗れるようなときの逃げ道用に、投資をしておくことも必要だ。特に、鈴本の背後に怪物Y……大臣がついていることを知った以上は。

その夜、朝倉は赤堤の高級アパートで何日かぶりに京子を抱いた。京子は、狂態のかぎりを尽して朝倉に四肢をからませたまま眠りにおちたが、朝倉は闇のなかに瞳を据えて考え続けていた。

東和油脂側について、鈴本の乗っ取りを阻止し、自分は社長の娘の夫として、重役として出世街道を登っていく――そんな甘い計画は、Y……大臣が動きだしたら瓦礫《がれき》のように崩れる。

安定株主の共立銀行がY……の圧力に屈し、動揺した反社長派の重役たちがひそかに株を売り逃げに移ったなら、親会社の新東洋工業にしたところで、東和油脂を見放さないとはかぎらないのだ。

そうでなくても、東和油脂は表皮だけをわずかに残して内側は腐りきっているのだ。その腐汁が自分の身に飛びちるようになったら、新東洋工業は鈴本と取り引きを計って、自分だけは安全圏に逃げようとするかも知れない。

それにしても、桜井が死の報酬で集めた東和油脂首脳部の不正行為の証拠の品々はどこに消えたのか。それが鈴本の手に渡っていれば、株を買い占めなくても、鈴本は東和油脂をすでに手中に出来たかも知れないのだ。

東和油脂と抱きあい心中は真っ平だ、と朝倉は闇のなかで歯を剝いた。伊豆山の山荘での豪《ごう》奢《しゃ》な生活に目がくらんで、俺は清水社長の財力を過大評価していたのかも知れない。

東和油脂と鈴本との両派の戦いを徹底的に利用して稼ぎまくるためにも、また作戦上、清水一家の一員となるためにも、清水の資産を調べておくことにしたことはない。ただ、どうやって調べるかが大問題だが……。

朝倉が軽いまどろみに落ちたのは明け方近くであった。そして、八時には京子に別れを告げ、フィアット・スペシャルを走らせていた。

ラッシュ・アワーなので、港区の法務局出張所——登記所に着いたのは一時間以上かかってであった。登記所は開いていた。

朝倉はそこで四十円の印紙代を払い、区内高輪台町にある清水社長の土地家屋の閲覧申請をした。係員がカウンターのなかに入れてくれる。

粗末なテーブルが並んだ上に、町と番地で区分された登記簿の分厚い綴じこみが乱雑に積まれ、すでに何人かの代書屋や不動産屋が数冊ずつを抱えこんでメモをとっていた。

朝倉は三分ほどかかって、やっと清水の屋敷が載っている台帳を見つけた。

清水の屋敷に、一億五千万の抵当権が共立銀行によって設定されていること発見したときも、朝倉は驚かなかった。抵当に入れられたのは、今年のはじめであった。

朝倉は伊豆山の清水の別荘の所在地の正確な番地と、熱海市の登記所のまわりにかたまっていた代書屋の名前の一つを思いだそうとした。まだ朝倉の頭脳の把握力は衰えてなく、すぐに思いだすことが出来た。

登記所を出た朝倉は、近くの郵便局に車を廻した。

清水の別荘の登記簿謄本を至急送ってくれ、と書こうとしたが、それよりも早く事実を知りたいので、明後日、木曜の午前九時、清水の別荘が抵当に入っていればその金額と抵当権者、それに日時を電話で知らせてくれるように、とザラ紙に書いた。アジトの電話番号と釣りの金は労賃として納めてくれと書き加え、五千円札と共に現金書留封筒に入れた。宛名は熱海の代書屋の一軒にした。

京橋にある東和油脂営業部の販売課の部屋に入ったのは、午前十時半を過ぎていた。

その朝倉を、課長の淡島や部下たちが一斉に拍手で迎える。

朝倉は何のことだか見当がつかなかった。

「お芽出とう！　とうとう社長のお嬢さんを射止めたとはね」

淡島は金ピカの封書を振りまわし、朝倉に抱きつかんばかりであった。

朝倉が封筒の中味を引きだしてみると、土曜日に帝国ホテル旧館で開かれる絵理子と朝倉の婚約披露パーティの案内状であった。

部下たちが朝倉をひやかした。朝倉は苦笑いしながら、皆に礼を言った。淡島や部下たちは、自分たちまで出世コースに乗ったようにはしゃいでいた。

昼休みが終わってから、朝倉は社長室に呼ばれた。応接室に寛《くつろ》いだ清水は、

「案内状は届いたろうね」

と、朝倉に尋ねる。

「さきほど拝見しました。有難とうございます」

「鈴本のほうも、このところ鳴りをひそめているようだし、久しぶりに私も笑いを取り戻せそうな気がする」

「共立銀行のほうは？」

「大丈夫だよ。それに、次期総会での君の重役選出の内諾も銀行と新東洋工業から得ることが出来たし」

「どうも……」

朝倉は明るく笑ってみせた。鈴本とも取り引きを結んだことを言いだせるわけはないが、鈴

本の背後にY……大臣がついていることは匂わせてやったほうがいいのではないか、と朝倉は悩んだが、そのことは口に出せぬまま、半時間後、朝倉は社長室を去った。

80　裏工作

五時の終業時間がくる前に、朝倉は経理部長の小泉に電話を入れた。

小泉は、朝倉と絵理子の婚約について月並な祝いの言葉をのべ、

「それで、私に用というのは？」

と尋ねる。警戒する口振りとなっていた。

「ちょっと御相談したいことがあるので、二人きりでお会いしたいと思いまして」

朝倉は言った。

「そうだな。今はちょっといそがしいが、八時に目黒の〝月の瀬〟では？　大名焼きの店だ。碑文谷公園の近くにある」

「分かりました」

朝倉は電話を切った。

終業のブザーが鳴った。祝盃をあげようとはしゃぐ部下たちから適当に逃げて、朝倉は大手町にあるキャッスル・ホテルに向かった。フィアット・スペシャルはわざとホテルの近くの有料駐車場に駐め、ホテルまで歩く。

キャッスル・ホテルの九〇六号室に、昨夜から若月を泊まらせている。シングルのルームで一泊三千円だ。午後の五時半から六時までのあいだは部屋にいるように、と朝倉は命じてある。キャッスル・ホテルは、名前と反対に、機能的な米国式ホテルであった。九階の九〇六号の部屋を朝倉がノックすると、

「どうぞ」

と、若月の気取った声がはね返ってくる。

朝倉は部屋に入った。ガウンを羽織った若月が、くわえていた葉巻をあげて挨拶する。昨日までの貧乏臭い雰囲気が若月から消えている。

「どう、住み心地は？」

朝倉は言って、鉢植えの花が咲き匂う出窓のそばの安楽椅子に腰を降ろした。眼下には日比谷通りを流れるライトの渦と、濠《ほり》のむこうの皇居の暗い広がりが見おろせる。

「やっと慣れてきそうです。まだ狐《きつね》につままれているような気もしますが」

若月は朝倉にも葉巻をすすめた。部屋には一応の家具も揃っているし、ベッドには天蓋がかぶさっている。

「ホテルの宿泊費は私が持つことにする。それから、これが支度金。それに、とりあえず十日間の給料だ。受け取りはいらない」

朝倉は三十万と十五万の札をテーブルに置いた。

「じゃあ、頂戴します。夢が醒《さ》めやしないかと心配ですよ」

「いつかは夢が醒めるときがくる。私が契約をとって日本に戻ってきたときにはね。そのときまで、十分にプレイ・ボーイの気分を味わってくれ」

朝倉は呟いて、細巻きの葉巻きに火をつけた。

「まだ、あなたの名前と会社を教えてくれないんですか？　僕は裏切ったり、秘密を漏らしたりは絶対にしませんよ」

若月は真剣な目つきになった。

「今に分かる。私が日本を留守にしているあいだ、君には私のデスクに着いていてもらわなければならないんでね。嫌でも、君は私が誰かを知ることになる。今は余計なことに気をわずらわさないで、高級な生活に早く慣れることだ」

「僕に社長の代役はつとまるでしょうか？」

「社の者には言いふくめておくから心配はない。君は、ただ仕事といえば盲判をついていたらいいだけだ。社外の者と会わないとならないときは、喉に湿布帯でも捲いて、気管支炎でうまく声が出ないことにしたらいい」

「…………」

「ところで、私はいま、ちょっと困ってることがあるんだ」

朝倉は火が消えた葉巻に再び火をつける。

「と、言いますと？」

「私の名前で旅券を申請したら、私の出国することがたちまち競争相手の会社にバレてしまう」

「それで、僕の名義で旅券やヴィザを取りたいんですね？」

若月は声を潜《ひそ》めた。

「君は頭がいい。どうだ、百万円で引き受けてくれないか。手続きは、旅行代理店にまかせれば簡単だ。君が自分でどうしても足を運ばないとならないのは、外務省と予防注射だけだから楽な仕事だ」

朝倉は淡々としゃべった。

「警察にバレたら？」

「私が君に、君が私になるんだから、バレっこない。たとえ万が一、バレたとしても私が一人で罪をかぶる。君の名前と戸籍を勝手に借用した、と言えば君の責任はなくなる。だから君は、申請書に指紋さえ残さなければいいんだ。白絹の手袋でも使えば不自然でないだろう。行先は、スイスだ」

朝倉は言った。

「やってみましょう。百万円は、いついただけるんです？」

「明日の朝十時から十一時のあいだに、この部屋で。もし、ここに来ることが出来なかったら電話を入れる。私の名前は、しばらくは塩沢ということにしておいてもらう」

「分かりました。お金をいただいてから、旅券申請にとりかかりましょう」

「頼むよ。ヴィザが降りるまでにそれから一週間かそこらだ。十日もあれば大丈夫ということだ。戸籍抄本を静岡から取りよせるのに三日はかかるだろう。そして、代理店を急がせれば、ヴィザが降りるまでにそれから一週間かそこらだ。十日もあれば大丈夫ということだ」

朝倉は言った。

「じゃあ、話は決まったようなものですが、一つだけ条件があります。旅券やヴィザは、あなたの会社の社長室でないと渡しません。あなた——社長さん——を信用しないわけではないんですが、罠にはまってから慌てるよりも、罠でないことを確めておきたいんでしてね」

若月は笑った。

「よし、分った。そういうことにしよう」

朝倉は、立ち上がった。

ホテルを出ると有料駐車場に歩き、フィアット・スペシャルを駆って目黒に向かった。大名焼きの店〝月の瀬〟は、駒沢通りの溜池大原線の三谷町で左に折れた住宅街にあった。

高い塀に囲まれたその店の庭は広く、樹々の影が濃い。建物は完全に民芸調であった。小泉の名を朝倉が出すと、カスリの着物をつけた女中が、朝倉を離れに案内していった。

離れは、中洲で篝火《かがりび》が焚《た》かれた池に張りだしていた。大きな炉では炭の山が熾《おこ》り、床の間を背にした小泉が脇息にもたれてビールをまずそうに舐めていた。ヘロインに犯されて、アルコールが嫌いになったのであろう。

「お待たせしまして」

朝倉は頭を垂れた。女中の一人が炭火の上に大きな鉄板を乗せて脂を引き、もう一人が朝倉に飲み物の注文を尋ねた。朝倉は辛口の酒を頼んだ。

やがて、大徳利と、エビや貝や冷凍した獣肉や野鳥、それにありとあらゆる種類の野菜を盛りあげた大ザルが運ばれた。ポンズと薬味もだ。女中を退らせた小泉は、鉄板でザルの中味を炙《あぶ》りはじめた。たちまち煙が渦巻く。

「それで？」

朝倉は大盃で三杯目を空けたとき、小泉が呟いた。

「タレがさっぱりしてて、仲々うまいですね……ところで、南海薬事や東洋スプリングの景気はいかがです？」

貝柱を頬ばりながら朝倉は呟いた。

いま名をあげた二つは、小泉のトンネル会社だ。そのうちでも、京子を通じて聞きだした東洋スプリングは、小泉が横領した東和油脂の手形を換金するだけでなく、製品を東和油脂に割高に納入している。無論、資材部長と共謀してだ。

「どうして知っている！」

小泉の頬が硬ばった。顔色が黄色くなる。

「カン違いしないでください。そんなに驚かれては心外です。僕らは一つ穴のムジナだ。なごやかにいきましょう」

「何が欲しい」

「ドルを売ってくれるところを紹介して欲しい。堅いところをね」

「なんだ、そんなことか――」

　小泉は溜息を吐きだし、

「一ドル四百円でいいなら、いくらでも世話する。だけど、ドルに替えてどうするんだね？」

「商売の元金ですよ。友人が今度、トルコである品を買ってくるんです。コーヒーの缶に入るだけの量で何百万もする代物ですがね。日本円はかさばるんでね」

　朝倉は秘密めかして囁いた。

　小泉の瞳が異様に光った。

「そ、それが入ったら、分けてくれないか」

「何にするんです。部長がお使いになるんじゃないでしょうね？」

「冗談はよしてくれ……ともかく頼む。仕入れ値は？」

「グラム一万円」

「その三倍、いや五倍払う！」

「では、引き受けましょう。たった五倍では大した儲《もう》けにはなりませんがね」

　朝倉は肩をすぼめた。

「あ、有難とう。そのかわり、闇ドルのほうは私にまかしといてもらいたい。何なら、私が君の円を預かってドルに替えてきてもいいんだ。ごまかしたりはしないよ。そんなことをしたら、貴重な品が手に入らなくなる」

　小泉の指は興奮に震えはじめた。

「それも、いい考えですな」

「お願いがある。ドルで支払うから、今度君が仕入れる品を、さっきの値段で全部私に廻してくれないか？　君はその金でまた仕入れたらいい」

小泉は、すがりつくような眼付きをした。

「僕は構いませんよ。友達が何と言うか、あとでお伝えします」

「よろしく頼む。ドルのほうはいつ替えたらいい？」

「友人が、いま金を作ってるところです。二人の共同出資なんでね。明日にでも部長に連絡をとりましょう」

「君はいい男だ」

「ところで、こっちもお願いがあるんです。今日明日の話ではないんですが、東洋スプリングの社長室を一時間だけ使わしてもらいたいんです。そして、社員たちに僕をそのときだけ社長扱いにさせてもらいたい」

「…………？」

「手形のパクリに社長室を利用したりすることでないことは誓います。はっきり言いましょう。僕が鈴本一派に狙われていることはあなたもよく御存知と思う。そこで、僕は奴等の目をくらますために、僕にそっくりの男を探しだしてきました」

「身替りか？」

「ええ。ところが、その男だって馬鹿じゃない。自分が危険な手段に使われているのではないかと疑っています。だから、自分は東洋スプリングの社長であって身許のしっかりした人物であることを奴に信じこませなければなりません。東洋スプリングの社長は誰の名義になっています？」

朝倉は言った。

「白石一郎という男の名前を借りている。分った。そういうことなら、存分に社長室を利用してくれ……例の薬のほうは、くれぐれも頼むよ」

小泉は唸るように言った。

「分かっています。今、しゃべったことは重役たちにも内緒にお願いします。裏切り者が出て鈴本に知らせたりしては困るんでね」

「お互いに、今夜の話は胸のなかに仕舞っておこう」

小泉は真っ黒に焦げたシイタケを口のなかに放りこみ、あわててそれを吐きだした。

翌朝九時過ぎ、上北沢の朝倉のアジトの電話が鳴った。久しぶりに十数時間も眠り続けたので、ぼんやりと寝床でタバコをふかしていた朝倉は跳ね起きた。

受話器を取り上げると、歯切れの悪い声が聞こえてきた。

「朝倉さんですか？　こちらは、熱海の八木司法書士ですが……」

「どうも。こちらは朝倉です。早いですね」

「お手紙がどういう具合か、昨日の夜もう届いたんで、さっそく今朝一番に調べてきたんですよ。指定なさった日よりも今日は一日早いとは思いましたが、あなたも一刻も早くお知りになりたいだろうと思いましてね」

「それは御親切に……」

「それでは簡単にお伝えします。清水氏名義の伊豆山の土地家屋には、五億の抵当権が設定されています。抵当権者は共立銀行が二億、新東洋工業が三億。いずれも、今年一月七日付けです」

八木は言い、さらにくわしくその内容をしゃべった。

「有難とう。私の依頼で調べたことは黙っていてください」

朝倉は答えた。額に汗が浮いている。

「分かりました。それから、調査費のことですが、あんなにいただくわけには……」

「いや。どうかお収めください。では、また」

朝倉は電話を切った。

清水社長が鈴本との攻防戦に、今まで私腹をこやしてきた金を吐きだしてしまったのか、あるいは、私財を出来るだけ動産に変えて隠匿しようとしているのか——それとも、東和油脂が破滅することを見越して形式的に親会社の新東洋工業と大株主の共立銀行を大口債権者に仕立てて、ほかの債権者の追及を逃れようとしているのか……朝倉は判断に迷った。

ただ分かることは、これほどまでに腐りきった東和油脂は、たとえ鈴本との株の攻防戦に勝って鈴本側の重役を喰いこませないとしても、あとの寿命は長くは続きそうにないということだ。

その上、清水は朝倉を社長に仕立てて自分は安全圏に逃げこもうと考えだしていることは、明らかになってきている。

朝倉が社長に祭りあげられた途端、東和油脂のボロがすべて明るみに出て、警察と検察庁特捜部と債権者の群に囲まれる羽目におちいるのでは、泣きたくても涙も出ない。

朝倉は地下室に降りて百万の金を取り出した。それを背広のポケットに入れてアジトを出た。キャッスル・ホテル九〇六号室の若月の部屋に入ったときは十時半であった。二日酔いの蒼ざめた顔でルーム・サービスの食事をとっていた若月は、百万円の現ナマを見ると頰に血を昇らせた。すぐに戸籍抄本を取り寄せて旅券の申請に取りかかる、と約束する。

会社に出た朝倉は、明後日に迫った絵理子との婚約披露宴に関しての服装や態度についての注意を、今度は小佐井重役から受けた。そして、社長側で用意してくれたタキシードの仮縫いに立ち会わせられた。

朝倉はそれが終わると、空いている重役用の応接室の一つに入り、通りがかりの秘書に小泉を呼んできてもらった。

「友達はあんたの申入れを承知した。さっそく円をドルに替えたい」

朝倉は入ってきた小泉に囁いた。

「総額は？」

「六千万円。四百円レートで十五万ドルだ。無論、それを全部あなたの欲しがっているものに替えるわけじゃないがね……ドルは、なるべく高額紙幣だと一番いいが、百ドル札が混っていても構わない」

「十五万ドルか？　分かった。取り引きはいつにする？」

「今夜。こっちからは俺とあんたが出席することにしよう。だけど、そんなに簡単に引き受けて責任は持てるんですか？　相手は確かなんでしょうね？」

朝倉は言った。

六千万円の内わけは、桜井から奪った二千五百万、淡島や園部たちからの二千万、それに鈴本から捲きあげた一千五百万だ。それが、偽ドルでも摑まされたら一瞬で泡と消える。

「こうなったら、もう隠さないでおこう。相手はユダヤ系のフリー・メーソンの米国銀行の東京支店だ。あそこが振出した小切手は世界中で通じないところは無いから、日本円と引替えに受取るのは現金でなくてもいいんだ。そのかわり、あの銀行に偽サツや盗難紙幣を摑ませたら、世界の果てまでも死の使者が追っかけてくる。もし、君が今夜ドルに替えようとする日本円が危険な紙幣なら、話は無かったことにしてもらおう。私はまだ死にたくない」

小泉は言った。久しぶりに見せた威厳の表情であった。

「大丈夫です」

朝倉は答えた。

「それはよかった。それで、私に廻してくれる手筈の薬の量は？」

小泉は再び卑しい表情に戻った。

「一キロ三百グラム。純度は九十％を越えます。六千五百万円の金を、これもドルで近日中に用意しておいてください。そのほかに、今夜の取り引きが終われば、十グラムを進呈します」

「一キロ三百！　本当かい、これで私は一生、薬が切れる恐怖にさいなまれることはないんだ！」

　小泉は本当に踊りはじめた。

　その夜八時、渋谷で待ちあわせた朝倉と小泉は、タクシーに乗って麻布竜土町の裏通りにあるユニヴァーサル・イスラエル銀行に着いた。左手に重いボストンを提げた朝倉は、万一にそなえて右腨にワルサーPPKの小型自動拳銃を括りつけている。

　銀行は無論、鎧戸《よろいど》を閉じていた。しかし、二人を待ちうけていたらしい日本人の守衛が脇戸を開いた。一目で腋の下に拳銃を吊っていると分かる浅黒い鉤鼻《かぎばな》のユダヤ系の男二人が、非常口から地下室に朝倉たちを案内する。

　地下の応接室には、紙幣照合機が据えつけてあった。

　朝倉はゴールドシュタインと名乗った鷲《わし》のような顔の支店長に、

「自分は、まともな紙幣ばかりを持ってきた積りだ。しかし、こっちが気づかずに物騒な札が混っているかも知れない。だから、まず照合機にかけて不審な紙幣はオミットしてくれ」

　と、英語で申し出た。

　六千万円のなかに、物騒な紙幣はなかった。そして、一時間後、日本円はわずか百五十枚の千ドル紙幣と替って朝倉の左右内ポケットに収まった。

81　長い別れ

土曜日。朝倉と清水絵理子の婚約披露パーティが、T……ホテル孔雀《くじやく》の間で開かれた。

パーティに出席した人々は清水家の身内の者と、東和油脂に資本関係、取引関係を持つ大会社の者が多かった。政治家も何人か顔を並べた。しかし、朝倉の強い希望で、朝倉の親戚は招待しなかった。

くすんだ大谷石《おおやいし》の壁をバックにして立った朝倉は洒落《しや》れた漆黒《しっこく》のタキシードを長身に着こなし、浅黒い美貌《びぼう》にきらめくような微笑を浮かべていた。育ちのいい青年実業家と呼ぶには肩幅が広すぎ、海賊のように精悍《せいかん》すぎる。

宝石を光らし、脂がつきすぎたり、シミの浮きかかった肩をイヴニングから露出させた夫人たちが、朝倉から服をはぎとり、裸にしたそうな目付きで見つめた。秋波を送る者もいる。

豪華ではあるが清楚《せいそ》な服をつけた絵理子は、夢見るような瞳に星を宿して朝倉に寄りそっていた。ブラック・スチールのダイアの指環を朝倉からはめてもらうと、朝倉にもエンゲージ・リングを贈り、朝倉の首に腕を捲いて熱く長い口づけを交す。夫人連中が呻きを漏らし、亭主たちは照れくさそうに笑った。

朝倉に贈られたリングは、ダイアのなかでも最も高価なピンクのダイアの五カラット物であった。客がそれをつけていると、欧米の一流ホテルでは、半年や一年宿泊費を払わなくても催促しないと言われるほどの逸品であった。清水社長はそれに大分金を払ったことであろう。

婚約披露パーティが終わると、朝倉と絵理子は、絵理子のベンツ一九〇ＳＬで伊豆山の別荘に向かった。

朝倉は月曜の昼過ぎ、ハイヤーで帰京した。会社の営業部販売課の部屋に入り、部下たちの羨望《せんぼう》の視線を感じながら、書類をめくっているところに外線電話が鳴った。

「販売課次長の朝倉です」

「君か。どこに行ってたんだ？　私だ、分かるかね」

電話の相手は鈴本であった。

「あんたか」

「至急連絡をとりたい。この電話では話も出来ないだろう。悪いが、ちょっと外に出てくれないか。東和油脂のすぐ近くのテアトル京橋のロビーで待っている。ああいった人の出入りの多いところのほうが、かえって目立たなくていい……心配しないでくれ。こっちは一人だ。手出しはしない。部下は車のなかで待たすから」

「分かった」

朝倉は電話を切った。学校時代の友人が近くに来ているから、と課長の淡島に言って外に出る。これからアジトに戻ってデミフォーンを持ってくる時間の余裕はないので、社の斜め前の東欧航空ビルに入り、売店で再び超小型のテープ・レコーダー、デミフォーンを買いこんだ。

テアトル京橋には、パラマウントの都会喜劇がかかっていた。映写中なのでロビーに人影はまばらであった。そして、ソファに腰をおろした鈴本は、ダンヒルのパイプから苛立たしげに煙を吹きあげながら、組んだ膝を指ではじいていた。朝倉を認めて立ち上がる。

朝倉は内ポケットのデミフォーンのスウィッチを入れると、壁を背にして坐った。鈴本は、その向かいに席を移すと、

「御婚約お芽出とう——と、言わないとならないところだろうが、そうも言ってられないんでね。一体、何の積りだ」

「何の積りかって？」

「君は東和油脂の重役たちから、ひそかに私のために株を買ってくれると約束したじゃないか。それに、会社の首脳部の動向も、ときどき知らせてくれると言った。それなのに、この一週間、何の音沙汰も無いばかりか、清水の娘と婚約するなんて、会社と心中する気か！」

鈴本は、パイプの吸い口を銃口のように朝倉に向けた。

「惚れきってるんでね。会社のことと話は別だ。それに、あんたは俺に命令出来るか？」

朝倉はふてぶてしく言った。

「いや、つい口調が荒くなってしまった」

鈴本は素早く笑顔を作った。

「俺が清水社長の後継ぎのような格好になれば、重役たちの俺に対する信用が違ってくる。そうすれば、あんたに頼まれた仕事もやりやすいわけだ」

「そういうわけか。よろしく頼むよ。Y……大臣はオリンピック担当の大臣でもあられるから、

三月半ば過ぎから親善特使としてヨーロッパやアメリカを廻ってこられることになった。御留守のあいだに東和油脂の株主総会が開かれるんで、結果がどうなるのかと気を揉んでいらっしゃる」

「あんたが殺した栗原の死体の処分は済ませたかね？」

朝倉は言った。

「殺したなんて人聞きの悪い……暴発だったんだ。Y……先生と相談して、永久に発見されない場所に沈めた……君のことを先生に漏らしてしまったよ。そうでないと、栗原のことの説明がつかないからな。先生は、近ごろでも、君のような大バクチを打てる青年がいるのかと感心なさっていた」

鈴本はあたりを窺いながら、囁くように言った。

「俺が捕まるときは、あんたも道連れにするってことを忘れるなよ」

「分っている。私たちは、互いに臑に疵《きず》持つ身だ。あんたを売ったりはしない」

「これから半月後までに、九億円をドルで揃えられるか？」

朝倉は無造作に言った。

「え……？——」

鈴本は手に持ったパイプを宙に泳がせたが、

「あんたの株を売ってくれる気か！」

と、唸る。

「絵理子の亭主になったら、株を持ってなくても重役たちに睨みがきくからな。ドルは全部、高額紙幣でお願いしたいな」

「そうか。決心してくれたか。よろしい、株は時価の三倍で引き受けると言った約束は守る。九億円といえば二百五十万ドルだな。苦しいところだが、揃えておく」

鈴本は瞳をギラギラ光らせた。


それから十日の日がたった。東和油脂と鈴本のあいだの株の攻防戦は、表面は小休止したかのように見えた。しかし、株価は百五十円台を維持している。

三月に入って一週間目のある日、朝倉は小泉と連絡をとった。社の屋上のゴルフ練習場のケージにもたれた朝倉は、

「ところで、この前に言っておいた六千五百万円相当のドルは用意出来ましたかね？」

と、小泉経理部長に言う。

「じゃあ、薬が着いたのか！」

小泉は濁った瞳に炎を点じた。

「まあね。飛行機で何とか」

「よし。ドルのほうは、二、三日中に必ず作ってくる。安心してくれ。実は、円のほうを投資信託で持っているんで、この前、君にああ言われても具体的な話になるまで換金をためらってたんだ」

「まあ、いい。ただし、あんたが口を滑らして警察が俺のところに駆けつけてきたって、証拠の薬は見つけられない。誰にも分からんところに隠してあるからな」

「馬鹿な。警察へ密告なんか、殺されてもしない。そんなことをしたら、私のほうが困らなければならない」

小泉は身震いした。

「ところで、あんたが経営している東洋スプリングの社長室の話だが」

「ああ、あのことかね。いつでも使ってくれたまえ」

「世話になるな。使わしてもらうよ。ただし、明日から毎日だ。と、言ったところで長い期間ではない。東洋スプリングの社員が、俺のことを社長として見慣れるまでだ。変な仕事には使わない。だから、大事な物は社長室から出しておいてもいいし、客は、誰も俺がいる時は社長室に通さないようにすればいい」

「よろしい。明日、東洋スプリングに案内して、社員たちに君を紹介しよう。白石一郎社長ということでね」

小泉は言った。

その夜朝倉は、三日に一度ぐらいの割りで会っている若月を青山南町のプレストン・ホテルに訪れた。数日前にキャッスル・ホテルから移したのだ。

洒落た服を着こなした若月は、はじめて朝倉が見たときから較べて、はるかに垢抜けしていた。ベッドの下から、女が忘れていったらしいストッキングが顔をのぞかせていた。スーツ・

ケースからコニャックを出して朝倉に勧める。表情は明るかった。

「立派になったな」

「社長のお蔭です。人生が、こんなに愉快なものだとは知らなかった。女なんて金次第だということも、やっと分かってきましたよ」

若月はグラスを透して瞳を細めた。

「仕事のほうの進み具合は？」

「旅券も取れましたし、予防注射も受けました。旅行代理店の話では、あと三日もすれば査証《ヴィザ》もおりるということです」

若月は笑った。

ホテルを出た朝倉は、その足で荻窪の若月のアパートに廻った。手袋をはめた手で巧みに針金を使って、二階の若月の六畳間に入る。郵便物を受取りにアパートに寄ってもこの部屋には入らぬのか、日当たりの悪いその部屋には湿った空気が澱《よど》み、流し台では食い残しの雑煮が腐っていた。その部屋を調べて、若月が朝倉に関して書き残したものが隠されてないことを確かめて、朝倉は部屋を出た。アパートから少し離れたところに駐めてあるフィアット・ベルリーナに乗りこみ、上北沢のアジトに向かう。

アジトの門の近くの電柱の蔭に、コートの襟を立てた女が、こちらに背を向けるようにして立っていた。京子だ、と直感したが、そのときには、朝倉は右にハンドルを切って車首を門に向けていた。今さら逃げるわけにいかない。

朝倉は車から降り、門を開いた。女は電柱の蔭から走り出た。やはり京子だ。朝倉のアジトを突きとめたのだ。

「あなたね？」

京子の声は奇妙にしわがれていた。

「入りたまえ、待っていた」

朝倉は無表情に言うと、車を庭に突っこんだ。朝倉が車から降りると、光るものを両手に握りしめて体当たりしてくる。朝倉は反射的にそれを叩き落とし、空中で受けとめた。登山ナイフだ。

「殺して！　一緒に死んで！」

京子は朝倉にむしゃぶりついてきた。

「まだ死ぬのは早い。せっかく君と一緒に住むためにこの家を用意したのに。この家のことを君に黙っていたのは、君をびっくりさせてやろうと思ってだ……」

深く優しい声で、京子をなだめながらも、朝倉はそろそろ京子を処分する時期が近づいたことを知った。

アジトのなかに女気が無いのを見て、京子はヒステリーを鎮めた。そして、この家を見つけたのは、昨夜、朝倉を待ちくたびれて散歩に出た途中であったと言う。朝倉は京子に、明日にでも赤松荘を引き払って、この家に移るように命じた。ただし、赤松荘の家具は売り払って、ここには持ってこないように、と付け加える。

小泉のやっている東洋スプリングは板橋の東新町にあり、川越街道に面している。事務所には十五人ほどが勤めていて、隣接した工場では三十人ほどの工員が働いている。もっとも工場とは名目だけで、下請けに作らせたスプリングを東和油脂や新東洋工業に納めるあいだ寝かしておく倉庫のようなものであった。翌日、小泉に連れられてその会社の社長室に入った朝倉は、会社の主だった連中に名目上の社長白石の名で紹介された。

それから毎日、昼間の一時間ぐらいを朝倉は東洋スプリングで過ごした。そして三日目、朝倉は横須賀の磯川から使えない札束で買ってあったヘロイン一キロ三百を十六万五千ドルで小泉に売った。小泉に売った残りの少量は京子のためにとっておく。

四日目、朝倉は京橋の東和油脂からの帰りに、神宮外苑に若月を呼びだした。

「ヴィザが降りましたよ。あとは代理店に日本円を払いこめば、五百ドルの枠内でドルにでもポンドにでも替えてくれるそうです……旅券やヴィザなど、色んな出国書類は、ホテルの守衛に預けてあります」

若月は言った。

「よし、分った。明日の朝、一緒に私の会社に行こう。もう君に教えてもいいだろう、私の名は白石一郎、板橋で東洋スプリングを経営している」

朝倉は言った。

翌日、フィアット・スペシャルに乗せられて朝倉に東洋スプリングに連れていかれた若月は、サン・グラスと目深にかぶったソフト、それに深く立てたコートの襟で朝倉となるべく似ないような扮装をさせられていた。社長室の窓の下の川越街道の騒音に警戒心を解き、朝倉が百万円を差しだすと、素直に出国書類を朝倉に渡す。二時間ほど東洋スプリングにいてから二人はホテルに戻った。別々に若月の部屋に入る。

「あれで安心したかね？」

朝倉は笑った。

「疑って済みませんでした」

「無理もないさ。私はやり残しの仕事があるので、出発は二、三日あとにする。それまでのあいだ、のんびり遊んでいてくれたまえ」

「有難うございます」

若月は頭をさげた。

ホテルを出た朝倉は、公衆電話で鈴本を呼んだ。

「私だ。株を売る決心をつけてくれたか。こっちは金を揃えてある」

鈴本ははずんだ声を出した。

「決心はついた。そのことについて一つ二つ条件がある。どこかで会えないか？」

朝倉は言った。

「いいとも。この前の場所で午後一時に」

鈴本は言った。約束の時間に朝倉がテアトル京橋のロビーに着くと、鈴本はすでに待っていた。朝倉はデミフォーンのスウィッチを入れて近づく。

「条件と言うのは？」

鈴本はすぐに切りだした。

「新聞で読んだ。Y……大臣が、ヨーロッパに向けて出発するのは十五日だそうだな」

「あと一週間だ。二十日も日本を留守にされるなどという芸当が出来るのは、先生のような本当の実力者以外にはない。ほかの連中は三日も国外に出たら、子分が寝返りを打ちはしないかとビクビクするのに」

「株はあんたに売る。そのかわり、俺をY……先生の随員ということで国外に連れだしてもらいたい。旅券は他人名義ですでにとってある」

「無理な相談だ」

「俺が日本から消えたら、あんたの殺人は永久に闇に葬られるんだ。俺の頼みを聞いてくれないんなら、このテープを読切新聞に届ける。よく知ってるだろうが、あの新聞はY……先生の対抗馬のS……大臣が持っているんだ。このなかには、これまであんたのしゃべったことがみんな録音されてある。先生と相談して栗原の死体を処分したこともな」

朝倉は内ポケットからデミフォーンを取り出した。鈴本は顔色を変えて呻いた。

「分かった。先生とよく相談してみる！」

「そうか。ともかく、株券は出発のときの飛行場で先生に渡そう。じゃあ、またどうぞ。明日もこの時間に電話を入れます」

朝倉は立ち上がった。

次の日、朝倉が鈴本に電話を入れると、Y……大臣は朝倉の条件を呑んだ、と答えた。そして、新聞に発表したり、訪問国に通知したりする関係上、旅券をとるのに朝倉が使った名義を知らせてくれ、と言う。朝倉はためらってから、若月の名を言った。

その夜、朝倉は一度アジトに戻って表札を外し、尻ポケットに殴打用の凶器ブラック・ジャックを突っこんだ。プレストン・ホテルの駐車場にフィアットを駐め、電話で若月を呼びだした。

「いよいよ出発することになった。君も明日からは私の身替りだ。泊まるところもホテルでなく、私の家にしてもらいたい」

朝倉は若月に言った。一度、ホテルの自分の部屋に戻った若月は、スーツ・ケースを提げて出てきた。

朝倉がフィアットをアジトの庭に突っこむと、京子が建物から出てきた。朝倉とそっくりの若月を見て立ちすくむ。

若月が車から降りた途端、門を閉じて車のそばに戻った朝倉のブラック・ジャックは、短く鋭い弧を描いて若月の後頭部に叩きつけられた。凄まじい打撃だ。へし折れた頸骨が、首の皮膚を破りそうになって若月は即死した。

朝倉は瞼を閉じた京子に近寄った。

「俺は朝倉でない。いま死んだのが朝倉だ。君の死体は朝倉の死体の横に埋めてやる」

と、物悲しげな声で呟く。

京子は微笑を浮かべたように見えた。次の瞬間、朝倉のブラック・ジャックの物凄い打撃を頭部に受けて即死した。朝倉は、京子の死体の胸に顔を埋めて長いあいだ動かなかった。

その夜、三時までかかって、朝倉は庭に深さ六尺立方の穴を掘った。二つの死体を埋めて土をかけ、二本のウオツカに感覚と感情を麻痺させて泥のように眠った。明日の土曜と日曜は、絵理子と最後のデイトをしなければならない。


三月十五日午前十時、麻布広尾町のY……大臣の屋敷から、前後を白バイに護られたロールス・ロイス・シルヴァー・クラウドのリムジーンが羽田空港に向けて滑り出た。

王宮のソファのような後部座席の真ん中で、分厚い下唇を歪めて瞼を半開きにしているのが大臣のY……だ。その右側で暗殺者にそなえて油断のない視線を配っている小柄な男が、警視庁のボディ・ガードのうちでも三指に入る吉川警部であった。そして、Y……の左側で楽にくつろぎ、膝の上にスーツ・ケースを乗せているのが朝倉だ。襟には随員バッジを光らせていた。秘書は助手席にいる。

朝倉のスーツ・ケースには、東和油脂の株券が二百万株と譲渡証、それに委任状が入っている。隠し底には千ドル札がつまり、ズボンの内側の腿には万一にそなえてワルサーPPKの自動拳銃が隠されている。

空港の控え室は記者団やY……の随員五名、それに子分の議員たちが詰めかけていた。そして、テレビやニュース映画のカメラが放列を敷いていた。

控え室で待っていた鈴本が、朝倉を隣の控え室に目で呼んだ。鈴本の部下が、不用意にドアが開かぬようにドアを背で押す。東和油脂二百万株と二百五十万ドルを交換する仕事は、半時間後にやっと終わった。確認に手間どったのだ。スピーカーが、インド経由チューリッヒ行きのスイス航空の乗客は空港税関に入るように告げはじめた。

朝倉は二百五十万ドルを自分のスーツ・ケースに仕舞い、Y……大臣の一行のほうに歩きかけた。スイスに着けば、三万ドルも出すとどこの国籍でも買える。

そのとき、鈴本の部下の一人が跳びこんできて、鈴本に耳打ちする。鈴本は朝倉の腕を摑み、

「高い株を買わされたもんだ。息子の――桜井の集めた東和油脂の不正行為の証拠物件が、たった今、偶然に見つかった。私の事務室のトイレの水洗タンクのなかに、ポリエチレンに包まれて沈んでいたそうだ。あれさえあれば、株なんかなくても東和油脂を叩き潰せる！」

と唸る。泣きだしそうな表情であった。

「お気の毒に。ここであんたが騒いだらテレビ・カメラに写されますよ」

朝倉は冷たく言い捨てた。

Y……大臣の一行には空港税関の検査は無かった。轟々とケロシンの煙を吐きだすスイス航空のジェット機のタラップを登りながら、狼のように皎《しろ》く鋭い歯をむきだした朝倉は、誰にともなく嘲けるように手を振った。ピンク・ダイアのリングが、一瞬血を吸ったようにきらめいた。

解説

森村誠一

一介の平凡なサラリーマン、朝倉は、資本金十五億の東和油脂に狙いをつける。会社に飼い殺しにされるよりは、一か八か、「会社を食い物にする立ち場」に立つための戦いを挑んだのである。

前編において、その巨大な獲物を射程距離に引き寄せた朝倉の孤独な戦いは、本編においていよいよクライマックスを迎える。

しかしどうして朝倉は、こんな途方もない戦いをはじめたのか？　生命の危険を冒し、勝算はほとんどない。敵はあまりにも巨大で、自分は比較にならないほど微小だ。

黙っておとなしく勤めていれば、一流会社の社員として、安定した生活を保障される。東和油脂は、腐っても鯛《たい》だ。バックには親会社の新東洋工業がひかえている。むしろサラリーマンにとっては、腐っている会社のほうが住み心地がいい。腐肉の中に育つウジ虫のように、自分自身も熟《う》れた甘い汁をたっぷり吸って肥え太ればよいではないか。

だが朝倉は、ウジとして肥ることを敢然として拒否した。上司にへつらい、職制の序列の中で去勢されて〝植物的に生存〟するよりは、暗い孤独な、しかし生命が狙った獲物にぶつかり合って火花を散らす戦いを選んだのである。

サラリーマンにとって、他人から月給をもらうということは、たいへんなことである。私もサラリーマン時代、情けない話だが、社長の前では、満足に顔も上げられなかった。べつに社長個人から月給をもらっているわけではないが、相手が自分の経済的な生殺与奪の権を握っているという一事だけで、相手の「人間」までが巨《おお》きく見えたものである。

月給によってサラリーマンは、会社から、〝人格的支配〟まで受けるのである。朝倉は、なにものからも人格的に支配されることを拒んだのだ。朝倉の戦いは、自分の人格を守るための戦いでもあったと言える。

――朝倉は社長の前に立ち、火をつけぬタバコを横ぐわえしたまま嘲笑する。

「馬鹿なことを言うな。金子がどんなことを言ったか知らんが、それにどんなことをしたか知らんが、そんなことは社長たる私の関知せぬことだ。君は疲れてる。今夜の無礼は忘れてやるから、早く帰ってゆっくり眠れ。明日は会社を休んでもよろしい」

社長は揺り椅子に坐りこんだ。

「無礼ついでに、あんたに俺のタバコに火をつけてもらおうか、社長さん」

朝倉は、自分を押さえることが出来なくなった。髪の後が逆立ち、唇のまわりが白っぽくなり、瞳が暗く澄んで光った。

「失敬な……」

社長は怒りの表情を見せたが、その瞳の奥に怯えが覗く。

「ライターをつけるのは面倒くさい。あんたの髪で付け火させてもらおう」
朝倉は社長の襟首を掴むと、その体を軽々と吊りあげた。——

このようなくだりに溜飲の下がるおもいのしないサラリーマンがあろうか。多少とも、胸に鬱屈《うっくつ》したものをかかえているサラリーマンならば、朝倉に仮託された行為に快哉《かいさい》を叫ぶはずである。

またサラリーマンならば、必ずなにか、胸にわだかまっているはずだ。それは会社組織《ピラミッド》の底辺の住人として生活している間に、植物化が進む彼らのせめてもの人間としての抵抗《レジスタンス》である。だが、会社の禄《ろく》から放れぬためには、そのレジスタンスを表だってはできない。胸の深所で秘かに行なう、精神的レジスタンスに止めなければならない。

大藪春彦氏の作品に登場するサラリーマン主人公には、エリートはいない。みな会社の底辺で冷遇されている下級サラリーマンである。大藪氏は、彼らの鬱屈《うっくつ》がどんなものか、彼らが会社から受ける人格的支配が、いかに非人間的なものか知悉《ちしつ》して、サラリーマンのレジスタンスを、登場人物に結像させるのである。

氏の〝サラリーマンアクション小説〟(的確な呼び方ではないが、サラリーマンを主人公とした氏の一連の作品をかりにそう呼ぼう)が、強烈なパンチ力をもって読者を圧倒するのは、主人公のタフな活躍《アクション》の底に潜む、サラリーマンの精神のレジスタンスが、読者に痛いような共感をあたえるからだろう。アクションに傍点を振ったのは、それを支える精神を見つめてもらいたいからである。

大藪氏の作品を支える大きなテーマの一つに復讐がある。本編はじめ、『野獣死すべし』や『汚れた英雄』などは、純粋の復讐ものではないが、大きく見れば、すべて「人生に対する復讐」である。秘かに自負する才能や、必ずや後日為すことあると期している野心を、社会の底辺に押しこめられて、〝人生の圧力〟ともいうべきものに圧《お》されて伸ばしなやんでいる若者の、燃えたぎるばかりの反動が、自分を圧殺しようとした人生に対する復讐の形をとるのだ。

氏の作品テーマが一貫して復讐（広い意味での）によって支えられているゆえんである。

次に読者の参考のために「大藪春彦ベスト10」を選んでみたい。

汚れた英雄
野獣死すべし
みな殺しの歌（凶銃ワルサーP38）
ウインチェスターM70
蘇える金狼
凶銃ルーガー08
絶望の挑戦者
復讐の弾道
血の来訪者
諜報局破壊班員

以上列記したが、順位は殊に定めないので、お読みいただいたうえで、読者がそれぞれ順位づけをされるとよい。なおこのベストテンは、私の好みによって選んだもので、読者、また作者には、それぞれ異なるベストテンが選ばれるだろう。

この選には加えなかったが、ハンテングナイフの妙手「鷹見徹夫《たかみてつお》」、ハイウエーの狩人「西城秀夫」の活躍するシリーズも、おなじみの伊達邦彦に加えて、大藪作品中の魅力ある登場人物《キャラクター》である。

以上の作品群の中で、特に読み逃せないのは、前編の解説でも触れた『汚れた英雄』である。これは氏の厖《ぼう》大な作品群の集大成ともいうべき小説である。読者は、主人公のスピードレーサー「北野晶夫」に託された、生きるということの情熱の熱感と、青春をスピードの極限への挑戦に捧げた若者の凄じい生きざまに圧倒されるだろう。

大藪作品を鎧《よろ》う楯の両面は、いまさら言うまでもなく、カーとガンである。『汚れた英雄』に、氏のカーに対する愛情が結晶しているとすれば、ガンシリーズ『凶銃ワルサーP38』『ウインチェスターM70』『凶銃ルーガー08』などには、氏のガンに対する愛情が洪水のようにあふれている。本書の『蘇える金狼』は、氏のカーとガンに向ける愛情が、最もよく配合されている作品だとおもう。

大藪氏は、どうしてこれほどまでに機械《マシン》を愛するのか？　私はそこに氏のまさに男っぽい作品の底に潜む孤独の翳《かげ》りを見るおもいがする。おそらく大藪氏は、文壇の中で最も孤独な作家の一人だろう。氏の書斎ほど荒れてさむざむとした部屋は、数ある作家の中でもないという。

氏の作品を読むと、人間に頼ることの虚《むな》しさがよくわかる。マシン（車と銃）の鈍《にぶ》い鋼鉄の輝きは、決して人を裏切らず、その無機質特有の冷たい重量感は、不動である。はらわたにしみるような全開《フルスロットル》のエンジン音、銃身の冷たい肌ざわりに孤独を癒す大藪氏の孤絶した姿勢が、血湧き肉おどるような作品の中におもむき深い隈《くま》どりを添えるのである。

重ねていう。アクションの底に潜む氏の精神のレジスタンスと、タフガイの主人公が、胸の深所にどんな傷をかかえているかを、読み取っていただきたい。

――……タラップを登りながら、狼のように皎《しろ》く鋭い歯をむきだした朝倉は、誰にともなく嘲けるように手を振った。ピンク・ダイアのリングが、一瞬血を吸ったようにきらめいた――

本編のラストの文節は、その意味でも、味わい深い一文である。

本書は、一九七四年六月に刊行された角川文庫『蘇える金狼　完結篇』を底本としています。

本書中には、気違い、発狂、盲《めくら》、痴呆、聾桟敷、唖などといった、今日の人権意識に照らして不適切と思われる語句や表現がありますが、著者が故人であること、執筆当時の時代背景を考慮し、そのままといたしました。

（編集部）

蘇《よみが》える金狼《きんろう》

完結篇《かんけつへん》

大藪春彦《おおやぶはるひこ》

昭和49年 6月1日 初版発行
平成31年 3月25日 改版初版発行
令和6年 10月30日 改版6版発行

発行者●山下直久

発行●株式会社KADOKAWA
〒102-8177 東京都千代田区富士見2-13-3
電話 0570-002-301(ナビダイヤル)

角川文庫 21513

印刷所●株式会社KADOKAWA
製本所●株式会社KADOKAWA

表紙画●和田三造

●お問い合わせ
https://www.kadokawa.co.jp/ (「お問い合わせ」へお進みください)
※内容によっては、お答えできない場合があります。
※サポートは日本国内のみとさせていただきます。
※Japanese text only

ISBN 978-4-04-107929-4 C0193

◆◇◇

角川文庫発刊に際して

角川源義

第二次世界大戦の敗北は、軍事力の敗北であった以上に、私たちの若い文化力の敗退であった。私たちの文化が戦争に対して如何に無力であり、単なるあだ花に過ぎなかったかを、私たちは身を以て体験し痛感した。西洋近代文化の摂取にとって、明治以後八十年の歳月は決して短かすぎたとは言えない。にもかかわらず、近代文化の伝統を確立し、自由な批判と柔軟な良識に富む文化層として自らを形成することに私たちは失敗して来た。そしてこれは、各層への文化の普及滲透を任務とする出版人の責任でもあった。

一九四五年以来、私たちは再び振出しに戻り、第一歩から踏み出すことを余儀なくされた。これは大きな不幸ではあるが、反面、これまでの混沌・未熟・歪曲の中にあった我が国の文化に秩序と確たる基礎を齎らすためには絶好の機会でもある。角川書店は、このような祖国の文化的危機にあたり、微力をも顧みず再建の礎石たるべき抱負と決意とをもって出発したが、ここに創立以来の念願を果すべく角川文庫を発刊する。これまで刊行されたあらゆる全集叢書文庫類の長所と短所とを検討し、古今東西の不朽の典籍を、良心的編集のもとに、廉価に、そして書架にふさわしい美本として、多くのひとびとに提供しようとする。しかし私たちは徒らに百科全書的な知識のジレッタントを作ることを目的とせず、あくまで祖国の文化に秩序と再建への道を示し、この文庫を角川書店の栄ある事業として、今後永久に継続発展せしめ、学芸と教養との殿堂として大成せんことを期したい。多くの読書子の愛情ある忠言と支持とによって、この希望と抱負とを完遂せしめられんことを願う。

一九四九年五月三日

角川文庫ベストセラー

天使の牙(上)(下)　大沢在昌

新型麻薬の元締め〈クライン〉の独裁者の愛人はつみが警察に保護を求めてきた。護衛を任された女刑事・明日香ははつみと接触するが、銃撃を受け瀕死の重体に。そのとき奇跡は二人を〝アスカ〟に変えた！

天使の爪(上)(下)　大沢在昌

麻薬密売組織「クライン」のボス、君国の愛人の体に脳を移植された女刑事・アスカ。かつて刑事として活躍した過去を捨て、麻薬取締官として活躍するアスカの前に、もう一人の脳移植者が敵として立ちはだかる。

魔物(上)(下)　大沢在昌

麻薬取締官・大塚はロシアマフィアと地元やくざとの麻薬取引の現場を押さえるが、運び屋のロシア人は重傷を負いながらも警官数名を素手で殺害し逃走。その超人的な力にはどんな秘密が隠されているのか？

悪果　黒川博行

大阪府警今里署のマル暴担当刑事・堀内は、相棒の伊達とともに賭博の現場に突入。逮捕者の取調べから明らかになった金の流れをネタに客を強請り始める。かつてなくリアルに描かれる、警察小説の最高傑作！

疫病神　黒川博行

建設コンサルタントの二宮は産業廃棄物処理場をめぐるトラブルに巻き込まれる。巨額の利権が絡んだ局面で共闘することになったのは、桑原というヤクザだった。金に群がる悪党たちとの駆け引きの行方は——。

角川文庫ベストセラー

螻蛄　黒川博行

信者500万人を擁する宗教団体のスキャンダルに金の匂いを嗅ぎつけた、建設コンサルタントの二宮とヤクザの桑原。金満坊主の宝物を狙った、悪徳刑事や極道との騙し合いの行方は⁉「疫病神」シリーズ‼

Cの福音　楡　周平

商社マンの長男としてロンドンで生まれ、フィラデルフィアで天涯孤独になった朝倉恭介。彼が作り上げたのは、コンピュータを駆使したコカイン密輸の完璧なシステムだった。著者の記念碑的デビュー作。

クーデター　楡　周平

日本海沿岸の原発を謎の武装軍団が狙う。米原潜の頭上でロシア船が爆発。東京では米国大使館と警視庁に同時多発テロ。日本を襲う未曾有の危機。〝朝倉恭介vs川瀬雅彦〟シリーズ第2弾！

猛禽の宴　楡　周平

NYマフィアのボスを後ろ盾にコカイン・ビジネスで成功してきた朝倉恭介。だがマフィア間の抗争で闇ルートが危機に瀕し、恭介の血は沸き立つ。〝朝倉恭介vs川瀬雅彦〟シリーズ第3弾！

不夜城　馳　星周

アジア屈指の歓楽街・新宿歌舞伎町の中国人黒社会を器用に生き抜く劉健一。だが、上海マフィアのボスの片腕を殺し逃亡していたかつての相棒・呉富春が町に戻り、事態は変わった――。衝撃のデビュー作‼